우리의 잃어버린 심장

설레스트 잉 장편소설
남명성 옮김

비채

가족에게 바침

끔찍했던 예조프 대숙청 기간에 나는 십칠 개월을 레닌그라드 감옥 밖에서 줄을 서 기다렸다 (…)

내 뒤에 추위로 입술이 파래진 여자가 서 있었는데 (…) 이제 그녀가 우리 모두에게서 발견되는 무기력한 모습에서 벗어나기 시작하더니 내게 속삭이며(그곳에서는 모두가 속삭였다) 물었다.

"이걸 묘사할 수 있어요?"

나는 말했다. "네."

그 순간 한때 그녀의 얼굴이었던 것 위로 미소 비슷한 것이 빠르게 지나갔다.

– 안나 아흐마토바, 《레퀴엠 Requiem》

하지만 PACT는 그냥 법이 아니다. PACT는 우리가 서로 한 약속이다. 우리 미국의 이상과 가치를 보호하기로 한 약속. 우리 조국을 미국답지 않은 생각으로 약하게 만드는 사람들에게 벌을 내리겠다는 약속.

– 《PACT를 배워봅시다: 젊은 애국자를 위한 안내서》에서 발췌

차 례

일러두기

- 본문 내 주는 옮긴이주입니다.
- 성서 구절은 대한성서공회의 《공동번역 성서》를 토대로 표기했습니다.

I

편지는 금요일에 도착한다. 물론 다른 모든 편지처럼 개봉되었다가 스티커로 다시 붙인 모습이다. 귀하의 안전을 위해 검사 완료하였음―PACT. 편지를 열어본 우체국 직원은 혼란스러운 나머지 안에 든 편지지를 펼쳐 자세히 읽고 상사에게, 다시 더 윗사람에게 보냈다. 그러나 결국 문제없는 내용으로 간주되어 원래 수신자에게 도착했다. 편지에는 보낸 사람 주소 없이 엿새 전 뉴욕 소인만 찍혀 있다. 봉투에는 그의 이름―버드Bird―이 쓰여 있는데, 그래서 그는 편지를 보낸 사람이 어머니라는 걸 알았다.

그는 버드로 불리지 않은 지 오래되었다.
우린 네 할아버지 이름을 따서 네 이름을 노아로 지었어, 그의 어머니가 한 말이다. 버드는 네가 직접 만든 이름이야.

버드라고 부르면 꼭 자기 같았다. 땅에 속하지 않은 작고 빠른 것. 호기심 넘치는 지저귐, 홀로 끄트머리에 웅크린 모습.

학교에서는 좋아하지 않았다. 그의 이름이 노아고 버드가 아니라고 했다. 유치원 때는 선생님이 화를 냈다. 아이가 이름을 불러도 대답을 안 해요. 버드라고 불러야만 대답한다니까요.

이름이 버드니까요, 그의 어머니가 말했다. 버드라고 불러야 대답하니 그렇게 부르시면 좋겠네요, 출생신고서야 아무렴 어때요. 어머니는 집에 가져온 유인물에서 노아라는 이름에 네임펜으로 전부 줄을 긋고 서명란에 버드라는 이름을 대신 썼다.

어머니는 그런 사람이었다. 아이가 도움을 필요로 할 때 강하고 사나웠다.

결국 학교에서도 포기했지만, 그런 뒤에도 교사는 버드라는 이름을 마치 갱단 두목의 별명처럼 따옴표로 따로 표시해 썼다. '버드' 학생, 잊지 말고 허가서에 어머니 서명을 받아오도록 하세요. 친애하는 가드너 부부에게, '버드'는 예의 바르고 공부를 열심히 하지만, 수업 시간에 좀 더 참여할 필요가 있습니다. 그러나 아홉 살이 되고 어머니가 사라진 뒤 그는 노아가 되었다.

아버지는 그게 최선이라며 이제 누구도 그를 버드라고 부르지 못하게 했다.

누구든 널 그렇게 부르면 그러지 말라고 해, 아버지는 말한다. 이렇게 말해. 죄송한데요 그건 제 이름이 아니에요.

어머니가 떠난 뒤 벌어진 많은 변화 가운데 하나였다. 새 아파트, 새 학교. 아버지도 새 직장에서 일했다. 완전히 새로운 삶이었다. 아버지는 마치 그들을 완전히 바꿔버리려는 것 같았다. 혹시 어머니가 돌아오더라도 두 사람을 어떻게 찾아야 할지 알 수 없게 하려는 것처럼.

작년, 집에 오는 길에 옛 유치원 선생님을 마주쳤다. 아, 안녕, 노아, 잘 지내니? 그녀는 말했다. 그녀의 목소리에 섞인 것이 젠체하는 느낌인지 안타까움인지 알 수 없었다.

그는 이제 열두 살이다. 노아가 된 지 삼 년이 되었지만, 노아라는 이름은 여전히 핼러윈 가면처럼 질기고 어색해 어떻게 뒤집어써야 할지 알 수 없다.

그런데 오늘 느닷없이 어머니에게서 편지가 온 것이다. 글씨체에서 알 수 있다. 그리고 무엇보다 누구도 그를 그 이름으로 부르지 않는다. 버드. 세월이 많이 지나 가끔 어머니 목소리도 기억나지 않는다. 떠올리려 애써도 마치 어둠 속으로 녹아드는 그림자처럼 사라져버린다.

그는 떨리는 손으로 봉투를 연다. 삼 년간 아무 소식도 듣지 못했지만, 마침내 알게 될 것이다. 왜 떠났고, 어디에 있었는지.

하지만 봉투에는 그림만 덜렁 있다. 끝에서 끝까지 한 장을 꽉 채워 겨우 동전 크기의 그림이 종이를 덮고 있다. 고양이들. 큰 고양이, 작은 고양이, 줄무늬와 얼룩무늬, 턱시도를 입었거나 건

방지게 앉아 손을 핥는, 물웅덩이나 햇빛 아래 늘어진 고양이. 오래전 어머니가 도시락 가방에 그린 그림이나 요새 그가 노트에 가끔 그리는 것과 아주 비슷한, 정말이지 낙서에 가까운 그림이다. 몇 개의 곡선에 불과하지만 알아볼 수 있다. 살아있다. 그게 전부다. 아무 내용도 글자도 없이 볼펜 선으로 구불구불 그린 고양이만 있다. 뭔가 그의 마음 한구석을 잡아끌지만 정확히 알 수 없다.

종이를 뒤집어보며 실마리를 찾지만 뒷면은 텅 비어 있다.

한번은 새디가 물었다. 엄마에 대해 뭐든 기억나는 게 있어? 두 사람은 놀이터 정글짐 꼭대기에 있고, 그들 앞으로 미끄럼틀이 입을 벌리고 있었다. 5학년, 놀이 시간이 있는 마지막 해였다. 그때쯤 두 사람에게는 어린이를 위한 모든 게 작아 보였다. 둘은 반 친구들이 아스팔트 위에서 서로 쫓아다니는 모습을 지켜보았다. 다 숨었지? 잡으러 간다.

사실 기억나는 게 있지만 공유하고 싶지 않았다. 아무리 새디라고 해도. 두 사람 다 엄마가 없어서 친하게 지냈지만, 각자에게 벌어진 일은 달랐다. 두 사람의 어머니들에게 벌어진 일이 달랐다.

별로, 그는 말했다. 넌 엄마 기억 많이 나?

새디는 미끄럼틀 위에 달린 철봉을 잡고 턱걸이하듯 몸을 끌어올렸다.

엄마가 영웅이었다는 것만, 그녀가 말했다.

버드는 아무 말도 하지 않았다. 새디의 부모님이 새디를 키우기에 적합하지 않아 그녀가 위탁 가정에 맡겨졌고, 그래서 이 학교로 전학해 왔다는 사실을 모르는 사람은 없었다. 새디의 가족을 두고 온갖 이야기가 떠돌았다. 심지어 새디의 어머니는 흑인이고 아버지는 백인인데 그들이 미국을 팔아먹는 친중국주의자라는 얘기도 있었다. 새디에 관해서도 말이 많았다. 경찰이 그녀를 부모에게서 분리하러 갔을 때, 그녀가 경찰관의 손을 물고 비명을 지르며 부모에게 매달리는 바람에 경찰이 수갑을 채운 뒤 끌어내야 했다고 했다. 게다가 지금 위탁 가정이 처음도 아니고, 말썽을 많이 부려 여러 번 재배치당했다고 했다. 그녀의 부모는 새디를 빼앗기고 난 뒤에도 그녀를 되찾으려는 생각이 없는 것처럼 계속 PACT에 저항하려 시도했다. 그래서 지금은 체포되어 어느 교도소에 있다고 했다. 버드는 자신에 관한 소문도 흘러다니지 않을까 생각했지만 알고 싶지 않았다.

어쨌거나, 새디는 말을 이었다, 나이만 되면 바로 볼티모어 집으로 돌아가 엄마 아빠를 찾을 거야.

둘은 같은 학년이었지만 새디는 버드보다 한 살 많았고, 그에게 늘 그 점을 강조했다. 일 년 꿇었대요, 아이를 데리러 온 부모들은 동정심 섞인 목소리로 말했다. 가정교육이 안 되어서요. 하지만 새로운 출발을 했음에도 그녀는 올바르게 자라지 못했다.

어떻게? 버드가 물었다.

새디는 대답하지 않았고 한참 뒤 철봉을 놓더니 그의 옆에 반항적인 태도로 털썩 주저앉았다. 다음 해 학교를 졸업하자마자 새디는 사라졌다. 그리고 이제 7학년이 된 버드는 다시 혼자가 되었다.

이제 막 5시가 지났다. 곧 아버지가 집에 올 텐데 만일 편지를 본다면 버드 손으로 태우게 할 것이다. 그들은 어머니 물건은 아무것도, 심지어 옷가지조차 갖고 있지 않았다. 어머니가 사라진 뒤 아버지는 어머니의 책을 모조리 난로에 태웠고, 두고 간 휴대전화도 부숴버렸으며 그 밖에 남은 물건은 전부 길거리에 쌓아두었다. 엄마는 잊어, 아버지는 말했다. 아침이 되자 노숙자들이 내놓은 물건을 깔끔하게 가져가버렸다. 몇 주 뒤 대학 캠퍼스에 있는 아파트로 이사 갈 때는 부모님이 함께 쓰던 침대도 버렸다. 지금 아버지는 좁은 이층 침대 아래층에서 자고 버드는 위층을 사용한다.

스스로 편지를 태워야 한다. 어머니 물건을 가지고 있는 건 안전하지 않다. 무엇보다 위험한 건 봉투에 쓰인 예전 이름을 보면 마음속 문이 삐걱 열리고 찬바람이 슬그머니 들어온다는 점이다. 가끔 노숙자가 인도에 옹송그리고 모여 있으면 그는 그들을 훑어보면서 익숙한 물건이 눈에 띄는지 찾는다. 어쩌다 그런 물건―물방울무늬 스카프, 빨간 꽃무늬 셔츠, 눈을 내리덮은 모직 모자―이 보이면 순간적으로 그 사람이 엄마라고 생각한다. 절대로 돌아오지 않을 거였으면, 아예 영원히 사라지는 편이 더 쉬웠을 것이다.

아버지의 열쇠가 열쇠 구멍을 긁으며 들어와 뻣뻣한 잠금장치를 풀려고 발버둥 친다.

버드는 침실로 뛰어가 담요를 들치고 편지를 베갯잇 속에 밀어 넣는다.

어머니에 관한 기억이 많지는 않지만 이건 기억하고 있다. 어머니는 늘 계획이 있었다. 어머니는 아무 이유 없이 힘들여 그들이 이사한 새 주소를 알아내지도, 그에게 편지를 쓰는 위험을 감수하지도 않았을 것이다. 그러니 이 편지에는 뭔가 의미가 있는 게 분명하다. 그는 속으로 이 말을 하고 또 했다.

엄마는 우리를 떠났어, 아버지가 한 말은 그게 전부였다.

그러고 나서 무릎을 꿇고 버드의 눈을 보았다. 이게 최선이야. 엄마는 잊어. 아빠는 어디에도 가지 않아. 넌 그것만 알면 돼.

그때 버드는 어머니가 무슨 짓을 했는지 알지 못했다. 그가 아는 거라고는 지난 여러 주 동안 그가 자야 할 시간이 훌쩍 지난 시간에 부모님이 주방에서 소리 죽여 얘기했다는 것뿐이었다. 부모님이 그런 목소리로 말을 하는 건 대개 그를 달래서 잠들게 할 때, 모든 게 다 괜찮다는 신호를 줄 때였다. 하지만 뒤로 갈수록 부모님의 대화는 줄다리기가 되었다. 먼저 아버지가, 그 뒤에 어머니가 이를 악물고 언성을 높였다.

그때도 그는 아무것도 묻지 않는 편이 더 좋다는 걸 알고 있었다. 그래서 그는 그냥 고개를 끄덕였고 아버지가 따뜻하고 강인하게 그를 끌어안도록 두었다.

나중에야 뺨에 날아든 돌멩이 같은 진실을 알게 되었다. 네 엄마는 반역자야, D. J. 피어스는 버드의 운동화 옆 바닥에 침을 뱉으며 말했다.

그의 어머니가 파오PAO*라는 사실은 누구나 알았다. 어떤 애들은 쿵파오Kung PAO라고 불렀다. 놀랄 일은 아니었다. 버드의 얼굴만 봐도 누구나 알았다. 얼굴은 아버지를 닮지 않았고, 특히 광대뼈 기울기나 눈 모양에서 티가 났다. 당국에서는 파오라는 사실 자체가 범죄는 아니라고 늘 주지시켰다. PACT는 인종과 관련한 것이 아니라 애국심과 마음가짐에 관한 것이라고 대통령은 늘 말했다.

하지만 네 엄마는 폭동을 일으켰어, D. J.는 말했다. 우리 부모님이 그렇다고 했어. 네 엄마는 사회에 위협이었고 그래서 잡으러 온다니까 달아난 거야.

아버지는 이런 상황을 경고했다. 사람들이 온갖 이상한 말을 할 거야, 아버지는 버드에게 말했다. 넌 그냥 학교만 생각하면 돼. 우리는 엄마랑 아무 상관없다고, 이제 우리랑 아무 관계없는 사람이라고 말해.

---

* 아시아계를 뜻하는 표현 Person of Asian Origin의 약자.

그래서 그렇게 말했다.

우리, 아버지랑 나와는 아무 관계없는 사람이야. 어머니는 이제 내 삶의 일부가 아니라고.

그의 안에서 심장이 조여들며 삐걱대는 소리가 났다. 아스팔트 위에서 D. J.의 침이 거품을 일으키며 반짝거렸다.

아버지가 집 안으로 들어올 때쯤 버드는 탁자에 교과서를 펴고 앉아 있다. 보통날이었다면 벌떡 일어나 아버지를 한쪽 팔로 안았을 것이다. 하지만 오늘은 여전히 편지 생각에 잠긴 채 숙제 위로 고개를 숙이고 아버지의 눈을 피하고 있다.

엘리베이터가 또 고장이네, 아버지가 말한다.

그들은 십 층짜리 기숙사 건물 꼭대기에 살고 있다. 비교적 새 건물이긴 하지만 워낙에 역사가 깊은 대학교라서 낡기는 마찬가지다.

우리 대학은 미국이라는 나라가 있기 전부터 있었다고 아버지는 즐겨 말했다. 아버지는 아직도 교수진인 것처럼 '우리'라고 말하지만, 그는 이미 여러 해 전부터 교수가 아니었다. 지금 아버지는 대학 도서관에서 기록을 관리하고 책 정리하는 일을 하고, 그래서 이 아파트에 살 수 있게 되었다. 버드는 아버지의 시급이 적고 생활도 빠듯한 상황에서 아파트에 살 수 있다는 게 특혜라는 걸 알지만, 그다지 큰 혜택은 아닌 것 같았다. 전에는 마당과 정원이 딸린 단독주택에 살았다. 이제 그들은 두 칸짜리 작은 기숙사에 산다. 하나 있는 침실은 아버지와 함께 사용하고 거실 끝에 작은 주방이 붙어 있다. 주방에는 화구 두 개짜리 레인지가 있고 냉장고는 너무 작아서 우유를 똑바로 세워 넣을 수도 없다. 아래층에는 학생들이 살고 있다. 이웃은 매년 바뀌고 얼굴이 익숙해질 때쯤이면 사라지고 없다. 여름에도 에어컨이 나오지 않고 겨울에는 라디에이터를 최대로 틀어야 한다. 말 안 듣는 엘리베이터가 움직이지 않으면 계단으로 오르내릴 수밖에 없다.

아버지는 한 손으로 넥타이 매듭을 풀어 느슨하게 하며 말한다. 내가 관리인한테 얘기하마.

버드는 숙제에서 눈을 떼지 않지만 아버지가 그를 물끄러미 보고 있다는 걸 느낄 수 있다. 아버지는 그가 고개를 들기를 기다리고 있다. 그는 겁이 나 고개를 들지 못한다.

오늘의 영어 숙제. PACT가 무엇을 뜻하는지 설명하고 그것이 우리 국가안보에 중대한 이유를 한 문단으로 작성할 것. 세 가지 구체적 예를 드시오. 그는 어떻게 대답해야 하는지 정확히 알고 있다. 매년 학교에서 배우기 때문이다. 미국 전통문화 보존법Preserving American Culture and Traditions Act. 유치원에서는 그걸 약속이라고 불렀다. 우리는 미국의 가치를 보호하기 위해 약속한다. 우리는 서로를 지켜보기로 약속한다. 매년 같은 내용을 더 어려운 단어로 배웠다. 그런 수업을 할 때면 대부분의 선생님이 왠지 버드를 날카로운 눈길로 본 후 다른 학생에게 시선을 돌렸다.

그는 작문 숙제를 옆으로 치우고 대신 수학에 집중한다. 중국의 GDP가 15조 달러이고 매년 6% 성장한다고 가정하자. 만일 미국의 GDP가 24조 달러지만 매년 2%밖에 성장하지 않는다면 중국의 GDP가 미국을 추월하는 데 몇 년이 걸릴까? 숫자가 있으니 그나마 쉽다. 숫자가 있으면 옳고 그름을 확실히 알 수 있다.

너 괜찮니, 노아? 아버지가 말한다. 버드는 고개를 끄덕이고 노트를 향해 살짝 손짓해 보인다.

그냥 숙제가 많아요, 그가 말하자 아버지는 안심했는지 옷을 갈아입으러 침실로 들어간다.

버드는 계산을 마친 답을 적고 숫자 바깥에 단정한 네모를 그린다. 하루를 어떻게 보냈는지 아버지에게 말하는 건 아무 의미가 없다. 매일 똑같으니까. 같은 길을 따라 학교에 걸어간다. 맹세, 국가 제창, 고개를 숙인 채 이리저리 교실을 옮겨 다니면서 복도에서 관심을 끌지 않도록 노력하고, 절대 손을 들지 않는다. 운이 아주 좋은 날은 모두가 그를 무시한다. 그러나 대부분은 찍히거나 동정을 받는다. 어느 쪽이 더 싫은지 확실히 알 수 없으나 그는 양쪽 상황에서 모두 어머니를 원망한다.

아버지에게 하루가 어땠느냐고 묻는 것도 마찬가지로 아무 의미가 없다. 그가 아는 한 아버지도 다를 것 없는 하루하루를 보내고 있다. 쌓인 책 사이로 카트를 끌고 다니며 책을 제자리에 꽂고, 일을 반복한다. 다시 서고로 돌아가면 다른 카트가 기다리고 있을 것이다. 시시포스와 같아, 아버지는 처음 일을 시작했을 때 말했다. 아버지는 언어학 교수였다. 책과 말을 좋아했다. 6개 국어를 능숙하게 했고 다른 여덟 개의 언어를 읽을 줄 알았다. 영원히 같은 바위를 산 위로 밀어 올리는 시시포스 이야기를 버드에게 들려준 사람도 아버지였다. 아버지는 신화 이야기, 그리고 너무 길어서 어려운, 쉽게 사용하려면 따로 연습해야 하는 라틴어 어근과 단어를 사랑했다. 아버지는 자주 하던 말을 중단하고 복잡한 용어를 설명하거나, 머릿속 지그재그 길을 따라 헤매며 단어의 역사를 말해주고, 단어의 유래와 단어가 거쳐온 이야기를 들려주고, 단어의 형제자매와 사촌까지 소개했다. 단어가 뜻하는 바를 한 층씩 벗겨내면서. 한때는 버드도 그런 걸 사랑했다. 그가 더 어리고 아버지는 여전히 교수이고 어머니가 여전히 함께 있고 모든 것이 달랐을 때는. 이야기로 모든 걸 설명할 수 있다고 생각했을 때는.

　요즘 아버지는 언어에 대해 별로 말하지 않는다. 아버지는 도서관에서 눈알이 빠지도록 고되게 일해서 피곤했다. 아버지는 침묵에 싸여 집으로 돌아온다. 잔뜩 쌓인 책, 서늘하고 들큼하고 쿠쿠한 공기, 통로에 하나씩 달린 조명으로는 밀어낼 수 없는, 어깨 위를 맴도는 어둠에서 온 침묵이 아버지에게 배어든 것 같다. 버드는 아버지가 말하고 싶어하지 않는 것과 같은 이유로 엄마 얘기를 묻지 않는다. 두 사람 모두 되돌릴 수 없는 일을 그리워하려 하지 않는다.

그렇지만 어머니는 갑자기 돌아온다. 마치 반쯤 기억나는 꿈의 조각처럼.

어머니는 물개가 우는 것처럼 갑자기 웃었고 요란스럽게 웃음을 터뜨리면서 머리를 뒤로 젖혔다. 어머니는 스스로 여자답지 않다고 자랑스레 말했다. 생각할 때는 손가락으로 무언가를 두드리는 습관이 있었는데, 끊임없이 뭔가가 떠올라 가만히 있지 못했다. 그리고 또 하나의 기억. 늦은 밤 버드가 호된 감기를 앓고 있었다. 땀에 젖은 채 잠에서 깬 버드는 당황해 기침하며 울었다. 가슴이 뜨거운 접착제로 가득 찬 것 같았다. 틀림없이 죽을 것 같았다. 어머니는 침대 옆 전등에 수건을 걸어 빛을 가리고 몸을 숙여 차가운 뺨을 그의 이마에 댔다. 버드가 잠들 때까지 밤새 그를 안고 있었다. 버드는 언뜻 잠에서 깰 때마다 어머니가 양팔로 그를 끌어안고 있는 게 보였다. 헝클어져 피어오른 마음속 두려움이 다시 부드럽게 매끄럽게 펴졌다.

두 사람은 함께 탁자에 앉는다. 버드는 연필로 연습장을 두드리고 아버지는 신중하게 신문을 샅샅이 읽는다. 다른 사람들은 온라인으로 뉴스를 보고, 위아래로 화면을 움직이며 주요 뉴스만 훑어본다. 속보 알림이 울리면 주머니에서 휴대전화를 꺼내 든다. 한때 아버지도 그랬지만 이사 온 뒤로 휴대전화와 노트북을 쓰지 않았다. 버드가 이유를 묻자 아버지는 그냥 옛날 사람이라 그래, 라고 했다. 요즘 아버지는 신문을 맨 앞부터 끝까지 정독한다. 매일, 모든 글자를 읽는다고 아버지는 말한다. 거의 자랑에 가까울 정도다. 버드는 문제를 풀면서 편지가 기다리는 침실로 눈길을 돌리지 않으려 애쓴다. 대신 아버지와 그의 시선 사이를 막고 있는 신문 기사 제목을 찬찬히 확인한다. '동네를 감시하는 날카로운 눈들이 워싱턴 D. C.의 잠재적 내란을 저지한다.'

버드는 문제를 푼다. 만일 한국산 자동차가 1만 5천 달러지만 삼 년밖에 사용할 수 없고, 미국산 자동차는 2만 달러지만 십 년간 사용할 수 있다면 오십 년간 미국산 자동차만 구매해서 절약할 수 있는 돈은 얼마인가? 어떤 바이러스가 인구가 천만 명인 곳에서 기하급수적으로 퍼져 매일 두 배씩 증가한다면…….

탁자 건너편에서 아버지가 신문을 뒤집는다.

이제 작문 숙제만 남았다. 버드는 마지못해 숙제를 시작하고 한쪽으로 기운 글씨체로 한 단어씩 문장을 채워나간다. PACT는 매우 중요한 법률로 '위기'를 끝내고 우리 나라를 안전하게 지켜주었다. 그 이유는……

아버지가 신문을 접고 시계를 확인하자 버드는 안심하고 글을 쓰던 손을 멈추고 연필을 내려놓는다.

6시 반이 다 되었네, 아버지가 말한다. 자, 뭘 좀 먹어야지.

두 사람은 저녁을 먹으러 길 건너 식당에 간다. 아버지의 일자리 덕분에 누리는 또 다른 혜택이다. 아무도 요리할 필요가 없어 홀아비에게 편리하다. 혹시 예상치 못하게 늦어져 식당 저녁을 놓치면 아버지가 달걀이나 찬장에 든 파란 상자 속 마카로니로 간단히 음식을 만들어준다. 그렇게 대충 때우면 두 사람은 허기진 채 자야 한다. 어머니가 사라지기 전에는 세 가족이 주방 식탁에 모여 함께 밥을 먹었다. 부모님은 식사하면서 떠들고 웃었고 어머니는 설거지를 하는 동안 나직하게 노래를 불렀으며 아버지는 옆에서 그릇 물기를 닦았다.

두 사람은 식당 안쪽 구석, 둘만 앉을 수 있는 자리를 찾는다. 주위에는 학생들이 두세 명씩 모여 앉아 있고, 그들이 속삭이듯 웅얼거리는 소리는 마치 기류처럼 실내에 흐른다. 버드는 그들의 이름은 몰라도 몇몇의 얼굴은 기억한다. 그는 사람들 눈을 똑바로 보지 않는 습관이 들었다. 그냥 계속 걷기만 해, 아버지는 오가는 사람들의 시선이 느껴지면 늘 그렇게 말했다. 버드에게는 사람들의 눈길이 얼굴에 붙은 지네의 발처럼 느껴졌다. 버드는 웃음을 짓거나 학생들에게 고개인사를 하거나 예의상 대화를 하지 않아도 되어 다행이라고 생각했다. 학생들도 버드의 이름을 몰랐고 어차피 연말이 되면 그들은 모두 떠날 터였다.

두 사람이 식사를 거의 마쳤을 때 밖이 소란스러워진다. 싸우고 부서지는, 바퀴가 미끄러지며 서는 소리. 사이렌 소리.

여기 있어, 버드의 아버지가 말한다. 아버지는 창가로 뛰어가 이미 몰려든 학생 사이로 끼어들어 창밖을 내다본다. 식당 안에서는 주인 잃은 접시들이 식어가고 있다. 파랗고 하얀 경광등 불빛이 천장과 벽을 물들인다. 버드는 일어나지 않는다. 무슨 일이

든 지나갈 것이다. 소동에 말려들지 마, 아버지는 늘 그에게 말한다. 아버지에게는 사람들이 관심 갖는 일이 다 소동이다. 소동이 벌어지면 반대쪽으로 뛰는 거야, 전에 아버지가 말한 적이 있다. 아버지는 이런 사람이다. 고개를 숙이고 터덜터덜 삶을 살아가는 사람.

하지만 식당 안 웅성거림은 점점 커진다. 사이렌이 더 울리고 경광등이 더 번쩍이더니 천장에 괴물과도 같은 그림자가 크게 드리운다. 밖에서 화난 목소리와 밀치는 소리, 도로를 구르는 발소리가 뒤섞인다. 버드는 한 번도 이런 소음을 들어본 적이 없기 때문에 창가로 뛰어가 무슨 일이 벌어지는지 내다보고 싶은 마음도 든다. 그러나 또 한편으로는 갑자기 작고 겁먹은 동물이 된 것 같은 기분에 식탁 아래로 몸을 숙여 피하고 싶은 생각도 든다. 도로에서 찢어지는 듯한 확성기 소리가 들린다. 케임브리지 경찰입니다. 안전한 곳으로 대피하기 바랍니다. 추가 공지할 때까지 창가에서 떨어지십시오.

학생들이 서둘러 식탁으로 돌아오고, 식당 관리인인 페기가 실내를 가로질러 가더니 커튼을 획 닫는다. 공기는 속삭임으로 떨린다. 버드는 성난 군중이 쓰레기와 가구로 바리케이드를 친 모습을, 화염병과 불꽃이 가득한 바깥을 상상한다. 학교에서 배운 '위기' 당시의 사진이 생생하게 떠오른다. 아버지가 돌아올 때까지 무릎이 식탁 다리와 부딪히며 덜덜 떨리고, 떨림은 그의 마음속으로, 가슴속 텅 빈 곳으로 옮겨간다.

무슨 일이에요? 버드는 묻는다.

아버지는 고개를 가로젓는다.

뭔가 소란이 있나 봐, 아버지는 말한다. 아마 그런 것 같구나. 곧 아버지가 버드의 커진 눈을 본다. 괜찮아, 노아. 경찰이 나와 있어. 그들이 모든 걸 통제하고 있어.

'위기' 동안에는 늘 혼란이 잇달았다. 버드의 기억으로는 학교에서 수없이 반복해 가르쳤다. 모두가 일자리를 잃고 공장은 멈추었으며 부족하지 않은 물건이 없었다. 폭도들이 상점을 약탈하고 길거리에서 시위를 벌였으며 동네 전체가 불길에 휩싸였다. 나라는 혼란 속에 마비되었다.

생산적인 삶이 불가능했어요, 사회 선생님이 말했다.

선생님은 전자 칠판에 띄운 슬라이드를 다음 페이지로 넘겼다. 잔해로 뒤덮인 거리와 부서진 창문. 월스트리트 한가운데 탱크가 서 있었다. 세인트루이스 아치 아래 오렌지색 안개 속에서 연기가 피어올랐다.

그러니 학생 여러분은 파괴적 시위를 과거로 만든 PACT의 시대에 살고 있어서 행운인 겁니다.

그 말은 사실이었다. 버드는 살면서 폭력적인 상황을 거의 겪어보지 못했다. PACT는 십 년도 전에 만들어진 법으로 하원과 상원에서 압도적 다수의 찬성을 얻어 통과되었고, 기록적인 속도로 대통령에 의해 선포되었다. 몇 번의 여론조사에서도 여전히 대중의 엄청난 지지를 받고 있는 것으로 나타났다.

다만 지난 몇 달 동안 곳곳에서 이상한 일이 벌어졌다. 시위나 행진, 폭동처럼 교실에서 배운 파괴 행위가 아니라 뭔가 새로운 거였다. 이상하고 아무 의미 없는 것으로 보이는 기묘한 행동, 신고할 필요도 없는 해괴한 짓. 누가 한 일인지 알 수 없지만 전부 PACT를 겨냥하고 있었다. 멤피스에서는 스키 마스크를 쓴 사람들이 덤프트럭에 가득 싣고 온 탁구공을 강에 흘려보내고 달아났는데, 탁구공에는 붉은색 하트가 그려져 있고 아래에 'PACT 종식'이라고 쓰여 있었다. 바로 지난주에는 드론 두 대가 브루클린브리지 아치와 아치 사이에 'PACT는 엿이나 먹어'라는 내용의 플래카드를 내걸었다. 삼십 분도 되지 않아 주 경찰이 다리를 폐쇄했고, 탑에 사다리차가 접근해 플래카드를 걷어냈다. 하지만 버드는 사람들이 휴대전화로 촬영해 인터넷에 올린 사진에서 플래카드를 보았다. 모든 방송과 인터넷 사이트에서 그 장면을 보여주었고 심지어 일부 신문에도 실렸다. 거대한 플래카드에는 검은색 굵은 글씨가 쓰여 있고 아래에 피가 튄 것처럼 얼룩덜룩한 붉은 하트가 그려져 있었다.

다리가 몇 시간 동안 통제되면서 뉴욕에서는 교통 체증이 벌어졌다. 길게 늘어선 차 행렬과 어둠 속으로 길게 이어진 붉은 후미등을 찍은 동영상이 인터넷에 올라왔다. 자정이 되어서야 귀가할 수 있었어요, 어떤 운전자는 기자에게 말했다. 그의 눈 아래로 시커먼 다크서클이 연기가 남긴 자국처럼 피어올랐다.

인질이나 다름없었습니다, 그는 말했다. 무슨 일인지 아무도 알지 못했어요. 그러니까 테러라도 벌어진 것처럼요. 뉴스에서는 낭비된 휘발유와 배출된 일산화탄소의 양 그리고 버려진 시간의 경제적 비용을 계산해 기사로 다루었다. 소문에 따르면 사람들이 아직도 미시시피 강에 떠다니는 탁구공을 찾고 있다고 했다. 멤피스 경찰은 공을 삼키는 바람에 목이 막혔다며 종양 덩어리처럼 목이 부풀어 오른 오리 사진을 공개하기도 했다.

절대 용납할 수 없는 행동이에요, 사회 선생님이 코웃음을 쳤다. 혹시라도 여러분 가운데 누군가 이런 파괴적 행동을 계획한다는 소문을 들으면 즉시 당국에 신고해야 합니다. 그것이 PACT 체제에서 시민의 의무예요.

곧이어 즉흥 강의가 이어졌고 추가로 숙제도 주어졌다. 최근 발생한 파괴적 행위가 어떻게 우리 모두의 공공안전을 위협하는지 다섯 단락으로 설명하시오. 버드의 손이 움츠러들며 경련을 일으켰다.

그런데 지금 이 식당 밖에서 평화 방해 행위가 벌어지고 있다. 버드는 두려운 동시에 매료된다. 뭐지? 공격인가? 폭동? 폭탄?

식탁 너머에서 아버지가 그의 손을 잡는다. 버드가 아직 어렸을 때 아버지가 종종 하던 행동이다. 이제 버드가 조금 자라 더는 없는 일이지만 버드가 몰래 그리워해온 그 행동. 아버지의 손은 부드럽고 굳은살이 없는, 머리로 일하는 사람의 손이다. 아버지의 손가락이 따뜻하지만 단단하게 버드의 손을 감싸 쥐고 떨리지 않도록 잡아준다.

방해Disruption라는 말이 어디서 왔는지 아니? 아버지가 말한다. Dis는 떨어져나간다는 뜻이야. 방해 disturb, 팽창 distend, 분할dismember처럼 말이야.

아버지의 오래된 습관이다. 단어를 낡은 시계처럼 분해해 안에 든 톱니바퀴가 돌아가는 모습을 보여주는 것. 아버지는 마치 침대맡에서 옛날이야기를 들려주듯 버드를 차분하게 해주려 애쓴다. 그의 주의를 다른 곳으로 돌리려고. 어쩌면 자기 자신의 주의를 돌리려는 것인지도 모른다.

rupt를 붙이면 무언가를 깬다는 의미야. 예컨대 erupt는 터뜨린다는 뜻이고 interrupt는 사이를 깬다는 뜻이고 abrupt는 깨져 나온다는 뜻이지.

신이 났는지 아버지의 목소리가 음을 맞추는 기타 줄처럼 반옥타브쯤 높아진다. 그러니까 disruption은 사실 깨뜨려 부순다는 말이야. 부숴서 조각을 내는 거지.

버드는 뽑힌 기차선로와 바리케이드를 친 고속도로, 무너지는 건물을 생각한다. 학교에서 보여준 사진을 생각한다. 돌을 던지는 시위대, 방패 뒤에 몸을 숨기고 수그린 진압경찰. 밖에 무슨 말인지 알아들을 수 없게 찢어지는 경찰의 무전기 소리와 커졌다 작아졌다 반복하는 외침이 들린다. 두 사람 주위의 학생들은 휴대전화에 고개를 처박은 채 무슨 일인지 알아보거나 글을 올리고 있다.

괜찮아, 노아. 아버지가 말한다. 다 금방 끝날 거야. 두려워할
것 전혀 없어.

두렵지 않아요, 버드는 말한다. 그리고 그는 정말 안 두렵다.
그의 피부 위에 드리운 거미줄은 두려움이 아니다. 폭풍 전 공기
중의 전하처럼 뭔가 거대하고 놀라운 힘이다.

이십 분쯤 지난 뒤 커튼과 이중 창문을 뚫고 다시 누군가 확
성기를 통해 날카롭게 말하는 소리가 들린다. 다시 평소 활동으
로 돌아가도 안전합니다. 혹시라도 의심스러운 활동이 조금이
라도 있으면 당국에 신고해주시기를 바랍니다.

주위에 있던 학생들이 한두 명씩 식판을 세척대에 올려놓고
늦어진 데 불평을 늘어놓으며 서둘러 기숙사로 돌아간다. 8시
반이 넘었고 사람들은 돌연 어딘가 다른 곳에 있고 싶어졌다. 버
드와 아버지가 소지품을 챙기는 사이 페기가 커튼을 다시 걷어
올리자 어두워진 길거리가 보인다. 페기 뒤쪽으로 다른 직원들
이 걸레와 세정제가 든 스프레이를 들고 식탁 사이를 바삐 오간
다. 또 다른 직원 한 명은 긴 빗자루를 들고 바쁘게 타일 바닥을
청소하며 떨어진 시리얼이나 흩어진 빵 부스러기를 모은다.

이쪽은 내가 열게요, 페기. 버드의 아버지가 말하자 페기가 고
맙다는 고갯짓을 한다.

조심해서 가세요, 가드너 씨. 페기가 서둘러 주방으로 돌아가
며 말한다. 버드는 아버지가 커튼 양쪽을 다 열고 집으로 다시
갈 수 있을 때까지 불안해하며 기다린다.

밖으로 나오니 공기는 상쾌하고 주위는 고요하다. 경찰차는 모두 사라졌고 사람들도 보이지 않는다. 길거리는 휑하다. 그는 파괴 행위의 흔적을 찾는다. 땅이 파인 곳이나 불에 그을린 건물, 깨진 유리. 전혀 보이지 않는다. 그러다가 기숙사 쪽으로 도로를 건너는 순간 땅바닥에서 발견한다. 사거리 정중앙 아스팔트에 스프레이로 뿌려진 핏빛 붉은색. 자동차 크기여서 도저히 못 보고 지나칠 수가 없다. 하트 모양, 브루클린브리지에 걸린 플래카드 속 그림과 똑같았다. 그리고 이번에는 하트를 감싸고 둥글게 글씨가 쓰여 있다. '우리의 잃어버린 심장을 돌려달라.'

버드는 피부 전체가 따끔거린다.

길을 건너면서 발걸음을 늦추고 글씨를 다시 읽는다. '우리의 잃어버린 심장.' 절반쯤 마른 페인트가 운동화 바닥에 들러붙는다. 숨결이 목구멍에 뜨겁게 들러붙는다. 아버지도 봤는지 슬쩍 확인해본다. 그러나 아버지는 그의 팔을 잡아끈다. 땅바닥에 시선을 주지 않은 채 그를 잡아당긴다. 그와 눈도 마주치지 않는다.

늦겠다, 아버지가 말한다. 얼른 들어가야지.

어머니는 시인이었다.

유명 시인이지, 새디가 덧붙였고 버드는 어깨를 으쓱했다. 유명 시인이라는 게 있어?

장난하지 마, 새디가 말했다. 마거릿 미우의 이름을 모르는 사람은 없어.

새디가 잠시 생각하더니 말을 이었다.

아니, 적어도 시는 다 들어봤겠지.

처음에는 그냥 다른 것처럼 한 문장에 불과했다.

어머니가 떠난 뒤 얼마 지나지 않아 버드는 버스에서 죽은 나비 날개처럼 얇은 종잇조각을 찾아냈다. 좌석과 벽 사이에 끼워져 여기저기 여러 개가 보였다. 아버지는 그의 손에서 종이를 낚아채더니 구겨서 바닥에 버렸다.

쓰레기 줍지 마, 노아. 아버지는 말했다.

하지만 버드는 이미 맨 윗줄을 읽어버렸다. '우리의 모든 잃어버린 심장.'

생전 들어본 적 없는 문구였지만 어머니가 사라진 뒤 몇 달, 몇 년 동안 온갖 곳에서 튀어나왔다. 자전거 터널이나 농구장 벽, 길게 이어진 공사장 벽면 합판에 그려진 그라피티. '우리의 잃어버린 심장을 잊지 말라.' 자경단 포스터 위에 두꺼운 붓으로 쓴 글씨. '우리의 잃어버린 심장은 어디에?' 그리고 밤새 전단지가 뿌려진 날은 잊을 수가 없다. 전단지는 자동차 와이퍼 아래에 끼워져 있거나 인도에 뿌려져 있고 콘크리트로 만든 가로등 받침대에 끼여 있기도 했다. 손바닥 크기로 복사한 전단에는 이렇게만 쓰여 있었다. '우리의 모든 잃어버린 심장.'

다음 날, 그라피티는 페인트로 덮였고 포스터는 교체되었으며 전단은 낙엽처럼 휩쓸려 사라졌다. 모든 것이 너무 깨끗해 전부 꿈인 것 같았다.

그때는 그런 일이 그에게 아무 의미도 없었다.

버드가 묻자 PACT 반대 구호라고 아버지가 퉁명스럽게 말했다. PACT를 뒤엎고 싶어하는 사람들 짓이라고. 미친 사람들이야, 아버지가 덧붙였다. 진짜 미치광이들.

PACT를 뒤집겠다고 생각한다면 미치광이일 수밖에 없다고 버드도 생각했다. PACT는 '위기'를 끝내는 데 도움을 주었다. PACT는 상황을 평화롭고 안전하게 만들었다. 그건 유치원생도 아는 일이다. PACT는 정말이지 상식이다. 비애국적인 행동에는 결과가 따른다. 만일 그런 행동을 하지 않았다면 걱정할 일이 뭐가 있겠는가? 그리고 혹시 비애국적인 행동을 보거나 듣는다면, 당국이 알도록 하는 게 모두의 의무다. 버드는 PACT가 없는 세상은 전혀 알지 못했다. 그건 중력이나 살인하지 말라는 말처럼 자명한 일이다. 그는 PACT를 반대하는 사람이 왜 존재하는지, 그게 심장이랑 무슨 관계인지 그리고 어떻게 심장이 사라질 수 있는지 이해할 수 없었다. 심장이 몸속에서 뛰지 않는데 어떻게 살아남을 수 있단 말인가?

새디를 만나기 전에는 무슨 의미인지 알지 못했다. 그녀는 부모가 PACT에 저항했다는 이유로 집에서 쫓겨나 재배치되었다.

정말 몰랐어? 새디가 말했다. 어떤 결과가 따르는지? 버드. 웃기지 마.

그녀는 숙제로 받은 시험지를 두드렸다. PACT의 세 기둥: 비미국적인 가치와 행동을 조장하는 활동의 불법화, 우리 사회에 가해지는 잠재적 위협에 대한 모든 시민의 신고 의무. 그리고 새디의 손가락이 짚은 곳에 쓰여 있다. 해로운 견해를 옹호하는 환경에서 어린이 보호.

그때도 버드는 믿고 싶지 않았다. PACT에 의해 부모를 떠나 이사해야 하는 경우가 소수 있을 수 있지만 자주 발생할 리는 없다. 그렇지 않다면 왜 아무도 이야기하지 않겠는가? 물론 새디 같은 사례도 가끔 듣기야 했지만 분명히 예외의 경우다. 만일 당신에게 그런 일이 벌어지면 뭔가 위험한 짓을 했기 때문이고, 당신의 자녀는 보호되어야 할 필요가 있다. 당신에게서, 그리고 당신이 하는 행동과 말에서. 어떤 사람들은 그럼 그다음은 뭐냐고 묻지만, 그렇다면 아이를 성추행하고 때리는 사람을 보호자로 그냥 두어야 한다는 것일까?

그는 별생각 없이 새디에게 이렇게 말했고, 그녀는 입을 다물었다. 그러더니 참치 마요네즈 샌드위치를 똘똘 뭉쳐서 버드의 얼굴에 집어 던졌다. 눈을 비벼 닦았을 때 그녀는 사라지고 없었고, 오후 내내 머리와 몸에서 생선 비린내가 사라지지 않았다.

며칠 뒤 새디가 책가방에서 뭔가를 꺼냈다.

이거 봐, 그녀가 말했다. 사건 이후로 그에게 처음 건넨 말이었다. 버드, 내가 찾아낸 걸 봐.

모서리가 너덜거리고 잉크가 회색으로 번진 신문이었다. 거의 이 년은 지난 신문 같았다. 그리고 가로로 접힌 부분 바로 아래 헤드라인이 보였다. '지역 시인 반역에 연루.' 사진 속 어머니의 미소 끝에 보조개가 걸려 있었다. 그를 둘러싼 세상이 흐릿한 잿빛으로 변했다.

어디서 구했어? 그가 물었고 새디는 어깨를 으쓱했다.

도서관에서.

반反PACT 폭동 구호가 전국으로 확산된 가운데 뿌리는 이곳, 무서울 정도로 가까운 곳에 있었다. 너른 지지를 받고 있는 국가보안법을 공격하는 데 점점 더 많이 사용되는 이 문구는 현지 여성 마거릿 미우의 창작물로, 그녀의 시집인 《우리의 잃어버린 심장》에서 발췌한 것이다. 중국 이민자의 자녀이자 어린 아들을 둔 미우는……

그 뒤부터는 제대로 보이지 않았다.

이 말이 무슨 뜻인지 알 거야, 버드. 새디가 말했다. 새디는 흥분했을 때 늘 그러듯 발뒤꿈치를 들어 올렸다. 너희 엄마는……

버드는 그때 알았다. 어머니가 그들을 왜 떠났는지. 왜 아버지와 그는 절대 어머니 이야기를 입에 올리지 않는지.

너희 엄마도 그쪽이야, 새디가 말했다. 저기 어딘가에 계셔. 시위를 조직하고 있어. PACT에 맞서 싸우지. PACT를 뒤집고 아이들을 집으로 데려가려고 해. 우리 부모님처럼.

새디의 눈이 어두워지고, 아득한 곳에서 빛이 반짝였다. 그녀는 마치 버드를 뚫고 어떤 계시를 보는 것 같았다.

어쩌면 저기 다 같이 계실지도 몰라, 그녀가 말했다.

버드는 새디의 희망에 찬 환상일 뿐이라고 생각했다. 그의 어머니가 이 모든 일의 주모자라고? 불가능하지는 않았지만 그럴 법하지도 않았다. 하지만 어머니가 쓴 글이 PACT를 전복하자는 구호에 깊이 새겨져 전국에 퍼져나간 것은 사실이었다.

PACT에 대항해 맞서는 사람들을 뉴스에서는 이렇게 불렀다. 선동적인 불온 분자. 중국에 동조하는 배신자. 미국 사회의 암 덩어리. 예전이었다면 아버지의 사전에서 삭제나 근절과 함께 찾아봐야 하는 단어였다.

두 사람이 신문 기사나 누군가의 휴대전화에서 그의 어머니가 만든 문구를 찾아낼 때마다 새디는 연예인이라도 본 것처럼 팔꿈치로 버드를 쿡 찔렀다. 그의 어머니가 자기 자식을 두고 떠난 상황에서도 어딘가 다른 곳에서 다른 누군가의 아이를 매우 걱정하고 있다는 증거였다. 그런 아이러니가 버드의 혈관으로 스며들었다.

하지만 더는 어딘가 다른 곳이 아니었다. 바로 여기에 어머니의 문구가 핏빛으로 커다랗게 도로에 쓰여 있었다. 위층 침대 베갯잇 속에 편지로 들어 있었다. 브루클린브리지에 걸린 빨간 심장과 같은 모양으로 발아래 도로에 존재했다. 버드가 어깨 너머를 흘깃 돌아보면서 마당 어두운 구석을 훑어본다. 목구멍에서 느껴지는 한기가 희망인지 두려움인지, 지금 당장 엄마 품으로 뛰어들고 싶은지, 엄마를 숨어 있는 곳에서 밝은 곳으로 끌어내고 싶은지 알 수 없다. 아무도 보이지 않고 아버지가 팔을 잡아당긴다. 그는 아버지를 따라 아파트로 들어서 계단을 오른다.

집에 돌아오자 계단을 오르느라 땀나고 지친 아버지는 코트를 벗어 벽에 박힌 못에 건다. 버드는 숙제를 마저 하기 위해 앉지만 머릿속이 뒤죽박죽되어 윙윙거린다. 아래 마당이 내려다보이는 창문으로 향하지만 보이는 것은 유리창에 비친 그들의 초라한 아파트뿐이다. 그의 앞에는 절반쯤 끝낸 작문 숙제가 텅 빈 하얀 공간으로 이어지고 있다.

아빠, 그는 말한다.

그와 마주 앉아 있던 아버지가 책에서 눈을 든다. 아버지는 사전을 읽으면서 아무렇게나 여기저기 펼쳐보고 있다. 버드는 그런 아버지의 오래된 습관이 특이해 보이면서도 사랑스럽다. 오래전 부모님은 그런 모습으로 각자 책을 들고 소파에 앉아 저녁 시간을 보냈고, 버드는 가끔 아버지의 어깨를, 그리고 어머니의 어깨를 끌어안으며 자신이 찾아낼 수 있는 가장 긴 단어를 소리 내어 말했다. 지금 아파트에 있는 책은 사전이 유일하다. 이사 올 때 사전만 챙겼기 때문이다. 버드는 아버지의 눈빛에서 그가 수백 년 전, 한 고풍스러운 단어가 지그재그 오간 과거 속을 방황하고 있음을 알았다. 아버지를 그렇듯 평화롭고 소중한 장소에서 불러낸 것이 후회스럽다. 하지만 그는 알아야만 한다.

아빠는―버드가 헛기침으로 목을 가다듬는다― 혹시 소식

못 들었죠?

순간 아버지의 얼굴이 얼어붙는다. 누군지 집어 말하지 않았으나 그럴 필요조차 없다. 두 사람 모두 누구를 말하는지 안다. 두 사람이 소식을 궁금해할 사람은 어머니뿐이다. 그때 아버지가 사전을 툭 덮는다.

당연히 못 들었지, 아버지가 말하더니 버드에게 가까이 다가와 옆에 선다. 그를 내려다본다. 버드의 어깨에 손을 올린다.

엄마는 이제 더는 네 인생과 상관이 없어. 적어도 우리한테만큼은 네 엄마는 존재하지 않는 거야. 알겠니, 노아? 알아들었다고 말해주렴.

버드는 어떻게 대답해야 할지 정확히 알고 있다. 그럼요, 잘 알아요. 하지만 말이 목에 걸려 나오지 않는다. 하지만 엄마는 살아있잖아요, 그는 말하고 싶다. 엄마는 존재하고 난 이해할 수 없어요. 엄마는 내게 뭔가를 말하고 싶어해요. 이건 매듭짓거나 풀어야 할 느슨한 실마리라고요. 버드가 망설이는 사이 아버지는 탁자 위 마무리하지 못한 작문 숙제를 본다.

어디 좀 보자, 아버지가 말한다.

아버지는 교수가 아닌 지 오래되었음에도 가르치려는 마음을 주체하지 못한다. 아버지의 뇌는 두개골 안에 갇힌 큰 개와 같아서 안절부절못하고 서성대며 달리고 싶어 안달한다. 아버지는 이미 버드의 숙제 위로 몸을 숙이고 버드의 팔꿈치 아래에 있는 숙제를 잡아당기고 있다.

아직 다 안 썼어요, 버드는 항변하듯 말하고 연필 끝에 달린 지우개를 깨문다. 흑연과 작은 고무 조각이 혀에 떨어진다. 아버지는 고개를 젓는다.

여기는 좀 더 명징하게, 아버지가 말한다. 잘 봐. 여기, 네가 PACT는 국가안보에 매우 중요하다, 이렇게 썼잖아. 좀 더 명확하고 강한 어조로 써야 해. PACT는 외래 영향력에 미국이 훼손되지 않고 안전하게 유지되는 데 필수적이다.

아버지는 손가락으로 문장을 따라가며 버드가 쓴 글씨를 문지른다.

아니면 여기. 선생님한테 네가 확실하게 알고 있다는 걸 보여줘야 해. 네가 다 이해한다는 데 절대 의문이 생겨서는 안 돼. PACT는 아무 죄 없는 아이들이 부적절하고 비애국적인 부모에 의해 거짓되고 체제 전복적인 반미 사상에 세뇌당하지 않도록 보호한다.

아버지가 작문 노트를 두드린다.

자, 어서. 노트에 새 종이를 끼워 넣으며 말한다. 받아 적어.

버드는 화가 나서 이를 악문 채 눈물 맺힌 눈으로 아버지를 쏘아본다. 두 사람은 한 번도 이런 적이 없다. 두 개의 부싯돌이 맞부딪혀 불꽃이 튄다.

어서, 아버지가 말한다. 버드가 그대로 받아 적자 아버지가 깊은 한숨을 내쉬더니 사전을 들고 침실로 물러간다.

버드는 숙제를 마치고 이를 닦은 다음 불을 끄고 커튼 뒤로 미끄러져 들어간다. 도로 건너편, 지금은 문을 닫은 학생 식당이 보인다. 안쪽에 달린 빨간 출구 표시등만이 희미하게 불을 밝히고 있다. 그때 트럭 한 대가 도착하더니 전조등을 끈다. 흐릿한 남자 형체가 트럭에서 내리더니 무언가를 도로 한복판으로 가져와 작업을 시작한다. 무슨 일을 벌이는 건지 이해하는 데 시간이 걸린다. 페인트가 담긴 통과 커다란 롤러 브러시. 남자는 심장 그림을 페인트로 덮고 있다. 아침이면 심장은 사라지고 없을 것이다.

노아, 아버지가 문간에서 말한다. 잘 시간이야.

그날 밤 아래층 침대에서 아버지가 나지막이 코를 골 때, 버드는 살그머니 베갯잇 속으로 손을 넣어 봉투의 끄트머리를 만진다. 조심스럽게 편지를 꺼내 펼친다. 버드는 아버지가 자는 동안 글을 읽기 위해 침대에 볼펜형 손전등을 두고 쓴다. 버드는 손전등을 딸깍 켠다.

희미한 불빛 속에서 고양이들이 얽히며 각도와 곡선을 만든다. 비밀 메시지일까? 암호? 고양이들의 줄무늬에 어떤 문자가 있을까? 아니면 귀 끝이나 구부러진 꼬리에? 편지를 이리저리 뒤집어보며 볼펜이 그린 선을 불빛으로 비춘다. 한 얼룩무늬 고양이 그림에서 M자를 찾아낸 것 같다. 검은 고양이의 구부러진 다리는 S자처럼 보인다. 아니, 어쩌면 N일 수도 있다. 하지만 확실하지는 않다.

편지를 다시 넣으려던 순간 버드는 작고 둥그런 빛이 돋보기처럼 뭔가를 선명하게 비추는 걸 본다. 아래쪽 구석, 페이지 번호가 있을 법한 곳이다. 새끼손가락 크기의 직사각형이 보인다. 직사각형 안에 더 작은 직사각형이 있다. 고양이들은 물론 그걸 무시하고 있다. 자세히 살펴보지 않으면 발견하기 쉽지 않다. 그러나 버드의 관심을 끈다. 뭐지? 어쩌면 아무것도 담지 않은 틀일 수도 있다. 빈 화면을 보여주는 구식 텔레비전이나 평평한 유리가 달린 창문.

자세히 살펴본다. 한쪽에 점이 하나 있고 반대쪽에 두 개의 작은 경첩이 있다. 문이다. 문이 달린 상자, 굳게 닫힌 캐비닛. 머릿속 한구석에서 바람이 살짝 일었다가 다시 가라앉는다. 오래전 어머니가 들려준 이야기. 어머니는 늘 그에게 이야기를 들려주었다. 동화, 우화, 전설, 신화. 서로 다르고 아름다운 거짓말의 무지개. 어쩐지 그림이 익숙하다. 고양이, 닫힌 캐비닛과 소년. 확실히 기억나지는 않지만 분명 아는 것이다. 어떤 이야기였더라?

옛날 옛날에 고양이를 사랑한 소년이 있었습니다.

버드는 어머니의 목소리가 되살아나 이야기의 나머지 부분을 채워주기를 기다린다. 공이 내리막을 따라 떠밀려간다. 하지만 들리는 소리라고는 속삭이는 듯한 아버지의 숨소리뿐이다. 어머니의 목소리가 어땠는지 기억나지 않는다. 머릿속에 울리는 소리는 버드 자신의 목소리다.

과학 수업이 끝나자 같은 반 친구들은 점심을 먹으러 식당으로 몰려간다. 핫도그와 초콜릿 우유를 사서 가장 좋은 식탁에 자리를 잡으려고 다툰다. 버드는 아이들이 수군거리는 통에 식당에서 밥 먹는 일은 질색이다. 여러 해 동안 그는 자판기 뒤 구석, 반쯤 가려진 식탁에 앉았다. 그러다가 5학년이 끝나갈 무렵 새디가 나타났고, 그녀는 창피해하지 않고 고집스럽게 두 사람이 앉을 공간을 만들어냈다. 그가 유일하게 혼자가 아니었던, 멋진 한 해였다. 두 사람이 처음 만난 날, 새디는 버드의 손을 잡고 밖으로 끌어내 작은 잔디밭으로 데려갔다. 바깥은 공기가 시원하고 조용했으며 고요함이 귀로 밀려 들어와 모든 소리를 증폭해 들려주었다. 새디를 따라 풀밭에 자리를 잡고 앉으면 샌드위치 포장지가 벗겨지는 부스럭 소리나 새디가 앉으며 다리를 구부릴 때 운동화가 콘크리트 바닥을 긁는 소리, 머리 위 산들바람이 가지를 흔들 때 새로 몸을 펴는 나뭇잎의 웅얼거림까지 전부 들을 수 있었다.

이윽고 수군거림이 달라졌다. 노래가 들렸다. 노아랑 새디가 나무에 앉았대요.

아이들이 아직도 그 노래를 부르니? 버드가 그 얘기를 했을 때 아버지가 말했다. 그 바보 같은 노래는 세상이 끝나도 살아남겠구나. 세상 모든 책을 태우고 나면 그 노래만 남겠지.

아버지가 말을 멈췄다.

그냥 무시해. 그만둘 거야.

그러고 잠시 말을 멈췄다. 그렇지만 새디라는 아이랑은 너무 오래 같이 다니지 마. 네가 걔를 좋아한다고 사람들이 생각하는 건 싫잖아.

버드는 고개를 끄덕였지만 그 뒤로도 매일 날씨가 어떻든 새디와 함께 점심을 먹었다. 비가 오면 처마 아래 바짝 붙어 앉았고 겨울 진창 속에서도 나란히 앉아 떨었다. 새디가 사라진 뒤에도 그는 식당으로 돌아가지 않고 매일 둘이 있던 장소로 갔다. 그때쯤 그도 깨달았다. 가끔 혼자 있는 것도 그리 나쁘지 않은 선택이라는 걸.

오늘 그는 밖으로 나가는 대신 과학실에 남아 가방을 뒤지는 척하면서 모두가 떠날 때까지 기다렸다. 폴러드 선생님은 책상에 유인물을 가지런하게 쌓으면서 그를 살펴본다.

뭐 필요한 거 있니, 노아? 선생님이 묻는다. 서랍에서 깔끔하게 주름이 잡힌 갈색 봉지를 꺼낸다. 점심 도시락이다. 선생님 뒤로 벽에 줄지어 걸린 형형색색의 포스터가 빛을 내뿜는다. 한 포스터에는 '우리는 함께한다'라고 적혀 있고, 빨강, 하양, 파랑 종이 인형이 미국 지도 위로 몸을 뻗고 있다. 다른 포스터에는 선량한 시민은 모두 선한 영향을 준다고 적혀 있다. 불량한 시민은 모두 나쁜 영향을 준다고 적힌 포스터도 있다. 그리고 물론 교실마다 국기가 있는데, 선생님의 왼쪽 어깨 바로 위에 마치 치켜든 도끼처럼 매달려 있다.

컴퓨터 좀 써도 될까요? 버드는 말한다. 뭘 좀 찾고 싶어서요.

그는 여섯 대의 학생용 컴퓨터가 놓인 벽 쪽 책상을 가리킨다. 반 친구들 대부분은 컴퓨터 대신 휴대전화를 사용하지만, 버드의 아버지는 휴대전화를 허락하지 않는다. 절대 안 돼, 아버지는 말한다. 그리고 그 결과 버드는 한 번이라도 학교 컴퓨터를 사용해본 몇 안 되는 학생 중 하나다. 컴퓨터 뒤에는 빈 책장이 있다. 책이 있는 모습을 한 번도 본 적 없지만, 책장은 오래전 사라진 시대의 화석처럼 계속 서 있다.

여러분, 종이책은 인쇄되는 즉시 시대에 뒤떨어진다는 사실을 아나요? 일 년 전 선생님은 그렇게 말했다.

신년 행사 때였다. 학생들은 전부 카펫에 책상다리로 앉아 있었다.

세상은 그렇게나 빨리 변하는 겁니다. 우리 생각도 빨리 따라

가야 하고요.

선생님이 손가락을 튕겼다.

우리는 여러분이 최신 정보를 알기를 바랍니다. 최신 정보를 알면 시대에 뒤처지거나 부정확한 것을 사용할 일이 전혀 없게 됩니다. 여러분이 필요한 모든 걸 바로 여기, 온라인에서 찾을 수 있습니다.

그럼 그건 다 어디로 갔나요? 새디가 물러서지 않고 물었다. 그때만 해도 전학 온 지 얼마 안 되었던 새디는 겁이 없었다. 책 말이에요, 그녀가 말했다. 전에는 책이 있었으니까 책장이 여기 있는 거잖아요. 어디로 치웠나요?

선생님은 표정이 굳었지만 미소는 더 커졌다.

보관 장소의 크기는 제한적이에요, 선생님은 말했다. 그래서 우리는 불필요하거나 적절하지 않거나 시대에 뒤처진 책을 가려냈습니다. 하지만……

그러니까 책을 금지한 거네요, 새디가 말했다. 그러자 선생님이 안경 너머로 눈을 두 번 깜박거렸다.

아, 그렇지 않아요. 선생님은 말했다. 그렇게 생각하는 사람도 있지만 사실이 아니에요. 누구도 무엇도 금지하지 않았습니다. 권리장전이라고 못 들어봤나요?

학생들이 낄낄거렸고 새디는 얼굴이 붉어졌다.

모든 학교는 각자 독립적으로 판단합니다, 선생님이 말했다. 어떤 책이 학생에게 유용하고 어떤 책이 학생을 위험한 생각에 노출시키는지. 선생님이 질문을 할게요. 학생들이 나쁜 사람과 시간을 보내길 원하는 학부모가 있을까요?

선생님은 둥글게 앉은 학생들을 둘러보았다. 아무도 손드는 사람이 없었다.

물론 없겠죠. 여러분의 부모님은 여러분이 안전하길 원해요. 좋은 부모라면 당연히 그렇죠. 여러분은 선생님도 아이가 있다는 걸 알죠?

대부분 수긍하는 듯 웅얼거렸다.

어떤 책에 거짓말이 적혀 있다고 가정해봅시다, 선생님은 말을 이었다. 아니면 책에 사람을 해치라든지 스스로 해치는 나쁜 일을 하라고 쓰여 있다고 합시다. 여러분의 부모님은 집에 있는 책장에 그런 책을 절대 꽂아두지 않겠죠?

둥글게 모여 앉은 학생들이 눈을 동그랗게 뜨고 고개를 흔들었다. 새디만이 팔짱을 끼고 입을 가늘게 꾹 다문 채 꼼짝도 하지 않았다.

자, 그런 거예요, 선생님이 말했다. 우리는 우리의 아이들이 안전하기를 원합니다. 아이들이 나쁜 생각에 노출되기를 원하지 않아요. 나쁜 생각은 아이들을 해칠 수도 있고 아이들이 나쁜 짓을 하도록 부추길 수 있습니다. 아이들 자신이나 아이들 가족, 우리 나라에 말이에요. 그래서 우리는 그런 책을 없애고 유해할 수도 있는 사이트를 차단합니다.

선생님이 학생들에게 웃음을 지어 보였다.

교사로서 해야 할 일이죠, 선생님은 말했다. 부드럽지만 단호한 목소리였다. 내 아이를 돌보는 것처럼 여러분 모두를 돌보는 겁니다. 유지할 가치가 있는 것과 그렇지 못한 것을 판별하죠. 우리는 그런 결정을 내리지 않으면 안 됩니다.

선생님의 시선이 마침내 새디에게 향했다.

우린 늘 그래왔어요, 선생님은 말했다. 아무것도 변하지 않았습니다.

지금 버드는 망설이는 폴러드 선생님을 보며 숨을 참고 있다. 7학년이 된 지 겨우 한 달이지만, 그는 이미 폴러드 선생님이 마음에 들었다. 그녀의 딸인 제나는 버드보다 한 학년 아래고 아들인 조시는 1학년이다. 선생님은 회색빛 금발에 주머니 달린 스웨터를 입었고 사탕처럼 보이는 크고 둥근 귀고리를 했다. 사회 선생님과 달리 그녀는 PACT 얘기가 나와도 절대로 그를 쩨려보지 않는다. 그리고 그를 괴롭히는 아이가 있으면 손가락으로 책상을 두드리며 7학년 여러분, 지금 하는 일에 집중하세요, 라고 말한다.

수업에 관한 거니? 선생님이 묻는다.

폴러드 선생님의 목소리에 도사린 무엇인가가 버드를 경계하도록 만든다. 아니, 어쩌면 그녀가 눈을 가늘게 뜨고 마치 그가 무슨 짓을 할지 아는 것처럼 바라보는 모습 때문일 수도 있다. 버드는 자기도 그렇게 자신감이 있으면 좋겠다고 생각한다. 지금 자신이 뒤쫓고 있는 것이 헛된 일이 아니라고 믿을 수 있으면 좋겠다. 선생님의 옷깃에 달린 작은 깃발 모양 핀이 형광등 불빛에 반짝인다.

꼭 그런 건 아니에요, 그는 말한다. 그냥 관심이 생겨서요. 고양이에 관한 거예요, 그는 즉흥적으로 덧붙인다. 아버지랑 저는 고양이를 기를까 생각중이에요. 품종을 좀 찾아보려고요.

폴러드 선생님의 한쪽 눈썹이 아주 살짝 위로 움직인다.

그렇구나, 선생님이 밝은 목소리로 말한다. 새 애완동물이라니 참 사랑스럽구나. 혹시 도움이 필요하면 말하렴.

선생님은 은빛으로 빛나는, 줄지어 놓인 컴퓨터 쪽으로 고갯짓을 해 보이더니 점심 도시락을 풀기 시작한다.

버드는 선생님 책상에서 가장 먼 컴퓨터 앞에 앉는다. 컴퓨터마다 작은 황동 명판이 붙어 있다. 류 가족의 선물입니다. 이 년 전 로니 류의 가족은 전 교실에 설치할 컴퓨터를 기증해 학교 전체를 초고속 인터넷 환경으로 업그레이드했다. 그저 받은 걸 사회에 환원하는 것입니다, 류 씨는 공개 행사에서 말했다. 그는 사업가였는데─대충 부동산 관련업이었다─교장은 후한 기부에 감사했고, 시 예산이 부족한 부문에 일반 시민이 나서줘서 매우 고맙다고 했다. 교장은 류 가족이 지역사회의 충실한 구성원임을 칭송했다. 아서 트랜*의 부모가 식당 개선 공사 비용을 댄 것도, 제이니 윤의 아버지가 학교에 새로운 깃대와 깃발을 기증

---

* 베트남계 성씨인 쩐Tran의 미국식 발음.

한 것도 같은 해였다.

마우스를 움직이자 구름 한 점 없는 파란 하늘 아래 러시모어 산 사진이 나타난다. 브라우저를 클릭하자 창이 하나 열리고 커서는 브라우저 꼭대기에서 천천히 게으르게 깜박거린다.

뭐라고 입력해야 하지? 우리 어머니는 어디 있나. 인터넷이 이런 질문에 대답하길 바라는 건 너무 큰 기대일까?

버드는 잠시 멈춘다. 책상에 앉은 폴러드 선생님은 샌드위치를 베어 물면서 휴대전화를 만지고 있다. 냄새로 짐작하건대 땅콩버터 샌드위치다. 밖에는 나무 꼭대기에서 갈색 잎이 도로로 떨어지고 있다.

많은 고양이와 소년의 이야기. 그가 타이핑을 하자 단어들이 쏟아져 나와 화면을 채운다.

검은 고양이(단편). 문학 속 가상의 고양이 목록. 그는 링크를 하나씩 누르며 뭔가 익숙한 것이 갑자기 나타나기를 기다린다. 모자 속 고양이. 새끼 고양이 톰 이야기. 지혜로운 고양이가 되기 위한 지침서. 눈에 띄는 것은 없다. 그는 점점 관계가 없는 것까지 클릭하기 시작한다. 놀랍고도 진실한 고양이 이야기. 역사 속 영웅이 된 고양이 다섯 마리. 새 고양이 돌보고 먹이 주기. 모두 고양이에 관한 내용이지만 어머니와 관련 있는 건 없다. 그저 그만의 상상이었는지 모른다. 하지만 버드는 계속 파고든다.

마침내 너무 지쳐 참을 수 없게 되어버린 그는 한 번 더 검색어를 친다. 전에는 감히 쳐볼 엄두도 내지 못한 내용이다.

마거릿 미우.

잠시 뜸을 들이더니 에러 메시지가 나타난다. '검색 결과가 없습니다.' 어머니를 불렀는데 오지 않은 것처럼 왠지 어머니의 부재가 더 크게 느껴진다. 버드는 슬쩍 뒤를 돌아본다. 폴러드 선생님은 점심식사를 마치고 숙제를 채점하며 여백에 검사했다는 표시를 하고 있다. 그는 돌아가기 버튼을 누른다.

우리의 잃어버린 심장, 그는 다시 글자를 친다. 검색 페이지가 순간적으로 움직이지 않는다. '검색 결과가 없습니다.' 이번에는 아무리 클릭을 해도 아예 검색 페이지로 돌아가지 않는다.

폴러드 선생님, 그는 책상 앞으로 다가가며 말한다. 컴퓨터가 먹통이 된 것 같아요.

걱정 마, 우리가 고칠 거야, 선생님이 말한다. 자리에서 일어나 버드를 따라 컴퓨터 자리로 간 선생님은 화면을 보고 꼭대기 검색창을 보더니 표정이 바뀐다. 긴장감은 버드가 어깨 너머로도 느낄 수 있을 정도다.

노아, 잠시 후 선생님이 말한다. 네가 열두 살이지?

버드는 고개를 끄덕인다.

폴러드 선생님은 그가 앉은 의자 옆에 쭈그리고 앉아 그와 눈높이를 맞춘다.

노아, 그녀가 말한다. 이 나라는 모든 사람이 각자 인생을 어떻게 살지 결정한다는 믿음 위에 세워졌어. 너도 알지?

버드는 어른이 이런 이야기를 할 때는 대답을 원하지 않는다는 걸 알기에 아무 말도 하지 않는다.

노아, 폴러드 선생님이 다시 말한다. 그리고 그녀가 계속 그의 이름을 부르는 방식—물론 그의 이름이 아니지만—은 그가 이를 너무 꽉 악물게 해 뿌드득 소리가 나게 한다. 노아, 애야, 제발 선생님이 하는 말 잘 들어. 이 나라에서 우리는 모든 세대가 이전 세대보다 더 나은 선택을 할 수 있다고 믿는단다. 알겠지? 누구나 자신을 증명하고, 자신이 누군지 보여줄 기회를 똑같이 가질 수 있어. 우리는 부모의 잘못을 자식에게 돌리지 않아.

선생님은 밝고 불안해하는 눈으로 버드를 본다.

모두가 선택할 수 있단다, 노아. 과거의 사람과 똑같은 실수를 저지를지 전혀 다른 길을 갈지 선택할 수 있단 말이야. 무슨 말인지 이해하겠니?

버드는 고개를 끄덕이지만, 도무지 모르겠다고 확신한다.

선생님은 널 위해 말하는 거야, 노아. 진심이란다. 폴러드 선생님이 말한다. 그녀의 목소리가 부드러워진다. 넌 착한 아이고 선생님은 네게 아무 일도 일어나지 않기를 원해. 그리고 제나와 조시에게도 똑같이 말했단다. 문제를 일으키지 마. 그냥 최선을 다하고 규칙을 지켜. 일 벌이지 마. 너뿐 아니라 아버지를 위해서라도.

선생님이 일어서고 버드는 대화가 끝났다는 걸 알아차린다.

감사합니다, 그는 간신히 말한다.

폴러드 선생님은 고개를 끄덕이며 만족스러워한다.

고양이 품종을 결정하면 좋은 분양 업자를 찾도록 해, 선생님은 복도로 나서는 버드에게 말한다. 길고양이를 데려오면 어떤 녀석을 만나게 될지 알 수 없으니까.

시간 낭비야, 버드는 생각한다. 영어와 수학 수업이 있는 오후 내내 스스로를 질책한다. 무엇보다 먹지 않은 점심 도시락이 그대로 가방에 있고 배는 꼬르륵거린다. 사회 시간, 그는 멍하니 앉아 있고 선생님은 주목하라며 날카롭게 그를 지적한다.

가드너 학생, 선생님이 말한다. 다른 사람도 아니고 학생은 이 얘기를 아주 잘 들어야 한다고 생각해.

그는 뭉툭한 분필 조각으로 칠판을 두드리며 써놓은 문장 아래 분필 자국을 남긴다. '선동이란 무엇인가?'

옆줄에 앉은 캐럴린 모스와 캣 안젤리니가 곁눈질로 그를 보고, 선생님이 다시 칠판으로 몸을 돌리자 앤디 무어가 종이 뭉치를 버드의 머리에 던진다. 아무 상관도 없잖아, 버드는 생각한다. 고양이 이야기가 뭐든 그와는 아무 상관도 없고 어떤 쓸모나 의미도 없다. 어머니가 그에게 들려준 다른 모든 것처럼 그냥 이야기일 뿐. 그냥 무의미한 동화다. 그가 제대로 기억이나 하는지, 그런 내용의 이야기가 실제로 있기나 했는지도 모르겠다.

집으로 돌아오는 길에 버드는 발견한다. 먼저 한 무더기의 사람들, 그리고 그다음 공원 한가운데에 선 경찰들. 잠시 후 그의 눈에는 나무밖에 보이지 않는다. 빨강, 빨강, 빨강. 담갔다가 꺼내 매단 것처럼 뿌리부터 가지 끝까지 빨간 나무. 홍관조나 신호등, 체리 맛 알사탕 같은 색깔. 세 그루의 단풍나무가 가까이 붙어 가지를 펼치고 있다. 나뭇가지와 죽어가는 나뭇잎 사이로 거대한 붉은 거미줄이 마치 핏빛 안개처럼 공중에 드리워져 있다.

그는 아버지의 말대로 지정된 경로를 벗어나지 않고 바로 집으로 걸어가야 한다. 대학교 실험실 건물 사이 넓은 마당을 가로질러 빨간 벽돌 기숙사가 있는 운동장을 지나는 길로. 도로는 최대한 피하고 가능한 한 대학교 구내를 벗어나지 않아야 한다. 그래야 더 안전해, 아버지는 고집스레 말한다. 더 어렸을 때는 아버지가 버드를 데리고 매일 학교를 오갔다. 지름길로 가려고 하지 마, 노아, 아버지는 늘 말했다. 아빠 말 들어. 약속해, 아버지는 말했다. 버드가 혼자 학교에 가기 시작할 때 버드는 아버지와 약속했다.

지금 버드는 약속을 어기고 있다. 그는 후다닥 도로를 건너 공원으로 향한다. 공원에 구경꾼 몇 명이 모여 있다.

길을 건너오니 더 잘 보인다. 빨간 페인트라고 생각했던 것은 실이었고, 거대한 깔개를 붉은색 실로 짜서 가지 끝에 묶어두었다. 마치 꽉 조이는 장갑을 씌워놓은 것처럼 보인다. 거미줄도 역시 실인데, 나무 사이로 뻗어나가 가지와 가지를 연결하고 서로 엇갈리면서 어느 곳에는 실이 덩어리처럼 엉겨 있기도 하고 한 가닥으로만 연결된 곳도 있다. 군데군데 덫에 걸린 벌레처럼 뭉친 덩어리가 보인다. 갈색, 황갈색, 베이지색 실로 짠 손가락 크기 인형인데, 검은색 실로 만든 술 장식이 얼굴 모양을 하고 있다. 주위를 둘러싼 행인들이 손짓하며 수군거리고, 버드는 사람들 사이를 뚫고 가까이 다가간다.

눈앞의 광경에 버드는 겁이 난다. 괴물의 뜨개질. 주홍색 얽힘. 스스로 작고 힘없고 노출된 존재처럼 느껴진다. 하지만 동시에 그를 매혹하며 더 가까이 잡아당긴다. 마치 뱀이 공격하려고 목을 뒤로 당기면서도 눈빛으로 사람을 붙잡아두듯이.

한 무리의 경찰관이 나무 주위에 모여 손가락으로 실을 찔러보면서 진지하게 대화를 나눈다. 어떻게 해야 나무에서 실을 제거할 수 있는지 논의한다. 너무 늦었다. 행인들은 이미 주머니와 가방에서 휴대전화를 꺼내 걸음을 멈추지 않으면서 아무 말 없이 사진을 찍는다. 찍힌 사진은 모든 곳에 전송되고 게시될 것이다. 엉덩이에 덜렁거리는 권총을 매단 경찰관 무리가 나무 아래쪽을 둘러싸고 있다. 그중 한 명이 얼굴 가리개를 머리 위로 밀어 올린다. 들고 있던 투명 플라스틱 방패는 풀밭에 내려뒀다. 그들은 폭력 사태에 대비하는 장비는 갖추었지만, 이런 상황에는 대처할 수 없었다.

돌아가세요, 여러분. 어느 경찰관이 몸으로 이 기묘한 광경을 가릴 수 있기라도 한 것처럼 나무와 몰려든 사람들 사이에 서서 소리 지른다. 그는 경찰봉을 뽑아 들고 반대편 손바닥을 툭툭 내리친다. 범죄 현장입니다. 전부 해산하세요. 이렇게 서 있으면 불법집회입니다.

머리 위로 산들바람이 불고 인형들이 까딱까딱 흔들린다. 버드는 인형을, 맑고 파란 하늘을 배경 삼은 그들의 어두운 형체를 쳐다본다. 구경꾼들이 순순히 사라지면서 수가 줄자 포장도로 위 하얀색으로 새긴 글씨가 보인다. '그들은 얼마나 더 많은 잃어버린 심장을 빼앗아갈 것인가?' 그 옆에는 빨간 얼룩이 보인다. 아니, 심장이다.

그는 말이 안 되는—불가능한— 일이라는 걸 알지만 그래도 주위를 둘러본다. 혹시라도 어머니가 나무나 덤불 뒤에 숨어 있을까 봐 사방을 두리번거린다. 그늘 속에서 어머니의 얼굴을 찾아낼 수 있기를 바라며. 하지만 물론 아무도 없다.

애야, 얼른 가. 경찰관이 그에게 말하고 버드는 사람들이 모두 흩어졌고 자기만 남았다는 걸 알아차린다. 그가 고개를 숙이고—죄송합니다— 뒤로 물러서자 경찰관은 돌아서서 동료들과 합류한다. 순찰차가 경광등을 번쩍거리며 도로 양쪽 끝을 막고 자동차들을 다른 곳으로 보낸다. 공원은 통제구역이 된다.

버드는 도로를 건너지만 여전히 근처를 얼쩡거리며 주차된 차 뒤에서 몰래 지켜본다. 어머니가 뜨개질한 걸까? 그런 것 같지는 않다. 어쨌든 한 사람이 해냈을 리는 없다. 실, 거미줄, 과숙한 과일처럼 흔들리는 인형이 마치 나무에서 솟아난 버섯처럼 보이도록 위치를 맞춰 뜨개질했다. 누구인지는 알 수 없으나 어떻게 했는지 궁금하다. 차창 너머로 보니 경찰관들이 이 기묘한 상황을 어떻게 처리해야 할지 토론을 벌이고 있다. 한 사람이 거미줄 안으로 손가락을 쑤셔 넣고 확 잡아당기자 가느다란 가지가 총소리처럼 뚝 소리를 내며 부러진다. 기다란 실 한 가닥이 조금씩 풀리며 아래로 떨어진다. 섬세하고 복잡한 무언가가 파괴되는 모습에 버드 마음속에서도 무엇인가가 똑같이 부러지고 풀리는 기분이다. 빨간 그물에 묶인 인형들이 몸을 떤다. 그의 생각을 담기에 그의 몸이 너무 작게 느껴진다.

그러다가 경찰관 한 명이 커터 칼을 꺼내더니 얽힌 실을 위에서 아래로 자르기 시작하고 조각난 실은 폭포처럼 떨어진다. 다른 경찰관이 사다리를 가져와 가지 틈으로 기어올라 첫 번째 인형을 떼어내 땅으로 던진다. 인형이 아니야, 버드는 갑자기 생각한다. 아이들이야. 커다란 머리, 짤막한 팔다리, 검은 머리칼. 눈은 있지만 입은 없고, 텅 빈 얼굴에 버튼 두 개만 달린 작은 몸이 진흙 바닥에 떨어지는 순간 버드는 속이 뒤집혀 고개를 돌린다. 도저히 참고 볼 수가 없다.

그는 새디가 매우 특별한 경우라고 생각했다. PACT 때문에 재배치되는 일은 지극히 드문 일이니까.

글쎄, 그렇진 않아. 새디가 말했다.

그럼 몇 명인데? 그는 물어본 적이 있다. 열 명? 스무 명? 수백 명?

새디가 그를 보며 양손을 옆구리에 얹었다. 버드, 그녀는 짜증과 동정 섞인 목소리로 말했다. 넌 아무것도 모르는구나, 그렇지?

사람들은 이야기는커녕 듣기조차 싫어했다. 바로 PACT의 애국심은 위협으로 장식되어 있다는 것. 그러나 어떤 사람들은 무슨 일이 벌어지고 있는지 말하고, 다른 사람에게 또 스스로에게 설명하려 애썼다. 새디의 어머니도 그중 하나였다. 가로수가 단정히 늘어선 볼티모어의 어느 도로에서 찍은 그녀의 영상이 있다. 미국 어디서나 볼 수 있는 도로지만 휑하니 비어 있다는 점이 달랐다. 자동차도, 개와 산책하거나 그냥 돌아다니는 사람 하나 없이, 오로지 노란색 블레이저를 입고 검은색 윈드스크린으로 감싼 채널 5의 마이크를 입에 댄 새디 어머니뿐이었다.

그녀는 말한다. 어제 아침, 이 조용한 거리에서 가족관리국 관리들이 소니아 리 천의 집을 찾아와 그녀의 네 살짜리 아들 데이비드를 데려갔습니다. 이유가 뭘까요? 최근 소니아가 PACT는 아시아계 미국인 사회 구성원을 겨냥하는 데 쓰인다고 주장하는 내용을 소셜미디어에 올렸기 때문입니다.

그녀의 뒤편으로 경찰차 두 대가 서더니─경광등을 끈 채 불길할 정도로 조용히─도로를 막는다. 멀리 네 명의 경찰관이 차량으로 친 바리케이드 뒤에서 나타나 천천히 접근한다. 기다란 빗자루가 가차 없이 도로를 쓸어내는 것처럼. 카메라는 흔들림이 없고 그녀의 목소리도 그렇다. 아마 저희 때문에 경찰이 온 것 같습니다. 경관님, 저희는 채널 5에서 나왔습니다. 여기 기자

증이 있습니다, 저희는……. 들리지 않지만 언쟁이 오가더니 그녀가 카메라에 대고 냉정할 정도로 차분하게 말한다. 경찰이 저를 체포한답니다. 마치 다른 사람에게 벌어진 일을 보도하는 것처럼 보인다.

경찰이 그녀의 마이크를 뺏는다. 그녀의 입술이 계속 움직이지만 더는 소리가 들리지 않는다. 한 경관이 그녀의 두 팔을 뒤로 돌려 수갑을 채우는 사이 다른 경관이 권총집에 손을 얹은 채 카메라를 향해 다가오며 들리지 않는 명령을 내린다. 화면에 보이지 않는 카메라맨이 카메라를 땅에 내려놓자 지평선이 하늘에서 땅으로 수직선을 그리며 기운다. 그들이 붙잡혀 가는 동안 카메라—여전히 녹화되고 있다—는 그들의 발만 찍다가 위로 들어 올려지더니 화면이 꺼지고 사라진다.

버드는 새디가 이 영상의 사본을 휴대전화에 간직하고 있었기에 볼 수 있었다. 엄밀히 말해 범죄행위의 증거지만—동영상은 그녀의 어머니가 사적으로 또는 공개적으로 비애국적 행위를 지지하고 조장 또는 옹호하는 모습을 보여준다— 새디는 어떻게서든 사본을 구해 휴대전화에서 휴대전화로 몇 년 동안이나 끈덕지게 복사를 거듭해왔다. 위탁 가정의 부모가 그녀에게 허락한 구형 휴대전화에—새디는 자조적으로 자기 목줄이라고 말한다, 휴대전화가 있어야 위탁 가정 부모가 그녀에게 연락할 수 있고 필요한 경우 GPS로 위치추적도 할 수 있으니까— 게임이라고 이름 붙인 폴더에 영상을 숨겨두었다. 버드는 가끔 운동장 구석이나 어린애들이 소꿉놀이할 때 집으로 사용하는 작은 공간에 새디가 쭈그리고 있는 모습을 보았다. 휴대전화 화면 속 어머니의 모습을 보고 또 보는 것이다. 주변의 혼란 속 홀로 고요한 모습을. 천천히 하늘로 걸어가는 모습을.

엄마가 처음 체포되던 때야, 새디가 말했다. 하지만 엄마는 더 용감해지기만 했어. 엄마는 PACT 때문에 아이를 빼앗긴 다른 가족을 찾아 카메라 앞에서 이야기해달라고 설득했어. 아이들을 어디로 데려갔는지 추적하고, PACT가 아이를 실제로 재배치하는 걸 촬영하려고 했어. 어떤 가족이 대상이 되는지 알아내기 위해 가족관리국과 시장실에 연줄을 찾았지.

얼마 되지 않아 새디의 어머니는 상사인 미셸에게서 이메일을 받았다. 주말에 함께 커피를 마시자는 내용이었다. 그냥 친구로서 이야기를 나누자는. 비공식적으로. 오프더레코드로. 미셸이 테이크아웃 커피 두 잔을 손에 들고 집으로 찾아왔고 두 사람은 주방 식탁에 앉아 커피를 마셨다. 새디는 눈에 띄지 않고 복도에 숨어 있었다. 열한 살 때였다.

걱정돼, 에리카. 미셸은 플랫 화이트를 마시며 '영향'에 관해 말했다.

WMAR에서 일하는 한 기자가 최근 PACT가 아시아계 사람들에 대한 차별을 조장한다고 말했다가 벌금을 냈어. 주 정부는 그의 이야기가 공공 안정에 위험할 수도 있는 사람들에 대한 동정심을 불러일으켰다고 주장했어. 방송국에서 벌금을 내줬는데,

금액이 일 년 예산의 사분의 일에 달했어. 아나폴리스에서는 다른 방송국이 면허가 취소되었고. 우연이었겠지만 해당 방송국이 PACT에 대한 비판 기사를 여럿 내보낸 뒤였지.

난 기자예요, 새디의 어머니는 말했다. 그런 일을 보도하는 게 내 일이고요.

우린 작은 방송국이야, 미셸이 말했다. 문제는 지금도 예산이 부족해서 근근이 운영되고 있다는 거야. 혹시라도 투자자들이 발을 빼면…….

그녀는 말을 멈췄고 새디의 어머니는 종이컵 홀더만 하염없이 돌렸다.

협박을 받고 있나요? 새디의 어머니가 묻자 미셸이 대답했다. 이미 두 사람이 발을 뺐어. 하지만 그래서가 아니야. 당신한테 미칠 영향 때문이지, 에리카. 당신 가족한테.

한 사람은 흑인, 한 사람은 백인. 두 여자는 오랜 세월 알고 지낸 사이였다. 함께 바비큐를 하고 소풍을 갔으며 휴일을 함께 보냈다. 미셸은 아이가 없고 한 번도 결혼한 적이 없었다. 이 방송국이 내 자식이야, 그녀는 늘 말했다. 새디가 태어났을 때, 미셸은 노란색 스웨터와 양말을 떠주었다. 몇 년씩이나 새디를 데리고 동물원과 수족관, 헨리 요새에 가주었다. 새디는 그녀를 셸리 이모라고 불렀다.

들은 얘기가 있어, 미셸이 말했다. 진짜 무서운 얘기야. PACT를 걱정해야 하는 사람은 파오나 시위 가담자뿐이 아니야, 에리

카. 잠시 다른 부서로 옮기는 게 나을 수도 있어. 덜 정치적인 쪽.

어느 부서가 덜 정치적인데요? 새디의 어머니가 물었다.

난 그냥 당신이 계속 밀어붙이다가 무슨 일을 당하지 않기를 바라는 거야, 미셸이 말했다. 레브도 그렇고. 무엇보다 새디를 위해서.

새디의 어머니가 느릿한 속도로 천천히 커피를 마셨다. 식은 지 이미 오래였다.

내가 취재를 그만두면 우리가 안전할 거라고 생각하는 이유는 뭐죠? 그녀는 한참 만에 입을 열었다.

불과 몇 주 뒤 사람들이 새디를 데리러 왔다.

그들은 밤에 왔다. 새디가 그렇게 말했다. 저녁식사 시간 뒤에. 새디가 막 샤워를 마치고 수건으로 몸을 감싸고 있을 때 초인종이 울렸다. 어머니는 새디의 굵고 곱슬곱슬 잘 엉키는 머리를 빗고 있었다. 아래층에서 아버지가 소리를 질렀다. 그러더니 낯선 남자 두 명의 목소리가 났다. 새디의 어머니는 새디의 머리칼을 한 줌 쥐고 부드럽게 빗질을 하고 있었는데, 새디는 이 장면을 가장 선명하게 기억했다. 목덜미 뒤로 물방울이 떨어져 구르고 어머니의 차분한 손길이 엉킨 머리를 푸는 장면.

엄마는 떨지 않았어, 새디가 자랑스러워하는 목소리로 말했다. 손톱만큼도.

무슨 일이 벌어지는지 모르셨을 수도 있지, 버드가 말했다.

새디는 고개를 흔들었다.

엄마는 알았어, 그녀가 말했다.

새디의 어머니는 양팔로 그녀를 감싸고 이마에 키스했다. 새디는 아직 파악하지 못했지만, 축축한 피부에 한기가 스미듯 두려움이 그녀를 파고들었다. 그녀는 어머니에게 몸을 기대고 완만하게 구부러진 목에 얼굴을 힘껏 파묻었다. 숨을 쉴 수 없을 정도로.

우릴 잊지 마, 알았지? 어머니가 말했다. 그리고 새디는 욕실 문이 열릴 때까지도 여전히 혼란스러웠다. 경찰 복장을 한 남자. 새디의 아버지는 여전히 아래층에서 소리치고 있었다.

알고 보니 경찰이 네 명이나 왔다. 두 명은 아래층에서 아버지와, 한 명은 위층에서 어머니와 있었고 나머지 한 명은 새디가 옷을 갈아입는 동안 방 밖에서 지키고 있었다. 어떻게 해야 할지 알 수 없던 새디는 보통날과 다름없이 잠자리에 들 준비를 하듯 무지개 줄무늬 잠옷을 입었다. 다시 옷을 갈아입도록 해주세요, 새디가 복도로 나오자 어머니가 말했다. 머리라도 땋아줄 수 있게 해줘요. 하지만 복도에 선 경찰은 고개를 가로저었다.

지금부터 저 아이의 보호자는 당신이 아닙니다, 그가 말했다.

경찰이 새디의 어깨에 손을 얹더니 아래층으로 내려가도록 유도했고, 새디는 뭔가 끔찍한 일이 벌어지고 있다고 생각하면서도 동시에 현실이 아닐 수도 있다는 낙관적인 생각이 들었다. 어떻게 된 일인지 알고 싶어 어머니 쪽을 돌아보려고 했지

만—비명을 질러야 할지 맞서 싸우거나 달아나야 할지 아니면
복종해야 할지— 보이는 건 뒤에 선 경찰관의 넓고 푸른 가슴뿐
이었다. 그의 몸에 가려져 어머니의 팔만 얼핏 보였다. 그때 어
머니가 늘 가르쳐주던 것이 떠올랐다. 경찰관이 주변에 있을 때
는 특별히 조심하고, 부탁합니다 또는 감사합니다 경관님, 이라
고 말하렴. 무슨 행동을 하든 그들을 화나게 하지 마. 경찰들이
새디를 크고 검은 차량에 태웠고 한 경찰관이 그녀에게 안전띠
를 매줬을 때 그녀는 말했다. 감사합니다. 차를 타고 집을 떠나
경찰서와 공항을 거쳐 위탁 가정에 도착한 뒤에야, 다시는 집에
돌아갈 수 없다는 걸 깨달은 뒤에야, 새디는 그때 감사하다고 말
한 것을, 조용히 따라간 것을 후회했다.

　그녀가 맨 처음으로 만난 위탁 가정의 부모는 그녀의 이름을
바꾸고 싶어했다. 그들은 새 이름으로 새 출발을 해보자고 했지
만, 새디는 딱 부러지게 거절했다.
　내 이름은 새디예요, 그녀는 말했다.
　이 주 동안 새디를 설득하려 애썼지만 결국 포기했다.
　초기에는 새로운 것이 너무 많았다. 어떤 것—새 가족, 새집,
새 도시, 새 삶—은 그녀가 맞서 싸울 수 없었기에 반항할 수 있
는 몇 가지 영역에서 고집을 부렸다. 등굣길에 현관 앞에서 그들
이 준 주름 잡힌 꽃무늬 드레스를 벗어 잔디밭에 버리고 학교까
지 속옷 바람으로 갔다. 교장이 집에 전화했고 그녀는 위탁 가정

부모한테서 호된 꾸지람을 들어야 했다. 다음 날 아침 그녀는 또 똑같이 했다. 저거 봐, 사람들이 말했다. 도대체 어떤 부모 밑에서 자란 거야? 그들 눈에 새디는 거의 야만인이었다.

두 번째 위탁 가정의 어머니는 짙은 구름처럼 뒤엉킨 새디의 머리를 풀어주려 애썼다. 좀 펴야겠다, 그녀는 절망적인 말투로 말했다. 그날 밤 모두 잠든 뒤 새디는 몰래 아래층으로 내려가 주방용 가위를 찾았다. 그때부터 그녀는 머리칼을 짧게 잘라 머리 주변으로 마치 후광이 달린 것 같은 스타일을 유지했다. 도대체 어떻게 해야 할지 모르겠어, 두 번째 위탁 가정 어머니는 새디가 듣지 못하는 줄 알고 친구에게 말했다. 아이가 자기 외모에 전혀 자부심이 없나 봐.

그들은 좋은 의도를 가진, 친절한 사람이었다. 정부에서 선택한 적합한 부모로, 훌륭한 인격을 갖추었으며 선한 애국적 가치를 가르칠 수 있는 보증된 사람이었다.

애가 뭔가 좀 이상한 것 같아요, 새디는 가장 최근 위탁 가정 어머니가 전화로 하는 얘기를 들었다. 일주일에 한 번씩 사회복지사가 확인 전화를 했는데 새디가 계속 위탁 가정에 있어야 하는 근거를 수집하기 위해서였다. 와 있는 내내 한 번도 울지 않았어요. 애 방 앞에 앉아 밤새 귀 기울인 적도 있는데 절대 울지 않더라니까요. 자, 말해보세요. 어떤 아이가 이런 일을 겪고도 안 울 수 있나요? 그러니까요. 제 생각도 그래요. 도대체 친부모가 어떤 사람이었길래 애가 저렇게 차갑고 감정이 없을까요?

그녀는 한숨을 내쉬었다. 할 수 있는 걸 해야죠, 그녀는 말했다. 우리가 이 아이의 손상된 부분을 고쳐볼게요.

몇 주 뒤 새디는 위탁 가정 어머니의 책상에서 편지 한 통을 발견했다. 이전 가정 상황으로 인한 심각한 정서적 상처를 고려해 아동의 영구적 분리를 추천합니다. 위탁 가정 부모에 영구적인 보호 자격을 부여합니다.

그리고 새디가 우는 법이 없다는 건 사실이었다. 그녀는 자기가 살던 집으로 보내기 위해 노트에 쓴 편지를 버드에게 몇 번 보여준 적이 있다. 하지만 마지막으로 보낸 편지가 수취인 불명으로 돌아왔다. 그럴 때도 버드는 새디가 우는 걸 보지 못했다.

그래도 가끔 새디가 운동장 구석 철조망에 머리를 기대고 쭈그리고 앉아 있을 때면 그는 그녀가 용감한 척할 필요가 없도록 고개를 돌려주었다. 그녀가 혼자 슬픔을 맞이할 수 있도록. 더 무거운 것을 쌓아 슬픔을 누를 수 있도록.

지난 5월 그녀는 함께 달아나자고 했다.

같이 가서 그분들을 찾는 거야, 그녀는 말했다.

그는 새디가 전에도 달아난 적이 있는 걸 알았다. 그렇지만 그 때마다 새디는 붙잡혔다. 그녀는 이번에는 성공할 수 있다고 우겼다. 그녀는 이제 막 열세 살이 되었고 엄밀히 따져 성인이라고 주장했다.

나랑 같이 가자, 버드. 그녀는 말했다. 우린 분명히 그분들을 찾을 수 있을 거야.

그분들이라는 건 그녀의 부모와 그의 어머니였다. 세 사람이 어딘가에 살아있고, 찾을 수 있으며, 어쩌면 함께 있을지도 모른다는 그녀의 확신은 절대 흔들리지 않았다. 편리하고 아름다운 동화였다.

잡힐 거야, 그는 말했다.

아니, 못 잡아. 새디가 쏘아붙였다. 내 계획은,

그러나 버드가 말을 잘랐다. 나한테 말하지 마, 그는 말했다. 나는 알고 싶지 않아. 네 행방을 나한테 물을 수도 있으니까.

그는 옆 그네에 앉은 그녀가 계속 다리에 힘을 더해 몸을 흔들다가 결국 두 발로 가로대를 넘어서고, 그래서 그넷줄이 느슨해졌다가 크게 흔들리는 모습을 지켜보았다. 이윽고 새디는 함성을 내지르며 허공으로 휙 뛰어내렸다. 버드도 어렸을 때 그네에서 그런 식으로 뛰어내려 기다리고 있는 어머니 품으로 뛰어드는 걸 좋아했다. 새디는 아무 잘못이 없다고 버드는 생각했다. 그녀가 이런 일을 당할 이유는 없다. 그는 이런 일을 초래한 새디의 부모가 미웠다. 그들은 왜 처음에 멈추지 않았을까? 어떻게 이렇게 무책임할 수 있을까? 새디는 풀밭 위, 뛰어내린 자리에서 몸을 일으키고 앉아 그를 바라보았다. 그녀는 다치지 않았다. 웃고 있었다.

뛰어, 버드. 새디가 소리 질렀지만 그는 뛰지 않았다. 그는 그냥 천천히 그네를 구르며 운동화가 자갈 바닥에 끌리게 했다. 운동화에 회색으로 지저분하게 긁힌 자국이 났다.

버드는 지금 그녀를 생각한다. 새디, 양팔을 활짝 펴고 공중으로 뛰어올라 하늘을 가르던 모습. 그녀가 어디로 갔는지 아무도 모르는 것 같았다. 반 친구들은 물론 선생님들까지도 새디가 한 번도 존재하지 않은 것처럼 행동했다. 버드가 그곳에 서 있는 동안 공원의 나무 사진이 이미 온라인에 올라오기 시작했다. 나무들이 손가락으로 작은 인형을 붙잡고 빛을 향해 들어 올린 모습. 파란 하늘을 배경으로 한 수천 명의 새디.

다음 날 아침 학교에 걸어가던 그는 진짜 나무를 보았다. 발가벗겨진 나무는 다시 거친 껍질로 돌아갔다. 마치 아무 일도 없던 것처럼. 하지만 몸통에는 날카롭고 선명한, 베인 상처가 흉터처럼 남아 있다. 거미줄을 거칠게 잡아당겨 제거하는 바람에 부러진 나뭇가지도 보인다. 진흙 바닥에는 빨간 실이 한 가닥 떨어져 있다. 이곳에서 무슨 일인가 벌어졌다. 버드는 그게 무엇이었는지 찾아보기로 한다. 그리고 새디를 생각하던 그는 갑자기 어디부터 시작해야 할지 생각이 떠오른다.

학교가 끝나면 집으로 곧장 가야 한다. 집에만 있어, 아버지는 말한다. 그리고 숙제해. 하지만 오늘 그는 늘 오가던 길에서 벗어난다. 브로드웨이를 따라 몇 년 후면 진학하게 될 고등학교 옆에 있는 거대한 공공도서관을 향해 간다. 전에는 한 번도 가본 적 없는 곳이다.

liber라는 단어에서 온 말이야, 아버지가 그에게 말했다. 책 말이다. 나무껍질 안쪽을 뜻하는 말에서 온 건데 애초에는 까다, 벗기다, 라는 말에서 유래했어. 옛날 사람들은 뭔가를 쓰기 위해 얇은 껍질을 까서 사용했으니까.

어느 가을 산책이었다. 아버지가 가느다란 자작나무 몸통에서 종이처럼 하얗게 말려 까지는 껍질을 두 손으로 쓸어냈다.

하지만 아빠는 층층이 덮인 걸 벗겨내는 것으로 생각하고 싶구나. 켜켜이 쌓인 의미를 드러내는 거야.

오래전 과학박물관에서 본, 아버지보다 더 컸던 나무 몸통의 거대한 조각. 크림색 나무를 둘러싼 캐러멜 색깔 나이테. 두 사람은 껍질부터 속까지 나이테를 센 다음 다시 바깥쪽으로 셌다. 아버지는 손가락으로 나뭇결을 따라 어루만졌다. 이 나무는 조지 워싱턴이 어렸을 때 심어졌어. 이때가 남북전쟁, 제1차세계대전, 제2차세계대전. 이때는 아버지가 태어난 해. 여기는 모든 것이 무너진 때.

보이지? 아버지가 말했다. 나무는 자기 안에 역사를 품고 있단다. 안쪽으로 벗겨 들어가면 모든 걸 설명해주지.

마치 성城 같다고, 새디가 버드에게 말한 적이 있다. 그녀는 매일 도서관에 들렀다. 학교에서 집으로 가는 길에 딱 오 분을 훔쳐서. 최대한 빨리 가려고 종종걸음을 치고 최대한 오래 머물다가 집까지 최고 속도로 뛰어갔다. 새디, 너 샤워를 좀 더 자주 해야 할 것 같구나. 그녀의 위탁 가정 어머니는 그녀가 땀투성이에 흐트러진 옷차림으로 도착하면 말하곤 했다. 너 그러다 들킨다, 버드가 경고했지만 새디는 꼼짝도 하지 않았다. 새디의 부모님은 매일 밤 그녀에게 책을 읽어줬는데, 버드의 기억 속 이야기들이 모래 같았다면 새디의 기억 속에서는 진한 향유였다. 성이라고, 새디는 경외감에 가득 찬 목소리로 우겼다. 그때 그는 눈을 동그랗게 떴지만 지금 보니 어느 정도 맞는 말 같았다. 도서관은 아치와 작은 탑을 갖춘, 사암으로 만든 거대한 건물인데 유리로 만든 별관이 새로 추가되어 여기저기 뾰족한 각을 가진 유리창이 반짝인다. 그래서 계단을 따라 올라갈 때면 왠지 과거와 미래에 동시에 들어가는 느낌이 든다.

이렇게 많은 책을 본 적이 드물어서 잠시 어지럽다. 책장 또 책장. 책이 너무 많아 길을 잃을 정도다. 접수대에 앉은 사서—분홍색 스웨터를 입은 검은 머리의 여자—가 그를 흘깃 본다. 그녀는 그가 이곳에 어울리지 않는 걸 안다는 듯 안경 너머로 그를 살피고, 버드는 재빨리 옆 걸음질 쳐 책장 사이에 숨는다. 가까이 보니 이곳저곳에 책이 사라져 있고 줄지어 꽂힌 책 사이에 이가 빠진 것처럼 빈 곳이 있다. 그럼에도 그는 이곳에서, 책 사이에 끼워져 있을 정답을 찾아낼 수 있을 것 같은 기분이 든다. 그가 해야 할 일은 찾아내는 것뿐이다.

줄지어 선 책장 끝마다 어떤 책이 있는지 목록을 적은 팻말이 있는데 복잡한 번호가 매겨져 있고 이해하기 어렵게 배열되어 있다. 일부 구역은 여전히 책이 많고 흥성흥성하다. 교통. 스포츠. 뱀/도마뱀/어류. 다른 구역은 메마른 사막이다. 900번대 책장에 가까워지자 책은 거의 없고 텅 빈 책장만 줄지어 서서 햇빛을 사각형으로 잘라내고만 있다. 텅 빈 곳에 남은 몇 권의 책은 작고 어두운 반점으로 보인다. 《중국-한국 연합과 신냉전》 《가정의 위협》《미국의 종말: 중국이 떠오른다》.

이리저리 돌아다니던 버드는 뭔가 다른 걸 발견한다. 도서관에 아무도 없다는 사실. 그가 유일한 방문객이다. 이 층에는 개인 열람석이 줄지어 있고 나무 의자가 딸린 긴 책상도 보이지만 모두 비어 있다. 지하까지 내려가 봤지만 텅 빈 좌석에 쓸쓸해 보이는 표지판밖에 없다. '마음이 바뀌셨나요? 원하지 않는 책은 아래쪽 카트에 두세요.' 리놀륨 타일이 깔린 바닥에 이제 카트는 보이지 않는다. 이곳은 유령 마을이고 아직 살아있는 그는 죽은 자들의 땅을 침범하고 있다. 손가락으로 텅 빈 책장을 훑으니 두껍게 쌓인 먼지 위로 깨끗하고 환한 선이 그려진다.

맨 아래층 안쪽 구석에서 시집 구역을 찾아 M으로 시작하는 책장까지 간다. 크리스토퍼 말로. 앤드루 마벌. 에드나 세인트 빈센트 밀레이. 책장 속 이름이 밀턴에서 몬터규로 곧장 넘어간 일에는 놀라지 않았지만, 어머니 이름이 보이지 않아 슬펐다.

여기 온 건 실수였어, 버드는 생각한다. 이곳은 금지된 곳처럼 느껴지고 자신이 한 일은 모두 어리석었던 것 같다. 콧구멍 안에서 철과 열의 날카로운 냄새가 느껴진다. 그는 사서가 상자에 담긴 책을 무자비할 정도로 효율적으로 정리하고 있는 출입구 접수대 쪽으로 조금씩 다가간다. 사서와 다시 눈을 마주칠까 봐 두렵다. 사서가 고개를 돌릴 때 빠져나가야지, 그는 생각한다.

책장 선반 사이로 지켜보며 틈이 나기를 기다린다. 사서가 책상 위 파란색 플라스틱 상자에서 다른 책을 꺼내더니 목록을 보고 뭔가 표시한다. 그러더니 그녀는—이 대목에서 버드는 어리둥절해진다— 플립북이라도 되는 것처럼 재빨리 휘리릭 넘기며 보더니 다시 쌓인 책 위에 올려놓는다. 다음 책을 들더니 똑같은 행동을 한다. 또 다음 책에도. 버드는 그녀가 뭔가를 찾고 있음을 깨달았고 잠시 후 그녀는 찾아냈다. 이번에는 목록을 훑어보고 다시 확인하더니 펜을 내려놓는다. 책이 목록에 없는 것이 분명하다. 그녀는 천천히 한 장씩 책을 넘기더니 마침내 멈춰 하얗고 작은 종잇조각을 꺼낸다.

버드가 서 있는 곳에서는 손으로 흘겨 쓴 글씨 몇 줄만 보인다. 좀 더 볼 수 있을까 해서 책장 너머로 몸을 기울였을 때 사서가 고개를 들었고 그가 엿보는 모습을 발견한다.

그녀는 재빨리 종이를 반으로 접어 내용을 숨기고 그에게 다가온다.

애, 그녀가 말한다. 여기서 뭘 하는 거니? 그래, 너. 다 보여. 일어나. 일어서라고.

그녀가 버드의 팔꿈치를 붙잡고 일으켜 세운다.

언제부터 여기 있었지? 그녀가 묻는다. 뒤에서 뭘 한 거야?

가까이서 보니 그녀는 생각보다 나이가 많아 보이기도, 적어 보이기도 한다. 길고 짙은 갈색 머리에 회색 머리가 섞여 있다. 어머니보다는 나이가 더 들었을 거라고 버드는 생각한다. 하지만 코에 뚫은 작은 은색 피어싱 때문에 젊게 보이기도 하는데, 그녀의 얼굴에 드러난 경계심이 누군가를 떠올리게 한다. 잠시 후 버드는 누군지 깨닫는다. 새디. 그녀의 눈에도 똑같이 반짝이는 용기가 있었다.

죄송해요, 그는 말한다. 전 그냥, 이야기책을 찾고 있어요. 그

뿐이에요.

사서는 안경알 너머로 그를 바라본다.

이야기책, 그녀는 말한다. 더 자세하게 말해야 알지.

버드는 주위의 미로 같은 책장을 둘러보고, 그의 팔을 움켜쥔 사서의 손과 주먹을 그러쥔 그녀의 다른 손을 본다. 뭘 쥐고 있는 거지? 그의 얼굴이 붉어진다.

제목은 몰라요, 그는 말한다. 그냥 누군가가 아주 오래전에 들려준 이야기예요. 소년이 나오고 고양이가 많이 나와요.

그것밖에 몰라?

이제 그녀는 그를 내쫓을 것이다. 아니면 경찰을 불러 그를 체포하라고 할 것이다. 어린 그는 자신이 어떤 방식으로든 처벌받을 수 있다는 사실을 본능적으로 직감한다. 사서의 엄지손가락이 그의 팔꿈치 안쪽을 세게 파고든다.

그러더니 그녀가 눈을 반쯤 감는다. 생각한다.

소년과 수많은 고양이라, 그녀는 중얼거린다. 팔을 잡고 있던 손에 힘이 풀리고 그녀는 팔을 놓는다. 흠.《백만 마리 고양이》라는 그림책이 있지. 어떤 남자와 여자가 세상에서 가장 예쁜 고양이를 찾는 얘기야. 수백 마리, 수천 마리, 수백만 마리 고양이. 이런 이야기였니?

낯선 줄거리에 버드는 고개를 흔든다.

소년이 나와요, 그는 되뇐다. 소년 그리고 옷장이요.

옷장? 사서는 입술을 깨문다. 눈에서 갑자기 빛이 나더니, 귀를 쫑긋 세우고 수염을 떨며 사냥에 나선 고양이가 된 것처럼 기민해진다. 글쎄, 《고양이 뱅스가 사라진 날》에 소년이 나오긴 하지, 그녀가 말한다. 하지만 웃장은 안 나온 것 같은데. 비어트 릭스 포터의 작품에도 고양이는 많이 나오지만 소년은 안 나와. 그림책이야 소설이야?

모르겠어요, 버드는 말한다. 다 처음 듣는 책이라 살짝 어지럽 다. 있는지도 몰랐던 책이다. 마치 한 번도 본 적 없는 새로운 색깔 을 배우는 것 같다. 실제로 읽어본 적은 한 번도 없어요, 그는 말한 다. 제 생각에는 동화 같아요. 누군가 옛날에 들려준 이야기예요.

흠.

사서는 놀랄 정도로 민첩하게 몸을 휙 돌린다. 어디 한번 보 자, 그녀는 말하더니 접은 종이를 조심스럽게 주머니에 넣고 걸 어간다.

어찌나 빠르게 걷는지 거의 따라갈 수가 없을 정도다. 책장을 하나씩 지날 때마다 소우주가 지나간다. 관습과 예절. 의상과 패 션. 속속들이 다 알고 있는 거야, 몇 번이고 여행해 기억만으로 도 지도를 그릴 수 있는 게 분명해, 그는 깨닫는다.

자, 여기야. 사서가 말한다. 민속문화.

사서는 한 권씩 마음속으로 책을 평가하고 손가락으로 책등 을 건드리며 책장을 뒤져나간다.

《고양이 가죽》이라는 이야기가 있었는데. 그녀는 말하면서 책 을 한 권 꺼내 버드에게 내민다. 표지에 금박 글자와 금발의 여자 그리고 기사 들이 그려져 있다.

그리고《고양이와 쥐의 공동생활》이라는 제목의 책도 있어. 뻔한 결말이지. 그렇지만 소년은 나오지 않아. 물론《장화 신은 고양이》도 있지만 방앗간 주인 아들을 소년이라고 해야 할지 모르겠구나. 그리고 옷장은 분명히 안 나와. 그리고 고양이도 한 마리뿐이고.

버드가 대답하기도 전에 사서는 이미 움직이고 있다.

어디 보자. 한스 크리스티안 안데르센인가? 아니, 아닐 거야. 고양이가 구유 속 아기 예수를 달래주었다는 오래된 전설이 있긴 해. 구유가 옷장과 비슷하긴 하지. 아니, 어쩌면 신화일까? 북유럽신화에 나오는 여신 프레이야와 마차 끄는 고양이도 있고 이집트의 고양이신인 바스테트도 있지만 옷장이나 소년은 안 나와. 그리스신화에 고양이 얘기가 많이 나왔는지는 기억이 안 나네.

그녀는 뼈만 남은 손가락 관절로 관자놀이를 문지른다. 버드는 이제 그녀가 그의 존재를 아예 잊은 것처럼 보인다고 생각한다. 마치 혼잣말을 하는 것 같다. 아니면 책이 대답이라도 할 수 있는 존재인 것처럼 대화를 걸거나. 무척 다행스럽게도 그녀는 버드가 의문의 종이를 엿보던 일은 잊은 것 같다.

그 밖에 뭐 기억나는 건 없니? 그녀가 말한다.

못 해요, 그는 말한다. 그러니까, 없어요.

버드는 손에 든 동화책을 내려다보고 뒤집는다. 책 뒤에는 죽임당한 용이 흔들거리는 밧줄처럼 붉은 혀를 늘어뜨린 채 기둥에 매달려 있다. 목구멍이 뜨겁고 끈적거려서 그런 느낌을 지우려고 눈을 감고 침을 삼킨다.

엄마가 아주 오래전에 들려준 이야기예요, 그는 말한다. 이제 됐어요. 괜찮아요.

버드가 돌아선다.

있잖니, 오래된 그림책이 기억날 것 같구나, 사서가 말한다. 그녀는 목소리를 낮춘다. 일본 설화야.

그녀는 잠시 말을 멈추고 책장을 보더니 줄지어 선 책장 끝에 있는 검색용 단말기를 바라본다.

하지만 저걸로는 찾을 수 없을 거야.

그러더니 그녀는 손가락을 튕기고 그를 가리킨다. 마치 버드가 스스로 대답을 알아내기라도 한 것처럼.

자, 따라오렴, 그녀는 말한다.

버드는 책장 사이를 따라 '관계자 외 출입 금지'라는 표시가 붙은 사무실로 향한다. 사서가 끈에 매달린 열쇠를 꺼내 문을 연다. 문 안쪽 공간에는 책이 가득 쌓여 있고, 책상에는 서류가 높이 쌓여 있다. 파일 보관 캐비닛, 선풍기. 먼지. 두 사람은 곧장 책상을 지나쳐 회녹색 곰팡이 색을 띤 녹슨 금속 문을 향해 다가간다. 사서가 문을 열고 발로 휴지통을 끌어당겨 문이 닫히지 않도록 받친다. 찌그러진 모양을 보니 오래전부터 휴지통은 이런 용도로 쓰여온 것 같다.

한 군데 더 찾아볼 곳이 있는 것 같구나. 그녀는 말하더니 따라오라며 손짓한다.

도착한 곳은 일종의 하역장으로, 말아 올리는 철제 셔터로 외부와 분리되어 있다. 아마도 예전에는 트럭이 이곳에 짐을 내려놓은 것 같다. 아마 다른 도서관에서 오는 책이었을 것이다. 하역장 구석에 쌓인 목재 짐 상자와 종이 상자로 보아 꽤 오래 사용하지 않은 것 같다. 트럭이 안으로 들어올 공간조차 없다.

요즘에는 책을 거의 안 빌리니까, 사서가 말한다. 일주일에 한 상자쯤 있으려나. 그냥 앞쪽으로 들고 들어오는 편이 편해.

그녀는 상자를 들어 옆에 내려놓기 시작한다. 버드가 도우려고 보니 상자 아래에 뭔가 있다. 거대한 나무 캐비닛은 집에 있는 옷장보다 큰데, 수십 개의 작은 서랍으로 이루어져 있다.

오래전에 도서 목록을 디지털 방식으로 바꾸면서 사용하지 않았어, 사서가 마지막 상자를 치우며 말한다. 그래서 공간을 아끼느라 여기에 가져다 두었지. 그런데 '위기'가 닥친 거야. 지금도 여전히 예산이 확보가 안 되고 있어. 시에서도 가져가려고 하지 않고, 우리도 누군가를 고용해서 처리할 돈이 없고.

그녀는 손가락으로 서랍의 놋쇠 라벨을 문지르더니 손잡이에 손가락을 구부려 넣는다.

자, 여길 살펴보자, 그녀가 말한다. 내가 생각하는 책은 아마 꽤 오래되었을 거야.

서랍 안에 깔끔한 타자 글씨가 빼곡한 작은 카드가 가득 차 있어 버드는 깜짝 놀란다. 사서가 능숙한 손놀림으로 카드를 뒤지는데, 너무 빨라 버드는 카드 속 글자를 알아볼 수가 없다. 고양이—문학. 고양이—신화. 알고 보니 카드 하나하나가 책 한 권이다. 그는 책이 이렇게 많은지 전혀 모르고 있었다.

아, 사서가 만족스러운 듯 한숨을 내쉬며 말한다. 마치 퍼즐을 해결한 사람이나 수수께끼를 풀고 X자 밑에 숨긴 보물을 찾아낸 사람 같다. 그녀는 카드 하나를 꺼내더니 그에게 보여준다.

고양이—설화—일본—개작. 고양이를 그린 소년.

책을 알아본 버드는 종소리가 들리는 듯, 몸이 소리굽쇠가 된 것처럼 떨린다. 무언가 막힌 소리가 목구멍에서 난다.

그거예요, 그가 말한다. 제 생각에 맞는 것 같아요.

사서가 카드를 뒤집더니 뒤쪽을 살펴본다.

글쎄 맞을지 모르겠네, 그녀가 말한다.

혹시 책은 없나요? 버드가 묻자 그녀는 고개를 흔든다.

삼 년 전에 없어졌다고 적혀 있네. 아마 누군가 불만스러워했겠지. 친파오적 정서를 끌어낸다거나 하는 이유로. 도서관 기증자들도 의견이 있으니까. 중국에 대해, 또는 이 건과 관련해서 조금이라도 그쪽과 비슷한 점이 있다면 말이야. 그리고 우리가 이곳을 유지하려면 그들의 너그러움이 필요하단다. 아니면 누군가 불안한 마음에 미리 없애버렸을 수도 있고. 우리 같은 공공 도서관은 대부분 그런 위험을 감당할 수 없어. 걱정스러워하는 일부 시민이 우리더러 비애국적 행동을 조장한다고 말하기는 정말 쉬우니까. 잠재적 적에게 지나치게 공감한다면서 말이지.

사서는 한숨을 내쉬더니 카드를 제자리에 밀어 넣는다.

찾고 싶은 다른 책이 있는데요, 버드는 조심스럽게 말한다. 《우리의 잃어버린 심장》이요.

사서의 눈길이 그를 향해 홱 돌아간다. 한참 동안 그를 살펴본다. 평가하듯 뜯어본다.

미안하구나, 그녀는 무뚝뚝하게 말한다. 내가 아는 그 책은 이제 이곳에 없어. 아마 어디서도 찾을 수 없을 거야.

그녀는 쾅 소리가 나도록 길고 좁은 서랍을 다시 닫는다.

아, 버드는 말한다. 가능성이 희박하다는 걸 알았지만 깊은 곳에 여전히 희망의 불씨를 간직하고 있었는데, 이제 그마저도 그을음 섞인 작은 연기가 되어 사라진다.

전부 어떻게 한 거죠? 잠시 후 그는 묻는다. 그 많은 책들요.

그는 역사 시간에 본 사진을 기억한다. 마을 광장에 높이 쌓아 올린 책이 불타는 모습. 그의 생각을 들여다보기라도 한 것처럼 사서는 그를 흘긋 보더니 낄낄대며 웃는다.

아니야, 우린 책을 불태우지 않아. 여기는 미국이야, 그렇지?

그녀는 그를 보며 눈썹을 추켜세운다. 진심일까, 아니면 비꼬는 걸까? 버드는 구별이 되지 않는다.

우린 우리 책을 태우지 않아, 그녀가 말한다. 재생지 재료로 만든단다. 훨씬 문명화된 거지, 안 그래? 갈아서 재활용해 화장실 휴지를 만들어. 여기 없는 책은 이미 오래전에 누군가의 엉덩이를 닦는 데 쓰였을 거야.

아, 버드는 말한다. 그러니까 어머니의 책은 그렇게 된 거였다. 어머니의 모든 시가 거무스름한 잿빛으로 갈려 똥오줌 덩어리와 범벅이 되어 하수구로 흘러갔다. 눈 안쪽에서 뭔가 뜨거운 액체가 느껴진다.

얘, 너 괜찮니? 사서가 말한다.

버드는 코를 훌쩍이고 고개를 끄덕인다. 괜찮아요, 그는 말한다.

그녀는 더 묻지 않는다. 왜 우는지 추궁하거나 이유를 묻지 않은 채 그냥 주머니에서 휴지를 꺼내 그에게 건네준다.

빌어먹을 PACT, 그녀의 나직한 말에 버드는 할 말을 잃는다. 그는 어른이 욕설을 내뱉는 걸 본 적이 거의 없다.

있잖니, 사서가 잠시 후 말한다. 혹시 다른 도서관에는 그 고양이 책이 남아 있을 수도 있어. 대학교 도서관처럼 큰 곳. 가끔 그런 곳은 우리와 달리 뭔가를 남길 수도 있거든. 연구 목적이라면서. 그렇지만 그래도 열람하려면 허락을 받아야 해. 자격증과 열람 목적을 제출해서.

버드는 고개를 끄덕인다.

잘해보렴, 그녀가 말한다. 책을 찾으면 좋겠구나. 그리고 버드? 혹시 내가 도울 일이 있으면, 이리로 다시 와. 내가 애써볼게.

버드는 사서의 말에 너무 감동한 나머지 한참 뒤에야 이런 생각을 한다. 사서가 어떻게 그의 이름을 알았지?

버드는 아버지가 집에 돌아오면 물어보기로 한다. 학교에 가서 일할 때 고양이 책을 찾아봐달라고 할 생각이다. 그는 대학교 도서관 어딘가에는 고양이 이야기를 담은 일본 설화 책이 분명 있으리라 생각한다. 그는 여전히 아시아 관련 책이 수천 권 있다는 사실을 안다. 그런 책을 모두 없애달라는 청원이 자주 있기 때문이다. 중국과 일본, 캄보디아나 다른 나라의 책뿐 아니라 그들 나라에 관한 책까지. 뉴스에서는 중국을 우리의 가장 크고 오래된 위협이라고 부르고 정치인들은 아시아 언어로 쓴 책에 반미국적 정서, 심지어 암호화된 메시지가 들어 있을 수도 있다면서 안달한다. 가끔 성난 학부모가 자녀가 중국어나 중국 역사를 배우려 한다고 불만을 제기하기도 한다. 저희는요, 공부하라고 학교에 보낸 거지, 세뇌당하라고 보낸 게 아니에요. 그런 일이 벌어질 때마다 대학 신문에 등장하고 뉴스에까지 나오곤 한다. 하원의원이나 가끔은 상원의원이 대학이 사상 주입의 인큐베이터라는 식의 열정적인 연설을 한다. 그러면 학교 총장은 공개 성명을 발표해 도서관의 소장 도서 목록을 옹호한다. 버드는 아버지가 신문을 넘길 때 이런 내용의 기사를 본 적이 있다. '우리가 뭔가를 두려워한다면 그것을 더 철저히 연구해야만 한다.'

 그는 아버지에게 그냥 확인차 알아봐달라고 부탁할 것이다. 이 책이 여전히 있는지, 만일 있다면 버드가 볼 수 있도록 집으로 가져올 수 있는지. 딱 하루만. 아버지에게 편지 얘기나 어머니 얘기는 할 필요가 없다. 그냥 책에 관심이 있어서 그렇다고. 그냥 소년과 고양이들에 대한 내용이고 해가 될 일도 없다. 중국어로 쓴 것도 아니다. 아버지가 집에 돌아오면 물어볼 것이다.

 하지만 아버지는 집에 오지 않고, 오지 않고, 오지 않는다. 집에는 전화가 없다. 이제 아무도 유선전화를 사용하지 않는다. 기숙사 유선전화는 오래전에 철거되었다. 그래서 버드는 기다릴 수밖에 없다. 6시가 되고, 7시가 된다. 저녁 시간은 지났다. 구내식당에서는 직원들이 음식을 따뜻하게 유지해주는 팬을 치우고, 말라붙은 남은 음식을 쓰레기통에 모으고, 스테인리스스틸 용기를 깔끔하게 긁어낼 것이다. 창문 밖으로 식당 불이 하나씩 꺼지는 모습을 보던 버드의 몸을 가느다란 두려움의 촉수가 훑고 지난다. 아버지가 어딜 갔지? 무슨 일이 생긴 걸까? 8시 정각이 되자 그는 갑자기 오후에 도서관에 갔던 일, 학교 컴퓨터 화면이 '검색 결과가 없습니다'라는 창과 함께 깜박이던 일을 생각한다. 폴러드 선생님이 어깨 너머에서 펜을 딸깍거리던 것도. 사서가 이상한 종이를 주머니에 넣던 일. 공원에서 본 경찰이 몽둥이로 손바닥을 두드리던 모습. 새디가 생각나고 새디 어머니가 어두운 구석을 파고들어 질문하던 모습도 생각난다. 언제나, 누군가 지켜보고 있음을 깨닫는다. 만일 누군가 그를 봤다면 아버지가 비난받을 수도 있다. 혹시 아버지가……

거의 9시가 다 되었을 때 계단으로 통하는 문이 삐걱 열리고 쾅 닫히는 소리가 나더니―사흘이나 지났지만 엘리베이터는 여전히 고장이다― 복도에서 발소리가 들린다. 아버지다. 버드는 갑자기 어린아이일 때 그런 것처럼 아버지에게 달려가고 싶은 충동이 든다. 두 팔을 들어도 아버지 무릎 근처밖에 이르지 못했을 때 아버지는 세상에서 가장 큰 사람처럼 느껴졌다. 하지만 지금 아버지는 너무 피곤해 보이고 계단을 걸어 올라오느라 온통 땀범벅에 지쳐 보여 버드는 망설인다. 그랬다가는 아버지가 쓰러질지도 모른다.

대단한 하루였어, 아버지가 말한다. 점심시간이 지나고 FBI가 들이닥쳤어.

버드는 몸이 확 달아올랐다가 식는다.

법대에서 일하는 한 교수를 조사한다더군. 교수가 지금까지 빌린 모든 책 목록을 내놓으래. 그러고는 목록을 주니까 전부 가져가겠다는 거야. 책을 모두 찾아 꺼내는데 여섯 시간 반이 걸렸다. 사백이십이 권이었어.

버드가 숨을 크게 들이마신다. 이제껏 숨을 참은 줄도 몰랐다.

왜 책을 내놓으라고 한 거예요? 그는 조심스레 묻는다.

일주일 전이었으면 묻지 않았을 질문이다. 일주일 전이었으면 이런 상황이 이상하기는커녕 불길하다고 생각하지도 않았을 것이다. 어쩌면, 그는 갑자기 생각한다. 어쩌면 그냥 평범한 일일 수도 있다.

아버지가 가방을 바닥에 내려놓더니 딸깍 소리를 내며 열쇠를 조리대 위에 놓는다.

교수가 수정 헌법 제1조와 PACT에 관해 책을 쓰고 있던 모양이야, 아버지가 말한다. 그들은 그녀가 중국의 돈을 받았을지도 모른다고 생각하는 것 같았어. 우리 나라에 불안감을 조성하려고 한다는 거지.

아버지는 천천히 옷깃에서 넥타이 매듭을 잡아당겨 푼다.

그랬대요? 버드가 묻는다.

아버지는 어느 때보다도 피곤한 모습으로 그를 향해 돌아선다. 처음으로 아버지의 희끗희끗해진 머리칼과 눈가 구석, 눈물이 흐른 자국처럼 파인 주름이 보인다.

글쎄, 아버지가 말한다. 아마 아니겠지. 하지만 그들은 그렇게 생각해.

아버지는 시계를 확인하더니 찬장을 연다. 반쯤 빈 땅콩버터 말고는 아무것도 없다. 빵도 없다.

가서 저녁을 좀 사 오자, 아버지가 버드에게 말한다.

그들은 서둘러 계단을 내려가 몇 블록 떨어진 피자가게로 향한다. 아버지는 피자를 좋아하지 않는다. 치즈가 너무 많아 기름지다고 버드에게 말했다. 하지만 오늘은 늦었고 그들은 배고프고 피자가게가 가장 가깝고 가게는 9시까지 영업한다.

카운터에 있는 남자가 두 사람의 주문을 받아 피자 네 조각을 데우려고 오븐에 넣는다. 버드와 아버지는 끈적이는 벽에 몸을 기대고 기다린다. 배 속이 요동친다. 왹 열린 문을 통해 시원하고 어두운 공기가 밀려 들어오더니 창문 안쪽에 붙은 여러 장의 공고문이 바람에 펄럭거린다. 고양이 찾아가세요. 기타 레슨 받으실 분. 아파트 월세 있음. 구석에 내건 위생 검사 스티커 바로 위에 별 장식이 붙은 플래카드가 붙어 있다. '충성스러운 모든 미국인에게 신의 축복을.' 똑같은 플래카드가 거의 모든 가게에 걸려 있고 그걸 팔지 않는 도시는 없으며 판매 수익은 자경단에게 돌아간다. 플래카드를 걸지 않은 소수의 가게는 의심스러운 눈길을 받는다. 충성스러운 미국인이 아니야? 아니면 왜 이 작은 일에 소란이야? 자경단을 지원하고 싶지 않다는 거야? 거대한 철제 오븐이 똑딱거리며 김을 내뿜는다. 카운터 뒤편 가게 주인이 한쪽 팔꿈치로 금전등록기를 짚은 채 휴대전화를 만지작거리며 우스운 얘기를 봤는지 능글맞게 웃는다.

8시 52분, 한 노인이 들어온다. 아시아인 얼굴에 하얀색 버튼다운 셔츠, 검은 바지 차림이고 하얗게 센 머리를 깔끔하게 깎은 모습이다. 중국인인가? 필리핀? 버드는 알 수 없다. 노인은 오 달러짜리 접힌 지폐를 카운터에 올려놓는다.

페퍼로니 한 조각이요, 그는 말한다.

사장은 눈을 들지도 않는다. 영업 끝났어요, 그는 말한다.

끝난 것 같지 않은데요. 노인은 버드와 그의 반걸음 앞에 가로 막듯 서 있는 아버지를 바라본다. 이 사람들이 여기 있잖아요, 노인이 말한다.

끝났다고요, 사장이 더 큰 소리로 되풀이해 말한다. 그의 엄지 손가락은 휴대전화 화면 위를 날아다니고 화면에서는 사진과 게시물이 강물처럼 휙휙 지나간다. 아버지가 버드의 한쪽 어깨 를 떠민다. 경찰관을 만났을 때나 도로에서 깔려 죽은 야생동물 을 발견했을 때처럼. 이런 뜻이다. 돌아서. 보지 마. 하지만 버드 는 이번에는 돌아서지 않는다. 호기심이 아니다. 필요하기 때문 이다. 보이지 않는 곳, 그의 등 뒤에 웅크리고 있는 것이 뭔지 알 아야 한다는 소름 끼치는 욕구.

이봐요, 난 그저 피자 한 조각을 원할 뿐이에요, 노인이 말한 다. 지금 막 일이 끝났고 배가 고프다고요.

그가 지폐를 카운터 안쪽으로 들이민다. 손이 가죽처럼 거칠 고 나이가 들어 손가락에 굳은살이 박였다. 누군가의 할아버지 로 보인다고 버드는 생각한다. 그러다가 이런 생각이 든다. 만일 할아버지가 있었다면 이 남자처럼 생기지 않았을까.

사장이 휴대전화를 내려놓는다.

영어를 못 알아듣나? 그는 날씨에 관해 언급하듯 차분하게 말한다. 매스 거리에 가면 중국 식당이 있어요. 배고프면 거기 가서 볶음밥이랑 스프링롤을 먹어요. 우린 끝났으니까.

사장은 인내심을 발휘하는 교사처럼 양손을 앞으로 팔짱 끼고 단호하게 노인을 바라본다. 당신이 뭘 어쩔 건데?

버드는 그 자리에서 얼어붙는다. 그는 그저 바라보고 바라볼 수밖에 없다. 이를 악물고, 뒤로 밀쳐질 상황에 대비하듯 한쪽 다리를 뒤로 빼고 선 노인을. 양손이 크고, 우악스럽고, 기름이 여기저기 튄 티셔츠 차림의 사장을. 수염이 난 것처럼 얼굴에 주름이 진, 그저 평범한 하루인 듯 아무 일도 없는 것처럼 유리창에 붙은 전단만 바라보고 있는 아버지를. 버드는 노인이 날카롭게 받아치기를, 능글맞게 웃는 피자가게 사장 얼굴에 주먹을 날리기를, 사장이 뭔가 더 끔찍한 말―또는 행동―을 하기 전에 노인이 물러서기를 바란다. 피자가게 사장이 두툼한 반죽을 두들겨 납작하게 만드는 양손을 들어 올리기 전에. 이 순간, 상황은 과하게 조인 악기의 현처럼 팽팽해진다.

그리고 그 순간 노인이 카운터 위 지폐를 잡아채더니 말없이 다시 주머니에 넣는다. 그는 씩 웃는 사장을 뒤로하고 대신 버드를 한참 째려보고는 버드의 아버지를 쳐다본다. 그리고 아버지에게 뭔가를, 버드가 알아들을 수 없는 말을 중얼거린다.

전에 들어본 적 없는 말이고, 아예 한 번도 들어본 적 없는 언어지만 아버지 표정을 보니 알아들은 것이 분명하다. 아버지는 어떤 언어인지 아는 것뿐 아니라 의미도 알아들은 것 같다. 왠지 버드에 관한 말인 것 같은 느낌이다. 노인이 그를 보고 아버지를 보던 태도나, 버드의 피부와 살을 뚫고 들어와 뼈를 살피는 것 같은 의미심장한 눈빛이 그렇다. 그러나 아버지는 대답하지 않고 미동도 없이 재빨리 눈길만 피해버린다. 이윽고 노인이 고개를 쳐들고 성큼 가게를 나서더니 사라진다.

타이머가 울리고 사장이 돌아서서 오븐을 연다. 뜨거운 연기가 버드의 목구멍을 조여온다.

꼭 저런 놈들이 있다니까, 피자가게 사장이 말한다. 진짜.

그는 뜨거운 오븐에 긴 나무 뒤집개를 밀어 넣더니 그들이 주문한 피자 조각을 꺼내 준비된 상자에 담는다. 그는 눈을 가늘게 뜨고 한참 버드를 보더니 다시 아버지를 본다. 마치 두 사람 얼굴을 기억해내려 애쓰는 것처럼. 그러더니 피자 상자를 카운터 너머로 내민다.

좋은 밤 보내세요, 버드의 아버지는 인사를 건넨 다음 피자 상자를 받아 들고 버드가 출입문으로 향하도록 한다.

그 사람이 뭐라고 했어요? 버드는 보도로 나온 뒤 묻는다. 그 아저씨요. 뭐라고 한 거예요?

가자, 아버지가 말한다. 얼른, 노아. 집으로 가자.

모퉁이에서 경찰차 한 대가 불을 끈 채 거의 아무 소리도 내지 않고 미끄러져 지나가고, 그들은 길을 건너기 전에 경찰차가 지나가기를 기다린다. 그들은 건너편 교회의 탑이 9시를 알리기 직전 기숙사에 도착한다.

아파트에 도착하고 나서야 아버지는 다시 입을 연다. 그는 피자를 조리대에 내려놓고 신발을 힘겹게 벗은 다음 아주 먼 곳을 보며 서 있다.

광둥어였어, 아버지가 말한다. 광둥어로 말했어.

하지만 알아들었잖아요, 버드가 말한다. 아빠 광둥어 못하잖아요.

버드는 말하면서도 자기가 하는 말이 사실인지 아닌지 모른다는 걸 깨닫는다.

그래, 못해. 아버지는 쏘아붙이듯 말한다. 너도 못하지. 노아, 내가 하는 말 잘 들어. 중국, 한국, 일본과 관련 있는 거면 그 어떤 것이든 가까이해서는 안 돼. 그쪽 나라말로 대화하는 걸 보거나 관련한 이야기가 들리면 즉시 자리를 뜨는 거야. 알았어?

아버지는 상자에서 피자 한 조각을 꺼내 버드에게 내밀더니 자기도 한 조각을 꺼내 들고 접시도 없이 피곤한 듯 의자에 앉는다. 버드는 아버지가 지난 한 시간 동안 계단을 두 번이나 걸어 올라왔다는 사실이 갑자기 머리에 떠오른다.

저녁 먹으렴, 아버지가 부드럽게 말한다. 차가워지기 전에.

그제야 버드는 깨닫는다. 부탁해봤자 아버지는 책을 찾아주지 않을 것이다. 다른 길을 찾아야 한다.

대학교 도서관에 몰래 들어가기는 어렵다. 늘 그랬다. 그곳에는 오래되고 귀한 책이 있다. 구텐베르크 성경과 셰익스피어의 작품 초판도 있다고 아버지가 말한 적이 있다. 비록 버드는 그게 어떤 의미를 지니는지 제대로 이해하지 못했지만. 수없이 많은, 진귀한 고문서들. 심지어 사람 가죽—이때 아버지는 소름 끼치는 모양으로 손가락을 공중에서 꿈틀거렸다—으로 장정한 해부학 도서도 있었다. 아버지는 그때 막 일자리를 옮긴—언어학 교수에서 책을 정리하는 사서로— 때였고, 버드는 아홉 살 나이에 냉소적으로 변한 터라 그 모든 얘기가 아버지가 새 일자리를 멋지게 보이려고 하는 소리라고 생각해 무시했다.

그가 아는 거라고는 운동장 한쪽 끝에 대리석 문진처럼 자리 잡은, 거대하고 인상적인 도서관 건물에 들어가려면 출입 카드가 필요하다는 사실이었다. 내부로 들어간 뒤에도 책장으로 이루어진 따뜻한 미로 안쪽으로 들어가는 건 직원만 가능했다. 하지만 버드가 지금보다 어릴 때는 달랐다. 휴일이면 아버지를 따라 다시 서가로 돌아갈 책이 카트에 담겨 기다리고 있는 공간에 들어갔다. 너도 거들어도 돼, 아버지가 말하면 한두 번은 아버지의 일을 도와 카트를 밀고, 좁은 서가 사이를 돌아다니며 제자리를 찾고, 복도에 달린 골동품 같은 스위치를 눌러 불을 켜기도 했다. 아버지가 책장을 살펴보며 한 권씩 원래 자리였던 빈 곳에 집어넣을 때면 버드는 금박 글씨가 오래전에 지워진 책등을 손가락 끝으로 어루만지면서 도서관의 독특한 냄새를 맡았다. 먼지와 가죽 그리고 녹은 바닐라 아이스크림이 섞인 냄새. 누군가의 살갗이 풍기는 향기처럼 따뜻했다.

모든 것을 덮은 양털 담요 같은 흐릿한 고요함은 그를 안심시키는 동시에 불안하게 만들었다. 담요 아래 뭔가 거대한 것이 누워 기다렸다. 제자리를 찾아 돌아가야 하는 책더미는 끝없이 이어졌고, 끊임없이 반복되는 고집스러운 지시에 이런 생각이 들어 어지러웠다. 이 책장 너머에 수백 개의 책장이 있고 수천 권의 책과 수백만 개의 단어가 있다는 것. 가끔 아버지가 책을 제자리에 꽂은 뒤에 책등을 똑바로 정리하면 버드는 한 팔로 책장속 책을 전부 쓸어버리고, 책장을 밀어 넘어뜨려 다른 책장이 차례로 무너지게 만들고 싶었다. 그래서 이 숨 막히는 정적을 깨뜨리고 싶었다. 버드는 그런 생각이 두려웠고 그걸 핑계 삼아 책탑사이로 가지 않았다. 너무 지쳐서 그냥 직원 사무실에 앉아 간식을 먹거나 집에 돌아가 놀고 싶었다.

그는 오랫동안 도서관에 가지 않았다. 마지막으로 갔을 때는 열 살 때였다.

그날 저녁 아버지가 이를 닦을 때 버드는 아버지 가방을 뒤졌다. 아버지는 습관대로 움직이는 사람이다. 아파트에 돌아오면 출입 카드를 가방 바깥쪽 주머니에 넣어 내일 사용할 수 있도록 한다. 버드는 카드를 챙겨 뒷주머니에 넣고 가방을 닫는다. 아버지는 아침에 절대 카드를 다시 확인하지 않는다. 지난 삼 년 동안 카드는 늘 그 자리에 있었다. 전날 밤 그가 넣어둔 바로 그 자리에. 내일 딱 한 번 그렇지 않을 것이다. 그러나 경비원은 아버지를 잘 알고, 오랫동안 매일 봐왔기 때문에 내일 하루는 도서관에 들어갈 수 있도록 해줄 것이다. 딱 한 번. 내일 저녁 아버지는 집에 돌아와 출입 카드를 찾으려고 집을 뒤질 것이고 탁자 아래 바닥, 아버지가 늘 가방을 내려두는 곳에서 발견할 것이다. 가방에 넣으려다 흘렸다고 생각할 것이고 그렇게 끝날 일이다.

처음에는 계획이 완벽하게 작동한다. 방과 후 버드는 운동장 쪽으로 가서 산처럼 거대한 도서관 정문 계단을 오른다. 로비에 도착해서는 학생들이 으레 짓는 초조하고 막연하게 짜증 난 표정을 흉내 내며 아버지의 출입 카드를 리더기에 대고 긁는다. 십자형 개찰구에 녹색 불이 들어오고 그는 멈추지 않고, 뒤를 돌아보지도 않고 통과한다. 중요한 지식의 길을 따라 어딘가로 가야만 하는 사람처럼. 경비원은 모니터를 지켜볼 뿐 고개조차 들지 않는다.

다음 관문은 서고로 들어갈 방법을 찾는 것이다. 아버지 말로는 예전에는 누구나 서고까지 들어갈 수 있었다. 그냥 들어가서 이리저리 다니며 발이 닿는 대로 찾아볼 수 있었다. 지금은 아무나 들어갈 수 없다. 접수대에서 신청서를 쓰고 왜 책이 필요한지 설명하고 신분증을 제시해야 한다. 그리고 만일 충분한 이유가 있다면—'위기'를 초래한 잘못에 관한 논문을 쓴다거나 내부의 적을 포착하는 새로운 전략을 만든다거나— 그의 아버지 같은 사람이 대신 서고에 들어가 책을 꺼내 올 것이다. 절차가 왜 바뀌었는지 아버지는 말하지 않았지만, 버드는 알고 있다. 물론 모든 것을 바꿔놓은 건 PACT였다. PACT가 어떤 책을 위험하다고 간주했고, 그런 책은 손이 닿지 않는 곳에 보관되어야 했다.

버드는 대출실로 들어가 안쪽 벽에 있는 서고 출입문을 본다. 삐걱거리는 카트 한 대가 모퉁이를 돌아 나오고, 버드는 카트를 미는 여자를 알아본다. 데비. 아버지처럼 사서다. 아주 오래전 그에게 금빛 포장지에 싸인 버터 맛 사탕을 준 적이 있다. 그때만 해도 버드는 도서관에 와서 아버지와 함께 일하기도 했다. 데비는 그때와 전혀 달라 보이지 않는다. 하늘하늘한 긴 원피스, 곱슬곱슬한 센 머리에 핀을 꽂아 희한한 모습으로 올려 묶은 모습. 나이가 들고 키가 컸지만 그녀도 분명 버드를 알아볼 것이다. 그는 재빨리 컴퓨터 열람석 뒤로 몸을 숨기고, 데비와 카트는 은은한 담배 냄새만 남긴 채 삐걱대며 지나간다.

순간 떠오르는 것이 있다. 데비는 골초다. 그녀가 들어오면 가끔 다른 사서들이 고개를 들고 어디서 불이라도 난 듯 킁킁거렸다. 공식적으로는 담배를 피우려면 반드시 도서관을 벗어나 건물에서 최소 15미터 떨어진 곳에 가야 했으나 실제로 그렇게 하는 사람은 아무도 없다. 대신 데비와 다른 흡연자들은 서고 옆문으로 몰래 나가 건물 측면 출입구를 통해 밖으로 나가면서 문을 벽돌로 받쳐두고, 거대한 도서관 건물 옆에 옹송그려 도둑 담배를 피우고는 다시 재빨리 들어왔다. 아버지는 가끔 복도에서 냄새가 난다며 불평했고 흡연의 해악에 관한 훈계를 늘어놓았다. 얼마나 위험한지 알겠지? 일단 발을 디디면 도저히 끊을 수가 없는 거야.

데비와 카트가 사라진 뒤 버드는 아래층, 서고로 통하는 옆문이 있는 곳으로 내려간다. 표지판은 없지만 이 길이 맞다고 확신한다. 길을 지나자 '문을 닫아두세요'라고 분명하게 표시된 비상문이 보인다. 무엇보다 문 바로 옆에 눈비에 닳은 오래된 붉은 벽돌이 있다는 점에서 확실하다. 이제 할 일은 혹시 모를 행운을 기다리는 것이다. 그는 모퉁이 근처에 자리를 잡는다. 그곳에 있다가 혹시 누군가 나온다면 서고 안으로 몰래 들어가거나 근처 남자 화장실로 몸을 피할 수 있다.

이십 분 동안 아무도 지나가지 않는다. 그리고 그는 직원들이 왜 이곳을 도둑 담배를 피우는 곳으로 이용하는지 이해한다. 위층에는 사람들이 많이 오가지만 이곳은 거의 버려진 곳이나 마찬가지다. 포기해야 하나 고민할 무렵 경첩이 삐걱거리는 소리와 벽돌이 돌바닥에 끌리는 소리가 들리더니 두꺼운 문이 닫히는 부드러운 충격음이 들린다. 잠시 후, 또 문 열리는 소리와 함께 외부 소음이 희미하게 들린다. 바람이 휙 부는 소리, 새들이 지저귀는 소리, 운동장 건너편 멀리서 누군가 웃는 소리.

버드는 모퉁이 너머로 고개를 내민다. 밖으로 통하는 문이 열려 있다. 누군가 밖으로 나가 담배를 피우고 있고, 그가 바랐던 대로 서고로 통하는 문 역시 열려 있다. 시간은 많지 않다. 최대한 조용히 살금살금 복도를 지나 서고로 통하는 문을 조금 더 연다. 희미하게 삐걱거리는 소리가 나서 혹시 담배 피우러 나간 사람이 알아차렸는지 뒤를 돌아본다. 아무 움직임이 없다. 버드 는 깊게 숨을 들이마시고 안으로 들어간다.

　방향을 제대로 잡을 때까지 시간이 조금 걸린다. 주위를 둘러 싼 책은 온통 모르는 언어, 어떻게 읽어야 할지도 모르는 단어로 쓰여 있다. Zniewolony Umysł, Pytania Zadawane Sobie.* 그 는 책장 사이로 뛰어가 문에서 멀어지도록 한 층 올라간다. 밖에 있는 사람은 곧 담배를 다 피울 것이고 돌아올 때 근처에 있어 서는 안 된다. 서고 내부는 믿을 수 없을 정도로 조용하다. 모든 것을 빨아들이고, 경계심이 강하며, 거의 포식자처럼 조용해 누 구든 감히 소리라도 내면 집어삼키려 기다리고 있는 것 같다. 직 원 한 명이 종이를 손에 들고 다가온다. 겨드랑이에 책 한 권을 낀 채 다음에 찾을 책장을 살피고 있다. 버드는 그녀가 돌아설 때를 기다려 지나간다. 여기 어딘가에 검색용 단말기가 있을 것 이다. 결국 그는 구석에서 단말기를 찾아내 키보드를 두드린다. 《고양이를 그린 소년》. 컴퓨터는 한참 멈췄다가 화면에 숫자를 띄운다. 버드는 종이쪽지에 숫자를 적고 모니터 옆에 붙은 도면 을 확인해 손가락으로 구역 번호를 따라가본다. D층, 제일 아래 층이다. 지하 사 층. 남서쪽 구석.

* 폴란드어로 '사로잡힌 영혼, 나에게 던진 질문'을 뜻함.

돌아서기 전에 그는 다시 한번 검색을 해보지 않을 수 없다.

《우리의 잃어버린 심장》.

컴퓨터가 이번에는 더 오래 멈추었다가 숫자 대신 안내문을 띄운다. '폐기되었음.' 버드는 침을 꿀꺽 삼키고 화면을 끈다. 그리고 종이쪽지를 손에 들고 계단을 내려간다.

계단을 따라 내려가고 보니 도서관 남서쪽이 아니라 북동쪽으로 길을 잘못 들어섰다. 하지만 그래도 D층에는 아무도 없다. 중앙 복도에만 불이 희미하게 켜 있고 좌우로 이어지는 책장 사이는 칠흑처럼 어둡다. 전에는 도서관이 얼마나 넓은지 알지 못했다. 도시 한 블록만 한 크기로, 가로세로가 각각 백여 미터에 이르는 넓은 내부에 수 킬로미터 길게 이어진 책장이 들어차 있다. 전에 아빠가 한 말이 떠오른다. 책장은 단순히 책 보관 장소가 아니라 건물 자체의 철제 뼈대이기도 해서 도서관이 똑바로 서 있도록 잡아준다는 것. 버드는 가장 쉬운 방법은 가장자리를 따라가는 것이라고 생각한다. 마구잡이로 오가다가는 분명 길을 잃을 것이다. 그는 조심스럽게 방향을 잡고 벽을 따라 남쪽으로 향한다. 그래도 원했던 대로 똑바로 계속 나아갈 수가 없다. 가끔 쌓여 있는 낡은 의자와 책상이 나타나 앞을 막기도 해서 옆으로 책장 몇 칸을 지난 다음 다시 길을 찾아 되돌아와야 한다. 머리 위 C층에서 걸어 다니는 발소리가 들린다. 보일러가 움직이는 소리가 들리고 온수 탱크에서 뿜어져 나오는 듯한 따뜻한 공기가 휙 불어와 금속 격자무늬 바닥을 따라 흐른다.

버드는 한때 책이 있던 자리에 손가락을 넣어보며 책장과 책장을 지난다. 책보다 빈 곳이 더 많은 공공도서관보다는 책이 빠진 공간이 많지 않다. 하지만 거의 모든 선반마다 빈자리가 하나 이상, 가끔 더 많이 보인다. 누가 어떤 책이 보관하기에 위험하다는 결정을 내리는지, 누가 사형 집행인처럼 나쁜 책을 찾아 모아 없애는지 궁금하다. 혹시 아버지가 그런 일을 하는 건 아닐까.

찾던 책장이 가까워지자 속도를 늦춘다. 깔끔하게 늘어선 책등을 보며 도서 정리 번호를 하나씩 확인한다. 그러다가 찾아낸다. 얇고 노란 책. 책이라고 보기 어려울 정도로 잡지보다 살짝 두꺼운 책. 보지 못하고 지나칠 뻔했다.

손가락 하나를 위쪽 모서리에 걸어서 책장에서 꺼낸다.《고양이를 그린 소년: 일본 설화》. 책을 본 적은 없지만 표지를 보자마자 같은 이야기란 걸 알아차린다. 일본 설화지만 그의 중국인 어머니가 어디선가 이 이야기를 듣거나 읽고 기억해두었다가 그에게 들려준 것이다. 표지에는 일본인 소년이 붓을 든 모습이 수채화로 그려져 있다. 벽에 큰 고양이를 그리는 모습이다. 심지어 소년은 버드와 살짝 비슷해 보인다. 검은 머리가 덥수룩하게 이마를 덮었고 마찬가지로 검은 눈에 코는 살짝 동그랗다. 어머니가 이야기를 들려주던 방식이 떠오른다. 스티로폼 상자에 한참 들어 있던 이야기를 파내 다시 빛을 보게 하듯. 소년은 집에서 멀리 떨어진 곳을 헤매고 있었어. 외로운 건물 한 채가 어둠 속에 서 있었지. 소년의 뻣뻣한 붓에서 고양이가, 또 다른 고양이가 끝없이 뛰쳐나왔단다. 버드의 손가락이 섬유처럼 부드러운 천에 싸인 표지를 열고 싶어 떨린다. 그래, 그는 생각한다. 거의 다 왔어. 뭔가가 그림자 속에서 튀어나와 막 모양을 잡으려한다. 책을 읽으면 기억해낼 것이다. 무슨 일이 벌어지는지. 어머니가 들려준 이야기로 말미암아 단번에 모든 걸 이해할 수 있을 것이다.

그 순간 누군가 버드의 어깨에 손을 얹고, 홱 돌아선 그는 아버지를 발견한다.

사람들이 경비원에게 맡기는 대신 나더러 널 찾으라고 했다, 아버지가 말한다.

미리 알았어야 했다. 당연히 도서관에는 보안 카메라가 설치되어 있고, 당연히 그들은 아버지―그 누구보다 책임감이 있고 규정을 지키는―가 카드 분실을 보고한 뒤 몇 시간이 지나 누군가 아버지의 출입 카드를 사용했을 때 알아차렸을 것이다.

아빠, 전 그냥……. 버드가 입을 연다.

아버지는 대답 없이 돌아서고 버드는 곧고 화난 아버지의 등을 보며 책장 사이를 지나 계단을 올라 끝도 없이 많은 카트가 놓여 있는 직원 사무실까지 간다. 사무실에 경비원 두 명이 기다리고 있다. 경비원들이 그를 향해 돌아서기 직전 그는 책을 등 뒤로 돌려 티셔츠 속, 청바지 고무줄 안에 밀어 넣는다.

괜찮아요, 아버지는 경비원들이 입을 열기 전에 먼저 말한다. 예상한 대로 내 아들이었어요. 내가 실수로 아이 가방에 카드를 넣었고 얘가 돌려주려고 온 겁니다. 버드는 리놀륨이 깔린 바닥에서 눈을 떼지 않은 채 숨을 참고 있다. 아버지는 여기서 뭘 하고 있었느냐며 한 번도 묻지 않았고, 그가 듣기로 아버지의 설명은 터무니없는 것 같다. 왜 아버지를 서고에서 찾는단 말인가? 책장이 미로처럼 펼쳐진 곳에서 어떻게 사람을 찾을 수 있단 말인가? 경비원들은 망설이며 믿어야 할지 말아야 할지 고민한다. 그 가운데 한 명이 몸을 가까이 숙이며 눈을 가늘게 뜨고 버드의 얼굴을 살핀다. 버드는 눈을 껌벅이며 천진난만하게 보이려 애쓴다. 그러쥔 주먹 안에서 손톱이 손바닥 살을 파고든다.

버드의 아버지는 껄껄거리며 말 울음처럼 크고 위선적인 웃음소리를 낸다. 소리는 실내를 뛰어다니다 사라진다. 그냥 책임져야겠다는 생각에 그런 거지, 노아? 아버지는 말한다. 하지만 걱정하지 마세요. 이제 알아들었을 겁니다.

아버지는 버드의 어깨를 두드리고 경비원들은 마지못해 고개를 끄덕인다.

다음에는 그냥 출입문 접수대에 말하도록 해, 알았지? 경비원 한 명이 버드에게 말한다. 그러면 아버지를 불러줄 거야.

버드의 두 다리가 안도감에 후들거린다. 고개를 끄덕이고 침을 삼키고 겨우 목소리를 낸다. 네, 알겠습니다. 아버지가 그의 어깨를 꽉 잡고 있었고, 그건 이렇게 답해야 한다는 뜻이었다.

경비원들이 돌아가자 버드는 허리춤에 손을 넣어 티셔츠 속에서 책을 꺼낸다.

아빠, 버드는 속삭인다. 목소리가 떨린다. 아빠, 혹시 이거……

아버지는 책에는 거의 눈길도 주지 않는다. 사실 그는 아예 버드를 보지 않는다.

카트에 넣어, 그는 조용히 말한다. 누군가 되돌려놓을 거야. 가자.

버드가 곤경에 처한 적은 딱 한 번뿐이었다. 그는 대개 아버지의 말을 잘 따랐다. 관심을 끌지 마. 고개 숙이고 다녀. 그리고 혹시라도 문제 상황을 보면 다른 길로 돌아가, 알겠지?

새디는 도무지 참지 못했다. 새디는 문제의 낌새라도 보이면 마치 사냥개처럼 냄새 나는 곳을 찾아갔다.

버드, 그녀가 말했다. 겁쟁이처럼 굴지 좀 마.

그때 그녀 눈에 띈 건 포스터였다. 포스터는 지금도 시내 곳곳, 청과점 창문이나 지역사회 게시판, 가끔은 심지어 일반 가정의 창문에도 붙어 있다. 모든 사람에게 애국심을 일깨우는, 서로를 감시해야 하고 조금이라도 문제가 있을 것 같으면 신고해야 한다는 내용의 포스터들. 모든 포스터는 유명한 예술가가 디자인해 눈을 사로잡았고 소장 욕구를 불러일으켰다. 거대한 황갈색 강물을 막아선 빨간색, 하얀색, 파란색 댐에 가늘게 금이 간 그림: 아무리 작은 틈도 커집니다. 금발 여인이 커튼 사이로 밖을 내다보며 귀에 휴대전화를 대고 있는 모습: 후회보다는 안전. 나란히 선 두 채의 집 사이, 하얀색 말뚝 울타리 위로 파이를 건네고 받는 손: 당신의 이웃을 감시하라. 포스터마다 아래쪽에 굵게 칠한 네 글자가 보인다. PACT.

그날 오후 새디는 버스 정류장에 줄지어 붙은 포스터 앞에 멈춰 서더니 접착제 바른 부분을 손으로 쓸었다. 접착제가 손가락 아래서 분필 가루처럼 벗겨져 떨어졌다.

그날 저녁 경찰관 두 명이 버드네 아파트에 찾아왔다.

댁의 아들이 오늘 이른 오후, 공공안전 포스터를 훼손한 무리의 일부라고 들었습니다, 한 경찰관이 말했다.

새디는 청바지 주머니에서 펜을 꺼내 경계와 단결을 외치는 슬로건에 낙서했다.

무리라고요? 그의 아버지가 말했다. 무슨 무리요?

우리는 이 학생이 왜 이런 짓을 해야 한다고 느꼈는지 매우 우려하고 있습니다, 경찰관이 말했다. 집에서 어떤 교육을 받았기에 이런 식의 비애국적이고, 솔직히 말해 위험하기까지 한 행동이 적절하다고 느끼게 되었는지 말입니다.

새디였지? 이번에 아버지는 버드에게 말했고 버드는 침을 삼켰다.

가드너 씨, 경찰관이 말했다. 우리가 당신 파일을 확인했는데 당신 아내의 전력을 생각하면……

아버지가 그들의 말을 잘랐다.

그 여자는 더는 우리 가족이 아닙니다, 아버지는 퉁명스레 말했다. 우리는 그 여자와 아무런 관련이 없습니다. 그 여자가 집을 나간 뒤로 우리는 그녀와 아무 연관이 없어요.

마치 아버지가 바로 그의 눈앞에서 어머니를 때린 것 같았다.

그리고 우리는 그 여자가 지지하는 급진적 입장에 전혀 공감하지 않습니다. 그의 아버지는 말을 이었다. 전혀요.

그는 버드를 바라보았고, 버드는 등을 쇠막대처럼 곧게 세우고는 고개를 끄덕였다.

노아와 저는 PACT가 우리 조국을 보호한다는 걸 압니다, 아버지는 말을 이었다. 만일 제 진심이 의심스럽다면 살펴보시기만 하면 됩니다. 저는 안보와 단결 단체에 지난 이 년 반 동안 계속 기부해왔습니다. 그리고 노아는 줄곧 A만 받는 학생입니다. 이 집에서 비애국적인 영향력은 있을 수 없습니다.

그렇지만, 경찰관이 말을 시작했다. 댁의 아들은 PACT를 옹호하는 선전물을 분명 훼손했습니다.

경찰관의 시선이 마치 대답을 기다리듯 아버지를 향했다. 그 순간 버드는 포착했다. 아버지의 재빠른 눈길이 수표책을 보관하는 주방 서랍으로 향하는 모습을. 버드는 도서관 사서의 봉급이 많지 않다는 걸 알았다. 매달 말일이 되면 아버지는 오랜 시간 탁자에 고개를 숙이고 수표책을 들여다보며 겨우 한 달 살림을 마감했다. 그는 아버지가 속으로 계산하는 모습을 볼 수 있었다. 얼마를 줘야 경찰이 돌아갈까? 그들의 살림으로는 감당할 수 없는 금액이라는 걸 그는 이미 알았다.

그 여자애의 영향입니다, 아버지가 말했다. 재배치받은 애요. 새디 그린스타인. 아주 까다로운 아이라고 하더군요.

충격이 버드의 온몸을 관통했다.

우리도 전에 그 애를 본 적이 있습니다, 경찰관이 인정했다.

그 애 때문에 이렇게 된 겁니다. 이 나이대 남자애들이 어떤지 아시잖아요. 여자애 말이라면 전부 넘어가고 말죠.

아버지가 버드의 어깨에 손을 얹었다. 단단하고 무거운 손.

앞으로는 절대 그런 일 없게 하겠습니다. 우리 가정의 충성심에 대해서는 의심의 여지가 없습니다, 경관님.

경찰관은 망설였고 아버지는 그의 주저함을 눈치챘다.

우리 안보를 지키는 여러분 같은 분들께 감사하고 있습니다, 아버지는 말했다. 만일 여러분이 없었다면 우리가 어디에 가 있었을지 아니까요.

절대 좋은 곳은 아니었겠죠, 경찰관이 고개를 끄덕이며 말했다. 아주 안 좋은 곳이었을 겁니다, 분명히. 자 그럼. 제 생각에 전부 정리가 된 것 같군요. 오해가 좀 있었던 것 같네요. 하지만 앞으로는 문제에 엮이지 말거라, 애야, 알겠지?

경찰이 돌아가고 버드의 아버지는 두통이 있는 것처럼 손가락으로 관자놀이를 눌렀다.

노아, 아버지는 아주 오랫동안 아무 말도 하지 않았다. 다시는 그런 짓 하지 마라.

아버지는 뭔가 더 말할 것처럼 입을 열었지만, 기둥이 모두 무너져버린 텐트처럼 몸속에서 모든 공기가 빠져나간 것 같았다. 버드는 그런 짓이 뭔지 확실히 알 수 없었다. 포스터를 훼손하는 일? 경찰관과 말하는 일? 문제에 엮이는 일? 마침내 아버지가 정신을 가다듬고 그를 보았다.

새디하고 어울리지 마, 아버지는 다른 방으로 가면서 말했다. 제발.

그래서 버드는 다음 날 새디와 함께 앉지 않았고, 그다음 날에도 그녀와 같이 점심을 먹지 않았고, 일주일 뒤에 그녀가 학교에 오지 않고, 다시는 돌아오지 않고, 아무도 그녀가 어디로 갔는지 모르게 될 때까지 그녀와 말하지 않았다.

오늘 아버지는 도서관 계단을 내려오는 내내, 운동장을 벗어나 거리로 접어들 때까지도 아무런 말을 하지 않는다. 버드는 침묵 속에서 아버지를 따라 집으로 간다. 아직 한낮이다. 평상시였다면 아버지는 적어도 두 시간은 더 일터에 있어야 했다. 아버지의 딱딱하고 각진 어깨는 뒤에서만 봐도 크게 화난 게 티가 났다. 아버지는 말도 할 수 없을 만큼 너무 화가 났을 때만 저렇게 관절이 녹슨 사람처럼 뻣뻣하고 경직된 모습으로 걷는다. 버드는 뒤처져 걸으며 몇 걸음, 나중에는 반 블록까지 거리를 벌린다. 점점 더. 계속 이렇게 속도를 줄이면 어쩌면 아예 집에 도착하지 않을 수도 있다. 그러면 이 문제를 두고 얘기할 일도 아예 없어지고, 다시는 아버지와 얼굴을 마주할 필요도 없다.

식당에 다다를 때쯤 아버지는 거의 한 블록이나 그를 앞섰는데, 버드가 선 곳에서 너무 멀리 보이는 아버지가 낯모르는 사람처럼 느껴진다. 갈색 오버코트를 입고 가방을 든 어떤 사람. 그가 전혀 알지 못하는. 도서관에서 아버지의 목소리에는 그냥 분노가 아니라 뭔가 다른, 딱 짚어 말할 수 없는 콕 쏘는 듯한 느낌이 섞여 있었다. 그 순간 버드는 깨달았다. 두려움. 포스터 문제가 있던 날, 아버지가 경찰에게 말할 때 들은 것과 같은 강하게 휘몰아치는 두려움이었다. 코를 찌르는 뜨거운 사향 냄새, 발톱을 획 세우는 소리.

버드의 눈길은 다시 며칠 전만 해도 새빨간 색을 입고 있었으나 이제 삐쭉삐쭉한 상처만 남은 세 그루 나무로 향한다. 언제가 아버지가 이야기해준 절대 완전히 아물지 않을 상처. 껍질이 자라나 덮겠지만 상처는 살갗 아래 그대로 남을 것이고 나무를 베어 쓰러뜨릴 때 사람들은 나무의 나이테를 파고 들어간 짙은 자국을 보게 될 것이다.

생각에 너무 잠겨 있던 탓에 버드는 반대편에서 걸어오던 사람과 부딪힌다. 덩치가 크고 화가 난 채 서둘던 사람.

눈깔 똑바로 뜨고 다녀 짱깨 새끼, 소리가 들리고 웬 커다란 손이 그의 어깨를 잡아 바닥으로 밀친다.

너무 순식간에 벌어진 일이어서 한참이 지나도 상황을 파악하기가 어렵다. 일이 전부 벌어지고, 손바닥과 무릎에 차가운 진흙을 묻힌 채 젖은 풀밭에 누워서야 선명해진다. 버드를 넘어뜨린 남자가 한 손으로 피가 흐르는 코를 움켜쥐고 달아나고 있다. 보도 콘크리트에 페인트를 끼얹은 것처럼 커다랗고 빨간 핏방울이 떨어져 있다. 그리고 아버지는 어마어마하게 높은 곳에서 내려다보듯 그를 보며 서 있다.

괜찮아? 아버지가 묻자 버드는 고개를 끄덕인다. 아버지는 손가락 마디가 벌겋게 부어오른 손을 내민다. 그는 아버지가 보기와 달리 덩치가 크다는 걸 깨닫는다. 부드러운 목소리에 수줍음을 타듯 늘 구부정한 자세여서 실제보다 작아 보이지만 대학 시절 육상을 했던 아버지는 어깨가 넓고 키가 크고 튼튼하다. 자신의 아이를 위협하는 사람에게 강한 주먹을 날릴 수 있을 만큼.

집에 가자, 아버지가 그를 일으키며 말한다.

두 사람은 기숙사에 도착할 때까지 아무 말도 하지 않는다.

아빠, 버드가 로비에 들어서며 말한다.

이따가, 아버지는 계단으로 향하며 그렇게 말할 뿐이다. 일단 올라가자.

집 앞에 다다른 아버지는 안으로 들어간 다음 아파트 문을 닫고 잠근다.

조심해야지, 아버지가 버드의 양쪽 어깨를 붙잡고 말하자 버드는 벌컥 화를 낸다.

저 아무 짓도 안 했어요. 그 사람이 저를 밀치고……

하지만 아버지는 고개를 흔든다. 그 사람만이 아니야, 아버지는 말한다. 사람들은 네 얼굴만 보고도 화를 낼 수 있어. 그리고 도서관에서 벌인 짓은…….

 아버지는 말을 멈춘다.

 규칙을 잘 따랐잖아, 아버지가 말한다.

 그냥 책 한 권이었어요.

 네가 만일 문제에 휘말리면 내 책임이야, 노아. 상황이 얼마나 나빠질 수 있었는지 알아?

 죄송해요, 버드가 말했으나 아버지는 듣는 것 같지 않다. 아버지가 고함을 지르거나 화를 낼 것 같아 몸에 단단히 힘을 주는데, 끓어오르는 듯 식식거리는 목소리에 더 두려워진다.

 해고당할 수도 있었어, 아버지가 말한다. 도서관은 아무나 드나들 수 있는 곳이 아닌 걸 알잖아. 연구원이어야만 해. 누구를 출입시키는지 지켜봐야만 하는 곳이라고. 대학은 신망이 있는 곳이니까 좀 더 많은 자유를 허용하지만, 그렇다고 영향을 아예 안 받지는 않아. 누군가 문제를 일으키고 그들이 책을 추적해 여기까지 오면……

 아버지는 고개를 흔든다.

 해고당하면 이 아파트에서도 쫓겨나. 그건 알지?

 버드는 알지 못했다. 몸에 오한이 든다.

 더할 수도 있지. 만일 네가 책을 빼내 온 걸 알아채고 우리를, 너를 자세히 조사하기로 하면……

엉덩이도 한 번 때린 적 없는 아버지가 격렬한 눈빛으로 그를 바라보자 버드는 움찔해 한 대 맞을 준비를 한다. 그 순간 아버지가 버드를 양팔로 끌어안는다. 어찌나 꽉 안았는지 숨이 몸에서 빠져나간다. 아버지는 그를 꼭 안은 채 몸을 흔든다.

그리고 갑자기 버드의 머릿속에서 문 하나가 딸칵 열린다. 왜 아버지가 늘 그렇게 조심스러워하고, 늘 같은 길로만 다니고, 절대 벗어나지 말라고 잔소리했는지. 아버지가 어떻게 그렇게 빠르게 그에게 왔는지. 중국을 연구하거나 일본 설화를 찾는 일만 위험한 게 아니었다. 그처럼 생긴 외모는 늘 위험했다. 그의 어머니의 자식이어서 여러 방식으로 위험했다. 아버지는 이 사실을 늘 알았고 늘 대비했고 자기 아들에게 무슨 일이 생길지 늘 예민한 상태로 있었다. 아버지가 두려워한 것은 어느 날 누군가 버드의 얼굴에서 적을 보는 일이었다. 혈통이든 행동이든, 누군가 그를 어머니의 아들로 보고 빼앗아가는 일.

버드는 양팔로 아버지를 끌어안고, 아버지는 버드를 끌어안은 팔에 더 힘을 준다.

피자가게 그 노인이요, 버드는 천천히 말한다. 그 사람이 뭐라고 했어요?

우리 피로군. 버드의 머리칼에 반쯤 파묻힌 아버지의 목소리가 버드의 머리뼈 안에서 울린다. 그리고 그 말이 맞아. 그 사람 말은 너에게도 이런 일이 벌어질 수 있다는 거였어.

팔이 느슨해지더니 아버지가 팔을 쭉 펴 버드를 붙든다.

노아, 아버지는 말한다. 그래서 내가 계속 숨어 다니라고 한 거야. 주의를 끌 행동은 절대 하지 말고.

알았어요, 버드는 말한다.

아버지는 싱크대로 가서 차가운 물을 틀고 부어오른 손을 댄다. 아직 두 사람 사이의 문이 열려 있는 것 같은 느낌에 버드는 문에 손바닥을 댄다. 민다.

엄마는 고양이를 좋아했나요? 그가 묻는다.

아버지는 멈춘다. 뭐? 아버지는 마치 몇 가지 되지도 않는 자신이 알지 못하는 언어로 버드가 말한 것처럼 대꾸한다.

고양이요, 버드는 다시 말한다. 엄마가 좋아했느냐고요.

아버지는 물을 잠근다. 갑자기 무슨 말이야? 아버지가 말한다.

그냥 알고 싶어요, 버드는 말한다. 그랬어요?

아버지는 재빨리 실내를 둘러본다. 어머니 얘기만 나오면 습관적으로 하는 행동이다. 밖은 온통 조용하고 가끔 사이렌 소리만 울린다.

고양이라, 아버지는 빨갛게 부어오른 손을 내려다보며 말한다. 그랬지. 고양이를 아주 예뻐했어.

아버지는 날카로운 눈길로 버드를 바라본다. 버드가 오랫동안 보지 못한, 매우 예리한 눈빛이다. 마치 버드의 얼굴에서 뭔가 색다른 것을 발견한 듯, 칼집이 벗겨진 것 같은 눈빛.

미우, 아버지가 천천히 말한다. 엄마의 성이야.

아버지는 책장을 덮은 먼지에 글자를 쓴다. 들판을 의미하는,

십자가를 품은 정사각형. 그 위에 돋아난 작은 십자가 두 개.

苗

모종 또는 가끔 곡식을 뜻하기도 하는 글자지. 막 자라기 시작한 것. 하지만 발음이 고양이 울음소리를 닮지 않았니? 미우.

그리고, 아버지가 말한다. 목소리는 아버지가 기분이 좋아졌을 때, 단어같이 자신이 좋아하는 것에 관해 이야기할 때처럼 따뜻하다. 아주 오랜만이다. 아버지는 말을 잇는다. 앞에다가 이걸 더하면 짐승을 의미해.

아버지는 동물이 주의를 기울인 채 앉은 모습을 간결하게 표현한 몇 획을 추가한다.

貓

이렇게 쓰면 고양이를 뜻해. 미우, 라고 우는 짐승. 하지만 물론 곡식을 보호하는 짐승이라고 생각할 수도 있겠지.

아버지는 물 만난 고기 같다. 버드는 그런 아버지를 오랫동안 보지 못했다. 아버지가 이런 모습일 수도 있다는 걸, 이런 모습을 갖고 있다는 걸 거의 잊고 있었다. 아버지의 눈과 얼굴은 이렇게 밝아질 수 있었다.

옛날에 중국에는 고양이가 없었다는 이야기가 있어, 아버지가 말한다. 집에서 기르는 고양이가 없었겠지. 들고양이만 있고. 그땐 고양이를 이렇게 썼어. 아버지는 또 다른 글자를 쓴다.

狸

여우 같은 들짐승을 가리키는 글자였지. 그러다가 페르시아 상인한테서 들고양이 길들이는 법을 배웠고 그들은 이 글자를 추가했어.

아버지는 좌우로 나뉘는 세 번째 글자를 쓰기 시작한다. 처음에는 여자를 뜻하는 글자. 그 옆에 거의 겹칠 정도로 가까이 손을 상징하는 기호를 추가한다.

奴

노예라는 뜻이야, 아버지가 말한다. 들고양이 더하기 노예, 길들인 고양이.* 알겠니?

두 사람은 함께 먼지 위에 쓴 글자를 내려다본다. 미우. 그의 어머니. 짐승에 모종을 더하면 고양이를 뜻한다. 어머니는 어떤 종류의 짐승이었을까? 분명 고양이었을 것이다. 여자 더하기 손은 노예를 뜻한다. 어머니는 사육되거나 길든 적이 있었을까?

---

*   狸奴, 고양이를 뜻하는 옛 중국어 표현.

아버지는 손바닥으로 책장을 휙 문질러 깨끗하게 지운다.

어쨌든, 아버지는 말한다. 네 엄마랑 나는 이런 이야기를 곧잘 나눴어. 오래전이지.

아버지는 손바닥을 바지의 허벅지 부분에 대고 문질러 희미하게 잿빛 자국을 남긴다.

네 엄마는 그런 발상을 좋아했어, 잠시 후 아버지가 말한다. 자기가 짐승과 몇 개의 획밖에 차이 나지 않는다는 생각.

아빠가 중국어 할 줄 아는지 몰랐어요, 버드가 말한다.

몰라, 아버지가 무심코 말한다. 제대로는. 하지만 광둥어는 조금 알지. 잠깐 공부했거든. 네 엄마랑. 아주 옛날이야.

아버지는 돌아서서 가려다 갑자기 되돌아선다.

그 책.

그리고 또 잠시 침묵. 네 엄마가 너한테 자주 들려주던 이야기지, 그렇지?

버드는 고개를 끄덕인다.

나도 기억해, 아버지가 말한다.

그리고 아버지가 이야기를 시작하면서 기억이 되살아난다. 책에 있는 단어가 아니라, 지금 아버지가 인용하는 빈약한 문장이 아니라, 어머니의 목소리로 듣던 기억이 떠오른다. 그의 마음 속 텅 빈 하얀 벽에 단어로 그림이 그려진다. 오랫동안 묻혀 있던. 바지직 소리를 내며 다시 한번 공중에 나타난다.

옛날 옛적에 고양이 그리기를 매우 좋아하는 소년이 살았습니다. 가난한 소년은 종일 들판에서 일했습니다. 봄이면 부모님과 마을 사람들과 모내기를 했고 가을이면 나란히 추수를 했습니다. 하지만 소년은 틈만 나면 그림을 그렸습니다. 그리고 소년이 가장 그리기 좋아하고 대부분 그리는 것은 고양이였습니다. 큰 고양이, 작은 고양이, 줄무늬 고양이, 얼룩 고양이, 점박이 고양이. 귀가 뾰족한 고양이, 눈이 찢어진 고양이, 발과 주둥이가 검은색인 고양이, 독수리처럼 가슴에 흰 반점이 있는 고양이. 털이 텁수룩한 고양이, 윤기 나는 고양이, 뛰어오르는 고양이, 몰래 다가가는 고양이, 자거나 털을 다듬는 고양이. 강가의 평평한 바위에는 불에 탄 막대기로 그림을 그렸습니다. 어부가 그물을 끌어 올리는 근처 호숫가에서는 모래를 긁어 그림을 그렸습니다. 맑은 날에는 집에 가는 길 땅바닥

115

에도 그리고, 비가 그치면 물이 반짝거리던 웅덩이가 마르며 생겨난 두꺼운 진흙에 고양이를 새겼습니다.

마을 사람들은 시간 낭비라고 생각했습니다. 고양이를 그려 무슨 소용이냐며 비웃었습니다. 먹을 것이 생기지도 않고, 그림이 곡물을 가져다주지도 않는다고 했습니다. 마을에서 제일가는 부자의 집 벽에는 아름다운 두루마리가 걸려 있었습니다. 안개가 자욱한 산과 우아한 정원, 마을 사람 누구도 가본 적 없는 먼 곳을 그린 그림이었습니다. 하지만 고양이는 집 밖에 나가면 어디서나 볼 수 있을 정도로 많았습니다. 사람들은 고양이를 그린다는 화가는 한 번도 들어본 적이 없었습니다. 그런 걸 그려서 뭐 해?

하지만 소년의 부모는 그렇게 생각하지 않았습니다. 온종일 들판에서 일해야 했지만―그리고 소년은 일을 도와야 했습니다―그들은 아들의 재능이 자랑스러웠습니다. 하루 일을 마치고 나면 아버지는 손바닥 길이의 대나무 조각을 모아 아들에게 붓대로 쓰라고 주었습니다. 어머니는 자신의 머리칼 끝을 잘라 묶어 붓털을 만들어주었습니다. 소년은 돌멩이―진한 붉은색부터 순수한 검은색까지 최대한 많은 색의 돌멩이―를 모아 곱게 갈아 물감으로 썼습니다. 그리고 매일 밤 잠자리에 들 때까지 납작한 나무껍질이나 종잇조각, 낡은 헝겊에 고양이를 그렸습니다.

어느 해, 역병이 마을을 덮쳤고 소년의 부모가 죽었습니다. 마을 사람 누구도 소년을 거둬주지 않았습니다. 소년이 시간을 낭비하고 쓸데없는 일을 한다는 소문이 있었기 때문입니다. 마을 사람들은 그럴 시간이 없었습니다. 그들도 병에 걸렸고 먹을 것이 많지 않아 각자 먹고살기도 바빴습니다. 그들은 집마다 모아둔 쌀을 조금씩 모아 보따리에 넣어 소년에게 주었습니다. 그들은 행운을 빈다고 말했습니다. 운명이 미소 짓기를 바란다면서요. 소년은 사람들에게 감사 인사를 한 다음 보따리를 둘러메고 주머니에 붓을 넣고 길을 떠났습니다.

겨울이었고 몹시 추웠습니다. 소년은 어둠 속을 한참 헤매다가 작은 마을에 도착했지만 모든 집의 문이 굳게 닫혀 있었습니다. 창문을 통해 불빛이 새어 나왔지만 문을 두드려도 아무도 대답하지 않았습니다. 거센 바람이 불기 시작했고 눈이 휘몰아치면서 마치 귀신이 소년의 얼굴을 할퀴는 것 같았습니다. 마지막 집에서 늙은 여자가 내다보았습니다. 미안하다, 노파가 말했습니다. 널 들이면 남편이 날 죽일 거야. 우리는 무서워서 낯선 사람을 들이지 않아. 이 마을 전부가 무서워하고 있어. 무서워해요? 소년이 말했습니다. 뭘요? 그러나 노파는 그냥 고개만 흔들었습니다.

절망에 빠진 소년은 한적한 길거리를 둘러보았습니다. 길 끝, 마을이 끝나는 곳에 아까는 보지 못한 작은 집이 있었습니다. 저기 버려진 집에서 묵으면 어떨까요? 소년은 말했습니다. 저기라면 하룻밤은 보낼 수 있을 거예요.

노파가 소년의 손을 잡았습니다. 저 집은 위험해, 노파는 말했습니다. 저주받았거든. 괴물이 산다고 했어. 밤에 저 집에 갔던 사람은 아무도 돌아오지 못했어.

저는 겁나지 않아요, 소년은 말했습니다. 그리고 길거리에서 얼어 죽으나 괴물에게 먹히나 마찬가지죠.

노파는 고개를 숙이더니 아궁이에서 불을 붙인 횃불을 꺼내 건네주었습니다. 이걸 가져가렴, 노파는 말했습니다. 그리고 눈에 띄지 않도록 조심해. 그러더니 소년을 축복하며 뺨에 흐르는 눈물을 닦았습니다. 내일까지 살아있기를 빈다, 노파는 말했습니다. 그리고 만일 그렇게 되면 우리를 용서해주렴.

소년은 버려진 집으로 갔습니다. 땅과 메마른 나뭇가지에 눈이 달라붙기 시작했고 소년이 집에 도착할 즈음 문가에 막 눈이 쌓이기 시작했습니다. 문이 잠겨 있지 않았고 소년은 안으로 들어갔습니다. 소년은 모닥불을 피우고 집 안을 둘러보았습니다. 방은 하나뿐이고 가구도 작은 옷장 하나밖에 없었습니다. 소년의 어머니가 집에서 담요를 넣어두던 옷장과 같았습니다. 바닥에는 아무것도 깔려 있지 않고 벽에도 아무 장식이 없었습니다. 하얗게 칠한 벽과 깔끔하게 청소한 흙바닥만 있었습니다.

그래, 이곳은 저주받았는지는 몰라도 적어도 축축하지 않고 따뜻하군, 소년은 생각했습니다. 담요를 바닥에 깔고 잠자리에 들려던 소년의 눈에 하얀 벽이 들어왔습니다. 벽은 너무 헐벗었고 텅 비어 보였습니다. 눈, 코, 입이 없는 얼굴처럼. 소년은 주머니에 손을 넣어 붓을 꺼냈고 깊이 생각할 틈도 없이 한쪽 벽에 고양이를 한 마리 그렸습니다. 작고, 회색과 흰색 줄무늬가 있는 고양이. 새끼 고양이였습니다. 그래, 훨씬 낫군, 소년은 생각했습니다. 그리고 다시 잠자리에 들 준비를 했습니다.

하지만 벽에 혼자 있는 고양이가 외로워 보였고 벽은 한참 남아 있었습니다. 소년은 좀 더 큰 얼룩무늬 친구 고양이가 옆에 앉아 발을 핥고 있는 모습을 그렸습니다. 곧 소년은 스스로를 잊을 정도로 몰입했습니다. 소년은 커다란 오렌지색 수컷 고양이가 모닥불 옆에서 자는 모습을 그렸습니다. 검은 고양이는 달려들 준비를 하고 있었고, 하얀색 고양이는 커다란 푸른 눈으로 지켜보고 있었고, 여러 색이 섞인 고양이는 서까래 사이로 기어오르고 있었습니다. 소년은 벽이 꽉 찰 때까지, 그의 곁을 지킬 친구 고양이가 충분해질 때까지 고양이를 그렸고 결국 그릴 곳이 남지 않게 되고서야—그 사이 모닥불은 불씨만 남았습니다— 붓을 거두었습니다.

소년은 피곤했습니다. 아무것도 없는 벽에 고양이 백 마리를 그렸으니 당연한 일이었습니다. 소년은 담요를 펼쳤지만 그 많은 고양이 틈에서도 외로웠습니다. 부모님이 그리웠고 집에 돌아가고 싶었습니다. 살던 집으로 돌아가 자기 침대에 누워 부모님 옆에서 자고 싶었습니다. 소년은 아버지가 준 대나무에 어머니의 머리칼로 만든 붓을 떠올렸습니다. 소년은 기억 속 부모님의 작은 몸짓이 그리웠습니다. 얼굴에 흘러내린 머리를 쓸어 넘겨주던 어머니의 손, 들판에서 일하는 내내 너무 나직해서 벌이 윙윙대는 것 같았던 아버지의 흥얼거리는 목소리를 떠올렸습니다. 소년은 작아지는 기분이 들었습니다. 그리고 갑자기 노파의 말이 떠올랐습니다. 눈에 띄지 않도록 조심해. 소년은 옷장을 열고 담요를 걷어 안에 깔았습니다. 그리고 물건을 전부 챙겨 마치 자기만의 작은 침대처럼 보이는 옷장으로 기어들어가 문을 닫았습니다.

한밤중에 소년은 알아들을 수 없는 끔찍한 통곡 소리를 듣고 잠에서 깼습니다. 섬뜩한 비명은 고목이 쓰러지며 쪼개지는 소리나 수백 개의 겨울바람이 울부짖는 소리, 땅이 움직이고 갈라지면서 내는 찢어지는 소리 같았습니다. 속눈썹마저 쭈뼛 일어섰습니다. 소년은 작은 틈새에 눈을 대고 내다봤지만 피로 가득 찬 것 같은 무시무시한 붉은 빛밖에 보이지 않았습니다. 소년은 눈을 감고 숨을 참은 채 담요를 머리끝까지 뒤집어썼습니다. 무슨 일이 있어도 소리를 내면 안 돼, 소년은 생각했습니다.

한참이 지나—얼마나 오래되었는지 알 수 없었습니다—주위는 다시 조용해졌습니다. 하지만 소년은 침묵 속에서 기다렸습니다. 한 시간이 지났습니다. 두 시간. 소년이 다시 틈에 눈을 대보았더니 이번에는 붉은색이 보이지 않고 그저 희미한 은색 햇빛만 보였습니다. 소년은 떨리는 손으로 문을 열고 옷장에서 나왔습니다. 벽에 그린 고양이들은 소년이 그려둔 그대로 있었습니다. 하지만 고양이들의 입이 하나같이 빨갰습니다. 흙바닥 곳곳에 수백 개의 고양이 발자국이 찍혀 있는데, 먼지와 긁힌 자국, 얼룩, 그리고 싸움의 흔적도 보였습니다. 벽에는 점점이 피와 땀이 흩뿌려져 있고, 한쪽 구석에 거대한 털북숭이 사체가 보였습니다. 발톱에 갈가리 찢겨 꼼짝도 하지 않았습니다. 황소 크기의 쥐였습니다.

그날 밤 침대에 누우며 버드는 생각한다. 무슨 뜻일까. 자정이 지난 시간, 아래쪽 침대에서 아버지가 코를 한 번 골더니 한쪽으로 돌아누워 꼼짝도 하지 않는다. 바깥의 도시는 조용하고 가끔 어둠 속을 뚫고 달리는 사이렌 소리만 들린다. 우리는 서로 지켜보기로 약속한다.

버드는 살금살금 거실로 나가 커튼 끄트머리를 살짝 젖혀 창문과 커튼 사이로 들어가 밖을 내다본다. 보이는 건 거대한 건물과 멀리 점점이 보이는 가로등뿐이다. 평평한 검은 띠처럼 보이는 도로. 검은색을 새로 칠했지만, 그 아래 어딘가에 그려진 심장은 여전히 생기가 돌고 있다. 너무 위험해, 그는 생각한다. 무슨 의미가 있다고. 몇 시간 지나면 아무 흔적도 남지 않을 텐데.

하지만 진실은 사라지지 않았다는 것이다. 버드는 아무도 없는 도로 한복판을 볼 때마다 떠올린다. 마치 살쾡이의 으르렁 소리처럼 날카롭게, 그의 마음속에서 밝은 얼룩이 번쩍거린다.

그들은 두렵지 않았을까?

그림을 그린 사람들이 어떤 기분이었을지 상상해보려 애쓴다. 살금살금 도로에 들어선다. 마스크 안에서 숨결은 뜨거워지고 심장은 귀청이 떨어질 정도로 고동친다. 떨리는 손으로 도로에 스텐실을 붙이고 빨간 스프레이를 칙칙 뿌린다. 그리고 뛰어달아나면 폐는 두려움과 냄새로 불타오르며 몸을 숨길 작은 구석을 찾는다. 빨간 페인트가 마치 피처럼 양손에 묻어난다.

그 순간 덮치듯 모든 것이 떠오른다. 마치 누군가 마개를 뽑은 것처럼 밀려든다.

아주 어렸을 때 그와 어머니가 하던 놀이. 학교에 다니기 전, 세상에 엄마 말고는 아무도 없던 때. 함께 하자고 엄마를 졸랐던, 그가 가장 좋아하던 놀이. 아버지가 출근했을 때만 하던 두 사람만의 특별한 놀이는 둘만의 비밀로 남았다.

엄마가 괴물 해. 내가 숨을 테니까 엄마가 괴물 하는 거야.

어머니는 벽에 커다란 종이를 테이프로 붙였고 버드는 고양이를 계속 그렸다. 크레용으로, 절반쯤 말라버린 마커로, 몽당연필로. 귀만 대충 그린 간단한 그림이지만 그래도 고양이였다. 고양이들. 그의 방은 온통 고양이로 가득했다. 그렇게 그리고 그리다가 지쳤을 때 놀이의 두 번째 부분이 시작했다. 그의 방 벽장 안에는 부모님이 집을 고치다 발견한 좁은 공간이 있었다. 처마

밑에 있는 그 공간은 너무 작아 별 쓸모는 없었지만 어머니는 그대로 두었다. 아이를 위해서. 어머니는 남자아이에게 딱 맞는 작은 구멍에 미닫이문을 달고 안에 베개와 담요, 손전등을 넣어주었다. 용의 동굴. 도적의 소굴이었다. 그리고 가끔 소년이 숨는 옷장이 되었다.

버드는 그곳에 기어들어가 문을 닫고 큰 소리로 하품을 한 다음 털썩 드러누워 코를 골았다. 밖에서 으르렁 소리가 들리면 그의 팔에는 소름이 돋았다가 가라앉기를 반복했다. 고양이들이 으르렁거리는 소리가 이어졌다. 버드는 머리끝까지 담요를 뒤집어쓰고 기분 좋게 몸을 떨었다. 잠시 후 밖이 조용해지면 그는 후끈해진 동굴에서 벽장으로 기어 나와 불이 켜진 방으로, 카펫으로 나왔다. 어머니는 바닥에 누워 가슴에 두 손을 올린 채 누워 있었다. 죽은 듯 꼼짝하지 않고. 그가 그린 고양이들의 입은 전부 빨간색으로 물들어 있었다.

그는 어머니에게 달려가 그녀의 품에 몸을 던졌고 그러면 어머니는 두 팔로 그를 따뜻하고 힘차게 안아준 다음 그를 간지럽히며 웃었다. 죽은 듯 누운 어머니를 보면 항상 순간적으로 공포가 차올랐으나 어머니가 살아날 때마다 뜨거운 안도감을 느꼈다. 두 사람은 몇 번이고 같은 놀이를 반복했고 어머니는 그를 몇 번이고 만족시켜주었다. 너무 오래전이라 잊고 있었다. 유치원, 새 친구들, 새 놀이가 나타나 모두 지워버렸다. 그러다가 어머니가 떠나고 나서 그는 다른 모든 것과 함께 그 기억을 포장해 그들이 한때 함께 살았던 집에 두고 떠나왔다. 어쩌면 혹시—감히 생각조차 하기 어려웠지만 정말 혹시— 그 집에서 어머니를 다시 찾을 수 있을지도 몰랐다.

아무에게도, 심지어 새디에게도 말하지 않은 일이다. 그는 오랜 시간에 걸쳐 여러 번 그곳에 가봤다. 학교가 끝나면 집으로 곧장 와야 했지만, 새로 다니는 학교에서 겨우 몇 블록 떨어진 곳이었기에 가끔 아주 살짝 멀리 돌아 옛집을 지나쳐 걸어올 때도 있었다. 그냥 보려고. 집에 오는 경로를 벗어날 때는 오직 옛집을 보러 갈 때만이었다. 공사 때문에 큰길이 막혀 돌아와야 했다고 아버지에게 핑계를 대는 상상을 했다. 아니면, 이유는 모르지만 경찰이 돌아가라고 했다고 말하거나. 아버지는 절대 뭐라고 하지 않을 것이다. 늘 문제에 휘말리지 말고 경찰을 피하라고 했으니까.

하지만 아버지는 절대 묻지 않는다. 그는 버드가 늘 규칙을 따르리라 확신하고, 무조건적으로 복종하리라 자신한다. 인도에서서 이제는 그들이 살지 않는 집을, 마치 감은 눈처럼 블라인드가 내려진 창문을 바라보는 날이면 버드는 그가 무엇을 원하든, 그리워하든, 필요로 하든, 정해진 귀갓길은 바뀌지 않는다는 아버지의 확신에 분한 마음이 든다.

지난 삼 년 동안 아무도 이사 오지 않았다. 그도 그럴 것이 아버지가 집을 팔지 않았고—어머니 서명이 없어 팔 수 없었다—

전에 누가 살았는지 알려진 후에는 아무도 월세로도 살고 싶어 하지 않았다. 버드가 찾아갈 때마다 옛집은 그대로였다. 창문에는 블라인드가 내려져 있고 키가 큰 뒷문은 늘 단단히 닫혀 있었다. 이 동네 집들은 전부 앞마당이 없었다. 집들은 참견하기 좋아하는 이웃이 서로 밀치며 나서는 것처럼 인도에 바싹 붙어 있었다. 인도와 도로 사이, 낡은 리본처럼 이어진 듬성듬성 자란 잔디가 유일하게 조금씩 변하는 모습을 보여주었다. 처음에는 웃자란 풀이 잔뜩 뭉치더니 무릎 높이까지 자라 씨앗을 뿌렸고 그다음에는 치우지 않아 둑이 되어버린 눈 속에 묻혔다. 어느 봄날에 갔더니 풀밭에 수선화가 꼿꼿하게 서 있었다. 버드는 어머니가 풀밭에 꽃을 심었던 일을 잊고 있었다. 생기 가득한 노란색―어머니가 좋아했던 색깔― 꽃은 그를 너무 가슴 아프게 했고, 그는 그다음 한 달이 꼬박 지나 꽃이 지고 줄기가 쓰러지고 잎이 시들 때까지 다시 가지 않았다.

버드가 알게 된 것은 집이 여전히 비어 있다는 사실이었다. 숨어 지내기에 완벽한 장소였다.

다음 날 학교를 마치고 그는 집으로 향하는 대신 강가의 굽은 길을 따라 옛집으로 향한다. 한 걸음 내디딜 때마다 어설픈 기억이 숲속 오솔길을 안내하는 작고 하얀 돌멩이처럼 반짝인다. 거대한 코끼리 다리처럼 보이는 커다란 회갈색 플라타너스는 두 사람이 끌어안아도 팔이 닿지 않을 것 같다. 한쪽으로 기운 하얀 집이 보인다. 이백 년은 되었고 사방으로 별채를 지어 늘린 모습이다. 그는 그 집을 뒤죽박죽 집이라고 불렀고 어머니는 삼십칠 개의 박공집이라고 불렀다. 사암으로 세운 높은 벽 뒤에는 수도 원도 있는데 보안이 철통같아서 뚫고 들어갈 수 없었다. 어머니는 그곳에 수사들이 살고 있다고 말했는데 버드가 수사가 뭐야, 라고 묻자 세상에서 탈출하고 싶어하는 사람들이라고 대답했다. 어릴 적 본 건물들의 기억이 되살아나며 부지런히 길을 안내했다. 커다랗게 구멍이 난 오래된 나무 그루터기 앞에 잠시 멈춰선 그는 어리둥절했다가 이내 깨닫는다. 커다란 단풍나무를 베어버렸구나. 가을이면 인도에 쏟아져 내리던 빨간 잎은 아무리 작아도 그의 얼굴만큼 컸다. 어머니는 단풍잎을 하나 따서 눈구멍 두 개를 뚫고 그의 얼굴에 가면처럼 씌워주었다. 그리고 어머니도 하나 만들어 썼다. 도시를 배회하는 나무 정령 한 쌍이었다. 그러는 내내 나무는 안에서부터 썩으며 스펀지처럼 부서지고 있던 것이 틀림없다. 비극적 광경에 마음이 무너져 내리던 그는 구멍 안쪽을 살피다가 끈질기게 남은 나무 몸통 깊은 곳에서 녹색의 작은 새싹이 돋는 모습을 발견한다.

옛 거리의 집들은 서로 다른 칙칙한 색을 띠고 있다. 황갈색, 지저분한 크림색, 너덜너덜해진 빨랫감의 바랜 회색. 마치 그의 어린 시절 이후로 모든 색깔이 빠져버린 것처럼. 어깨가 축 처지고 살짝 한쪽으로 기운 집들은 허름하고 헐렁한 옷을 입은 노파를 닮았다. 울타리 안쪽에는 쓰레기통이 여러 개 놓여 있고 비닐봉지에 담겨 눅눅해진 신문이 인도 여기저기 보이지만 주위는 조용하다. 그러고 나서야 등장한다. 늘 그 자리를 지키는 그들의 옛집이. 잎사귀 아랫면처럼 먼지가 쌓인 듯한 녹색이다. 포치로 이어지는 나무 계단은 우아하게 휘었고 쌓인 세월에 끄트머리가 둥글게 닳았다. 한때 선홍색이던 현관문은 오래된 벽처럼 부드러운 갈색으로 바랬다.

아버지가 집을 팔지 않았으니까 아직 집은 그들 소유라고 버드는 생각한다. 무단침입이 아니라는 뜻이다. 엄밀히 말해 불법이 아니라고. 그럼에도 그는 뒤를 돌아보고 길거리를 두리번거리면서 잡초를 뚫고 문이 있는 뒷마당으로 향한다. 다른 집들의 창문이 그의 등을 노려보고 있다.

어머니가 떠난 뒤 몇몇 이웃은 그들에게서 슬그머니 멀어졌다. 전에는 손을 흔들며 인사를 건네고, 버드에게 키가 컸다면서 말을 걸거나 날씨 얘기를 함께 나누던 사람들이었다. 하지만 그 뒤에는 입을 꾹 닫고 보일 듯 말 듯 고개만 까닥였다. 뭔가를 잊거나 레인지를 켜두고 나오기라도 한 것처럼 후다닥 집 안으로 사라졌다. 한번은 하버드 광장에서 아버지와 함께 있다가 한 집 건너 사는 이웃 세라를 만났다. 그녀는 가끔 루바브 머핀을 만들어 가져오고 어머니의 전지가위를 빌려 가기도 했다. 두 사람이 다가가자 그녀는 아무렇지도 않게, 그렇지만 재빨리 길을 건넜다. 마치 버스를 잡아타야 하는 사람처럼. 다음번 동네에서 봤을 때 그녀는 쓰레기통을 들고 이미 떠나버린 트럭을 따라가고 있었고, 그들과는 눈조차 마주치지 않았다.

그렇지만 그들을 무시하는 이웃보다 더 끔찍한 건 그들을 지켜보는 사람들이었다. 말로는 혹시 뭐라도 필요한가 해서 그런다고 했다. 그냥 어쩌고 있는지 보려고 들렀다는 식으로. 잘 견디고 있는지 궁금했다면서. 버드는 그들이 무엇을 견뎌야 하는지 알 수 없었지만, 잘 버티는 걸 의미한다는 사실을 나중에 깨달았다. 어머니가 떠난 초기에 냉장고 속 우유가 오래된 것 같아 아침으로 시리얼만 그냥 먹는 법을 배웠을 때는 마치 그들이 꼭 두각시 인형이고 그들을 지탱해주는 끈이 느슨해진 것처럼 느껴졌다. 전부 어머니가 해주던 일이었는데 이제 어머니는 없고 그들은 오롯이 살아남기 위해 배워야 했다. 처음 몇 주 동안은 거의 불가능에 가까운 일이었다.

화재경보기가 작동했을 때 소방차가 왔고 아버지는 설명해야만 했다. 아뇨, 불 안 났습니다. 그냥 팬케이크를 불에 너무 오래 올려놨어요. 그럼요, 레인지는 늘 지켜보고 있어야 한다는 걸 알죠. 버드가 다른 방에서 불러서 그랬습니다. 아뇨, 버드는 완벽하게 안전합니다. 모든 건 잘 통제되고 있습니다. 또 다른 날 오후에는 버드가 자전거를 타고 모퉁이를 돌다 넘어져 양쪽 무릎이 까진 채 울며불며 집으로 달려왔다. 양쪽 정강이에 피가 흘렀다. 코를 훌쩍이며 화장실 문을 닫고 앉아 있었고 아버지가 젖은 휴지로 상처를 두드려주었다. 괜찮아, 버드. 보이지? 그냥 긁힌 것뿐이야. 생각보다 심하지 않아. 그때 경찰이 찾아왔다. 이웃에서 신고한 것이다. 어린아이가 혼자 울고 있다고. 쓰러진 채 버려둔 자전거는 앞바퀴가 여전히 돌아가고 있었다. 혹시나 아이가 혼자 있는 건지 확인하고 싶었어요. 그렇잖아요, 엄마가 없어졌으니. 지켜보는 사람이 있는지 그냥 확인하려던 거예요.

지켜보는 사람은 늘 있었다. 버드가 모자 없이 나가서 버스 정류장에서 떨고 있을 때. 버드가 도시락을 깜박하고 갔는데 선생님이 아버지한테서 점심 사 먹을 용돈을 받아왔느냐고 물었을 때. 늘 누군가 지켜보고 있었다. 늘 누군가 확인하고 싶어했다.

별일 아니겠지만, 그래도.

혹시 몰라서 무슨 말이라도 해줘야 한다 싶어서.

물론 아무 일도 없으리라 생각하지만, 그래도.

그때쯤 마을 전체, 도시 전체에 포스터가 등장하기 시작했다. 단결하는 이웃이 평화로운 이웃이다. 우리는 서로를 보살피며 지켜본다. 여러 해가 지난 뒤 버드는 새디가 청바지 주머니에서 펜을 꺼내 '보살피며' 부분을 지우는 모습을 보게 된다. 그들을 한 번도 좋아한 적 없는 길 건너 이웃은 버드네 마당 잔디가 너무 자랐고, 집을 새로 칠해야 하고, 차를 자기네 차에 너무 가깝게 주차한다며 여러 가지를 지적했는데, 신고를 할 때마다 특별한 기쁨을 느끼는 것 같았다. 아버지가 손을 데는 바람에 무쇠 프라이팬을 바닥에 떨어뜨려 큰 소리가 나고 욕설을 내뱉었을 때도 십오 분 뒤 경찰이 찾아왔다. 집에서 무슨 일이 벌어진 것 같다는 신고를 받았다고 했다. 아들 앞에서 습관적으로 욕설을 씁니까? 혹시 너무 성급한 성격입니까? 그리고 버드에게 따로 아버지가 듣지 못하도록 질문도 했다. 아버지가 무서웠던 적이 있느냐, 아버지가 때린 적이 있느냐, 집에서 안전하다고 느끼느냐.

며칠에 한 번씩 우편함이나 현관 앞 계단에 위협적인 물건이 나타났다. 깨진 유리, 쓰레기 봉지. 한번은 죽은 쥐도 있었다. 대문자로만 쓴 편지도 있었는데 버드가 읽어보기도 전에 아버지가 찢어버렸다. 생각해보니 아버지가 새로운 직장으로 옮기고 버드도 새 학교로 전학하고 대학교 기숙사로 이사한 것이 그로부터 얼마 지나지 않은 때였다. 처음으로 그는 아버지의 직장에, 연구실 밖에, 학교 책상에 무엇이 등장했을 수 있는지 생각한다. 그리고 그런 일을 두고 아버지의 상사가 무슨 말을 했을지 혹은 하지 않았을지도.

좋은 소식이야, 아버지는 그렇게 말했다. 대학교에서 우리가 기숙사 아파트에서 살도록 허가해준대.

시간제로 받는 아버지의 급여는 먹을거리와 입을거리를 살 비용만 간신히 충당할 뿐 케임브리지의 월세를 감당할 수 없었다. 하지만 친절한 도움을 받아들인 아버지는 그들이 안전하게 살 수 있는 공간을 협상으로 얻어냈다. 마당을 지나 잠긴 출입문을 통과해 엘리베이터를 타고 꼭대기 층까지 가야 있는 집. 엿보는 눈을 피할 피난처였다.

버드가 뒷문을 밀어 열자 흐릿한 갈색 형체가 하얀색 섬광을 일으키며 후다닥 달아난다. 웃자란 잔디밭을 기웃거리던 토끼가 놀라 달아난 것이다. 토끼는 울타리 틈으로 냅다 달려 사라지고 버드는 잔디밭을 가로질러 걸어간다. 삼 년 동안 방치한 마당에 잡초가 허리 높이까지 자라 길이 거의 보이지 않는다. 여기저기 맨몸을 드러낸 긴 나뭇가지가 마치 구걸하는 거지처럼 소매를 붙잡는다. 어떤 이야기가 떠오른다. 들장미로 온통 뒤덮인 성의 이야기. 장미가 어찌나 무성한지 지붕에 꽂은 깃발조차 보이지 않았어요. 왕자들은 어떻게든 장미 덩굴을 뚫고 성으로 들어가려 애쓴다. 백 년이 지나고 주인공 왕자가 도착했을 때 장미덩굴은 왕자를 위해 길을 열어준다. 버드가 그 이야기를 매우 좋아한 이유는 어머니가 들려준 대로 전부 믿었기 때문이다.

주위를 둘러보는 그의 어깨 위로 추억이 잠자리처럼 맴돌다 내려앉는다. 전에는 마당에 꽃을 키웠다. 라벤더, 인동덩굴 그리고 아버지가 가장 좋아하는 커다란 보라색 민들레. 그의 주먹만한 하얀 장미에는 뚱뚱한 황금색 벌떼가 모여들어 꿈틀거렸다. 보라색 별 모양 꽃이 피는 덩굴. 털북숭이 이파리가 달린 고불거리는 호박이나 제멋대로 뻗어나가는 토마토 같은 채소가 여기저기 있었다. 어머니의 녹색 장화 바닥에는 진흙이 들러붙어 있었고 그의 장화는 오렌지색이었다. 한번은 그가 벌에 쏘여 어머니가 손목에 입을 대고 빨아 살에 박힌 침을 뽑아낸 적도 있다.

그는 잡초를 헤치며 앞으로 더 나아간다. 콩나무 덩굴이 원뿔형 천막 모양으로 칭칭 감고 올라가던 장대가 여전히 박혀 있다.

그 아래는 시원한 초록빛 아지트였다. 아버지가 어릴 적 그랬던 것처럼, 버드의 어머니가 아들을 위해 콩나무를 길러주었다. 이제 콩나무 덩굴은 햇빛에 말라 여기저기 늘어지고 너덜너덜해졌다. 그의 발밑에 마르고 시든 덩굴이 뒤엉켜 있다.

여기 어딘가, 이 정원 어디엔가 집 열쇠가 있다는 걸 기억한다. 확실하다. 아마 뒷마당 계단 근처나 포치 아래일 것이다. 열쇠는 어느 돌멩이 아래 묻혀 있다.

그들은 밖에 나와 있었다. 그때가 몇 살이었을까? 네 살? 다섯 살? 아버지는 학교에 있었고 어머니는 정원을 가꾸고 있었다. 잡초를 뽑고, 관목의 가지를 치고, 익어가는 과일로 부풀어 오른 가지를 묶어 말뚝에 고정했다. 버드가 뒷문을 닫았는데 다시 열리지 않았다. 그는 울음을 터뜨렸다. 영영 집에 못 들어가는 게 분명했다. 괜찮아, 어머니가 말했다. 잘 들어, 엄마가 이야기를 들려줄게. 어머니는 평소에도 종종 일하면서 이야기를 들려주었다. 버드는 땅을 파거나 나뭇가지를 모으면서, 혹은 어머니의 발치 풀밭에 누워 이야기를 들었다. 옛날에 요술 정원을 가진 마녀가 있었어. 옛날에 동물과 이야기를 할 수 있는 젊은이가 살았어. 옛날에 하늘에 태양이 아홉 개나 있어서 너무 더운 나머지 땅에서 아무것도 자랄 수 없었어.

그날 어머니는 눈물 젖은 그의 뺨에서 진흙을 닦아주며 말했다. 옛날 한 소년이 땅에서 황금 열쇠를 찾았단다. 어머니는 계단 아래 무릎을 꿇고 앉더니 돌멩이를 들췄다. 얍! 여기 있지.

어머니는 늘 그런 식으로 그에게 이야기를 들려주었다. 마법이 스며들 만한 공간을 찾아내고 세상을 모든 게 가능한 곳으로 만들었다. 어머니가 떠난 뒤 그는 그런 환상을 일절 믿지 않게되었다. 성긴 가짜 꿈은 아침 햇살에 무너져 내렸다. 하지만 지금, 그는 어쩌면 어머니가 해준 이야기가 전부 사실일지도 모른다는 생각이 든다.

시간이 오래 걸렸지만, 그는 찾아낸다. 흙 속에 단단히 묻혀 있었기에 녹이 슬었다. 하지만 열쇠는 존재했다. 손안에 든 열쇠는 단단하고 견고하며 진짜였다. 여전히 자물쇠 구멍에 꼭 맞았고, 힘을 주자 딸깍 돌아가며 빗장을 풀어서 그가 손잡이를 돌리고 안으로 들어갈 수 있도록 해준다.

집 안. 오랫동안 사람이 살지 않은 집에서 나는 냄새. 사람의 체온을 접해 부드럽게 변하지 못하고 퀴퀴하고 축축한 채 남아 있는 공기의 냄새. 기대한 대로였다. 하지만 그 냄새가 친숙하게 느껴지리라고는 기대하지 못했다. 아버지와 함께 태엽 장난감으로 경주 놀이를 하던, 주방에서 거실로 이어지는 긴 복도. 벽에 붙은 벽돌 벽난로. 그의 앞에서 솟아올라 머리 위 어둠 속으로 사라지던 가파른 계단. 마치 꿈에서 가본 곳처럼 두리번거리지 않고도 알 수 있고, 지도로 그릴 수는 없지만 쉽게 길을 찾을 수 있는 곳 같다. 눈길 닿는 곳마다 추억이 반짝거리며 부풀어오른다. 그는 한때 단단히 자리를 잡고 있던 사라진 가구들을 기억한다. 어머니가 좋아하던 가죽 팔걸이의자, 세 사람이 앉아 캔디랜드 게임을 하던 유리로 덮인 커피 테이블. 그는 잠자리에 들 시간이 다가오던 저녁 무렵의 불빛을 기억했다. 따뜻한 꿀 빛 조명은 모든 것을 달콤한 시럽 색깔로 뒤덮었다.

성안에 들어서니 모든 것이 오래전 모습으로 멈춰 있었어. 하녀는 털을 뽑다 만 닭을 무릎에 얹은 채 부엌에서 졸고 있었고, 요리사는 조수를 때리려고 한 손을 치켜든 채 코를 골고 있었지.

누구 있어요? 버드가 불렀지만 아무도 대답하지 않는다.

더는 아무것도 없다. 닫힌 블라인드 틈으로 스며든 햇빛 아래 떠다니는 먼지 알갱이뿐. 나무 바닥에는 좀 더 짙은 색 사각형이 보인다. 러그가 깔려 있어 오랫동안 바래지 않고 남아 있던 자리다. 난로에 쌓인 잿더미는 빛바랜 뼈의 색을 띠고 있다. 아버지가 어머니의 책을 쌓고 모서리에 성냥불을 붙였던 자리다.

어머니의 흔적은 보이지 않는다. 온통 어머니의 흔적이다.

그는 난간을 잡고 계단을 오르기 시작한다. 한 걸음 올라갈 때마다 먼지 위에 발자국이 생긴다.

위층에 올라가니 계단참에는 블라인드 사이로 비치는 조각난 빛만 드리운다. 부모님 침실로 간다. 욕실에 있는 네 발 달린 욕조는 녹으로 얼룩졌다. 그리고 복도 끝에 독특한 모양의 문이 달린 그의 방이 보인다. 경사진 천장에 맞춰 한쪽 구석을 자른 문이다. 문을 밀어 열지만 안에는 아무도 없다. 구석에 매트리스도 없이 뼈대 같은 침대 프레임이 놓여 있다. 반대편 벽에는 텅 빈 책장과 서랍이 열린 옷장이 있다. 서랍을 들여다본다. 텅 비었다. 그의 옛 삶의 껍질. 오래전 기억이 떠오르고, 그는 문틀을 손으로 어루만지며 먼지를 털어낸다. 사다리 가로대처럼 보이는 연필 표시. 각각 날짜와 두 개의 글자가 보인다. BG. 버드 가드너Bird Gardner. 옛날에 쓰던 그의 이름. 91센티미터. 97센티미터. 107센티미터. 조금씩 올라간다.

벽장 문을 당겨 열자 경첩에서 신음 소리가 난다. 비었다. 머리 위쪽 텅 빈 봉에 외로운 철사 옷걸이 한 개가 걸려 있다. 뒤쪽 벽에 보인다. 벽의 일부로 보이지만 실제로는 문이다. 친구에게도 절대 보여주지 않고 비밀에 부쳐온, 혼자만 알고 있던 비밀의 문. 그 외에 아는 사람은 어머니뿐이었다. 이상하리만큼 기억 속 모습과 똑같다. 마치 그가 상상으로 만들어낸 것처럼.

버드가 조심스레 걸쇠를 들어 올리고 미닫이문을 열자 다섯 살짜리 아이에게 딱 맞는 좁은 공간이 드러난다. 그는 벽장 바닥에 털썩 앉아 머리와 한쪽 어깨를 안으로 들이민다. 아무것도 안 보이지만 양 손바닥으로 최대한 안쪽을 더듬거리니 비로소 느껴진다. 기억 속에서는 아주 넓은, 거대한 동굴이었지만 사실은 그냥 구석에 불과하다. 몸을 욱여넣는다고 해도 쭈그려 앉을 수도 없을 것 같다.

안쪽에서 찾아낸 낡은 손전등 스위치를 켜본다. 물론 배터리는 오래전에 죽어버렸다. 누더기가 된 베개. 구겨진 셀로판지는 먼지 범벅이 된 빈 과자 봉지다. 그밖에 아무것도 없다. 버드는 이제 바보가 된 기분이다. 어머니가 여기 왔을지도 모른다고 생각했다니.

버드는 양손으로 문 안쪽을 잡고 밀면서 꿈틀꿈틀 뒤쪽으로 몸을 빼다가 뭔가를 발견한다. 비밀 공간 문틀 안쪽에 작은 카드가 꽂혀 있다. 아니, 카드가 아니다. 종잇조각이다. 다른 것처럼 먼지투성이인데 아주 오래 꽂혀 있던 것 같다. 검은색 펜으로 공작부인이라는 뜻이 있는 '더치스'라는 단어 하나만 쓰여 있고, 그 아래 뉴욕 파크애비뉴 주소가 적혀 있다. 어머니의 손글씨다.

다음 날 수업을 마친 버드는 다시 공공도서관에 간다. 입구에 가까워질수록 사서가 한 말이 재생된다. 혹시라도 내가 도울 일이 있으면. 정말로 그가 도울 수 있을지 모르겠으나 여러 이야기에서 그가 기억하는 한 가지는 살면서 도움을 주겠다 나서는 사람을 만나면—보물이 있는 곳을 알려주는 것이든 위험을 경고해주는 것이든— 무시하지 말아야 한다는 것이다.

오늘 도서관에는 사람이 아예 없지 않아 버드가 깜짝 놀란다. 다른 방문객이 있다. 나이 든 흑인 남자는 접수대에서 멀지 않은 곳 실용 서적 구역에 있다. 키가 크고 늘씬하며 회색 수염을 길렀고, 길게 꼰 회색 머리를 목덜미 위로 가지런하게 묶은 모습이다. 버드는 눈에 띄지 않도록 요리책 근처에서 꾸물거리며 남자가 이런저런 책을 넘기다가 책 내용에는 아무 관심도 없는 것처럼 덮어서 다시 책장에 넣는 모습을 지켜본다. 그는 남자가 갈 때까지 기다리기로 한다. 그러면 다른 사람에게 들킬 걱정을 하지 않고 사서에게 말을 걸 수 있다.

하지만 십 분이 되도록 남자는 책만 뒤적이고 자리를 떠나지 않는다. 왜 저렇게 오래 걸리지? 버드는 가끔 사람들이 길을 걷다가 그냥 따뜻한 곳을 찾아 도서관으로 들어온다는 사실을 안다. 지금은 10월이다. 매일 날씨는 추워지고 '위기'가 지난 뒤 십 년이 되었지만 여전히 많은 사람이 힘들게 살아가고 있다. 길바닥을 집 삼아 살거나 공원 벤치에 웅크려 경찰과 이웃의 눈길을 피해 산다. 하지만 남자는 노숙자처럼 보이지 않는다. 짙은 색 청바지에 황갈색 맞춤 블레이저, 가죽 신발도 반짝거린다. 겉보기에 목적이 없어 보이긴 하지만 태도는 여유가 넘치고 이런 곳에서도 편하게 행동한다. 버드와는 다르다. 그러나 긴장감도 느껴진다. 꼭 어려운 과업을 준비하는 사람 같다.

그 순간 남자가 블레이저 주머니에서 작은 종이를 꺼내더니 조심스럽게 세탁기 수리 요령 책자에 넣고 덮는 모습이 보인다. 책갈피겠지, 버드는 생각한다. 하지만 뭔가가 그의 관심을 끈다. 남자가 어깨너머로 살짝 은밀한 눈길을 보내면서 주변의 책을 정리하더니 책등을 가지런히 맞춰 책을 빼낸 자리가 드러나지 않도록 한다. 버드는 갑자기 지난번에 사서가 책상에서 책을 뒤지다가 정체 모를 종이를 찾아낸 모습을 떠올린다. 남자는 책장 앞에 서서 뭔가 결심한 것처럼 몸을 쭉 펴더니 책을 옆구리에 끼고 새로운 목적이 생긴 분위기를 풍기며 대출 데스크로 향한다.

실례합니다, 남자가 사서에게 말한다. 이 책이 따로 나와 있던데요. 잘 모르겠지만, 제가 보기엔 원래 자리에서 빠져나온 것 같아요.

버드는 이제 그가 선명히 보인다. 흑갈색 눈과 깨끗한 흰색 셔츠. 그리고 깔끔하게 끝을 맞춰 다듬은 수염.

사서가 고개를 들더니 단단히 억누른 열망이 담긴 목소리로 말한다. 감사합니다, 그녀는 말한다. 제가 한번 보죠.

남자는 책을 책상에 내려놓는다. 이해하셨는지 모르겠습니다, 남자가 말한다. 하지만 제 생각에는 누군가 이걸 찾고 있을 것 같아서요.

남자는 책을 사서에게 밀면서도 손으로 표지를 누르고 있다. 마치 책을 떠나보낼 수 없다는 듯.

그들이 아주아주 걱정할지도 몰라요, 남자는 말한다. 마치 울음을 삼키는 사람처럼 걸쭉하고 탁한 목소리다.

최선을 다해 원래 자리를 찾겠습니다, 사서가 말한다.

요리책 책장 뒤에서 몰래 지켜보던 버드는 뭔가 들어서는 안되는 말이 오가는 걸 알아차린다. 그는 겉으로 드러나지 않는 뭔가를 느낀다. 뼛속 깊이 느껴지는 희미한 두드림 소리. 제자리에 꽂혀 있지 않은 책 때문에 우는 사람은 없다.

절대 아무한테도 말하지 않을게요, 사서가 말한다. 목소리가

너무 작아 버드는 신경을 곤두세운다. 감사합니다. 제게 가져와
주셔서.

사서가 책을 누르는 남자의 손 옆에 손을 올린 채 책은 가져
가지 않고, 대신 남자가 준비를 마치길 기다리며 웃어 보인다.
그제야 남자가 손을 거둔다.

이렇게 안 하면 살 수가 없습니다, 남자는 조용히 말한다. 저
랑 형은 오래전 위탁 가정에서 자랐습니다. 사람들은 우리 부모
가 아이를 키울 수 없다고 했어요. 거의 어른이 다 되고 나서야
집으로 돌아갈 수 있었습니다.

그리고 남자는 사라졌다.

책에서 종이를 빼내자마자 사서가 버드를 발견하고 사서는
얼른 책을 덮는다. 이번에 버드는 그녀가 종이를 스웨터 주머니
에 넣기 전에 흘깃 본다. 주소와 이름을 적은 메모 같다. 사서 얼
굴에 떠올랐던 흥분은 버드를 알아보며 경계심으로 바뀐다.

아, 또 왔구나, 그녀는 말한다. 뭐가 또 필요하니?

전에 도와주실 수 있다고 하셨죠, 버드는 말한다. 제가 전에
여기 왔을 때요. 그때 혹시라도 도울 수 있는 일이 있으면 다시
오라고 하셨잖아요.

사서는 이렇다 저렇다 대답을 하지 않는다. 양손으로 책을 꼭
쥔 채 버드를 살펴본다.

내가 도울 수 있는 일이라면, 그녀가 말한다. 뭐가 필요한데?

버드는 헛기침을 한다.

뉴욕에 가야 해요, 그는 말한다. 뉴욕에. 만날 사람이 있어요.

사서가 웃는다. 그건 내가 도울 수 있는 일이 아니야, 그녀가 말한다. 난 또 다른 책을 찾는 줄 알았지. 아니면 정보를 찾거나.

정보를 찾는 일이에요, 버드는 말한다. 뉴욕에 이야기를 나눠야 할 사람이 있어요.

그는 지난밤 내내 생각했다. 어머니가 분명 모종의 이유로 그에게 이 주소를 남겼다. 그 작은 공간에 뭔가를 남겨둘 사람도, 그곳을 아는 사람도 어머니 말고는 없다. 어머니의 편지, 이야기, 메모까지. 우연이라기에는 너무 많다. 버드에게는 확신을 주는 예언이나 목표와 다름없다. 그는 어린아이나 가질 수 있는 오만한 자신감과 함께 그런 기분이 든다. 누군지 몰라도 이 공작부인은 어머니에 관해 그에게 들려줄 이야기가 있을 것이다. 그러니 그의 다음 단계는 가서 이야기를 듣는 것이다.

사서는 손가락 마디로 관자놀이를 문지른다. 미안하구나, 그녀는 말한다. 그건 도와줄 수가 없어.

제발요, 그는 말한다. 그럴 만한 이유가 있어서 그래요. 정말이에요.

하지만 사서는 계속 고개를 흔든다.

나는 여행사 직원이 아니야. 그리고 여행사 직원이라고 해도 아이가 가출하는 걸 도울 수는 없어.

가출이 아니에요. 버드가 이야기를 시작하지만 그녀는 더는

141

들으려 하지 않는다.

미안하구나, 사서가 다시 말하더니 뒤로 돌아서려 한다. 버드
는 엄포를 놓기로 한다.

사람들과 뭘 하는지 알아요, 그는 말한다. 물론 확실하게 아는
건 없다. 그저 뭔가 부정한 짓이나 부끄러운, 심지어 어쩌면 불
법적인 행동이라는 것 말고는. 그걸 지렛대로 삼을 수 있다. 뭔
가를 뜯어내야 한다면, 휘둘러야 한다면 휘두를 수 있다.

사서는 대답하지 않았지만 멈춰 섰고, 그를 반쯤 등지고 돌아
섰다. 살짝 몸이 굳는 모습을 보아 귀를 기울이는 것 같다. 버드
는 좀 더 밀어붙여보기로 한다.

그 남자 봤어요, 버드는 말을 이으며 그녀의 등에서 눈을 떼지
않는다. 그리고 전에도 무슨 일 했는지 알아요. 책 속에 메모요.

그리고 버드는 마음을 굳게 먹고 뛰어든다. 주머니에 뭘 넣는
지도 봤어요, 그는 말한다.

통한다. 사서가 돌아선다. 표정은 변함없이 차분하지만 아까
와 달리 긴장한 목소리다.

사무실에 들어가서 얘기하자, 그녀는 말한다. 그러더니 손을
마치 펜치처럼 사용해 그의 팔꿈치를 붙잡고 책장 사이를 지나
관계자 외 출입 금지 표시가 붙은 사무실로 들어간다. 사무실로
들어선 뒤 그녀가 맹렬한 눈으로 그를 보며 양어깨를 붙잡는다.

네가 훔쳐보는 걸 알고 있었어, 그녀가 말한다. 전에 왔을 때
말이야. 네가 말썽을 일으키리라는 걸 알았지. 네가 본 걸 누구

에게도―그 누구에게든― 절대 말해서는 안 돼. 알겠니?

버드는 몸부림치며 손아귀에서 빠져나가려 하지만 할 수가 없다. 전 그냥 도움이 필요할 뿐이에요, 그는 말한다.

아무도 알아서는 안 돼, 그녀는 말한다. 만일 누구든 알게 되면 사람들이 다칠 거야. 정말로 심하게.

아까 그 남자요? 버드는 말한다. 짐작이었지만 제대로 맞았다. 사서가 그를 놓아주더니 벽에 등을 기대고 서서 책을 가슴에 끌어안는다.

그 사람은 도움을 주려는 거야, 그녀가 말한다. 그리고 단지 시도뿐인데도 엄청난 위험을 감수하고 있지. 대부분은 시도조차 하지 않아. 자기 아이들이 위험에 처한 게 아니라면 그냥 눈을 감고 말지.

사서가 다시 버드를 보고 선다.

너 몇 살이니? 열두 살? 열셋? 어떤 상황인지는 알 정도로 나이를 먹었잖니? 사람들 목숨이 위험해. 아이들 목숨이 위험하다고.

저는 문제를 일으키려는 게 아니에요, 버드는 말한다. 혀가 마치 뭍에 던져놓은 물고기처럼 거북하고 다루기가 어렵다. 죄송해요. 진짜예요. 제발요. 사람들을 돕고 계시잖아요. 저도 도와주실 수 없나요?

그는 바지 주머니에서 닳고 구겨진, 주소 적힌 종이를 꺼낸다.

전 그냥 어머니를 찾으려는 거예요, 그는 간곡하게 이유를 말하다가 퍼뜩 이런 생각이 든다. 다른 무엇보다 이 내용으로 사서를 설득할 수 있을지 모른다. 그녀는 전에 그의 이름을 알고 있었다. 어머니를 통해서가 아니라면 어떻게 그럴 수 있을까? 버드의 머릿속에서 모든 것, 모든 조각이 깔끔하게 맞아떨어진다. 길거리 그림, 브루클린의 플래카드, 동네에 뿌려졌지만 하루 만에 사라진 유인물. 어머니의 시, 도둑맞은 아이들, 우리의 사라진 심장들. 모든 게 거미줄에 맺힌 이슬방울처럼 명확하게 보인다. 성긴 가닥이 서로 교차하며 웅장하게, 수정처럼 맑은 전체를 이루는 것을. 그들은 같은 편에 속해 있다.

엄마는 지도자 가운데 한 명이에요, 버드는 자랑스레 말한다. 전에는 감히 그런 주장을 할 엄두도 내지 못했는데, 말하고 나니 오랜 세월 웅크리고 있던 몸을 쭉 편 것 같은 기분이다.

사서가 버드를 바라본다. 이미 아는 농담을 들은 사람처럼 찡그린 표정으로.

네 어머니라, 그녀가 말한다.

버드는 헛기침을 한다. 마거릿이요, 그는 말한다. M을 발음할 때 살짝 금이 간 것처럼 목소리가 갈라진다. 마거릿 미우요.

그가 기억하는 한 어머니 이름을 소리 내 말해본 것은 정말 오랜만이다. 아니, 한 번도 그래본 적이 없다. 마치 주문을 왼 것 같은 기분이다. 그는 기다린다. 무엇을? 지진. 번개. 벼락. 하지만 그가 마주한 건 사서의 입가에 걸린 미묘한 미소뿐이다. 버드는 어머니의 이름이 보이지 않는 반짝거리는 공간으로 그를 안내

할, 비밀 입구를 통과하는 암호가 되리라 생각했다. 하지만 그는 앞을 막아선 벽에 코를 박고 말았다.

아, 네 어머니가 누군지 정확히 알아, 사서가 말한다.

그녀는 몸을 숙이며 버드를 자세히 살펴본다. 얼마나 가까운지 그녀의 숨결에서 아침에 마신 시큼한 커피 향이 느껴질 정도다. 버드는 그녀의 시선에 움츠러든다.

있잖아, 처음엔 널 알아보지 못했어, 그녀가 말한다. 마지막으로 봤을 때 넌 아기였거든. 네 어머니가 아기 띠로 널 안고 여기 왔었지. 하지만 네가 어머니 책에 관해 물었을 때 네가 누굴 떠올리게 하는지 깨달았어. 왜 아는 사람처럼 느껴지는지도. 한때 내가 연락하며 지내던 네 어머니를 많이 닮았구나.

버드는 묻고 싶은 말이 너무 많은데 전부 머릿속에서 뒤죽박죽 한 덩어리로 엉켜버린다. 그는 상상해본다. 바로 여기, 이 책장 사이에 선 어머니. 어머니 품속을 파고드는 자신의 모습.

엄마가 여기 자주 왔어요? 그는 묻는다. 머리로는 여전히 어머니가 바로 이 자리에 서서 그의 주위를 둘러싸고 선 책을 만졌다는 생각을 처리하고 있다.

매일. 여전히 시를 쓰던 때에 여기 와서 책을 빌려 갔지. 네 어머니가 혁명의 목소리가 되기 전에.

사서가 웃는다. 짧은 웃음에 씁쓸함이 묻어난다. 그녀가 눈을 감더니 시를 읊조린다.

우리의 모든 잃어버린 심장은

흩어져 다른 곳에서 싹을 틔운다.

버드는 그대로 멈춰 선 채 시구를 천천히 흡수한다. 돌에 스미는 빗물처럼 그를 적시게 한다. 축축하고 짙은 자국을 남기도록. 단순한 책이 아니라 시가, 시의 한 구절이 그를 적시도록.

시 전체를 들어본 적은 한 번도 없어요, 그는 말한다.

사서는 다시 벽에 등을 기대더니 양손을 허리에 얹는다. 포스터랑 깃발마다 엄마가 쓴 시구가 적혀 있었어요. 정말 멋진 표식이죠. 사람들이 사진을 찍어서 서로 돌려 보고요.

사서는 코웃음을 친다.

그편이 더 쉽겠지, 그녀는 말한다. 실제로 행동에 나서기보다 용감한 말 몇 자 끼적이는 게.

그래서 실제로 행동에 나서신 거군요, 그가 말한다. 아이들을 찾아 집으로 돌려보내는 일이요.

사서는 한숨을 내쉰다.

그렇게 간단하지 않아, 그녀는 인정한다. 두려움이 뒤따르는 일이니까. 대다수의 사람이 아이를 뺏겼다고 공공연히 이야기조차 하지 못해. 누구에게도 말하지 않아야 아이를 돌려주겠다고 하거든. 하지만······.

그녀는 말을 멈추고 콧등을 살짝 잡는다. 우린 그들을 설득하려고 하지. 우린 목록을 만들어. 이름, 나이, 특징. 재배치된 아이들 얘기를 들으면 누군지 알아내려고 애써. 가끔은 단서가 드러나기도 하지만 안 그럴 때도 있어.

무의식중에 그녀는 스웨터 주머니를 만지고 남자가 남긴 메모가 안에서 버스럭거린다.

너도 알겠지만 위험한 일이야. 절대 엮이고 싶어하지 않는 사람이 수두룩하지. 하지만 우리는 믿을 수 있는 사람을 찾기 위해 여기저기 알아보곤 해.

아까 그 남자처럼요, 버드는 말한다. 그녀는 고개를 끄덕인다.

어디로 데려갔는지 알아낼 수 없는 경우가 대다수야. 몇몇 어린아이가 재배치되었다는 건 알아냈지만 그중 일부는 새 이름을 받아. 어떤 아이들은 너무 어려서 부모의 이름조차 기억하지 못해. 그리고 대개 집에서 먼 곳으로 재배치되지. 일부러 그렇게 하는 거야.

버드는 새디, 그리고 케임브리지와 새디의 부모가 있는 볼티모어 사이 수백 킬로미터의 거리를 생각한다. 어린아이가 홀로 그 먼 길을 되짚어가는 건 불가능하다.

그럼 뭘 하나요, 버드는 묻는다.

지금으로서는 아무것도 없지, 그녀는 말한다. 버드는 그 말이 얼마나 씁쓸할지 느낄 수 있다. 아직은 우리가 할 수 있는 일이 전혀 없어. 실제로 아이들을 집으로 데려오기까지는. PACT가 작동하는 동안에는 그래. 하지만 우리는 몇몇 아이들을 찾아냈고, 적어도 그 애들 가족에게 아이들이 있는 곳과 그들이 무사하다는 소식을 전함으로써 도움을 줬다고 생각해. 우린 그냥 흔적을 찾아내 기록하려 애쓰고 있어. 누가 사라졌고 누구를 찾아냈는지. 우리가 최대한 할 수 있는 만큼.

우리요?

우린 아주 소수야, 그녀는 조심스레 말한다. 전국을 다 합쳐도. 우린 정보를 공유해. 그녀는 살짝 웃음을 보인다. 우리가 하는 일의 일부잖니. 정보. 그걸 모으는 일. 유지하는 일. 사람들이 필요한 것을 찾도록 돕는 일.

이야기를 듣는 내내 버드의 머릿속에 질문 한 개가 반짝였다.

하지만 왜죠? 그는 말한다. 너무 위험하잖아요. 들키면 처벌받지 않을까요?

사서는 입을 굳게 닫는다.

물론 처벌받을 수도 있지. 나를 포함해 아이들을 찾으려 애쓰는 다른 모든 사람까지. 아까 그 남자랑, 누구든 우리에게 정보를 넘기는 사람. 물론 위험한 일이야. 하지만······.

그녀는 말을 멈추더니 관자놀이를 문지른다.

내 증조부는 칼라일*에서 살았어, 그녀는 간단하게 말한다. 마치 그 말로 전부 설명이 되는 것처럼. 그러더니 버드의 멍한 표정을 보고 코웃음을 친다. 넌 아무것도 모르는구나, 그렇지? 하기야 어떻게 알 수 있겠니? 학교에서 전혀 가르치지 않으니. 너

---

* 인디언 동화정책을 위한 기숙학교가 있던 곳.

무 비애국적이지. 맞아, 우리 나라가 과거에 저지른 끔찍한 짓을 말해주는 건 말이야. 만자나르의 캠프나 국경에서 무슨 일이 있었는지. 학교에서는 아마 대부분의 농장주가 노예에게 친절하게 행동했고 콜럼버스가 미국을 발견했다고 가르치겠지, 안 그래? 왜냐하면 실제로 무슨 일이 있었는지 말하면 반미국적 시각을 지지하는 셈이 되고, 우린 절대로 그런 일을 원치 않으니까.

버드는 사서가 말하는 내용을 다 이해하지는 못했으나 갑자기 머리가 빙빙 돌면서 그가 아무것도 모르고 있었다는 사실을 이해하게 된다.

죄송해요, 그는 온순하게 말한다.

사서는 한숨을 내쉰다. 아무도 가르쳐주지 않는데 네가 어떻게 알 수 있겠니, 그녀가 말한다. 아무도 그런 이야기를 하지 않고 그런 내용을 담은 책이 전부 사라진 마당에.

두 사람 사이에 긴 침묵이 흐른다.

문제를 일으키려던 건 아니에요, 버드가 마침내 말한다. 정말요. 전 그냥, 저는 그냥 어머니를 찾고 싶을 뿐이에요.

사서의 목소리가 부드러워진다.

난 네 어머니를 조금 알았을 뿐이야, 그녀가 말한다. 그것도 아주 오래전에. 하지만 기억이 나. 좋은 분이셨지. 그리고 훌륭한 시인이고.

하지만 나쁜 엄마죠, 버드는 속으로 생각한다.

그러나 사서가 자기 말에 대답하고 나서야 자기도 모르게 소리 내 말했다는 걸 깨닫는다.

그렇게 말하면 안 돼, 그녀가 말한다. 네 어머니잖아.

그녀는 버드의 어깨에 다시 손을 얹는다. 이번에는 부드럽게, 살며시 어깨를 움켜잡는다.

세상에 나쁜 엄마가 없다는 말은 아니야, 그녀가 말한다. 그냥 네가 모든 걸 알 수는 없다는 뜻이야. 사람들은 어쩔 수 없이 무슨 일을 하거나 하지 않기도 해. 보통의 우리는 그저 최선을 다하려 할 뿐이야.

그녀의 목소리에 담긴 무엇인가가 버드를 멈춰 세운다. 불안정한 목소리. 뭔가 너무 얇게 펼쳐져 온전한 곳보다 금 간 곳이 더 많은 소리.

아이가 있으세요? 그는 묻는다.

둘, 그녀는 천천히 말한다. 둘 있었지.

과거형이다. 문장이 둘로 잘린다. 이전과 이후.

아이들은 어떻게 됐나요? 버드는 묻는다.

어린 딸이 아팠어, 그녀는 말한다. '위기' 때였지. 병원비를 감당할 수 없었어. 누구라도 그랬겠지만. 아들은 인슐린이 떨어져 죽어가고 있었지.

그녀의 눈길은 그에게서 떨어져 그의 어깨너머 뒤쪽 벽을 향해 있다.

네 어머니가 어디 있든, 뭘 하든 이것만은 확실해, 사서가 말한다. 그분은 네가 무사히 자라고 있다는 걸 알면 행복할 거야.

네가 아직 여기 있다는 걸 알면.

그러더니 그녀는 눈을 한 번, 두 번 깜박인다. 현재로, 그에게로 돌아온다.

하지만 버드, 그녀는 말한다. 네가 만일 뉴욕에 가고 싶다면 너만의 길을 찾아야 해. 나는 그저 정보를 전달할 뿐이야. 사람이 아니라.

버드는 고개를 끄덕인다.

그리고 난 네가 우리 일을 발설하지 않겠다고 약속하기 전에는 널 보내줄 수가 없어. 제발, 버드. 특히 넌 이해해야만 해. 우리 일에 대해서는 아무것도─정말로 아무것도─ 모르는 척해. 사람들 목숨이 위험해.

절대로, 버드는 말한다. 마지막 글자는 잘 들리지도 않는다. 절대로 말하지 않을 거예요. 그런 다음, 진심을 증명해 보이기 위해 말한다. 가장 친한 친구인 새디도 그런 아이예요.

사서가 놀랐는지 긴 침묵이 이어진다.

새디를 아니? 그녀가 묻는다.

그제야 버드는 기억난다. 물론이죠. 새디는 방과 후면 매일 단 몇 분이라도 도서관에 들렀다.

우린 이야기를 나눴어, 사서가 말한다. 어린 여자아이가 혼자 드나들었으니 몰라볼 수가 없지.

버드는 갑자기 불꽃처럼 희망이 번지는 기분이다.

새디가 거기로 간 거예요? 그는 흥분해 말한다. 집으로 돌려

보내줬어요? 엄마랑 아빠한테?

하지만 사서는 고개를 흔든다.

새디 부모님이 어디로 갔는지는 찾아낼 수 없었어, 그녀는 말한다. 집에 없다는 사실 말고는 아무것도 알아낼 수 없었단다. 그러고 나서 갑자기 새디도 사라진 거야.

잠깐 침묵이 흐르고, 사서는 부드럽고 친절한 눈길로 버드를 바라본다. 새디를 아는 사람과 대화를 나누는 일은 기분 좋은, 놀라울 정도로 기분 좋은 일이다. 그녀를 기억할 수 있어서.

잘 들어, 사서가 말한다. 널 뉴욕에 데려다줄 수는 없어. 그렇게 해줄 수 있는 사람도 모르고. 하지만 해줄 수 있는 게 있어.

그녀는 버드를 사무실 밖으로 안내하더니 책장 사이를 지나 두꺼운 적갈색 바인더가 있는 곳으로 데려간다. 바인더에는 옅은 파란색 글씨로 인쇄된 여러 장의 시간표가 들어 있다.

기차 시간표와 노선이야, 그녀는 말한다. 여기 이 바인더는 버스 시간표고. 역에 가면 매표소로 가도 되지만 표를 파는 기계도 있어. 누가 뭘 묻는 상황을 피하고 싶을 때 쓸 수 있지.

감사해요, 버드는 간신히 말한다.

그녀는 웃는다. 말했잖아, 내 일이라고, 그녀는 말한다. 정보, 그걸 전달하는 일. 사람들이 필요한 것을 찾도록 돕는 일.

그녀는 펼친 바인더를 책장에 올려 그에게 건네준다.

이 정보를 가지고 뭘 할지는 오직 네게 달린 일이야, 그녀는 말한다.

월요일 아침, 버드가 침실에서 나왔을 때 아버지는 손에 업무용 가방을 들고 이미 기다리고 있다. 버드는 교과서를 침대에 두고 담요로 덮어뒀다. 등에 멘 가방에는 교과서 대신 갈아입을 옷과 칫솔 그리고 가진 돈 전부가 들어 있다. 수년 동안 길에서 주워 모아온 돈과 학교 식당에서 밥을 먹는 대신 혼자 생각에 잠겨 보내느라 쓰지 않은 점심값을 합친 돈이다. 도서관에서 본 시간표에 따르면 간신히 맨해튼까지 갈 수 있는 금액이다. 그가 선택한 버스는 10시에 출발한다. 시간은 많다.

드디어 수리가 끝난 엘리베이터가 신음 소리를 내면서 덜덜거리며 천천히 아래로 내려간다. 거울이 붙은 양쪽 벽면 사이에서 버드와 아버지의 모습이 아코디언처럼 멀리 끝없이 이어져 보인다.

버드는 층을 가리키는 숫자가 6에서 5로 바뀔 때까지 기다렸다가 입을 연다.

도시락을 깜박 잊었어요, 그는 말한다.

노아, 아버지가 말한다. 도대체 몇 번이나 말해야겠니.

엘리베이터가 삐걱거리는 소리와 함께 멈추더니 기숙사 로비를 향해 문을 연다. 두꺼운 유리를 통해 쏟아져 들어오는 햇빛이 너무 밝아 버드는 마치 라이트테이블 위 벌레가 된 기분이다. 아버지는 버드의 얼굴을 보면 분명 거짓말하는 걸 알아챌 것이다. 하지만 아버지는 그저 한숨을 내쉬고 시계를 확인한다.

오늘은 9시에 직원회의가 있어, 아버지가 말한다. 널 기다려 줄 수가 없구나. 얼른 올라가서 도시락 가지고 학교로 가. 꾸물거리지 말고, 알았지?

버드는 고개를 끄덕이고, 엘리베이터 버튼을 다시 누르고, 아버지는 돌아선다. 아버지의 뒷모습—낡은 갈색 코트를 입은 모습이 무척 익숙하다—을 보며 버드는 목이 멘다.

아빠, 버드가 부르고, 다시 돌아선 아버지를 양팔로 껴안자 아버지는 약하게 끙 소리를 낸다.

왜 그래? 아버지가 말한다. 아빠를 껴안기에는 나이가 너무 많이 든 줄 알았는데.

하지만 말로만 그럴 뿐 아버지 역시 버드를 꼭 껴안고, 버드는 아버지의 먼지가 잔뜩 붙은 양털 오버코트의 편안한 품속을 파고든다. 갑자기 아버지에게 모든 걸 말하고 싶다. 함께 가자고 말하는 것이다. 어머니를 함께 찾자고. 그러나 그는 아버지가 함께 가기는커녕 그를 보내주지 않으리라는 것을 잘 안다. 가고 싶다면 혼자 가야만 한다.

안녕, 아빠, 그는 말한다. 아버지는 손을 흔들어 보이더니 사라진다.

위로 올라간 버드는 아파트로 다시 들어가 창문으로 달려간다. 커튼 뒤에 몸을 숨긴 채 아래로 보이는 잔디 깔린 작은 마당을 내려다본다. 아버지가 보인다. 까만 점처럼 보이는 아버지는 거의 정문 근처까지 갔다.

그는 전에도 아버지가 마당을 가로질러 가는 모습을 본 적이 있다. 눈 때문에 버드의 학교가 쉴 때도 아버지는 일하러 가야 했다. 그는 창가에 서서 고개를 숙인 아버지가 보이지 않을 때까지 멀어지는 모습을 지켜봤다. 겨울이면 아버지가 가는 길을 따라 마법처럼, 작은 점 같은 발자국이 나타났다. 자세히 다가가서 보면 얼음을 파고든 깔쭉깔쭉한 구멍에 불과했다. 하지만 그가 선 곳에서, 아파트 십 층 유리창에 붙어서 보면 발자국은 앙증맞고 깔끔해 보였다. 아름다웠다. 일부러 만든 모습 같았다. 눈처럼 하얀 천에 가늘게 바느질을 한 것처럼. 집으로 돌아가는 길을 표시하거나 다른 사람에게 알려주기 위해 돌을 줄지어 놓은 것처럼. 아래층으로 내려가 아버지의 발이 만들어둔 흔적을 따라가면 어디든 아버지가 간 곳으로 갈 수 있다는 사실이 얼마나 위안이 됐는지.

155

지금, 그가 지켜보는 가운데 갈색 코트를 입은 외로운 형체는 차가운 가을바람에 맞서 코트를 단단히 여미고 정문을 나선다. 아직 눈이 쌓이지 않아 발자국은 남지 않고, 잠시 후 아버지는 지난 적이 아예 없는 것처럼 시야에서 사라진다. 오늘 버드는 지나면서도 자신의 존재를 전혀 남길 수 없다는 사실이 참을 수 없을 정도로 슬프다. 내가 있었다는 사실을 아무도 기억할 수 없다니. 그는 십 층 아래까지 계단을 타고 뛰어 내려가, 아버지가 남긴 보이지 않는 발자국에 자기 발을 놓아보고 싶은 충동이 든다. 그는 손가락 끝으로 차가운 유리를 누른다. 마치 충분히 힘만 주면 창문을 통째로 옆으로 밀어버리고 이 모든 것 위로, 공중에 발을 내디딜 수 있을 것처럼.

어머니가 작별 인사를 했을 때 버드는 고개를 들지 않았다.

버디, 어머니는 말했다. 엄마 나가봐야 해.

맞나? 아니면 엄마는 가야만 해, 라고 했던가? 기억나지 않는다. 그는 레고로 뭔가를 만들면서 놀고 있었다. 뭘 만들고 있었는지도 기억나지 않는다.

버드, 어머니가 다시 불렀다. 어머니는 그의 뒤를 서성였고 그는 짜증이 나서 신경이 곤두섰다. 뭘 만들고 있었는지 몰라도 잘되지 않았다. 계속해서 블록이 떨어지거나 반복해서 무너졌다. 블록 두 개를 결합해서 힘껏 눌렀는데, 어찌나 세게 눌렀는지 손에 움푹 들어간 자국이 생겼다.

버디, 어머니는 말했다. 엄마, 엄마 간다.

어머니는 그를 기다리고 있었다. 그가 다가와 늘 그랬던 것처럼 입 맞춰주기를. 하지만 그는 어김없이 블록을 추가해 붙였고 블록이 또 와르르 무너져 내리자 다른 일로 바쁜 자신을 부른 어머니 때문이라고 비난했다.

알겠다고요, 버드는 말했다. 그는 블록을 다시 집어 들어 맞추기 시작했고 어머니가 여태 있는지 보려고 마침내 고개를 돌렸을 때, 어머니는 사라지고 없었다.

거의 9시가 되었다. 가야 할 시간이다. 아버지가 저녁을 먹으러 돌아왔을 때면 아파트는 비어 있을 테고, 버드는 뉴욕에 있을 것이다. 그는 아버지에게 어디로 간다고 말해둘지 주말 내내 고민했다. 어머니 얘기를 조금이라도 하는 건 너무 위험하다. 결국 그가 남긴 메모는 짧고 모호하다. 아빠, 며칠 후에 돌아올게요. 걱정하지 마세요. 탁자에 올려둔 다음 옆에 고양이 편지를 봉투에 넣어 함께 둔다. 그리고 벽장 속 비밀 공간에서 찾은 종이를 두 부분으로 찢는다. 파크애비뉴 주소가 적힌 부분은 다시 주머니에 넣고 마지막 줄―뉴욕, 뉴욕 주―이 쓰인 부분은 편지와 메모 옆에 놓는다. 그리고 가장 마지막으로 성냥갑까지 올려둔다. 버드는 아버지가 이해하기를 바란다. 그가 어디로, 왜 갔는지. 그리고 무엇보다 이 정보로 뭘 할지.

그는 케임브리지 밖으로 나가본 적이 없다. 그는 앞으로 펼쳐질 위험한 상황을 밤새 조바심 내며 걱정했다. 엉뚱한 기차를 타거나 엉뚱한 길로 들어서거나 엉뚱한 버스를 타는 바람에 아무도 알 수 없는 곳으로 가고 마는 일. 혹시 매표소 직원이 이렇게 묻지 않을까? 부모님은 어디 계시니? 경찰관이 그를 멈춰 세워 순찰차에 태우고 다시 아버지에게 데려오는 일. 아니면 더 끔찍하게도 그를 다른 곳으로 연행해가는 일. 수많은 낯선 사람이 그를 유심히 바라보는 일. 그가 위협적인 사람인지 위협해야 할 대상인지 재보는 일.

하지만 그런 일은 벌어지지 않는다. 버드는 야구 모자를 푹 눌러쓰고 선글라스를 걸치고 T라인을 타고 역으로 간다. 플랫폼에 있는 경찰이 미식축구 얘기를 나누며 그에게는 두 번 눈길을 주지도 않는다. 매표소 창구 앞으로 가는 대신 티켓 판매기로 간다. 돈을 넣으면 아무 질문도 없이 티켓이 나온다. 버스 터미널에서는 아무도 두리번거리지 않는다. 모두 땅바닥에 초점을 맞추고 서로 눈이 마주치기를 피한다. 어쩌면 모두가 그처럼 안 보이는 사람이 되기를 바라는 것일지도 모른다. 서로 모르는 사람끼리의 조약처럼. 모두 아무런 말 없이 서로를 무시하고 지금은 서로 할 일만 하자고 동의한 것 같다. 두려웠던 상황이 현실화되지 않자 버드는 점점 터무니없을 정도로 자신감이 생긴다. 마치 그에게 제대로 된 길로 가고 있다고, 해내려던 일을 정확히 하고 있다고 우주가 신호를 보내는 것 같다. 그가 탈 버스가 나타나 멈춰 서자 그는 차에 올라타 뒤쪽 창가 좌석에 앉는다. 해냈다.

가고 있다.

어머니가 떠난 뒤 여러 달 동안 버드는 밤이면 침대에 누워 밤새워 기다리기만 하면 어머니가 돌아오리라 믿었다. 이유는 설명할 수 없지만 어머니가 밤이면 돌아왔다가 아침이면 사라진다고 믿었다. 잠이 들면 그때마다 어머니를 놓치는 거라고. 어쩌면 그가 얼마나 어머니를 보고 싶어하는지 시험하는 걸지도 몰랐다. 밤을 새울 수 있을까? 매일 밤 그는 어머니가 침대맡에 서서 고개를 흔드는 상상을 했다. 또 잠들고 말았네! 이번에도 시험에 실패하고 말았어.

그때는 말이 된다고 생각했다. 사실 지금도 그렇다. 어머니가 그에게 해준 모든 이야기에는 주인공이 견뎌야 하는 고난이 있다. 우물에 내려가서 부싯돌을 가져와라. 폭포 아래 누워 물살을 견뎌라. 그는 어머니가 돌아오기만 한다면 자지 않고 버틸 수 있다고 생각했다. 시험 내용이 너무 제멋대로라는 사실은 별로 마음에 걸리지 않았다. 학교에서 치르는 시험도 제멋대로이긴 마찬가지였으니까. 명사에는 동그라미를 치고 동사에는 밑줄을 쳐라. 임의의 숫자 두 개를 연결해서 세 번째 숫자를 만들어라. 시험은 늘 제멋대로였다. 시험이라는 것의 본질이 그렇기도 했고 사실 그렇기 때문에 시험이었다. 새벽 동이 트기 전에 잿더미에서 콩과 팥을 구분해 나누어라. 바다로 들어가 밤에 빛나는 진주를 되찾아 와라.

그는 잠들지 않기 위해 팔뚝이 검푸르게 멍들 때까지 팔을 꼬집었다. 밤이면 밤마다 시야 한쪽 구석에서 섬광이 번쩍거릴 때까지 손가락 끝부분 살을 꼬집었다. 아침이 되어도 어머니는 여전히 보이지 않았고 그의 팔뚝에는 반달 모양의 보라색 멍이 남았다. 아버지는 학교에서 아이들이 괴롭히느냐고 물었다. 아이들이 괴롭히기는 했지만 아버지가 걱정하는 그런 식은 아니었다. 괜찮아요, 아빠. 그는 말했다. 그리고 온종일 눈꺼풀은 아래로 처졌고 저녁이 되면 또 잠들지 않으려 애썼다가 실패하기를 거듭했다. 어머니가 들려준 이야기를 더는 믿지 않게 된 것도 그때쯤이었다.

이렇듯 오랜 시간이 흐른 뒤 지금에서야 그는 어머니를 찾아 길을 나섰다. 오래전 어머니가 그에게 들려준 이야기 속 누군가처럼. 인내심을 품고 그를 기다리는 어머니가 있는 곳으로 여행을 떠날 것이다. 이토록 오랫동안 어머니를 묶어두고 있는 주문이 무엇이든, 어머니가 그를 보는 순간 깨질 것이다. 동화 속에서는 그런 일이 마치 스위치를 켜는 것처럼 순식간에 일어난다. 공주가 왕자를 알아본 순간에. 공주가 진정한 자기 모습을 깨닫는 순간에. 어머니에게도 같은 일이 일어나리라 버드는 확신한다. 어머니는 그를 보자마자 다시 그의 어머니가 될 것이고, 그들은 그 후로 영원히 행복하게 살 것이다.

버스 엔진이 높은 기어를 이용해 차분한 소리를 내기 시작하면서 고속도로가 뒤로 지나간다. 버스가 멀리 갈수록 버드는 숨 쉬기가 더 편해진다. 그는 잠에 빠졌다가 버스가 속도를 줄이고 왼쪽으로 합류하면서 몸이 유리창에 부딪혀서야 잠에서 깬다. 갓길에 짙푸른 색 SUV가 한 대 서 있고 경찰 순찰차가 그 뒤에 경광등을 번쩍이며 서 있다. 남색 유니폼을 입은 경관이 운전석에서 모습을 드러낸다. 경찰관 근처에 가지 말라던 아버지의 말이 떠올라 모자챙을 아래로 더 내려 얼굴을 가리는 순간 그들이 스쳐 지나간다. 겁이 나야 당연하지만 놀랍게도 겁이 나지 않는다. 유리창 밖 모든 것이 멀리 떨어진 것처럼, 유리창에 의해 분리된 것처럼 느껴지고 그의 심장은 차분하게 굴러가는 버스 바퀴와 마찬가지로 느리고 차분하게 두근댄다. 버스 밖으로 나무와 덤불이 우거진 들판이 계속 흐릿하게 흘러간다.

버스는 이슬비가 내리는 차이나타운에 그를 내려준다. 다른 세상이다. 지금까지 본 적 없는 많은 사람과 더 부산하고 시끄러운 세상. 소란과 소동 속에서도 그는 이상하게 집에 있는 느낌이다. 왜 그런지 이해하기까지 약간의 시간이 걸린다. 갑자기 주변은 어머니를 닮은 사람으로 가득했다. 그리고 그와도 조금 닮았다. 그는 이런 곳, 아무도 그를 이상한 눈으로 보지 않는 곳에 와본 적이 없다. 만일 아버지가 여기 있었다면 버드가 아니라 아버지가 눈에 띄는 사람이어서 버드는 웃었을 터였다. 태어나 처음으로 그는 평범했고 평범하다는 감각이 마치 힘처럼 느껴졌다.

떠나기 전에 그는 사서가 아무 말 없이 찔러 넣어준 지도를 자세히 살펴보았다. 격자형이로군, 아버지라면 차분하고 참을성

161

있게 말했을 것이다. 몇 칸 위로, 또 옆으로 갈지 세기만 하면 돼. 버드는 셈을 한다. 바워리 거리는 3번가로 이어진다. 여든일곱 개 블록을 올라가 두 블록 서쪽으로. 8킬로미터가 조금 더 된다. 그가 해야 할 것은 똑바로 걸어가는 것뿐이다.

그는 시작한다.

주변을 살펴보기 시작한다.

차이나타운의 모든 표지판은 뭔가 칠해져 있거나 테이프로 가려져 있거나 일부는 아예 뜯겨나간 흔적이 보인다. 못이 박혀 있던 자국이 보이고 은회색 덕테이프로 덮어 가렸지만, 튀어나온 모양으로 아래에 무언가가 감춰져 있는 걸 알 수 있다. 교통 표지판을 페인트로 아예 덮어버린 모습도 보인다. '멀베리'와 '커낼'*이라고 적은 깔끔한 하얀색 글씨 아래 두껍게 칠한 검은색 페인트는 마치 정오의 그림자처럼, 흰자위 아래 다크서클처럼 보인다. 표지판 가운데 페인트가 벗겨지기 시작한 지점에서 복잡해 보이는 글자가 드러난 모습을 보고서야 그는 어떻게 된 일인지 이해한다. 그는 아버지가 손가락으로 먼지에 글씨를 써보이던 모습을 기억한다. 한때 이곳의 표지판은 전부 두 가지 언어로 쓰여 있었다. 누군가─모두가─ 중국어를 사라지게 만들려 하고 있다.

다른 것도 눈에 보이기 시작한다.

---

* 뉴욕의 거리 이름.

162

스쳐 지나가는 사람들은 모두 영어로 말하거나 아예 말하지 않는다. 서로 재빨리 눈길만 던질 뿐 아무 말도 하지 않는다. 상점에 들어갔을 때만 가끔 작게 다른 언어로 말하는 걸 들을 수 있다. 광둥어일 거라고 그는 짐작한다. 아버지라면 알아들을 텐데. 사람들은 하나같이 조심스럽고 날이 선 채로 인도와 도로를 어깨 너머로만 확인한다. 뛸 준비가 되어 있다. 곳곳에 수없이 많은 미국 국기가 걸려 있다. 거의 모든 상점의 입구와 거의 모든 사람의 옷깃에. 모든 가게 구석에는 동네에서 보던 것과 같은 종류의 포스터가 걸려 있다. '모든 충성스러운 미국인에게 신의 축복을.' 차이나타운을 통틀어 포스터가 걸리지 않은 가게는 한 곳도 없다. 어떤 가게는 빨간색, 하얀색, 파란색으로 화려하게 장식한 다른 표지판을 자랑스레 걸어두기도 했다. '미국인 소유 및 운영 점포, 100퍼센트 미국인.' 차이나타운을 벗어나고 나서야 주위에 보이는 얼굴이 아시아인 대신 흑인과 백인으로 바뀌고, 깃발 수도 줄어든다. 이곳 사람들은 그들의 충성심이 받아들여질 거라고 좀 더 확신하는 것처럼 보인다.

그는 걷는다.

그는 그라피티로 뒤덮인 셔터가 내려진 상점들을 지난다. 신제품 및 중고. 사고팝니다. 세놓음. 여기저기 때운 자국이 있는 콘크리트 도로를 콘크리트 중앙분리대가 나누고 있다. 수수께끼처럼 보이는 이름들. 맥스 선. 의자 식탁 점포. 도로 가장자리에는 부서진 화물 운반대가 표백된 채 사막에 굴러다니는 뼈처

럼 널브러져 있다. 풀도 나무도, 녹색이라고는 보이지 않고 인도
와 도로, 땅에서 건물 옆구리를 향해 조금씩 쌓여 올라가는 흙과
가로등까지 전부 똑같은 잿빛이다. 모든 것이 모래 색깔이고 눈
에 띄지 않으려 애쓰는 것처럼 보인다. 지나가는 사람들은 무거
운 비닐봉지를 들고 쇼핑 카트를 밀면서 서로의 눈길을 피한다.
그들은 머뭇거리지 않는다. 때때로 발밑의 횡단보도는 스프레
이 페인트로 대충 그려져 있어 선이 불확실하고 삐뚤빼뚤하다.
어떤 곳에는 아예 횡단보도가 그려져 있지 않다. '위기'가 끝난
지 십 년도 더 지났지만, 여전히 아주 많은 것들이 고쳐지지 않
았다.

　한 블록씩 지날 때마다 주위를 둘러싼 풍경이 바뀐다. 성장이
막힌 풀들이 보도 틈새에서 저항하듯 자라고 있다. 얼마나 오래
걸었지? 한 시간? 그는 이미 시간 감각이 사라졌다. 학교에선 그
가 결석한 걸 이미 알았을까? 아버지에게 연락했을까? 버드는
걷는다. 앞으로, 앞으로, 앞으로. 보슬보슬 내리던 비가 잦아들더
니 멈춘다. 슈퍼마켓마다 피자와 복잡한 모양으로 주름진 케일,
망고 조각 그림을 담은 거대한 광고판이 세워져 있고, 그는 입에
침이 고인다. 배 속에서 우르릉 소리가 나지만 그는 발길을 멈추
지 않는다. 어차피 수중에 남은 돈도 없다. 산처럼 쌓인 과일과
양동이에 꽂아둔 장미 다발을 파는 잡화점 진열대에서 고양이
들이 무심하게 하품하며 기지개를 켜고, 미용실 문틈으로 애프
터 셰이브 향기를 타고 남자들의 웃음소리가 흘러나온다. 가게

마다 창문을 통해 익숙한 포스터가 보인다. '자랑스러운 미국인, 우리는 서로를 지켜본다.' 이제 나무들이 보인다. 작고 성글고 겨우 어른 키만 하지만 그래도 나무다. 어디선가 교회 종이 울린다. 3시인가? 4시? 거리에는 활기가 넘치고 종소리와 메아리를 구별할 수 없다. 학교를 마치고 집으로 걸어가야 할 시간이지만 그는 이곳에 있다. 한 블록씩 걸어갈 때마다 맥박이 더 빠르게 뛴다. 거의 다 왔다.

그는 더 빨리 걷고 그를 둘러싼 도시는 마찬가지로 더 빨리 변한다. 마치 비디오 화면이 빠른 속도로 미래로 아니, 어쩌면 과거로 넘어가는 것처럼 보인다. 예전과 다름없는, 그는 들어보기만 한 '위기' 이전 황금시대의 세계. 택시도 더 많은데, 훨씬 고급이고 새것이다. 방금 세차라도 한 것처럼 깨끗하다. 반짝거리는 검은색 가로등은 고개를 치켜들 공간이 더 많은 것처럼 더 크고 매끈하다. 그는 창문마다 석재 장식이 왕관처럼 올라가 있는 여러 채의 건물을 지난다. 누군가 수고를 들여서 저 높은 곳에 그저 아름답게 보이기 위해 빨간색에 베이지색이 대비를 이루도록 장식했다. 이제 깨질 걱정이라고는 없는 커다란 유리창으로 장식한 상점 앞을 지난다. 차양을 갖춘 레스토랑. 사람들이 작은 개를 데리고 산책한다. 버드의 무릎 높이에도 미치지 않는 깔끔한 금속 울타리에 둘러싸인 나무. 울타리는 나무를 보호하는 용도가 아니라 보여주기 위한 것이다.

안개가 걷히면서 그는 높이 공중에 있는 녹색 조각을 발견한다. 옥상 정원에 있는 화분 속 상록수가 하늘을 향해 뻗어나간 모습이다. 건물과 상점은 더는 숨으려고 애쓰지 않는다. '영업중입니다.' 화려하고 눈길을 끄는 기발한 이름은 눈에 띄려고, 관심을 끌려고, 기억에 남으려고 애쓴다. 짭짤한 오징어. 음향 오아시스. 닭살세상. 아버지라면 웃음을 터뜨렸을 것이다. 창문마다 익숙한 성조기 플래카드가 걸렸다. 광고판은 저렴한 가격 대신 그들이 취급하는 상품이 얼마나 화려한지를 알리고 있다. 사거리를 따라 더 멀리 가는 일이 마치 사다리를 오르는 것 같다. 50번가, 55번가, 56번가. 양복쟁이들. 넥타이족. 남자들은 술 장식과 부드러운 밑창이 달린 가죽 구두를 신었다. 뛸 필요가 없는 사람들이 신는 신발. 오래전에는 아버지도 그런 구두를 신었다. 은행, 더 많은 은행. 세 개, 네 개, 다섯 개가 연달아 붙어 있는 경우도 있다. 도로 양쪽에 같은 은행이 마주 보는 곳도 있다. 그는 엄청난 부자는 길을 건널 필요조차 없이 살 수 있다는 생각은 해보지 못했다.

한 블록 전체를 차지한 백화점은 매끈하고 짙은 색이고 거울처럼 광택이 나도록 닦은 화강암으로 전체를 장식했다. 마치 이곳에서는 돌마저 별처럼 빛난다고 말하는 것처럼. 백화점 유리창 안에는 얼굴 없는 마네킹이 목에 꽃무늬 실크 스카프를 두르고 있다. 고층 아파트 건물 창문에 반사된 하늘이 벽에 박힌 보석처럼 빛난다. 어머니가 그런 곳에 살면서 밖을 내려다보며 그를 기다리고 있는 모습을 상상한다. 곧 알게 되겠지만. 식료품으로 가득 찬 냉장 트럭이 인도 옆에 멈춘 채 공기 중에 언 숨결을 내뿜고 있다. 이제 카페가 보인다. 오래 머물 수 있는 곳이다. 치아를 하얗고 똑바른 모습으로 만들 수 있다는 광고판. 정장 차림에 모자를 쓴 벨보이가 문 앞에 대기하고 있는 호텔. 이곳에서 사람들이 가방을 드는 이유는 물건을 넣기 위해서가 아니라 예뻐 보이기 위해서다. 세탁소를 지나면 또 세탁소가 나온다. 그냥 빨기에는 너무 섬세한 실크 옷을 입는 동네다. 출입문마다 사설 경비회사에서 나온 건장한 남자들이 경비를 서고 있다.

75번가. 76번가. 우아하게 나이를 먹은 오래된 건물은 초라하지 않고 단정해 보인다. 외국 단어가 자랑스레 표기되어 있다. 살루메리아와 비네리아,* 마카롱. 안전하고 호감 가는 이국적 느낌이다. 상점에는 미식, 고급, 빈티지 같은 설명이 붙어 있다. 도로는 넓은 데다 양쪽으로 나무를 심어두었다. 페인트로 표지판을 뒤덮고 두려움에 작게 속삭이던 거리를 따라서 올라온 길이라는 사실을 믿을 수 없다. 전혀 다른 세상으로 접어든 게 분명하다. 그는 어머니가 여기, 이 아름다운 곳에 있을 거라는 생각이 마음에 든다. 달리기하러 나온 금발 여자들이 몸에 꼭 붙는 운동복 차림으로 위로 높게 묶은 머리를 흔들며 옆에서 뛰거나 신호를 기다리느라 멈춰 서 있다. 보모는 윤이 나는 유아차를 밀고, 유아차 안 아기들은 호화롭게 차려입었다. 그는 액자 틀만

---

* Salumeria와 Vineria, 각각 이탈리아어로 식료품점과 포도주 판매점을 뜻한다.

만드는 가게와 샐러드만 파는 레스토랑과 웃음 짓는 작은 고래를 자수로 수놓은 분홍색 셔츠를 파는 상점을 지난다. 너무 높아 꼭대기가 보이지도 않는 건물들. 고개를 최대한 젖히며 보다가 뒤로 넘어질 뻔했다. 이곳에서는 무슨 일이든 벌어질 수 있고, 모든 일이 벌어진다. 동화 속 나라, 아니 동화 그 자체 같다.

바로 여기야, 그는 생각한다. 여기에 엄마가 있어.

무슨 일이든 벌어질 수 있는 마법의 동화 나라이기 때문에, 이제껏 본 것들로 활기에 차 있었기 때문에, 폐를 부풀리는 풍부한 가능성의 공기에 황홀해진 상태였기 때문에, 갑자기 그녀가 모습을 드러냈을 때, 길 건너편에 어머니가 등장했을 때 그는 놀라지 않는다. 어머니 옆에 작은 갈색 개가 보인다. 내면의 무엇인가가 불꽃을 품으며 하늘로 솟구치고 그는 기쁨에 차 거의 울부짖다시피 한다.

그 순간 어머니는 잘 손질한 화단에 코를 박는 개에게 눈길을 주는데, 그의 어머니가 아니다. 다른 여자다. 사실 어머니를 별로 닮지도 않았다. 그저 가장 피상적인 면에서만 닮았다. 동아시아인 여자는 길고 검은 머리를 아무렇게나 뒤로 묶었다. 자세히 보니 어머니와 조금도 닮지 않았다. 어머니라면 절대 저런 개를 키울 리가 없다. 검은 단추 같은 눈과 앙증맞은 벨벳 코를 가진 곰 인형처럼 생긴 황색 작은 털북숭이. 당연히 엄마일 리가 없지, 어떻게 그렇겠어? 그는 스스로를 꾸짖는다. 하지만 그럼에도 여자가 몸을 가누는 방식―경계심 넘치는 자세, 민첩한 시선─이 어머니를 떠올리게 한다.

길 건너편 여자는 그녀를 바라보는 그를 알아차리더니 웃음 짓는다. 아마도 그를 보고 마찬가지로 누군가를 떠올린 모양이다. 어쩌면 처음에는 그를 사랑하는 누군가로 착각했고 지금은 그 사랑이 흘러넘쳐 그에게까지 후하게 영향을 미치는 것일지도 몰랐다. 그리고 그를 보기 있었기 때문에, 그를 향해 웃고 있었기 때문에, 그리고 어쩌면 사랑하는 누군가를 떠올리게 하는 이 어린 소년에게 호감을 품고 있었기 때문에, 그녀는 자신에게 닥칠 일을 예상하지 못한다. 주먹이 그녀 얼굴에 날아든다.

순간적으로 벌어진 상황이지만 영원히 이어지는 장면 같다. 느닷없는 상황이다. 키가 큰 백인 남자다. 여자는 무너져 내려 돌무더기가 된다. 겁에 질린 버드의 몸은 얼어붙고, 그의 비명은 목구멍 속에서 굳어버린다. 남자는 쓰러진 여자 몸 위에 서서 차고 또 차며 발길질한다. 부드럽지만 역겨운 퍽퍽 소리가 나무망치로 고기를 때리는 것처럼 들린다. 복부와 가슴을 향한 공격은 여자가 스스로를 보호하기 위해 양팔로 얼굴을 덮은 채 껍질을 깐 새우처럼 몸을 웅크리자 둥그런 등으로 쏟아진다. 그녀의 울음소리는 말 없는 소리가 되어 마치 유리 파편처럼 공중으로 흩어진다. 남자 역시 비인간적이긴 하지만 필요한 업무를 하는 것처럼 아무 말도 하지 않는다.

아무도 도우려 나서지 않는다. 한 나이 든 커플은 급히 다른 곳에 가야 하는 걸 기억해내기라도 한 것처럼 몸을 뒤로 돌린다.

어떤 남자는 서둘러 멀어지며 고개를 휴대전화로 숙인다. 자동차 물결은 흐트러지지 않고 흘러간다. 분명히 봤을 거야, 버드는 생각한다. 어떻게 못 볼 수가 있지? 키가 발목쯤 오는 개는 짖고 또 짖는다. 뒤쪽 건물에서 수위가 나타나자 버드는 고마운 마음에 거의 눈물이 쏟아질 것 같다. 도와주겠지, 그는 생각한다. 도와줄 거야. 제발. 그 순간 수위는 문을 쾅 닫는다. 버드는 두꺼운 판유리 안쪽, 수위의 모습이 간신히 보인다. 흐릿하게 유령처럼 보이는 수위는 마치 텔레비전 화면을 보는 것처럼 지켜보고 있다. 뺨이 바닥에 처박힌 채 맞을 때마다 몸이 들썩거리는 여자의 모습을. 상황이 끝나고 그래서 다시 문을 열 수 있게 될 때를 기다린다.

여자의 움직임이 멈추고 남자는 여자를 내려다본다. 역겨움을 느끼는 걸까? 만족감일까? 버드는 알 수 없다. 여전히 으르렁거리며 짖는 개는 격노했지만 작은 발로 무기력하게 포장된 도로를 긁어댈 뿐이다. 남자는 재빠른 움직임으로 개의 등을 발로 호되게 짓밟는다. 빈 깡통을 찌부러트리거나 바퀴벌레를 밟아 죽일 때처럼.

그 순간 버드는 비명을 지르고 남자는 고개를 돌리더니 버드가 그를 바라보는 걸 알아차린다. 버드는 뛰기 시작한다.

앞뒤 없이 최대한 빨리 달린다. 뒤를 돌아볼 엄두조차 나지 않는다. 책가방이 마치 북을 치듯 그의 몸에 부딪힌다. 땀에 젖은 셔츠가 허리에서 뜨거웠다가 차갑게 느껴지기를 반복한다. 여

자는 죽었을까? 그는 생각한다. 개도 죽었을 거야. 그게 중요한
가. 남자의 눈길은 여전히 그의 목덜미를 파고들고, 배 속이 뒤
집혀 구역질이 올라오지만 아무것도 게워낼 수가 없다. 그는 골
목길로 뛰어 들어가 쓰레기통 뒤에 웅크리고 숨어 숨을 고른다.
목구멍 안쪽이 타들어가는 것처럼 따갑다.

　잊고 있었다. 동화 나라에는 악마도 있다는 사실을. 괴물과 저
주도. 위험은 모습을 바꾼 채 숨어 있다. 악마, 용, 황소만 한 쥐.
눈길 한 번에 파괴당할 수 있다. 그는 공원에서 만난 남자를 떠
올린다. 아버지를, 아버지의 넓은 어깨와 강인한 손, 아버지가
그를 일으켜 세워주던 일을 생각한다. 하지만 아버지는 먼 곳에,
아무 소리도 나지 않고 바깥세상은 이르지 못할 도서관 깊은 곳
에 있다. 아버지는 버드가 어디 있는지 알지 못하고, 그 사실은
다른 무엇보다 버드를 끔찍할 정도로 외롭게 한다.

　그는 호흡을 가라앉히려 애쓰면서 한참을 쓰레기통 뒤에 머
문다. 덜덜 떨면서 가만히 있지 못하는 두 손을 차분하게 만들려
노력한다. 마침내 준비를 마친 그는 떨리는 다리로 일어서서 다
시 길모퉁이로 돌아간다. 그는 거꾸로 달리며 원래 경로에서 몇
블록 벗어난다. 파크애비뉴에 도착하자 그는 재빨리 그리고 조
심스레 움직이며 길거리를 훑어본다. 눈에 띄는 존재가 된 느낌
이다. 사람들이 그를 알아본다. 전에는 이해하지 못한 것을 이해
할 수 있다. 그는 어쩌면 전에는 눈에 보이지 않는 존재였지만
이제 주문이 풀린 것이다. 아니면 그만의 상상이었는지도 모른

다. 사람들은 그를 볼 수 있고, 그는 마침내 자기가 얼마나 작은지, 세상이 얼마나 쉽게 그를 산산조각 낼 수 있는지 깨닫는다.

종이에 적힌 주소에 마침내 도착했을 때는 늦은 오후가 되어 있다. 커다란 벽돌 건물은 창문가에 화분이 놓여 있고 녹색 출입문이 거대하다. 아파트 건물이 아니라 한 가족이 사는 타운 하우스로 그는 이런 집이 있는지조차 알지 못했다. 공작부인이 사는 성. 그는 길 건너편에서 조심스럽게 건물을 살펴본다. 이야기 속에서는 성에서 무엇을 발견하게 될지 알 수 없다. 부자, 여자 마법사가 있을 수도 있고 기다리던 괴물에게 먹힐 수도 있다. 하지만 여기는 어머니가 알려준 곳이다. 어머니가 직접 손으로 써서 전달한 거리 이름과 번지. 그렇다면 확 믿음이 생긴다.

그는 대리석 계단을 올라 황동 문고리를 잡고 녹색으로 칠한 나무 문을 세 번 두드린다.

영원한 시간이 흐른 것처럼 느껴지지만 실제로는 잠깐 뒤에 나이 든 백인 남자가 문을 연다. 남자는 살짝 통통하고 제복을 입었다. 짙푸른 색 양모 옷에 반짝이는 황동 단추가 달려 배의 선장처럼 보인다. 남자는 차가운 눈빛으로 버드를 보고, 버드는 두 번 침을 삼키고서야 말을 시작할 수 있다.

공작부인을 만나러 왔는데요, 버드가 말하자 마치 마법처럼 선장이 고개를 끄덕이더니 옆으로 비켜선다.

밝은 노란색 현관, 이제 겨우 10월인데 불을 피워둔 벽난로.

크림색 바닥 타일에는 호박색 사각 무늬가 박혀 있다. 곡선 다리에 상판이 대리석인 탁자가 중앙에 놓여 있는데, 탁자의 유일한 용도는 버드가 태어나서 본 것 가운데 가장 큰 화병을 올려놓는 것으로 보인다. 그를 둘러싼 모든 조명이 금빛으로 빛난다.

공작부인을 만나러 왔어요, 버드는 자기 생각보다 더 확신하는 목소리를 내려 애쓰며 재차 말하고, 선장이 곁눈질로 그를 내려다본다.

말씀 올리죠, 남자가 말한다. 누가 왔다고 말씀드려야 할까요?

배가 고프고 목이 마르고 지쳤기 때문에, 속이 빈 채로 먼 거리를 걸어왔기 때문에, 머리가 마치 어깨 바로 위에 둥둥 떠 있는 풍선처럼 묘하게 몸에서 떨어진 것처럼 느껴졌기 때문에, 이 상황이 살짝 현실이 아닌 것처럼 느껴지고 이 도시나 그가 만나러 온 공작부인은 말할 것도 없이 이 집 자체가 실제로 존재하는지 확신이 들지 않았기 때문에, 버드는 동화 속에 들어와 있는 것처럼 대답한다.

버드 가드너예요, 그는 말한다. 마거릿의 아들입니다.

여기서 기다려주시죠, 선장이 말한다.

버드는 벽난로 근처 의자 가운데 하나 옆에 서서 불안한 듯 서성인다. 엷은 갈색 벨벳에 덮인 의자는 왕좌를 떠올리게 한다. 손가락 끝으로 팔걸이에 끌로 새긴 홈을 따라가던 그는 아버지가 가르쳐준 단어를 떠올린다. 마호가니. 설화석고. 필리그리. 그는 헛기침을 한다. 벽난로 선반에 놓인 작은 금시계 안, 금으로 만든 작은 여자가 품위 넘치게 시간을 가리켜 보인다. 5시가 다되었다. 곧 아버지가 퇴근해 그가 사라진 걸 알게 될 것이다.

선장이 돌아온다. 따라오시죠, 그는 말한다.

남자는 아치 모양 통로를 지나 복도를 따라 걸어가고 버드는 괴물이 튀어나올지도 모른다는 생각에 조심스럽게 모퉁이를 살피며 뒤를 따라간다. 하지만 지나는 곳에는 궁전에나 있을 법한 호화로운 물건뿐이다. 벽을 장식한 실크스크린에는 상록수와 두루미 그리고 멀리서 본 탑이 그려져 있다. 노란 실크 소파에는 비닐에 말아둔 사탕 모양 쿠션이 놓여 있다. 널찍한 타원형 모양의 다이닝룸 바닥은 어지러울 정도로 모자이크 무늬가 깔려 있고 집 안 모든 것이 금빛으로 장식된 것 같다. 벽난로 위 꽃병과 항아리의 손잡이, 잘 꼬아둔 커튼 술, 심지어 탁자와 의자의 사자 발 모양 다리 끝 발톱까지도. 두 사람은 위를 향해 사선으로 이어지는 거대한 계단에 도착한다. 계단 한가운데 멋진 황갈색 카펫이 흘러내리고 있다. 이런 계단은 태어나서 본 적이 없다. 벨벳으로 감싼 사슬에 우아한 샹들리에가 매달려 있다. 버드는 세어본다. 일 층, 이 층, 삼 층, 사 층. 그리고 멀리 계단 위쪽, 나침반 모양을 한 채광창을 통해 파란 수정 웅덩이 같은 하늘이 보인다.

이쪽입니다, 선장이 말한다. 그 순간 버드는 발견한다. 계단 바로 옆에 나무로 벽을 장식하고 쪽모이 세공으로 바닥을 장식한 작은 엘리베이터가 있다. 집 안에 엘리베이터라니, 그는 놀라 생각한다. 선장은 한 손으로 안내하고 버드는 매끈하게 닦은 견과류 껍데기에 올라타는 느낌으로 엘리베이터에 들어선다.

위층에서 기다리고 계십니다, 선장이 말한다. 남자는 황동 창살을 당겨 버드를 엘리베이터 안에 가둔다.

엘리베이터가 떨리며 위로 향하는 사이 버드는 머릿속이 어지럽다. 뭔가가 빠져나가려고, 아니면 들어오려고 애쓰는 것처럼 주위 황동 창살이 덜덜 떨린다. 그는 무엇을 향해 위로 가는지 알지 못한다. 공작부인의 정체는 무엇일까? 친절할까? 아니면 위협적일까? 그는 동화책에서 본 사악한 여왕, 매력 뒤에 악의를 감추고 있던 여왕을 그려본다. 믿어야 해, 그는 자신에게 말한다. 동화에서 모험을 떠날 때는 낯선 사람을 믿어야 했다. 이 엘리베이터조차 궁전에 어울리게 장식되어 있다. 고대 건물과 날개 달린 여자 그림이 담긴 황금 액자. 작은 흰색 전화. 안쪽 벽에 달린 동그란 거울은 부풀어 오르고 구부러져서 거울에 비치는 그의 얼굴은 괴물 혹은 난쟁이처럼 뒤틀려 보인다.

마침내 엘리베이터 문이 열린다. 아버지와 둘이 살던 아파트 크기의 거실로 이어진다. 또 탁자가 있다. 꽃을 잔뜩 담은 또 다른 화병. 상판은 얼마나 반질거리는지 거울처럼 얼굴이 반사되어 보인다. 발아래 카펫은 금색 무늬로 장식되어 있다. 확실히 귀족이 사는 집이다.

그리고 그녀의 모습이 보인다. 방 끄트머리 프랑스식 문 너머에. 공작부인. 기대했던 것보다 나이가 어리다. 당당하고 키가 크고 금발 머리를 짧게 잘랐다. 진주. 드레스 대신 흐르는 듯한 소재의 바지 정장 차림이지만 권력을 가진 여자라는 게 분명히 보인다. 순간적으로 버드는 목소리가 나오지 않고 그저 멍하니 여자를 바라본다. 그녀 역시 침묵을 깨지 않은 채 그저 멍하니 그를 내려다본다.

공작부인이세요? 그는 마침내 묻는다. 하지만 그는 이미 그녀가 공작부인이라는 걸 안다.

손님은 누구신가요? 그녀가 묻는다. 한쪽 눈썹이 올라간다. 회의적인 모습.

버드입니다, 그는 떨며 말한다. 마거릿의 아들이에요.

순간적으로 그는 그녀가 누구? 하고 물을까 봐 두렵다. 하지만 그녀는 그러지 않는다. 대신 사뭇 차갑게 말한다. 여기에는 왜 왔지?

저희 엄마 때문에요, 그는 말한다. 너무 빤한 대답이라 말하고 보니 바보 같은 느낌이다. 엄마를 찾으러 왔어요.

왜 여기 있다고 생각하지? 공작부인이 묻는다. 아주 작은 호기심 덩굴이 목소리 끝을 휘어 감고 있다.

왜냐하면, 그는 말을 시작하다 멈춘다. 머릿속에 있는 대답을 느껴본다. 왜냐하면 왜 엄마가 떠났는지 알고 싶으니까요. 왜냐하면 엄마가 돌아오길 바라니까요. 왜냐하면 엄마도 다시 저를 원하길 바라니까요.

엄마가 제게 메시지를 보냈어요, 그는 말한다.

공작부인은 입술을 굳게 다물고, 그는 그녀가 당혹해하는지 기쁜지 화가 났는지 알 수 없다. 잠깐 동안 그녀는 그의 대답에 점수를 매기고 칭찬할지 벌을 줄지 고민하는 선생님 같다.

그렇구나. 그러니까 네 어머니가 여기로 오라고 했다는 거니?

버드는 망설인다. 만일 이 질문이 시험이라면 거짓말을 해야 할지 어떨지 모르겠다. 가슴이 조여온다.

확실히는 모르겠어요, 그는 인정한다. 하지만 어머니가 여기 주소를 남겼어요. 오래전에요. 제 생각에는, 저는 공작부인께서 어머니가 계신 곳을 알 수도 있다고 생각했어요.

그는 주머니에서 종잇조각, 아니 종잇조각의 남은 부분을 꺼낸다. 너덜거리고 구겨진 종이 끄트머리는 그의 청바지에서 파랗게 물이 들었다. 하지만 종이에는 어머니의 손 글씨가 쓰여 있다. 바로 그들이 서 있는 곳의 주소다.

그렇구나, 공작부인은 다시 말한다. 그럼 넌 여기 혼자 왔니? 아버지는 어디 계시니?

아버지를 어떻게 아는 거지? 버드는 그런 생각에 가슴이 철렁한다.

아버지는 제가 여기 온 걸 몰라요, 그는 말한다. 그리고 그 말이 입술을 빠져나가는 순간 그는 놀라울 정도로 그 말이 사실임을 다시 인식한다. 아버지는 그가 어디 있는지 모른다. 아버지는 그를 도와주거나 구할 수 없다.

공작부인은 좀 더 가까이 몸을 숙이며 바늘 끝 같은 날카로운 눈으로 그를 유심히 살펴본다. 가까이에서 보니 그녀의 얼굴은 이제 막 주름이 지기 시작했고 머리는 아직 세지 않았다. 아마도 어머니와 비슷한 나이일 거라는 생각이 든다.

그럼 네가 여기 온 걸 누가 아니? 그녀가 묻는다. 그녀의 어조에서 강철 같은 위협이 번쩍인다.

버드는 목이 조이는 기분이다. 아무도 몰라요, 그는 말한다. 아버지에게 말하지 않았어요. 아무한테도 말 안 했어요. 혼자 왔고요.

넌 날 믿어도 돼, 그는 그런 말이 듣고 싶다. 땀에 젖은 공포가 그를 덮친다. 그가 너무 멀리까지 왔고 결국은 배신당하리라는 공포. 공작부인 모습을 한 용과 그녀의 화려한 궁전이 어쩌면 그를 집어삼키고 영원히 가둘 수 있다는 공포.

재미있구나, 공작부인이 말한다. 그녀는 돌아선다. 그 모습이 버드에게는 마치 아주 밝은 빛이 꺼지는 느낌을 준다. 여기서 기다려, 그녀는 말한다. 그러고는 다른 말 없이 그를 혼자 남겨두고 어디론가 사라진다.

차분할 수 없는 버드는 방을 돌아다닌다. 창문의 진한 황금빛 커튼 너머 아래쪽 도로를 지나는 자동차들의 반짝이는 불빛이 보인다. 구석에는 그랜드피아노가 놓여 있다. 탁자 끄트머리에는 남자와 여자를 찍은 사진이 은으로 만든 액자에 담겨 있다. 지금보다 훨씬 어린, 소녀라고 할 만한 나이에 머리가 긴 공작부인이 그녀의 아버지로 보이는 사람과 찍은 사진이다. 선대 공작일 거야, 버드는 생각한다. 사진 속 남자는 폴로셔츠와 카키색 바지 차림이고 두 사람은 범선 갑판에 있는지 뒤쪽 수평선으로 파란 하늘과 더 파란 파도가 부딪치고 있다. 선대 공작의 얼굴은 엄격해 보이고 거의 화난 표정에 가깝다. 그는 선대 공작이 어디에 있는지 궁금하다. 공작부인이 어떻게 그의 어머니를 아는지 궁금하다. 어머니가 그를 떠난 뒤 오랫동안 무슨 일을 해왔는지 궁금하다. 그를 보면 어머니가 알아볼지 궁금하다. 미안해할지, 그를 한 번이라도 생각했는지. 후회하는지도.

밖의 하늘은 어두워지고 평평한 강철 같은 잿빛으로 바뀐다. 놀랍게도 그는 이제 전혀 배가 고프지 않다. 그는 아버지가 그들이 사는 콘크리트블록 기숙사에 도착해 어두운 아파트에 아무도 없는 걸 발견하는 모습을 상상한다. 그를 찾을 것이다. 그의 이름을 부르면서. 괜찮아요, 아빠. 그는 생각한다. 곧 돌아가요. 그는 이상하게도 정신이 초롱초롱하고 살아있는 것 같고 혈관에 전기가 통하는 듯 느껴진다. 이제 거의 다 왔다. 이 오랜 시간이 흐른 후에야.

멀리 집 안 깊숙한 곳에서 낮게 울려 퍼지는 시계 종소리가 들려온다. 5시다. 그러자 마치 신호라도 받은 것처럼 공작부인이 돌아온다.

만일 네가 진짜로 네가 말하는 사람이라면 증명해보렴, 그녀가 말한다. 네 자전거는 무슨 색깔이지?

네?

179

만일 네가 네가 말하는 사람이 아니라면 내가 당국에 신고해도 가책받을 일이 아니라는 건 너도 알고 있을 거야, 그녀는 덧붙인다.

저는, 버드는 어리둥절해 말을 멈춘다. 자전거를 타다가 떨어져 이웃이 경찰을 부른 이후로 아버지는 자전거를 못 타게 했다.

자전거 없어요, 그는 불쑥 내뱉는다. 공작부인은 차분하고 무감각하고 생기 없는 표정을 유지하고 있다.

아침에 시리얼에 어떤 우유를 부어서 먹지? 그녀는 묻는다.

이번에도 버드는 당황해 말할 수가 없다. 그는 망설이지만 아무리 이상해도 진실을 말할 수밖에 없다고 생각한다.

저는 시리얼을 우유 없이 그냥 먹어요, 그는 말한다.

이번에도 공작부인은 아무 말도 하지 않는다. 식당에 가서 점심 먹을 때 어디 앉지? 그녀는 말한다. 버드는 입을 다문 채 계단에 갈색 종이봉투를 들고 외롭게 앉은 자기 모습을 위에서 내려다보듯 본다.

저는 식당에 가서 점심을 먹지 않아요, 그는 말한다. 밖에서 먹어요. 혼자.

공작부인은 아무 말도 하지 않지만 얼굴에 미소가 지어진다. 버드는 이로써 시험에 통과했음을 안다.

그러니까 네 어머니를 만나고 싶다는 거지, 그녀는 말한다.

질문이 아니다.

그래 그럼. 나랑 같이 가자.

복도에서 그녀가 벽에 달린 버튼을 누르니 벽이 옆으로 열린다. 마법인가? 아니다. 복도에 교묘하게 숨겨둔 엘리베이터다. 사실은 그가 타고 올라온 바로 그 엘리베이터였다. 공작부인의 손가락이 닿자 B라고 쓰인 버튼이 불꽃색으로 반짝인다. 다시 문이 열리자 두 사람은 어두운 동굴에 있다. 지하 차고인 것 같다. 매끈한 검은색 세단은 이미 시동이 걸려 있다. 콧수염을 기르고 정장을 입은 남자가 차 옆에 차렷 자세로 기다리고 있다. 하인인가 보네, 버드는 공작부인과 함께 뒷좌석에 올라타며 생각한다.

그리고 두 사람은 출발한다.

자동차는 경사진 진입로를 지나 차고를 나와 복잡한 도로 위 자동차 대열에 합류한다. 물결처럼 부드럽고 당당하게. 차 안에서는 바깥의 소리가 전혀 들리지 않는다. 마치 도심을 향해 천천히 접근하는 뱀 같다. 교차로 신호 리듬에 따라 뭉쳤다 흩어지는, 길모퉁이에 모여 있는 사람들의 목소리도 들리지 않는다. 그들의 차를 둘러싼 다른 자동차의 으르렁거리는 엔진 소리도, 그도 알다시피 허공을 찢을 것 같은 소리를 내는, 무력한 좌절에 울려대는 경적도 들리지 않는다. 그냥 아무 소리도 들리지 않는 상태에서 선팅을 한 창문을 통해 갈색 톤의 도시가 마치 무성영화처럼 흘러간다. 차를 타고 가는 것이 아니라 떠서 흘러가는 것 같다.

안전띠 매렴, 옆에서 공작부인이 말한다. 여기까지 와놓고 머리통이 깨지면 안 되니까.

버드가 입을 열지만 공작부인은 눈길 한 번으로 입을 닫게 만든다.

난 여기 질문에 답하려고 있는 게 아니야, 그녀는 말한다. 그건 내가 아니라 네 어머니가 할 일이지.

그 말을 끝으로 그녀는 아무 말도 하지 않고, 그들은 강을 따라 달리다가 긴 터널을 지나 이제 막 달이 뜨기 시작하는 황혼 속으로 다시 나온다. 시간은 주위를 둘러싸고 움직이는 차량 행렬처럼 간헐적으로 움직이다가 멈추기를 반복한다. 가끔 졸다가 잠에서 깨면 그들이 탄 차는 전혀 움직이지 않고 있다. 또 가끔은 눈을 깜박거린 적도 없는데 차가 훌쩍 순간 이동한 것이 분명하다는 생각이 들 정도로 바깥에 낯익은 것이라고는 전혀 보이지 않는다. 그리고 그 순간 주변 교통은 다시 한번 엉기며 지체되고 속도는 느려져 거의 기어가는 수준이 되다가 마침내—그는 시간이 얼마나 흘렀는지 알지 못한다— 해가 지고, 주위 거리가 차분하다 못해 거의 버림받은 곳처럼 변하고 나서야 차는 마침내 멈춰 선다.

잘 들어, 공작부인은 말한다. 사뭇 긴급한 느낌이 드는 목소리다. 마치 그에게 마지막으로 말하는 것처럼, 진짜 시험은 이제부터라는 것처럼. 이제부터 내가 말하는 대로 해야만 해, 그녀가 말한다. 그러지 않으면 무슨 일이 벌어져도 책임질 수 없어.

버드는 눈이 침침하고 흥분과 피로로 거의 어지러울 지경이지만 이런 상황이 이상하게 느껴지지 않는다. 사실 그는 더한 것도 기대했다. 동화에는 늘 따를 수 없을 정도로 이해하기 어려운 규칙이 존재한다. 황금 칼은 무시해라. 대신 오래되고 녹슨 칼을 써라. 아무리 목이 말라도 와인을 마시면 안 된다. 아무리 꼬집고 때려도, 그들이 네 목을 잘라도, 한마디도 해서는 안 된다. 그를 인도에 내려놓고 자동차가 떠나버린 뒤 그는 공작부인이 지시한 대로 정확하게 행동한다. 옆으로 두 블록 간 다음 앞으로 세 블록 걸어 길을 건너니 공작부인이 말한 건물이 있다. 빨간 문이 달린 거대한 고급 저택. 모든 창문이 덮여 있다. 버려진 집처럼 보이겠지만 겉모양만 보고 믿어서는 안 돼. 지시받은 대로 그는 현관 앞 넓은 계단은 무시한 채 저택 옆으로 돌아간다. 네가 들어가는 걸 아무도 봐서는 안 돼. 그가 걸쇠를 찾는 동안 두 번 차가 지나간다. 출입문의 거친 나무가 손가락을 스치나 싶더니 그 순간 차갑고 단단하고 매끈한 금속이 잡힌다. 그는 주변 집 창문에서 흘러나오는 불빛으로 어깨너머를 확인하고, 아무도 보고 있지 않은 걸 확인한 후 걸쇠를 푼다. 그러자 출입문이 휙 열린다.

집 뒤쪽에 문이 있어. 그리로 다가갈 때는 절대 아무 소리도 내서는 안 돼. 버드는 머뭇거리는 발걸음으로 잡초와 잔디가 얽힌 곳을 헤치고 지난다. 한때 뒷마당이었지만 아주 오래 손길이 닿지 않은 것 같다. 여기저기서 어린나무의 가지가 거칠게 얼굴을 때린다. 하지만 달빛 속에서 길이 희미하게 반짝인다. 시멘트에 박힌 반짝이는 자갈을 따라 그는 저택의 어두운 형체를 향해 다가간다. 다섯 개의 숫자—8, 9, 6, 0, 4—를 누르면 문이 열릴 거야. 그는 마치 잠에 든 용을 손가락으로 만지며 약한 곳을 찾는 것처럼 저택의 벽에 손을 대고 따라 움직인다. 벽돌, 벽돌, 벽돌. 이윽고 문, 키패드가 달린 문이 나타난다. 너무 어두워 보이지 않지만 위치로 짐작해 비밀번호를 누른다. 희미한 삐 소리. 그는 손잡이를 돌린다.

실내. 좁은 복도가 더 짙은 어둠으로 이어진다. 들어가면 반드시 문을 닫아야 해. 완벽히 어두워지겠지만, 그러지 않으면 어머니를 볼 수 없을 거야.

그는 천천히 문을 닫는다. 그러자 바깥세상은 쐐기 모양으로 좁아지다가 작은 조각이 되고 결국 사라진다. 걸쇠가 딸깍 그를 어둠 속에 넣고 잠근다.

그 순간 그를 향해 서둘러 다가오는 발소리가 들린다. 작은 불빛이 켜지며 그의 시야에 금빛 섬광을 흩뿌린다.

깜짝 놀란 어머니. 두 팔을 벌리고 서 있다. 두 팔로 그를 껴안는다. 어머니의 온기. 어머니의 향기. 어머니 얼굴에는 놀라움과 궁금증과 기쁨이 있다.

버드, 어머니가 소리친다. 오, 버드. 날 찾아냈구나.

II

아들이 왔다. 버드. 그녀의 버드가.

기대보다 키가 크고 더 말랐다. 얼굴에는 그나마 있던 젖살의 흔적마저 거의 사라졌다. 마르고 멋진 얼굴, 회의적인 얼굴, 완고해 보이는 입매, 각진 턱 모양은 누구를 닮았는지 잘 알 수 없다. 이선도 아니고 그녀는 더욱 아니다.

버드, 그녀는 말한다. 키가 많이 컸구나.

글쎄요, 버드가 갑자기 내성적으로 변하며 말한다. 시간이 많이 흘렀으니까요.

버드는 그녀를 신뢰하지 않는다. 그녀는 진작 알아챘다. 문가에서 머뭇거리며 그녀와 눈을 맞추지 않는 버드의 모습에서. 아직은, 그녀는 생각한다. 그는 아직은 그녀를 믿지 않는다. 그녀는 조명을 끈다.

사람들 눈을 조심해야 해, 그녀는 말한다.

그가 어떤 생각을 하는지 알 수 있다. 여기는 뭐 하는 곳이지?

그녀를 따라 낯선 벽 사이로 좁은 복도를 걷는 버드의 발걸음이 느리다. 더듬대는 소리, 멈추는 소리. 버드가 발을 끌며 걷자 운동화 밑창이 바닥을 긁는 소리가 난다.

이쪽이야, 그녀는 말한다. 기다려. 조심해, 바닥이 울퉁불퉁하니까. 조심해서 걸어.

그녀는 빠르게 말한다. 그녀답지 않게 수다스럽다. 말이 입에서 나오며 서로 겹치지만 도저히 어쩔 수가 없다.

어두운 복도를 따라 함께 걸으며 그녀는 말한다. 네가 알아낼 줄 알았어. 알아낼 만큼 똑똑할 줄 알았지.

어떻게요, 그는 말한다.

그녀가 거실 입구에서 멈춰 버드가 따라오기를 기다린다. 버드는 뭔가 익숙한 것, 안정적인 것을 찾아 그녀의 허리 뒤쪽을 손으로 더듬거린다. 그녀는 아들의 손을 맞잡고 얼굴에 가져다 대고 싶지만, 아직 준비가 되지 않았다는 걸 안다.

어떤 사람이 말해줬어, 그녀는 말한다.

어두운 복도를 지나고 나니 거실은 눈부시게 밝다. 버드는 이글거리는 해 아래로 나서는 사람처럼 손을 들어 눈을 가린다. 그녀는 버드가 실내를 집중해 둘러보는 모습을 조각조각 지켜본다. 나이 든 피부처럼 조금씩 뜯어지고 있는 벽지. 벽 앞에 웅크린 색 바랜 낡은 소파. 여러 가지 장비가 잔뜩 쌓인 접이식 탁자.

갓 없이 전구가 그대로 드러난 전등 한 개. 그녀는 창틀에 못으로 박은 합판과, 빗물이 새어들면서 천장에 생긴 표적지 모양 얼룩으로 향하는 버드의 눈길을 볼 수 있다. 그리고 낡은 티셔츠와 다 닳은 청바지 차림에 머리가 덥수룩하게 자란 그녀를 보는 눈길까지. 음산한 어둠 속에 수행자처럼 숨어 있는 그녀를. 버드는 어머니가 이런 곳에 있으리라고는 예상하지 못했을 것이다. 지금의 모습 역시 기대와는 전혀 다를 것이다.

피곤하겠구나, 그녀는 말한다. 널 위해 방을 준비해두었어.

그녀는 버드를 위층으로 안내한다. 계단 중앙에 깔린 오렌지색 섞인 붉은 깔개가 그들의 발걸음을 감싼다. 계단 꼭대기 부근 벽지에 한때 그림이 걸렸던 자리가 네모 모양으로 얼룩져 있다.

누구 집이에요?

이젠 누구의 집도 아니야. 조심해. 넘어지지 않게. 난간이 부서졌거든.

계단을 다 오르자 그녀는 계단 꼭대기에 있는 문을 연다. 과거 어린아이가 쓴 것이 분명해 보이는 큰 방. 그녀가 조명 스위치를 켠다. 천장 전등에는 광대 얼굴이 그려져 있는데 빨간 코 모양 나사가 둥근 전등을 고정하고 있다. 구석에는 아기 침대가 하나 있는데, 한쪽이 아래로 기울었고 매트리스는 보이지 않는다. 그녀가 실내를 깔끔하게 쓸어놓았지만, 그렇다고 사람을 초대할 수 있을 정도는 아니다. 천장에 바른 회반죽은 일부가 떨어져나가 벽 속 얇은 나무 널이 뼈처럼 드러나 보인다. 창문은 모두 검은색으로 덮여 있다.

쓰레기봉투야, 그녀는 설명한다. 빛을 가리는 거지. 우린 조심해야 해. 이웃들은 이 집이 비었다고 생각하니까.

버드는 책가방을 바닥에 내려놓고 창틀 전체를 덮은 비닐을 한 손으로 만져본다. 그녀 역시 같은 행동을 여러 번 반복하면서 아래 도로에 차가 지날 때 비닐이 희미하게 떨리는 걸 느껴본 적이 있다.

널 위해 준비해두었어, 그녀는 말한다. 네가 성공했을 때를 위해서. 그녀는 창문 아래 긴 벤치에 놓아둔 슬리핑 백을 어루만지고 머리맡에 작은 쿠션을 둔다. 제대로 된 침대가 없어서 미안하구나. 그래도 맨바닥보다는 편할 거야.

버드는 한쪽 어깨를 으쓱해 보이고 절반쯤 돌아선다. 밖의 사이렌 소리가 비닐 가림막을 뚫고 가냘프게 들리다가 점점 커지더니 다시 작아지며 사라진다. 만일 모든 것이 달랐다면, 만일 함께 살아야 하는 시간만큼 함께 살았다면, 지금 아이가 쓰는 언어가 훨씬 덜 이국적으로 느껴졌으리라 그녀는 생각한다. 이제 아이 티를 벗기 시작하는 사춘기의 언어. 몸짓과 숨은 의미, 하지 않은 말과 경멸. 어쩌면 그걸 이해하는 법을 배웠을 것이다. 그녀는 이선은 이것들을 이해할지 궁금하다.

배고프니? 그녀는 묻는다. 버드가 고개를 흔들며 배고프지 않다고 하지만 그녀는 분명 거짓말일 거라고 생각한다. 그럼 일단 쉬렴, 그녀는 말한다. 나중에 얘기하자.

그녀는 잠시 멈추었다가 돌아선다.

버드. 네가 와서 기쁘구나.

아기일 때 버드는 다른 사람이 울면 따라 울었다. 스테레오에
서 흘러나오는 어떤 노래들은 그의 온몸을 따갑게 했고, 손가락
하나 움직이는 것에도 더 큰 고통을 느꼈다. 재키 페이퍼가 이제
오지 않는다니* 참을 수 없다. 그녀가 그렇게 오랜 세월 혼자 살
다가 집을 떠난다니** 얼마나 비극인가. 뉴욕에 사는 유일한 소
년이라니*** 얼마나 두려운가. 한 음이 연주될 때마다 음악은 아
이의 피부를 벗겨냈고, 피부가 벗겨진 근육은 욱신거리고 따끔
거렸다. 그만, 엄마. 그는 울며 멈추라고 했고, 마거릿은 겁에 질
려 스테레오로 달려가 음악을 멈추고는 그를 품에 안아주었다.

버드가 모든 걸 갈망하고 경이로워한다는 사실에 그녀는 깜
짝 놀랐다. 버드는 조용한 아이였고 주의 깊게 지켜보고 모든 걸
흡수했다. 좋고 나쁜 것, 기쁨과 고통. 꽃으로 피는 벚나무의 분
홍색 젖꼭지. 인도에 작게 접혀 죽어 있는 참새. 놓친 풍선들이
탁 트인 푸른 하늘로 쇄도하며 솟구치는 모습. 버드와 세상 사이
의 경계에는 얼마나 많은 구멍이 뚫려 있는지, 마치 그물을 통해

*   'Puff, the Magic Dragon'의 가사.
**   'She's Leaving Home'의 가사.
*** 'The Only Living Boy in New York'의 가사.

흘러나가는 물처럼 모든 것이 그를 통해 흘렀다. 그녀는 부드러운 맨 심장을 가진 아이가 거친 세상을 헤쳐나갈 일이, 무엇이든 상처가 될 수 있는 열린 세상을 살아갈 일이 걱정스러웠다.

지금 그녀 앞에 선 소년은 버드처럼 생겼고 버드처럼 말한다. 어디에서든 그를 알아봤을 것이다. 그러나 이제 그들 사이에는 뭔가가 있다. 뭔가에 가로막혀 그녀는 그의 모습을 제대로 보지도 그의 소리를 제대로 듣지도 못한다. 뭔가 불투명하고 딱딱한 거북이 껍데기 같은 막이 생겼다. 버드가 마치 줄곧 팔이 닿지 않는 곳에 서 있는 아이 같다. 뭔가가 아이에게 흉터를 남겼다. 오, 버드. 그녀는 생각한다.

위층에서 버드는 복도를 내다본다. 불빛은 없고 아래층에 딱 하나 있는 전등이 벽을 비추는 희미한 둥근 빛만 보인다. 그는 어두운 방에서 나가 마찬가지로 어두운 방을 살금살금 지난다. 욕실에 가니 변기와 세면대에 초록색 얼룩이 졌고 더럽다. 멋진 카펫에 놓인 녹슨 욕조에서 이끼가 자라며 올라오고 있다. 한 개 더 있는 방은 누군가 사용하는 것 같다. 한쪽 구석에 커버도 없는 매트리스가 있고 그 옆에 낡고 갓도 없는 스탠드가 놓여 있다. 어머니가 쓰는 방이다. 공기에서 진한 땀 냄새가 난다. 햇빛 아래서 꽃을 심고 밤이면 이야기를 들려주던 그의 어머니는 어떻게 된 일인지 어둠 속에 숨은 이상한 여자가 되었다. 아버지가 여기 있어서 상황을 설명해주면 좋겠다. 그가 이해할 수 있도록.

어떻게 하면 좋은지 결정할 수 있도록.

층계참으로 돌아오니 아래층 불빛은 재활용한 전구에서 온 것처럼 우중충하다. 그는 손가락 끝에 의지해 복도 끝까지 걸어가 다시 그의 외로운 방으로 돌아간다.

버드가 잠에서 깼을 때 마거릿은 그의 침대 옆 바닥에 앉아 있다. 낡은 카펫에 양쪽 무릎을 꿇고 부드러운 눈길로 그의 얼굴을 보고 있다. 그가 깨기를 끈기 있게 기다리면서 잠든 얼굴을 자세히 공부라도 하는 것처럼. 실제로 그녀는 그의 얼굴을 공부하고 있다.

지금 몇 시예요? 버드가 쉰 목소리로 말한다. 창문을 모두 어둡게 가려놓아서 밤인지 낮인지 파악하기가 불가능하다.

막 자정이 지났단다, 그녀는 말한다.

그녀는 인스턴트커피 한 잔을 내민다. 버드는 커피가 마음에 들지 않고, 그녀는 그의 표정을 통해 알아챈다. 당연히 싫어하겠지. 어떤 엄마가 자식한테 커피를 줄까. 다른 걸 내왔어야지. 하지만 그녀에게는 커피밖에 없다. 그녀는 이런 일에, 모든 일에 서툴다. 냉기가 흐르는 방에서 머그잔은 따뜻하고 아늑하다. 버드는 억지로 일어나 앉아 커피를 홀짝거린다. 그녀도 커피를 마신다. 씁쓸하지만 편안하다. 마치 약효가 센 약처럼.

가스가 끊겼어, 그녀는 말한다. 그래서 난방도, 제대로 된 요리도 할 수 없어. 전기레인지뿐이야. 물과 전기는 아직 괜찮아.

그거면 충분하지.

여기는 뭐 하는 곳이에요? 버드가 묻지만 그녀는 대답하지 않는다. 먼저 설명해야 할 것이 있다. 처음부터 시작해야지, 그녀는 스스로를 타이른다. 그래서 이 아이를 불렀으니까.

버드, 그녀는 말한다. 네게 보여줄 게 있어.

그녀는 버드를 데리고 다른 계단을 따라 삼 층으로 올라간다. 삼 층 방은 모두 비어 있다. 반쯤 열린 문을 통해 보니 단단한 나무가 깔린 바닥은 깊은 물처럼 보인다. 깊어질수록 더욱 어두워지는. 그녀도 처음 이곳에 왔을 때 한 번밖에 들어가보지 않았다. 먼지가 이리저리 밀려 마치 눈처럼 쌓였다. 발도 다리도 없는 낡은 가구들은 바닥에 반쯤 무릎을 꿇고 있다. 낡은 레코드플레이어에는 너무 긁혀 연주도 안 될 레코드판이 여전히 걸려 있다. 외부의 흔적이 여기저기 몰래 기어들어와 잠식하고 있다. 욕실에는 담쟁이덩굴의 긴 가지 하나가 몸을 비비 꼬며 부서진 창틀을 뚫고 들어와 걸쇠를 더듬거린다. 침실에서 그녀는 금 간 벽 아래 비에 젖은 카펫에서 버섯들이 숲을 이룬 걸 발견했다.

계단 꼭대기에 다다른 그녀가 어둠 속으로 손을 뻗더니 더듬거려 줄을 찾아낸다. 줄을 잡아당기자 천장에 난 문이 아래로 열리고 접혀 있던 사다리가 내려온다. 그녀는 본능적으로 그의 손을 잡아끌 뻔하지만 그러지 않으려 애쓴다. 버드 역시 같은 마음일 것이다.

이쪽이야, 그녀는 버드를 기다리는 대신 짙게 구름 낀 어둠 속을 기어오르며 말한다.

그녀는 뒤쪽에서 버드가 머뭇거리며 첫 번째 단에 발을 디디는 소리를 듣는다. 그녀는 계속 앞으로 간다. 버드가 따라올 거라고 믿으면서. 집의 한쪽 끝에 이르러 그녀는 처음으로 멈춰 돌아서서 버드를 본다. 그녀의 눈은 어둠에 익숙해졌지만 그의 눈은 그렇지 않다. 그는 시야보다는 소리를 더 따르면서 발아래 기찻길처럼 지나는 기둥을 안내 삼아 양손으로 더듬거리면서 움직인다. 먼지투성이에 춥다. 버드는 널빤지 틈새로 들어온 작은 달빛 조각이 만든 빛의 기둥을 피해 고개를 숙인 채 움직이면서 다락방을 지나 앞으로 나아간다. 어머니 앞에 도착하자 그녀는 천장에 난 출입구에 어깨를 기댄다.

여기야, 그녀는 말한다. 출입구가 비명을 지르며 열린다. 발 조심해.

두 사람은 평평한 지붕 위로 발을 내밀며 밤의 웅덩이로 들어선다. 공기는 차갑고 바람은 마치 칼이 컵에 담은 밀가루를 평평하게 깎아내는 것처럼 도시의 꼭대기를 긁어낸다. 그러나 두 사람이 밖으로 나오면서 마거릿은 스스로 부드러워지는 걸 느낀다. 모든 아름다운 것에.

그들 주위로 도시는 마치 떨어진 천처럼, 봉우리와 능선, 숨겨진 주름을 갖추고 펼쳐져 있다. 이렇게 조용한 시간에도 여기저기 밝은 리본 같은 자동차들이 도로를 오가고 있다. 멀리 강인한 나무숲이 위로 뻗어 올라가며 달을 붙잡으려 하고 있다. 그녀는 멀리 떨어진 유리창에서 반짝거리는 별빛을 간신히 알아보고, 유리창은 그들의 어두운 창문을 향해 깨진 달빛을 반사하고 있다. 지붕은 텅 비었다. 있는 거라고는 도시와 하늘 그리고 두 사람뿐이다. 난간도 없이 그저 날카롭고 깔끔한 지붕 모서리는 곧장 아래쪽 지면으로 이어진다. 그녀는 옆에서 버드가 숨을 고르는 소리를 듣는다. 그녀는 잠시 그를 바라본다. 그녀의 아들, 그녀가 기억하는 대로다. 호기심 많고 초롱초롱한. 눈이 반짝거린다. 저 멀리 얼마나 많은 생명이 있는지 경탄하고 있다.

저는, 그는 말을 시작하다가 멈춘다. 천천히 평평한 지붕 위로 한 걸음 내딛고 또 한 걸음 나아간다. 조심스럽게, 마치 돌무더기를 지나는 것처럼. 도시가 이렇게 큰 줄 몰랐어요, 그는 말한다. 한 손을 앞으로 뻗는다. 마치 손가락 끝으로 도심의 마천루 끝을 문지르기라도 할 것처럼.

멋지지, 마거릿도 동의한다. 난 밤에만 여기 올라와. 혹시 누가 볼 수도 있어서. 정말 멋지지 않니? 그녀는 지평선을 향해 고개를 돌리며 말을 잇는다. 여기 오기 전에 상상했던 것보다 훨씬 크지. 젊었을 때 처음 도시에 왔을 때는 최대한 많은 곳을 보러 걸어 다녔어. 모든 걸 받아들이려 노력했지.

버드의 얼굴이 미세하게 그녀 쪽으로 향한다. 그녀는 그의 관심을 끌었음을 알지만 알아차리지 못한 척한다.

물론 일하면서 많이 봤지, 그녀는 말한다. 덕분에 꽤 구석구석 잘 돌아다닐 수 있게 되었어.

그녀는 말을 멈추고 기다린다. 혹시라도 이선이 뭔가 말해줬을지 궁금하다. 만일 버드가 뭐든 조금이라도 알고 있다면. 하지만 잠시 후 버드는 말한다.

무슨 일이요? 버드는 고개도 돌리지 않은 채 말한다. 자기와는 아무 관계도 없다는 것처럼.

배달부. 나는 편지를 배달했어, 다른 물건도. 예전에 '위기' 때. 자전거를 타고 다니면서. 그녀는 마치 추가로 생각난 것처럼 덧붙인다.

버드는 아무 말도 하지 않지만 순간적으로 두 사람 사이를 막고 있던 막이 사라진다. 그녀는 그녀가 뉴욕에서 살던 때 일을, 버드를 낳기 전에 어떤 일이 있었는지 얘기한 적 없었다. 우선 버드가 너무 어렸고 그다음에는 집을 떠났기 때문이다. 버드가 아는 버드와 함께하기 전의 어머니의 삶은 깔끔한 백지였다. 그녀는 버드가 새로운 정보를 받아들여 스스로 조정하는 모습을 지켜본다. 자기 어머니의 새로운 이미지를. 도시를 재빨리 돌아다니며 물건을 나르는 모습을.

어떤 물건이었는데요? 그는 말한다.

그냥 평범한 배달이었지. 가끔 서명이 필요한 서류도 있었고. 그때는 워낙 문을 닫은 곳이 많아서 트럭이 많지 않았어. 우리처럼 자전거를 타는 게 더 저렴하고 빨랐지. 휘발유도 무척 비쌌으니까.

그녀는 버드의 얼굴을 살핀다. 때로는 음식도 배달했어. 그리고 약도. 사람들이 병들어도 나갈 수 없었으니까. 우리가 약국에서 약을 받아서 집 앞에 놓아줬어.

우리요? 버드가 말한다.

우리 같은 사람이 아주 많았어. 모두 애쓰며 근근이 살았지.

그녀는 더 말해야 할지 고민한다. 잠깐만, 그녀는 결정한다.

그러다가 아빠랑 만난 거예요?

마거릿은 고개를 흔든다.

아빠는 다른 세상에 있었어. 학생이었지. 우연한 사고가 아니었다면 아예 만날 일도 없었을 거야.

그녀는 말을 멈춘다.

아빠는 어떠니? 그녀는 묻는다. 그녀가 진짜로 알고 싶은 걸 어떻게 물어야 할지 알 수 없다. 지금 그는 누구인지, 이 모든 일이 벌어진 후 오래 떨어져 있는 사이에 변했는지. 버드 걱정에 애가 탈 게 분명하다는 생각이 들자 그녀는 뼈저리게 후회한다. 그에게 전화를 걸어 버드는 안전하다고 안심시켜줄 수 있으면 좋으련만. 하지만 너무 위험하다. 아무것도 달라지지 않았다. 아직은. 그는 믿어야만 한다. 그녀가 이제껏 그를, 그가 그들의 자식을 안전하게 지킬 거라고 믿은 것처럼.

버드의 한쪽 어깨만 으쓱 올라가더니 다시 내려간다. 확신은 없는지 양쪽 어깨조차 서로 동의하지 않는다.

아빠는 괜찮아요, 그는 말한다. 아마도요.

그녀는 숨을 참은 채 기다리지만 버드는 더는 말하지 않는다.

그러는 내내 버드의 눈길은 아래에 펼쳐진 도시 풍경에서, 빽빽하게 밀집한 건물에서 벗어나지 않는다. 한쪽 손은 여전히 절반쯤 들어 올린 채로, 마치 공중으로 튀어 오르거나 아니면 스카이라인 끝을 움켜쥐려 애쓰는 것처럼. 그녀는 이 순간이 숨을 내쉬고 흘러가도록 기다린다. 결국 도착할 곳을 찾아내리라 믿으며.

왜 떠났어요? 버드는 마침내 말한다.

두 사람 말고는 모든 게 작고 멀리 떨어져 있는 이 높이에서는 왠지 그런 질문을 하는 일이 더 쉽다.

그녀는 마치 머리를 아래로 하고 뛰어내리기라도 하는 것처럼 두 팔을 벌리고 두 눈을 감는다. 달빛이 그녀의 머리카락을 비추며 은빛 반짝거림으로 얼려버린다. 잠시 얼어붙은 그녀는 새로 만난 미지의 바다를 향해 용감하게 항해하는 배의 선수상처럼 보인다. 이윽고 두 팔을 양쪽으로 떨어뜨리더니 다시 돌아선다.

말해줄게, 그녀는 말한다. 모든 걸 말해줄게. 네가 귀 기울이겠다고 약속한다면.

그녀는 일을 하면서 이야기를 시작한다. 그녀 앞에는 꼬인 전선과 긴 파이프가 놓여 있다. 그녀는 조심스럽게 파이프를 들어 절단기를 사용해 손가락 길이로 자른 다음 절단면을 줄로 부드럽게 다듬는다. 그녀 주위로 은빛 먼지가 후광처럼 피어오른다. 버드는 카펫 가장자리에 앉아 기다린다. 지켜보면서. 까맣게 덮인 창문 밖으로 아침 해가 천천히 세상을 회색빛으로 물들인다.

내가 어떻게 도시로 오게 됐는지부터 얘기할게, 그의 어머니가 말한다.

부모님의 야망 때문에 그녀의 가족은 바다를 건넜다. 그리고 그들은 그녀에게 야망이 담긴 이름을 지어주었다. 마거릿. 총리, 공주 그리고 성자의 이름이었다. 시간만큼이나 오랜 혈통을 가진, 거친 뿌리에서 자란 단단한 몸통 같은 이름이었다. 프랑스어로는 la marguerite, 데이지를 뜻했고 라틴어로는 margarita, 진주를 뜻했다. 그녀의 부모는 카오룽에 있을 때부터 성직자들에게 교육을 받은 독실한 가톨릭 신자였고, 성찬식 제병을 먹고 고해성사를 하고 매일 미사에 나가며 컸다. 용을 물리친 성 마거릿은 종종 용의 입에 몸의 절반이 들어간 모습으로 묘사되었다.

그녀가 한참 뒤에야 알게 된 사실. 그녀가 태어나기 두 달 전에 그녀의 집 우편함에 폭탄이 들어 있었다. 우편함의 알루미늄 문이 경첩에서 떨어져나가고, 마치 화난 작은 짐승이 주먹을 날리며 밖으로 뛰쳐나오려고 한 것처럼 안팎이 뒤집힐 정도의 위력이었다. 새 우편함, 새집이었고, 그녀의 아버지는 러스트벨트에 속한 작은 도시의 공장에서 새로 엔지니어로 일하게 된 참이었다. 경찰은 폭발력이 별로였다고 말했다. 그냥 장난입니다, 이유를 누가 알겠습니까. 이후 마거릿의 아버지는 땀에 젖은 머리카락이 이마에 들러붙는 가운데 구부러진 금속 기둥을 파냈고, 마거릿의 어머니는 마거릿이 여전히 자라고 있는 배에 한 손을 얹고 문지방에 서서 지켜보았다. 새 이웃들도 마찬가지로 조용히 창문 밖으로 그 광경을 지켜보았는데, 우그러진 우편함의 기둥이 뽑혀 나오면서 쾅 소리와 함께 땅으로 쓰러지자 모두 안으로 들어갔다.

PACT는 수십 년 뒤 얘기였지만, 그녀의 부모는 이미 느끼고 있었다. 이웃의 눈길이 그들의 움직임 하나하나 유심히 지켜보는 것을. 그들은 이웃에 섞여드는 것이 최선이라고 결정했다. 그래서 마거릿이 태어난 뒤 그들은 그녀에게 분홍색 코듀로이 멜빵 바지를 입히고 메리제인 구두를 신기며 머리를 땋고 리본을 묶어주었다. 그녀가 나이를 더 먹었을 때는 백화점에 가서 머리 없는 마네킹이 입은 옷을 사주었다. 마네킹이 입은 옷이라면 뭐든 입혔다. 은밀히 동네 아이들을 살펴본 다음 그들이 가진 것을 마거릿에게 사주었다. 바비 인형, 드림하우스 소꿉놀이, 수재나 마리골드라는 이름의 양배추 인형. 흰색 줄무늬 손잡이가 달린 분홍색 자전거. 전구 불빛으로 브라우니를 굽는 장난감 오븐. 시어스 백화점 광고지에 나오는 교외풍 위장 물품들. 아버지는 말했다. 막대기는 머리를 제일 높게 쳐든 새의 머리를 때린다. 어머니는 말했다. 튀어나온 못이 망치질당한다. 그녀는 부모가 광둥어를 하는 걸 본 기억이 한 번도 없었다. 나중에야 그녀는 자신이 무엇을 잃었는지 깨닫게 될 터였다.

금요일이면 그들은 피자를 주문하고 보드게임을 했다. 일요일에는 성당에 갔는데, 미사에 참석한 사람 중 그들만 머리가 까맸다. 아버지는 미식축구를 보고 동네 남자들과 맥주를 마시기 시작했다. 어머니는 코닝웨어 그릇 세트를 샀고 캐서롤 요리를 배웠다. 마거릿은 책벌레에 시를 좋아했다. 부모와 마찬가지로 눈에 띄지 않으려, 평균이라는 언덕에 단단히 닻을 내리려 애썼다. 눈에 띄는 건 포식자를 부르는 행위였다. 울창한 숲에 자연스레 녹아드는 편이 더 좋았다. 그녀는 평균 성적을 받았고 기대치를 충족했지만, 기대를 넘어서는 일은 드물었으며 문제를 일으키지도 않았고 남에게 모범이 되지도 않았다. 졸업 후 뉴욕의 학교에서 장학금을 받았다. 그녀의 어머니는 늘 뉴욕을 '그 도시'라고 불렀다. 마치 도시가 그곳뿐인 것처럼. 뭔가 알 수 없는 약속이 그녀를 유혹했다. 그 도시에는 한 가지 이상의 길이 있다는 약속. 그리고 도시의 모래는 그녀의 겉칠을 긁어냈고, 녹아내리며 두근거리는 내면의 무엇인가를 드러나게 했다.

초창기에 그녀는 스스로 생각하는 뉴요커처럼 차려입었다. 검은 청바지에 하이힐, 실크 블라우스. 화려하고 세심하게. 신비롭게. 그러다가 뉴욕에 온 지 이틀째 되었을 때 지하철 N선에서 내렸는데 에메랄드색 드레스를 입은 수염 난 남자가 재빨리 다가와 치마를 정리하더니 그녀가 앉았던 자리에 앉는 걸 보았다. 누구도 관심을 두지 않았다. 문이 닫히자 남자는 치맛자락에서 〈뉴요커〉 잡지를 꺼내 읽기 시작했고 열차는 사람들을 싣고 떠나 보이지 않게 되었다. 그때부터 그녀는 훨씬 더 많은 걸 보게 되었다. 꽉 막힌 도로에서 자전거를 타고 지나가면서 입으로 시끄러운 사이렌 소리를 내는 남자. 삐뽀 삐뽀 삐뽀. 지팡이를 짚고 브로드웨이를 걸어가면서 발걸음에 맞춰 목청껏 노래 부르는 나이 든 여자. 우리 하나님은 놀라우신 분, 하늘 위에서 통치하시네. 한 남자가 어떤 여자를 현관 계단으로 밀어붙이고, 여

202

자의 양 무릎이 남자의 허리를 감싸고, 좁은 골목길이 온통 그들의 울부짖음으로 가득 차고, 그 소리가 스피커로 송출되듯 골목 바깥으로 퍼져나갔다. 누구도 발길을 멈추거나 능글맞게 웃거나 주위를 두리번거리지 않았다. 모두가 서둘러 움직이고 각자의 일로 바쁘고 저마다의 삶을 살았다. 비가 내리기 시작하고 물줄기가 도시를 뒤덮고 마거릿은 가까운 서점으로 몸을 피했다. 물에 빠진 생쥐처럼 흠뻑 젖었지만 아무도 그녀에게 눈길조차 주지 않았다. 이곳에서는 아무도 날 주목하지 않아, 그녀는 깨달았다. 그렇다면 뭘 해도 되고 뭐든 될 수 있다는 것. 화장실에 간 그녀는 축축해진 양말을 벗어 핸드 드라이어에 대고 말렸지만 누구도 뭐라고 하지 않았다. 마른 양말을 다시 신었더니 발가락 사이사이에서 온기가 느껴졌다. 난생처음 느껴보는 자유로움이었다.

그녀는 머리를 자르고 몇 가닥은 보라색으로 염색했다. 얼마나 파격적인 모습을 해야 사람들 고개가 돌아갈지, 누구라도 그녀를 다시 한번 바라볼지 시험이라도 하듯. 옷도 전부 바꼈다. 더 높은 힐, 더 짧은 치마, 찢어진 청바지는 천보다 구멍의 면적이 더 넓었다. 피어싱도 했다. 아무도 그녀에게 특별한 관심을 보이지 않았다. 고향에서는 늘 사람들이 그녀를 다시 돌아보고 더한 관심을 보였는데. 그곳에서 그녀는 늘 최선의 행동을 해야 했고 다른 사람 눈에 띌 구실을 주지 말아야 했다. 고개를 처박은 새나, 부드럽고 안전한 나무에 박힌 못처럼. 눈에 띄지 않는 것이 살아남는 방법이었다.

그때도 상황은 이미 어긋나고 있었다. 근무시간 단축과 임금 삭감. 물가는 가파르게 오르기 시작했다. 하지만 모든 곳이 그렇지는 않았다. 여전히 새 옷을 사고 레스토랑에서 외식하는 사람들이 있었다. 밤이 되면 도심의 특정 지역은 여전히 어둠 속에서 젊음과 생동감을 발산하기 위해 모인 사람들의 에너지로 반짝거리고, 콧노래가 들렸다. 여전히 뭔가를 즐기며 살 수 있었다. 시간을 낭비하면서. 여전히 공원 벤치나 현관 앞 계단에 앉아 다른 사람들이 오가는 모습을 지켜보며 미소 짓고 웃음을 터뜨리고 마주 웃어줄 수 있었다.

마거릿은 도시 속으로 몸을 던졌다. 웨이트리스로 일하기 시작했다. 수업을 빼먹고 도시를 걷고 또 걸으며 모든 모퉁이와 구멍을 탐색하고 집어삼켰다. 친구도 사귀었다. 그때는 차이나타운에서 여전히 사람들이 광둥어를 하는 걸 들을 수 있었다. 중국어 신문과 사전을 사서 밤이면 글자를 꼼꼼히 읽고, 마치 사랑하는 사람의 몸을 배우는 것처럼 글자의 몸과 소리를 배웠다. 처음으로 그녀는 자신의 지난 삶이 몸에 너무 꼭 끼는 코트처럼 몸을 쓸리게 했다는 걸 깨달았다. 그녀는 술을 배우고 연애도 배웠다. 즐거움을 주는 법, 얻는 법을 배웠다. 그때부터 글을 쓰기 시작했다. 종잇조각, 식료품 영수증, 박하 맛 껌 포장지의 하얀 뒷면에 쓴 글은 단어 하나하나가 다이아몬드 조각과 깨진 부싯돌처럼 날카로웠다. 그녀가 쓴 글은 전혀 다른 사람, 그녀가 안에 품고 있었지만 생전 모르던 사람의 작품처럼 느껴졌다. '위기'가 닥쳐오고 있었고 곧 도착할 터였지만 여전히 잡지와 시, 그리고 사람들이 그것을 읽을 시간이 있었다. 편집자들은 그녀의 몰아치는 리듬과 놀랍도록 유연한 그녀의 글을 좋아했다. 심장에 이를 박아 넣고 흔들어도 떨어지지 않는 이미지를 좋아했다. 원고료는 한 번도 받지 못했지만 상관없었다. 밤마다 그녀와 친구들은 지폐와 동전을 모아 와인으로 바꿨고, 누군가의 기숙사에 둥그렇게 모여 앉아 플라스틱 컵에 따라 마셨다. 입가에 붉은 와인 자국을 묻히고.

당시 도시는 모두가 폭풍이 다가오는 걸 느낄 수 있는 것처럼 흥분이 극에 달했다. 공기 중에 전기가 흐르고 곧 벼락이 떨어질 것처럼 우르릉거렸다. 그녀의 부모는 세상이 미쳐 돌아간다고 생각했지만, 그녀는 지금이 더할 나위 없이 멀쩡하고 최고로 합리적인 흐름인 것 같았다. 만일 세상 전체가 불탄다면 같이 환하게 불타오르리라. 늦은 밤은 이른 새벽으로 이어졌다. 어디든 마지막으로 놀던 장소에서 커피를 살 수 있을 정도의 돈만 남았다. 택시비를 아끼려고 새벽 시간에 집으로 걸어가는 사이 해가 뜨면서 도시가 잿빛에서 황금빛으로 변하는 걸 지켜보았다. 그녀는 파티에 갔고 춤을 췄고 그저 일이 어떻게 흘러갈지 보려고 낯선 사람과 키스했다. 가끔은 누군가의 침대─자신의 침대나 그들의 침대, 다른 누군가의 침대─로 가는 결말을 맞기도 했다. 아름다운 남자들. 아름다운 여자들. 당시 세상은 그런 사람으로 가득했고, 그들은 죽어가는 별처럼 무섭게 타올랐다.

시간이 흘러 당시를 떠올리면 나이트클럽이 연상되었다. 어둡고 텁텁한 공기가 그녀 주위에서 피어올랐다. 땀으로 미끈거리는 몸이 서로 부딪혔다. 조명의 파편, 조각난 불빛이 실내를 맴돌았다. 눈빛, 입술, 손, 가슴. 군중 속으로 녹아 들어가는 느낌, 땀 흘리며 맥동하는 무정형의 인간. 사람들은 같은 박자에 맞춰 따로 움직이며 그 순간만큼은 함께 묶여 있었다. 밤이 끝났을 때 달아나지 않은 사람들 머리 위로 밝은 불빛이 켜졌다. 춤추는 사람들의 발아래, 바닥은 쏟아진 술로 점점 더 끈적였다. 아직은 통금 시간도 없었다.

대부분이 그렇듯 처음에는 천천히 시작했다. 그녀는 2학년이었다. 상점이 문을 닫고 창문을 안쪽에서 덮어버리기 시작했다. 처음에는 치아에 생겨나는 충치처럼 여기저기, 그러다 갑자기 한 블록, 그리고 나라 전체로 퍼졌다. 월세가 너무 올랐고 손님은 너무 적었다. 수가 늘어난 거지들은 쓰레기통에서 주운 종이컵에 담긴 동전을 딸랑거리며 흔들었고, 글이 적힌 골판지를 들고 선 사람도 많아졌다. '다섯 식구. 직장 잃었음. 도움의 손길을.' 물가가 뛰었고 쓸 돈은 없었다. 옷 가게는 스웨터 가격을 할인했다. 10퍼센트 할인, 20퍼센트, 45퍼센트까지 값을 내렸지만, 여전히 옷걸이에 매달린 옷의 수는 줄지 않았다. 입어보려는 사람도 없었다. 더는 누구도 돈도 시간도 없었다. 실업률이

10퍼센트라는 통계가 나왔다. 그러다 20퍼센트로 올라갔다. 사람들은 차를, 집을 잃기 시작했다. 사람들은 인내심을 잃기 시작했다.

마거릿이 일하던 레스토랑도 문을 닫았다. 무려 사십오 년 동안 영업을 해온 곳이지만 더는 손님이 오지 않았고, 커피를 주문하고 구석에 앉아 오래 자리를 지키며 오래전에 차가워진 커피를 홀짝거리는 남자들밖에 남지 않았다. 사장은 문을 닫으며 눈물을 흘렸다. 카운터 안쪽에서 놀던 어린 시절부터 함께해온 가게였기 때문이다. 그녀가 다른 레스토랑에 전화해 혹시 사람을 뽑는지 물었더니 몇몇은 웃었다. 또 몇몇은 그냥 거절했다. 어떤 매니저는 그녀에게 점잖게 고향으로 돌아가라고 했다. 상황이 더 나빠질 겁니다, 그는 말했다. 호전되기 전까지는 말이죠. 호전될지 모를 일이긴 하지만. 자신에게도 그녀 나이의 딸이 있는데 마찬가지로 일자리를 잃었다고 했다.

경제학자들은 원인 규명에 전적인 합의를 이루지 못했다. 일부는 그저 불행한 순환 과정이라고 주장했는데 이런 상황은 매미나 전염병처럼 주기적으로 발생한다고 했다. 일부는 투기나 인플레이션 또는 소비 의욕의 저하 때문이라고 했지만 정작 그것들이 왜 발생했는지는 마찬가지로 밝혀내지 못했다. 시간이 지나면서 오래 묵은 경쟁자 명단을 꺼내 비난할 대상을 찾는 사람이 늘어났다. 얼마 지나지 않아 그들은 위험하고 영원한 황색 위협, 중국을 지목했다. '위기' 속에서 벌어진 비틀거림과 균열 뒤에서 의도적 공작을 발견했다면서. 그러나 처음에 그들이 동의한 것은 '위기'가 1980년대 이후 최악의 상황이라는 사실뿐이었다. 이후 대공황 이후 최악, 이라는 말로 바뀌었다가 결국은 비교를 포기하기에 이르렀다.

꼭대기를 차지한 사람들은 문을 걸어 잠그고 웅크린 채 기다렸다. 상점이 문을 닫자 멀리서 주문하고, 올라간 가격을 지급했다. 넉넉한 편이었던 사람들은 허리띠를 졸라매고 할인 쿠폰을 모으고 줄일 수 있는 모든 걸 줄이고 아꼈다. 여행도 줄이고 여가도 줄이고 그저 줄이기만 했다. 간신히 일주일씩 주급으로 버티던 사람들은 가파른 상실의 계단으로 굴러떨어져야 했다. 처음엔 직장을 잃고 다음에는 월세방을, 그리고 자존감을 잃었다. 전국에 집세를 낼 수 없는 사람 천지였고 그때쯤부터는 살던 집에서 쫓겨나는 일이 비일비재했다. 가구들이 길거리에 아무렇게나 버려지고, 온 가족이 인도로 내몰려 소파에 웅크리고 앉았는데, 행인들이 보는 앞에서 집주인이 자물쇠를 바꾸고 있었다. 이런 상황을 어디서나 볼 수 있었다. 블록에서 블록으로 압류가 이어져 결국 동네 전체가 황폐해졌다.

처음에 뉴스에서는 '조정'이라고 불렀다. 마치 대부분이 잘 지내고 대부분이 집에서 먹고살던 과거의 일이 실수였다는 것처럼. 상황이 나빠지는 게 아니라 점점 좋아지기라도 하는 것처럼. 휴스턴에서는 무료 급식을 기다리는 줄이 여러 블록 이어졌다. 새크라멘토에서는 여러 시간 기다려야 겨우 콩 한 캔과 크래커

몇 봉지를 얻을 수 있었다. 보스턴에서는 사람들이 교회 신도석에서 졸며 밤이 지나기를 기다렸고 아침에는 더 많은 사람이 밖에 모여들었다.

곧 거리에서 시위가 벌어졌다. 파업. 평화 행진. 총을 든 행진. 창문을 깨고 물건을 빼앗고 불을 질렀다. 분노와 욕구가 명백히 드러나 실체가 되었다. 경찰도 완전한 전투 장비를 갖추었다. 나라 전체에서 똑같은 상황이 규모만 다르게 반복되었다. 뉴욕에 있던 마거릿은 도시가 주변부터 비어가는 것을 목격했다. 다른 지역에 집과 가족이 있는 사람들은 그리로 가서 피난처를 구하고 비용을 나누면서 견뎠다. 그렇지 못한 사람들은 다른 방식으로 사라졌다. 숨거나 콕 박히거나 죽었다. 갑자기 건물 기둥 사이에서 새소리가 들렸다. 신문에선 상황을 경제 위기라고 부르기 시작했고, 이후 더는 경제적 상황이 아니게 되면서, 사람들이 자신감과 목적의식, 아침에 일어나려는 의지, 계속 노력하는 능력, 달라질 수 있다는 낙관적 생각, 무엇이든 과거에는 달랐다는 기억, 무엇이든 조금이라도 나아질 거라는 희망을 잃기 시작하면서 다른 문구가 자리를 잡았다. '계속되는 국가적 위기.' 헤드라인은 계속 그렇게 말했고, 이내 단어도 절약하기 시작했다. 위기. Crisis. 맨 앞 글자를 대문자로 표시하는 것만이 여전히 허용되는 사치였다.

대학에서는 수업이 연기되다 취소되었다. 학부모들이 자녀를 안전한 집으로 데려가면서 기숙사는 점점 더 조용해졌다. 마거릿의 부모에게서도 우울한 소식이 들려왔다. 공장은 휴업했고 상점에 살 것이 없다고 했다. 전 괜찮아요, 마거릿은 부모에게 말했다. 여기 있을게요, 전부 괜찮아요. 걱정하지 마세요. 조심해요. 사랑해요. 그렇게 전화를 끊고 그녀는 복도를 돌아다니며 떠나는 사람들이 버린 쓰레기에서 쓸 만한 물건을 찾았다. 옷가지와 지나치게 큰 신발도 챙겼다. 담요와 책, 먹다 남은 과자. 대부분의 방이 닫혀 있고 게시판에는 '저세상에서 봅시다'라고 적힌 검은 글귀 말고는 아무것도 남지 않았다. 글자를 만져보았다. 지워지지 않는 글자였다.

삼 주 후, 그녀는 처음으로 복도에서 누군가와 마주쳤다. 도미라고 했다. 그들은 아직 수업이 진행될 때 마르크시즘과 20세기 문학이라는 수업을 같이 들은 적 있는 사이였다. 세련되고 세속적인 도미는 아이라인이 완벽하게 하늘을 향하는 그런 학생이었다. 이름을 말할 때 한쪽 눈썹을 추켜세우며 '쇼 미show me'랑 라임이 맞지, 라고 말하는 그런 사람. 화장기 없는 지금은 눈이 더 크고 어리게 보였다. 매라기보다는 토끼 같았다.

여태 여기 남은 정신 나간 사람이 있는 줄은 몰랐어요, 도미가 말했다. 함께 가요. 떠날 때가 되었어요.

도미의 전 남자친구의 새 여자친구의 언니에게는 덤보 지역에 방 두 칸짜리 집이 있었다. 여섯 명이 그곳에 끼어 살았다. 언니와 그녀의 남자친구가 한방을 쓰고, 도미의 전 남자친구와 그의 새 여자친구가 나머지 방을 썼다. 도미가 거실 소파에서, 마거릿은 거실 바닥에 슬리핑 백을 깔고 잤다. 거실이 워낙 작아 어둠 속에서 팔을 내밀면 두 사람의 손가락이 얽힐 정도였다.

어두컴컴한 저택 안에서 그녀는 전선을 풀고 빨간색 피복을 벗기면서 버드에게 이야기를 들려주고 있다. 반짝이는 구리 선이 하나둘 드러난다. 정확하고 능숙하게 작업을 하는 모습이 꼭 시계 장인이 톱니를 제자리에 맞추는 것 같다. 버드는 양 무릎을 끌어안고 넋이 나가 있다. 그녀의 이야기와 손놀림 때문에. 검게 덮인 창문 밖은 오전도 절반이 지난 시간이고 '위기'는 오래전에 끝났고 도시는 맥동하며 요동치지만, 집 안쪽은 하나뿐인 전등 불빛 아래 으스스할 정도로 조용하다. 두 사람은 소리 없는 거품 속에서 귀 기울이고 있다.

집주인인 언니에게는 아직 일자리가 있었는데, 그런 경우는 극소수였다. 그녀는 시장 집무실 소속으로 전화를 받고 사람들이 필요로 하는 서비스를 연결해주는 일을 했다. 사람들이 필요한 것은 임대료, 먹을 것, 약이었다. 안도감과 차분함이었다. 그녀가 제공한 것은 공감과 그들의 걱정을 상부에 전달하겠다는 약속이었다. 연락해볼 만한 다른 전화번호를 주기도 했다. 가끔은 깨진 벽돌이 사무실 창문을 뚫고 날아들었다. 총알이 날아온 적도 있다. 곧 책상이 사무실 중앙에 모이도록 배치했다. 그녀의 남자친구는 미드타운에 있는 텅 빈 고층 건물에서 경비원으로 일했다. 한때는 무척 바쁜 곳이어서 엘리베이터가 저층용, 고층용, 꼭대기용 특급까지 세 종류나 운행되던 곳이었다. 지금은 모두 집으로 돌아갔고—무급 휴직이나 노골적인 해고— 그는 팔십일 층짜리 빈 건물 로비를 순찰했다. 사무실마다 컴퓨터, 인체공학적 의자, 짙은 갈색의 가죽 소파가 있었다. 거기에 앉아 일하던 사람들은 더는 건물에 드나들 수 없었고, 건물을 소유한 사람들은 롱아일랜드, 코네티컷, 키웨스트에 있는 집에서 '위기'가 종식하기를 기다렸다. 어느 날 아무도 돈이 없고 모두가 굶주렸을 때 그녀의 남자친구가 위층 사무실에 들어가 노트북을 훔쳐판 다음 아홉 개나 되는 비닐봉지가 터지도록 식료품을 사서 돌아왔다. 어찌나 무거웠는지 양손에 비닐 손잡이 자국이 깊게 남았다. 그들은 그걸로 이 주를 살았다.

도미의 전 남자친구와 그의 새 여자친구는 이상한 직업을 구했다. 망한 가게의 창문을 판자로 막고 도시를 떠나는 트럭에 상자를 싣는 일이었다. 건장하고 다부진 체격의 남자는 머리를 박박 밀고 다녔으며 그의 새 여자친구는 옅은 갈색 머리에 강단 있고 움직임이 잽쌌다. 두 사람은 기회를 놓치지 않았다. 퀸스에 있는 한 창고가 문을 닫자 그들은 기뻐했다. 상자를 배에 싣고 또 실은 후에야 거의 한 달 치 임금을 받았다. 배가 대만으로 돌아간 건지 한국으로 간 건지 누구도 알지 못했지만. 그리고 창고는 텅 비어 안에서 소리가 울렸고 먼지 가득한 공기를 뚫고 햇빛 기둥이 실내를 비추었다. 샅샅이 뒤졌지만 일자리를 찾아내지 못한 그들은 길거리를 뒤지고 다니며 재활용해 다시 쓸 만한 물건을 찾거나 캔을 모아 고철로 팔았다. 그들은 쓰레기 틈에서도 보물이 나오는 부자 동네를 찾아갔고, 주민들은 위층 이중창 안쪽에서 마치 썩은 고기를 먹는 까마귀 보듯 그들을 지켜보았다. 한번은 파크슬로프에서 한 남자가 하얀 천에 덮인 채 들것에 실려 나오는 모습을 보았다. 남자가 살던 고급 주택은 그때 잠시 지키는 사람이 없었다. 어두워진 뒤 그들은 다시 그의 집을 찾아 몰래 들어갔다. 가구와 옷가지는 이미 사라진 뒤였지만 그들은 몇 미터나 되는 구리 파이프와 전선을 벽에서 뜯어냈고, 여자친구는 시계—은색 줄이 달렸고 여전히 작동하고 A에게 C가, 라는 글씨가 박혀 있는—를 손목에 찼고, 두 사람은 훔친 물건을 잔뜩 들고 어둠 속으로 모습을 감췄다. 그들 중 누구도, 적어도 그때는 죄책감을 느끼지 않았다. 사용되지 않는 상태로 버려지거나 난방이나 빵빵해진 배로 탈바꿈하거나 둘 중 하나였다. '위기'나 세상이 끝나기를 기다리는 동안 술에 취해 밤을 보내도록 해줄 수도 있었다. 선택은 쉬웠다.

도미와 마거릿은 배달부가 되었다. 반쯤 버려진 맨해튼의 불안한 고요 속에서 자전거를 타고 반쯤 빈 도로를 달려 도시를 돌아다녔다. 편지를 보내는 것보다 저렴했고 우체국은 힘든 시기—적은 예산, 우편집배원 해고, 엄청난 휘발유 가격, 트럭 적재물 도난 등—를 겪고 있었는데 자전거 배달부는 삼 달러면 한 시간 안에 문제를 해결해주었다. 마거릿이 먼저 시작했다. 어느 날 아침 어느 집 계단에 자전거 한 대가 기대어 놓여 있는 걸 발견했는데, 저녁이 되어도 체인도 없이 자리에 그대로 있어서 아무 거리낌 없이 가져왔다. 수없이 많은 배달부가 도시를 누볐고 그녀는 그들의 얼굴을 익히고 경로가 겹치는 사람들 이름도 파악했다. 몇 주 뒤 또 다른 자전거를 찾아낸 뒤에는 도미도 같은 일을 시작했다.

밤이 되면 도시 일부는 거친 곳으로 변했다. 일자리를 잃은 남자들이 공원에 앉아 마지막 남은 몇 푼의 달러를 위스키 한 병의 오분의 일 분량과 맞바꾸었고, 저녁이 되면 그들은 성이 나고 호전적으로 변했다. 여자들은 비싼 희생을 치르고 그들을 피하는 법을 배웠다. 마거릿은 학생 시절부터 주위를 살피는 법과 몸짓에서 위험의 정도를 재는 법, 달아날 수 없다면 싸우는 법을 익혔다. 아버지와 웨스트포트—여름 별장, 승마 레슨, 전용 수영장—에서 자란 도미는 준비가 덜 되어 있었다. 그녀는 자다가 소리를 지르기도 했고 누군가 자기 눈알을 파내기라도 하는 것처럼 얼굴을 가리려 양손을 흔들어댔다. 그럴 때 마거릿은 그녀 옆으로 올라가 꼭 끌어안고 머리를 쓰다듬어주었고, 그럼 도미는 진정이 되고 조용해졌다. 고집스레 영업을 이어가던 몇몇 가게도 어느 날 아침에 유리창이 깨지고 선반이 털린 상태로 발견될 수 있고, 경보기 알람이 요란스럽게 울려도 아무도 대응하지 않는 상황이 펼쳐질 수도 있었다. 어떤 사람들은 아예 외출하지 않으려 했고 곧 마거릿은 그들의 심부름을 하고 메시지를 대신 전달했다. 한 번 오가는 데 오 달러, 그다음엔 십 달러를 받기도 했지만 도움이 필요한 사람일 경우에는 일 달러에도 일을 해주었다. 약국에서 약을 받아 오거나 식료품을 전달했다. 생리대, 건전지, 양초, 술. 하루를 더 견뎌내는 데 필요한 모든 것. 그녀는 사람들에게서 받은 지폐를 접어 브래지어에 숨겼다. 밤이 끝날 때면 아파트로 돌아와 땀에 젖어 부드러워진 지폐를 세고 매끈하게 펴서 정리했다. 그때만 해도 그녀는 시에 관해서 전혀 생각하지 않았다.

시간이 지나면 누구나 익숙해진다. 시의회와 주지사가 질서를 유지하기 위해 새 규칙을 만들었다. 언제 밖에 나갈 수 있는지, 언제 집에 있어야 하는지, 한 번에 몇 명까지 모일 수 있는지. 집회 가능 인원은 적었고 더 적어졌다. 가끔 질병의 물결이 도시를 덮쳤고 그 뒤에는 주 전체가 병들었다. 병원비를 낼 수 있을 정도로 일을 하는 사람이 충분하지 않았고 의사도 약도 충분하지 않았고, 사람들은 그저 길모퉁이에 있는 약국에서 두통약을 처방받거나 그 옆 주류 판매점에서 센 술을 사서 마시라는 조언을 들었다. 어딜 가든 줄을 서야 했고 분노, 두려움, 슬픔을 제외하고는 전부 부족했다. 고가도로와 다리 아래에는 텐트가 독버섯처럼 자리 잡았다. 뉴스에 따르면 어디나 상황은 마찬가지였다. 기다림에, '제발 도와주세요'라고 쓴 골판지를 들고 인도에 쪼그리고 앉은 사람들에 익숙해졌다. 그들과 눈을 마주치지 않으면서 그들을 주시하고, 멀리 돌아가는 법을 배웠다. 고함과 유리 깨지는 소리. 신경이 거슬리는 소리에 귀가 반응했고 제대로 알아차리기도 전에 두 발은 이미 방향을 바꿔 다른 안전한 길로 가고 있었다. 대충 있는 것들—케첩, 마요네즈, 소금, 무엇이든 빵을 삼킬 수 있도록 만들어주는 것—로 만든 샌드위치나 이미 내려 마신 커피를 한 번 두 번, 가끔은 일주일 내내 필요한 횟수만큼 다시 끓여 마시는 일에 익숙해졌다. 거의 맹물에 불과하다고 해도 몸을 따뜻하게 유지하는 데 도움이 되었다. 길거리에서 만난 사람과 이야기하지 않고 그들을 피해 가던 길을 마저 가는 일에, 아기의 억눌린 울음처럼 터졌다가 잠잠해지는 사이렌 소리에 익숙해졌다. 시간이 흐른 뒤에는 사이렌을 켠 차가 어디로 가는지 궁금하지 않게 되었고, 그들이 누구를 위해 봉사하러 가는지 생각조차 하지 않게 되었다. 어딘가 부자들이 그들만의 요새에 방벽을 치고 행복하지 않을지는 몰라도 따뜻하게 잘 먹고 잘산다는 걸 알았지만, 곧 그들에 관한 생각도 하지 않게 되었다. 타인에 대한 생각을 멈췄다. 그게 익숙해지면서 결국 사람들이 사라지는 것에도 익숙해졌다. 집으로 돌아갔거나 상황이 나아지기를 바라며 떠났거나 가끔은 그냥 사라진 사람들.

익숙해질 수 없는 건—그녀는 절대로 익숙해지지 않았다—고요함이었다. 타임스스퀘어의 신호등이 빨강에서 녹색으로, 다시 빨강으로 바뀔 때까지 자동차가 한 대도 지나가지 않을 때도 있었다. 머리 위에서는 갈매기들이 비명을 지르며 텅 빈 항구 쪽으로 날아갔다. 그녀가 부모님과 연락할 때는 짧게 몇 분이 전부였다. 통화품질이 좋지 않았고 통화요금도 비쌌으며 사실 그들이 알아야 할 내용은 상대방이 살아있는지가 전부였기 때문이다. 가끔은 센트럴파크까지 자전거를 타고 가도 오솔길이나 호숫가까지 포함해 어디에서도 사람을 볼 수 없었다. 밤새 풀밭에 띄엄띄엄 나타났다가 경찰이 단속하러 온다는 말이 들리면 재빨리 사라지는 텐트 말고는. 중간중간 침묵에 빠질 시간이 너무 많았고 그녀가 아무리 페달을 빠르게 밟아도 머릿속 생각을 떨쳐버릴 수 없었다.

꿀 색깔로 빛나는 전등 빛 아래에서 그녀의 양손이 떨렸다.
'위기' '위기'. 버드는 늘 그 말을 들으며 컸다. 우리는 '위기' 때의 혼란을 절대로 잊어서는 안 됩니다. 그의 평생에 걸쳐 모두가 그 말을 해왔다. 우리는 절대 그 시절로 돌아갈 수 없습니다. 그러나 그 말을 들을 때마다 어떤 기분이었는지는 설명하기 어려웠다.

매일 퇴거와 시위가 일어났고, 그러다가 밤이 되면 사람들은 도와달라고 온갖 종류의 지원을 요구하며 소리쳤다. 경찰은 고무탄을 발사하고 최루탄을 뿌렸으며 자동차가 군중을 향해 돌진했다. 매일 밤 사이렌은 다시 살아나 도시 전역에 울렸다. 유일한 의문은 어느 쪽에서 울리느냐는 것이었다. 전국 곳곳에서 화재가 발생했다. 하룻밤은 캔자스시티, 다음 날은 밀워키와 뉴올리언스. 버림받고 절박한 땅에서 솟아오른 광기의 봉화불이

217

었다. 시카고에서는 탱크가 미시간애비뉴의 백화점 앞을 굴러다니며 반짝이는 상품을 보호했다. 누구를 비난해야 할지 합의한 사람은 아무도 없었다. 아직은. 초점 없는 분노와 공포와 두려움이 뜨겁고 진하게 땅을 덮쳐 폐를 자극했다. 그런 느낌은 통금 시간이 지나 고요하고 어두워진 거리에도, 건물의 푸르스름한 잿빛 그림자에도, 황량한 보도 위에 메아리치며 울리는 사람들의 발걸음 소리에도 있었다. 옆을 지나 다른 장소, 더 다급한 현장으로 달려가는 경찰차의 경광등 불빛에서도 날카롭고 밝게 번쩍였다.

이런 광경을 보지 못한 사람에게 어떻게 설명할 수 있을까? 두려워해본 적 없는 사람에게 어떻게 공포를 설명할 수 있을까?

상상해봐, 마거릿은 그에게 말하고 싶다. 네가 확실하다고 생각한 모든 게 연기가 되어버리는 거야. 모든 규칙이 더는 적용되지 않는다고 생각해봐.

배고파요, 버드는 조심스레 말한다. 마거릿은 퍼뜩 정신을 차리더니 손목시계를 확인한다. 정오가 지났지만 버드는 아침도 먹지 않았다. 그녀는 머릿속으로 스스로에게 욕을 퍼붓는다. 누군가를 보살펴본 것도 무척 오래전 일이다.

그녀는 절단기를 내려놓고 청바지를 입은 허벅지를 양쪽 손바닥으로 문지른다.

먹을 게 좀 있을 거야, 그녀는 말하면서 소파 옆 비닐봉지를 샅샅이 뒤진다. 잠시 후 그녀는 그래놀라 바를 하나 꺼낸다.

내가 일하느라 정신이 없었네, 그녀는 창피한 듯 말한다. 먹을
걸 잘 챙겨두지 않거든. 자, 여기.

버드는 그래놀라 바 비닐을 벗긴 다음 머뭇거린다. 그제야 그
는 이해한다. 어머니의 초췌한 얼굴, 눈 아래 거무스름하게 그늘
진 모습. 어머니가 뭘 하는지는 몰라도 그건 어머니를 갉아먹고
있다. 어머니는 거의 먹지 않고 아마 잠도 자지 않는 것 같다. 온
종일, 밤새 그녀는 일하고 있다. 무슨 일인지는 알 수 없지만.

먹어, 어머니는 부드럽게 말한다. 뭐라도 속에 좀 넣어야지.
오늘 밤에 좀 더 구해볼게.

그녀는 탁자 아래서 다른 비닐봉지를 꺼낸다. 안에는 2리터
병의 병뚜껑이 들어 있다. 빨간색, 하얀색, 오렌지색, 짙은 형광
녹색. 끈적거리고 희미하지만 여전히 콜라나 카페인, 탄산 거품
의 냄새가 난다. 그녀는 뚜껑 한 줌을 탁자에 올려놓더니 하나를
집어 자세히 살핀다. 그리고 두 개씩 짝지어 개수를 센다. 그녀
는 몇 주에 걸쳐 보도와 쓰레기통의 어두운 입속에서 이 작고
밝고 둥근 모양의 뚜껑을 모았다.

그런데 뭐 하는 거예요, 버드는 그래놀라를 먹다 말고 묻는다.
뭐에 쓰는 거예요?

마거릿은 뚜껑을 하나 선택하고 나머지는 옆으로 치운 다음
쌓여 있는 트랜지스터 중 하나를 뽑아낸다. 빨강, 노랑 줄이 있
어 마치 어린이를 위한 생일 케이크에 뿌린 장식 같다. 그녀가
납땜용 인두로 트랜지스터의 가느다란 전선 끝을 문지르니 뜨

거운 송진 냄새가 진하게 실내에 퍼진다.

아빠를 어떻게 만났는지 들려줄게, 그녀는 엉뚱한 말로 대꾸한다.

두 사람이 만났을 때 그녀는 거친 사람이었다.

'위기'가 닥친 지 이 년째 되는 해였다. 그때쯤 그녀의 좌우명은 전부 엿이나 먹어라, 였다. 사람들은 나타났다 사라졌다. 어떤 때는 의도를 가지고, 어떤 때는 경고도 없이. 그들이 계획에 따라 사라진 건지 사고를 당한 건지 아니면 더 나쁜 상황인지 절대로 알 수 없었다. 가끔 배달하러 가면 사람들이 그녀 얼굴에 침을 뱉고 이 모든 게 중국 때문이라면서 그녀가 미국을 말려 죽이고 있다고 비난했다. 그녀는 수건으로 콧등까지 얼굴을 가리기 시작했다. 전부 엿 같은 세상이야. 그녀와 도미는 뜻이 맞았다. 어느 곳에도, 누구에게도 매이지 말자는. 그냥 살아남자. 그들은 서로를 향해 그런 말을 마치 인사처럼, 잠들기 전 인사로 하는 키스처럼, 거의 애정이 담긴 것처럼 주고받았다. 전부 엿먹어. 도미는 그들이 거실에서 잠에 빠질 때면 중얼거렸고, 마거릿은 바닥에 깔린 담요에서 몸을 굴리며 그녀의 손을 잡고 같은 말을 속삭였다. 낮에 흘린 땀이 두 사람의 피부 위에서 고운 크리스털 입자가 되어 말라붙었다.

그러다가 이선이 나타났다. 도미의 생일이었다. 생일은 여전히 축하할 일이었다. 그런 모든 상황 속에서도 복수라도 하는 것처럼. 파티를 열 만큼의 술은 있었다. 아파트는 사람으로 가득 찼고 집회 인원 제한 따위는 신경 쓰지 않았다. 공기는 누군가의 숨결처럼 뜨겁고 끈적였다. 도미는 이미 취해 그를 알아보지 못했지만, 마거릿은 양쪽 날갯죽지 사이에서 지그재그로 움직이는 따끔거림을 느꼈다. 상황에 어울리지도 않는 회흑색 정장 차림인 그는 친구의 친구의 친구였다. 정장이라니! 그녀는 그의 매무새를 흐트러뜨리고 싶은 충동을 참을 수 없었다. 실내는 어지럽고 습하고 시끄러웠고 그녀는 도미를 두고 방을 가로질러 그에게 다가가 그의 목에 손을 올려 넥타이 매듭을 꽉 쥐었다.

　두 사람은 결국 밖에 있는, 선반 너비보다 조금 넓은 비상구로 나왔다. 너무 좁아서 간신히 나란히 앉고 보니 입술이 맞닿을 정도로 가까웠다. 두 사람의 발 사이에는 담배꽁초와 담뱃재가 가득한 도미의 깨진 화분이 있었다. 이선이에요, 그는 말했다. 콜롬비아 대학을 막 졸업했을 때 '위기'가 터지면서 모든 게 멈췄어요. 밤새도록 두 사람이 있는 곳 뒤쪽 방에는 사람들이 들락거리며 웃고 마시고 다른 모든 걸―순간적으로나마― 잊었다. 두 사람은 그들을 신경 쓰지 않았다. 밤공기는 마치 담요처럼 두 사람 머리 위에 드리웠다. 그들은 끝없이 이야기를 나누었고 결국 건물 사이에 나타난 복숭아색 일출을 곁눈질로 바라보게 되었다. 집 안에서는 파티가 다 타버린 모닥불처럼 무너져 내렸다. 자리에 남은 몇 명은 외로운 강아지처럼 뒤엉켜 깔개와 소파에 잠들어 있었다. 도미는 침대에 있었는데, 혼자가 아니었다.

가야겠어요, 이선이 말했다. 마거릿은 쌀쌀한 새벽 공기 때문에 그가 벗어서 어깨에 걸쳐준 재킷을 돌려주었다. 밤새 두 사람의 몸이 유일하게 닿은 순간이었다. 그녀는 키스하고 싶었다. 아니, 그를 깨물고 싶었다. 피가 날 정도로.

만나서 반가웠어요, 그녀는 그렇게 말하고 안으로 들어갔다.

다음 날 저녁, 통행금지 시간이 지난 시점에 그녀는 다리를 건너 도심으로 향했다. 아직 밤을 돌아다니는 차들이 불을 밝히고 지날 때는 어둠 속에 몸을 숨겼다. 자전거는 집 안에 두고 왔다. 밖에 두면 아무리 자물쇠로 잠가도 아침이면 일부 부품이 없어졌다. 이선은 사 층에 산다고 했다. 가끔 다른 사람과 마주쳤는데 그들은 서로 슬쩍 보고 지나갔다. 저마다 비밀스러운 심부름에 나선 길이었다. 도심 쪽으로 백이십 블록 간 곳에 있는 이선이 사는 건물은 크게 치뜬 눈처럼 창문이 번쩍거렸다. 그녀는 비상계단을 올라 절반쯤 열린 창문을 손가락으로 두드렸다. 소리에 깜짝 놀란 그가 책을 내려놓고 고개를 들었다. 그리고 창문을 위로 올려 열고 그녀를 맞아들였다.

아침에 그의 어깨에는 동그랗게 그녀의 잇자국이 남았다.

도미는 마음에 들어하지 않았다.

넌 변했어, 그녀는 말했다. 이제 늘 그 사람 생각만 하잖아. 그녀는 이선을 지칭할 때 뱉어내야 하는 씨앗의 남은 조각처럼 그 사람, 이라고 말했다.

네 멋진 남자친구 말이야, 그녀는 말했다. 멋진 아파트를 가진 사람. 여기보다 훨씬 더 멋진 아파트.

사실은 아파트가 아니라 삼 층까지 매번 계단을 올라야 하는 원룸이었다. 소파 겸 침대인 두꺼운 요와 발이 달린 낡은 욕조, 간이 주방까지 한 방에 다 있었다. 하지만 그곳은 안전하고 따뜻했다. 이선의 가족은 특별히 화려하거나 부자는 아니었다. 어머니는 요양보호사였고 아버지는 엔지니어였지만 그들은 연줄이 있었다. 집주인은 어머니의 고등학교 시절 친구여서 그에게 매우 싸게 집을 빌려주었다. 이선은 '위기'가 끝날 때까지 오랫동안 버틸 수 있었다. 사실 도미도 스스로 결정만 한다면 아파트를 구해 나갈 수 있었다. 훨씬 더 좋은 곳으로. 그녀의 아버지가 운영하는 전자 회사는 미국의 휴대전화와 컴퓨터에 들어가는 부품의 절반을 생산했다. 그는 요트 두 척에 자가용 경비행기를 가지고 있었으며 런던과 로스앤젤레스 그리고 남부 프랑스에 집을 두고 있었다. 도미가 자란 파크애비뉴에도 집이 있었다. 어느 날 오후, 도미는 마거릿에게 자기 집이 어딘지 가리켜 보였고 두 사람은 집 앞 인도에 침을 뱉은 뒤 아버지의 운전기사가 그들을 붙잡으러 오기 전에 달아났다. 그녀의 어머니는 그녀가 열한 살 때 죽었는데, 한 달 뒤 그녀의 아버지가 덴마크인 가사도우미와 재혼하자 도미는 집을 나가면 다시는 아버지와 말을 섞지 않으리라 다짐했고, 실제로 그렇게 했다. 대학에 진학한 뒤 그녀는 아버지가 준 수표책을 갈가리 찢어서 아버지에게 보냈다.

그러니까 넌 부자 남자친구랑 숨어서 이 모든 걸, 우리가 힘겹게 사는 걸 무시하겠다는 거야? 도미는 말했다.

마거릿의 손은 트고 갈라져 있었다. 일주일 전 누군가 그녀가 준 음식으로는 배고픔이 해결되지 않았는지 그녀의 코트를 잡아 찢었고, 그녀는 간신히 빠져나왔다. 그녀는 찢어진 부분을 실―가진 실이 빨간색뿐이었다―로 꿰맸고, 꿰맨 자국이 쇄골을 따라 톱니 모양 상처처럼 보였다.

둘 다 엿이나 먹어, 도미는 말했다. 하지만 마거릿은 대답하지 않았다. 그녀는 이미 문을 나서고 있었다.

그는 여섯 가지 언어를 능숙하게 했고, 추가로 몇 가지 언어를 어느 정도 구사할 수 있었다. 에번스턴 출신 백인 녀석치고는 나쁘지 않다면서 그는 농담했다. 그의 부모는 두 사람 모두 여행을 아주 좋아했고 매번 휴가를 갈 때마다 다른 나라를 선택했다. 그래서 그는 열 살도 되기 전에 네 개 대륙을 여행했다. 그는 마거릿처럼 외동이었고 그 점 때문에 두 사람은 서로 가깝게 느껴졌다. 두 사람 모두 각자의 가계도 나무에서 마지막 남은 가지로, 서로 접목해 힘을 얻고 새로운 걸 만들어내야 한다는 느낌이 들었다.

광둥어는 할 줄 알아? 그녀가 물었다. 그는 고개를 흔들었다.

만다린어만 조금 해. 떠듬떠듬.

그러더니 그는 이렇게 말했다. 같이 배워도 되겠다. 우리 둘이.

그의 전공 분야는 어원학 즉 사물의 의미였다. 어렸을 때 그는 아버지와 함께 단어 맞추기 보드게임과 십자말풀이를 했다. 어머니는 철자법 대회 준비를 도와주었다. 어린 그는 생일과 크리스마스 선물로 늘 책을 원했다. 그 무렵 도서관과 서점이 연이어 문을 닫았다. 창가에 줄지어 세워둔 사전 말고는 읽을 것이 없었다. 그들이 함께 잠자리에서 눈을 뜬 첫 번째 아침, 그녀는 그의 침대에서 일어나 방을 가로질러 간 다음 사전을 살펴보았다. 각기 다른 언어의 노란색 두꺼운 사전들. 프랑스어, 독일어, 스페인어, 아랍어. 일부는 아예 읽을 수조차 없었다. 이제 사용하지 않는 언어들. 라틴어, 산스크리트어. 전화번호부처럼 큰 영어사전은 종이가 성경처럼 얇았다. 손가락으로 천천히 책등을 어루만지던 그녀의 관심은 다시 그에게로─두 사람 다 밤에 잠들 때와 마찬가지로 발가벗은 상태였는데, 한낮의 햇빛에 두 사람 모두 피부가 금빛으로 빛났다─ 돌아가 놀라움에 휩싸였다. 그녀는 마치 이미 알던 누군가를 알아본 기분이었다.

이선에게 단어는 비밀을 품은 것이었다. 그들이 생겨난 이야기와 그들의 모든 과거가 스스로 나타났다. 그는 단어들이 서로 연결된 신비한 방식을 찾아내고 그들의 가계도를 따라 올라가 가장 뜻밖의 친척을 찾아냈다. 언어는 그들 주변의 혼돈에도 불구하고 세상에는 논리와 질서가 있다는 증거였으며, 시스템이 존재하고 시스템을 해독할 수 있다는 증거였다. 그녀는 그의 그런 점을, 세상이 알 수 있는 곳이라는 그의 흔들리지 않는 믿음을 사랑했다. 세상의 중요한 갈래와 샛길, 지금까지 남은 흔적을 공부함으로써 세상을 이해할 수 있다는 생각을. 그녀에게 있어 마법은 단어가 과거에 무엇이었느냐가 아니라, 단어가 무엇을 해낼 수 있느냐 하는 것이었다. 한 번의 붓질로 경험의 윤곽과 느낌의 형태를 그려낼 수 있는 능력. 설명할 수 없는 걸 설명할 수 있고, 눈 한 번 깜박하기도 전에, 공기 중으로 녹아 사라지기도 전에 형상을 공중에 띄울 수 있는 능력. 그리고 반대로 그는 그녀의 이런 점을 사랑했다. 세상을 향한 끝 모를 호기심, 절대 완전히 해결되지 않을 그녀의 호기심. 그녀에게 세상은 무한한 신비와 경이로움을 품은 곳이며 사람이 할 수 있는 거라고는 가끔 멍하니 서서 눈을 문지르며 제대로 보려고 애쓰는 일뿐이었다.

아파트에 갇힌 두 사람은 서로의 허벅지를 베개 삼아 요에 누워 선반에서 하나씩 꺼내든 사전을 자세히 읽었다. 구절을 소리 내어 읽고 의미를 해부하고 각 부분을 파헤쳤다. 그녀는 단어를 귀중한 보석처럼 캐내어 세상의 윤곽선을 따라 배치했다. 그는 화석이 포함된 단층을 파고 들어갔다. 사람들이 세상을 설명하려고 애쓴 흔적을 따라 서로에게 자신을 설명하려 애썼다. 증언하다Testify라는 단어는 셋Three을 의미하는 단어에 뿌리를 둔다. 세 번째 사람이 두 사람 옆에 서서 목격하기 때문이다. 작가Author는 원래는 키우는 사람이라는 뜻이었다. 열매를 맺게 될 아이디어가 잘 자라도록 해 시와 이야기, 책을 수확하는 사

람. 시인Poet의 어원을 파고 올라가면 쌓이다pile up라는 단어가
나온다. 만든다는 의미의 가장 오래되고 기본적인 형태.

마거릿은 그 말을 듣고 웃었다. 그게 나야, 단어를 쌓는 사람.
그녀는 말했다.

Krei는 분리하다separate라는 뜻이래, 그녀가 읽는다. 판단하는
거지. 체sieve와 비슷하네, 이선이 말했다. 나쁜 것에서 좋은 것을
떼어내는 거니까. 그래서 krisis는 더 좋든 나쁘든 결정을 내리
는 순간을 뜻한대.

그녀는 손가락으로 그의 섬세한 흉골 라인을 따라가 목 아래
움푹 들어간 곳에서 원을 그렸다.

그러니까 우리가 누군지 결정하는 순간, 그녀가 말했다.

밖에서는 사이렌과 고함이 울렸고 가끔은 총성도 들렸다. 아
니, 폭죽 소리였나? 불안의 물결이 산불처럼 주에서 주로 퍼져
나갔고 전국이 바짝 말라 어떻게든 불타고 싶어했다. 애틀랜타
에서는 시위에 나선 실업자들이 시장실에 불을 질렀다. 결국 주
방위군이 출동했다. 주 의회 의사당과 지하철역, 주지사 저택 마
당에서는 계속 폭탄이 터졌다. 긴급회의와 투표, 행진과 집회가
이어졌지만 아무것도 바뀌지 않는 것 같았다. 이렇게 계속 살 수
는 없어. 사람들은 아직은 안심하고 만날 수 있는 몇 안 되는 공
간에서 그런 이야기를 주고받았다. 식료품점의 군데군데 빈 판
매대 사이에서 물건을 고르거나 아파트 건물 복도에서 지나치
면서, 낙엽을 긁어모으면서 담장 너머로. 질서와 깔끔함, 정상적

인 상태가 도저히 유지될 수 없는 시대에서 그나마 할 수 있는 모든 시도를 했다. 계속 이럴 순 없어, 모두가 말했지만 상황은 계속되었다.

집 안에서 마거릿과 이선은 차를 마시고 찬장에서 크래커를 꺼내 먹었다. 샤워를 마치고 그녀는 그의 낡은 티셔츠를 입었고 욕조에서 그녀의 드레스를 빨아 막대에 걸어 말렸다. 그들은 창문을 닫고 커튼을 쳤다. 책을 읽었다. 수프를 만들었다. 사랑을 나누었다.

그는 손가락에 묻은 버터를 핥는 것처럼 그녀를 대했다. 그러고 나서 잠자리에 들 때 그의 등에 뺨을 대고 있으면 그녀는 그 어느 때보다 평온했다. 기분이 좋았다. 몇 주 동안 쪼그리고 있다가 몸을 펴는 것처럼. 어느 날 아침, 그녀는 그냥 그 집에 남았다.

그녀는 도미를 떠날 때 편지를 남겼다. 그들의 마지막, 최악의 싸움 이후 작별 인사를 건네려는 망설임 섞인 시도였다. 그들의 마지막 싸움은 도미가 마거릿이 준 재킷을 벗어 던지고―가져가, 차라리 발가벗고 다니는 게 낫지― 뛰쳐나가면서 끝났다. 한 장을 앞뒤로 꽉꽉 채운 편지였지만, 돌이켜 생각하니 도미의 분노를 피하고 그녀의 고통을 덜어주기 위해 어떤 내용을 쓰고 어떤 내용을 참고 쓰지 않았는지 잘 기억나지 않았다. 확실히 아는 건 도미가 절대로 연락을 해오지도, 찾아오지도 않았다는 사실과 결국 마거릿도 더는 기다리지 않게 되었다는 사실뿐이었다.

시는 이선의 고요한 아파트에서 폭풍우가 지난 뒤 모습을 드러내는 소심한 동물처럼 그녀에게 다가왔다.

그녀는 도시의 침묵에 대해 썼다. 수많은 사람이 사라지면서 도시의 맥박이 어떻게 변했는지 썼다. 사랑, 기쁨 그리고 편안함에 대해서도. 이른 아침 그의 목에서 풍기는 냄새. 한밤중 따뜻하고 부드러운 그들의 침대. 오래전부터 존재해온 윙윙거림 속 고요함, '끊임없이 이어지는 위기'의 비명 속에서 조용한 곳을 찾는 일에 대해. 이런 시를 책으로 내줄 곳은 없었다. 대형 신문사만 여전히 운영이 가능한 상황이었는데, 그마저도 정부의 보조를 받아야 했다. 시나 이야기를 읽을 시간이 있는 사람은 없었지만, 그녀는 종잇조각에 구절을 썼고 이선이 보는 사전의 넓은 여백에도 썼다. 언젠가 그것들이 첫 책의 기회를 제공할 터였다.

아무도 보지는 못했으나 그때쯤 '위기'의 원인에 관한 이야기가 은밀하게 또 서서히 확실해지기 시작했다. 머지않아 그 이야기는 탁한 물에서 건져낸 토사처럼, 두툼한 진흙 띠처럼 자리를 잡을 터였다.

우린 이게 다 누구 때문인지 알아, 사람들은 말하기 시작했다. 생각해봐. 우리가 불황을 겪으면서 제일 잘사는 게 누구지? 사람들은 단호히 동쪽을 가리켰다. 중국의 GDP가 얼마나 올랐는지, 삶의 질이 얼마나 높아졌는지 보라고. 중국인 농사꾼이 스마트폰을 갖고 있습니다, 한 의원이 의사당에서 소리 높여 외쳤다. 여기 미합중국에서는 미국인이 수도 요금을 내지 못해 물이 끊겨 양동이에 볼일을 보고 있어요. 거꾸로여야 맞는 거잖아요. 말씀을 좀 해보세요.

누군가 '위기'는 중국 짓이라고 주장하기 시작했다. 그들의 조작과 관세와 환율 하락 때문이라고. 그들은 우리를 무너뜨리고 싶어한다고. 우리 조국을 빼앗고 싶어한다고.

외국인 얼굴과 외국인 이름을 가진 사람들에게 의심의 눈초리가 쏠렸다.

그럼, 이제 뭘 어떻게 해야 하지? 사람들은 계속 물었다.

어머니한테서 온 다급한 전화. 무슨 말인지 거의 알아들을 수가 없다. 누군가 마거릿의 아버지를 공원 계단 위에서 밀었다고 했다. 그 짓을 저지른 남자는 두 사람과 잠시 스쳤을 뿐인데―그들은 계단을 내려가고 남자는 올라오고 있었다― 그들이 알아챌 틈도 없이 휙 돌아서서 양손으로 아버지의 날갯죽지 사이를 밀었다고 했다. 마거릿의 아버지는 여전히 다부지긴 했지만 육십사 세에 점점 마르고 가냘프게 변해 예전처럼 강하지는 않았고, 관절염이 그의 엉덩이와 어깨의 움직임을 둔하게 만들고 있었다. 그는 몸을 가누려 애써보지도 못한 채 이미 죽은 사람처럼 고꾸라져 아래로 떨어졌고 마지막 계단 끄트머리에 부딪혀 귀 바로 위쪽 머리가 깨졌다. 너무 순식간에 벌어진 일이어서 두 사람은 비명을 지를 시간도 없었다. 마거릿의 어머니가 상황을 이해한 뒤 누가 아버지를 밀었는지 보려고 고개를 돌렸을 때 남자는 사라지고 없었다. 마거릿의 아버지는 의식을 되찾지 못했고 어머니가 전화를 걸어 온 지 두 시간 반 후에 죽었다. 다음 날 아침 슬픔에 휘청거리던 어머니는 그들의 빈집—혼자 지내기에는 너무 커져버린— 주방에서 심장마비를 일으켰고, 여전히 비행기 표를 구하기 위해 애쓰고 있던 마거릿은 이번에는 가까운 가족을 찾는 경찰관의 연락을 받고 어머니 소식을 알게 되었다.

이미 상황은 벌어지고 있었지만, 그녀는 아직 모르고 있었다. 계단 사건뿐이 아니라 굴러떨어지는 노인을 보고도 밀친 남자한테서 비켜선, 그래서 그가 달아날 수 있게 해준 사람들 속에서 이미 일은 벌어지고 있었다. 놀라서인지 두려워서인지 혹은 찬성해서인지 누구도 감히 묻지 못했을 때 이미 상황은 벌어지고 있었다. 네 번째 목격자가 구급차를 부르기 전까지 그냥 지나간 세 명의 사람—중년 여자, 이십대 젊은 남자, 유아차를 밀던 아기 엄마—이 나이 든 여자가 쓰러진 남편 위에 엎드려 있는 걸 보았던 순간 이미 상황은 벌어지고 있었다. 나이 든 여자는 비명을 지르는 게 아니라 알아들을 수 없는 언어로 중얼거렸다. 두 사람 모두 수십 년 동안 사석에서조차 사용하지 않은 말이었지만, 그의 내면에 아주 깊이 뿌리내린 말이었으므로 혹시 들릴까 싶은 간절한 희망에서 터져 나온 말이었다.

다친 줄 몰랐어, 나중에 중년 여자는 이 불행한 사고를 뉴스에서 보면 남편에게 그렇게 말할 것이다. 미끄러졌거나 넘어진 줄 알았어. 괜히 아는 척했다가 창피하게 만들고 싶지 않았다고.

그 여자가 중국어인지 뭔지 하는 걸 들었어요, 젊은 남자는 말할 것이다. 영어가 아닌 건 알겠더라고요. 사람들이 요즘 중국에 대해 뭐라고 말하는지 아시잖아요. 공연히 끼어들지 않는 편이 좋을 것 같았어요.

유아차를 밀던 아기 엄마는 아무 말도 하지 않을 것이다. 그녀는 뉴스조차 보지 않을 것이다. 새로 나고 있는 아기 어금니 때문에 엄마나 아기나 밤새 잠을 잘 수가 없을 것이다.

몇 주 후, 경찰 보고서에도 우발적 사건이라고 적혀 있을 것이다. 밀었다는 남자에 관해서는 아무 단서도 없이. 그가 왜 그런 짓을 했는지에 관한 증거는 없을 것이다.

다른 도시에서도 비슷하면서 다른 사건이 무수히 많이 벌어지고 있었다. 길 한복판에서 발로 차거나 주먹질하거나 얼굴에 침을 뱉는 사건. 처음에는 여기저기 아무 곳에서나 벌어지다가 그다음에는 전국에서 벌어지고, 결국 뉴스조차 다루지 않는 일이 될 터였다. 더는 뉴스거리가 아닐 것이므로.

비행기를 타면 돼, 이선이 말했다. 비행기 표는 많지 않았고 비쌌지만 그들에게는 저축한 돈이 있었다. 당신 집까지 비행기를 타고 가서 해야 할 일을 할 수 있어.

그녀는 집에 가봐야 할 것도 없다는 사실을 어떻게 설명해야 할지 알 수 없었다. 더는 집도 아니었다. 그러는 대신 그녀는 다른 단어에 집중했다. 우리.

난 뉴욕을 떠나고 싶어, 그녀는 이선에게 말했다. 제발 그냥 떠나자. 어디든 다른 곳으로.

이해가 되지 않았다. 그녀의 부모는 뉴욕에 와본 적도 없다. 그녀는 살던 집을 떠난 지 오래되었다. 왜 이런 식으로 달아나야 하나? 하지만 다른 차원에서 보면 새로운 시작을 향한 이 다급한 마음이 이해되기도 했다. 갑작스럽게 고아가 된 상황에서, 거친 세상 속 자신을 보호할 수 있는 새로운 장소에서 새로운 일을 시작하고 싶은 마음을. 그녀는 고개를 깊이 숙이는 새가 되고 싶었다. 그녀는 튀어 보이고 싶지 않았다. 이선은 아버지에게 이메일을 보냈고, 아버지는 연줄을 총동원했다. 이웃, 동료, 예전 룸메이트, 친구의 친구. 사교적으로 살면서 그동안 벌어둔 호의. 사람은 늘 다른 사람으로 연결되었다. 그의 세계에서는 그런 식으로 일이 돌아갔고, 그때만 해도 아무도 그런 걸 크게 생각하지 않고 그저 고마워했다. 나중에 알고 보니 이선 대부의 동생이 하버드 학장과 골프 친구였는데, 그 사람 말이 학교에서 사람을 구하고 있거나 곧 채용할 예정이라고 했다. 몇 번의 전화 통화 후 창틀 너머로 이력서가 전달되었고 이선은 언어학과에서 시간강사로 일하게 되었다.

이 주 뒤 모든 일이 정리되었다. 그들은 아무에게도 작별 인사를 하지 않았다. 이미 도시에서 알고 지낸 모든 사람과 연락이 끊어진 상태였다. 챙길 물건이 거의 없었기 때문에 거의 아무것도 챙겨 가지 않았다. 옷이 든 여행 가방 한 개와 한 무더기의 사전이 전부였다. 그들은 처음부터 다시 시작할 터였다.

그는 상상이 되지 않는다. 그녀는 그의 얼굴에서 알 수 있다. 한 번도 느껴보지 않은 감정을 느끼려 애쓰는 어리둥절한 표정. 한 번도 보지 못한 걸 보려는 시도. 그녀의 아버지는 앞이 안 보이는 사람이 코끼리를 조금씩 손으로 만져본 다음 그 대상을 묘사하는 우화를 들려준 적이 있다. 벽, 뱀, 부채, 창. 자기 경험을 남과 공유할 수 있다고 믿는 게 얼마나 부질없는 일인지 알려주는 이야기였다. 그녀에게서 온갖 세세한 내용이 날카로운 모래알처럼 쏟아져 나오지만 그건 그저 다른 사람이 겪은 악몽에 지나지 않는다. 경험해보지 않은 사람에게 이해시킬 수는 없는 노릇이다. 그리고 그녀는 다시는 그런 일이 벌어지지 않도록 하는 데 목숨을 바칠 생각이었다.

그래서 어떻게 됐는데요? 버드는 묻는다. 그녀는 생각한다. 그래, 해줄 얘기가 아직 많이 남았어.

그녀는 마치 두꺼운 오리털 이불이라도 덮는 것처럼 새로운 삶에 푹 안겼다. 알뜰하게 저축한 돈으로 산, 케임브리지에 있는 그들의 작은 집—'위기'의 유일한 장점은 싸게 내놓은 집이 많다는 거라고 이선은 암울하게 농담했다—의 벽을 따뜻한 오렌지빛이 도는 금색으로 칠했다. 그들의 삶도 그런 색깔이길 원했다. 그들은 창문을 수리하고 바닥을 문질러 갈아내고 정원에 식물을 심었다. 호박, 토마토, 깜짝 놀랄 정도로 녹색인 상추까지. 작고 좁은 마당을 둘러싼 높은 울타리 안쪽에서는 나머지 세상도 이런 모습일 거라고 상상하기 쉬웠다. 여전히 밖에서 휘몰아치는 '위기'를 잊기도 쉬웠다. 돈과 행운과 연줄만 있으면 마치 눈보라를 피해 따뜻하고 건조한 피난처로 가듯 그냥 벗어나 있으면 되었기 때문이다.

다른 사람들에게 '위기'는 보안 카메라에 찍힌 눈처럼 흐릿한 영상과 함께 끝났다. 그 영상은 워싱턴 D. C.의 한 사무용 건물 밖에 후드를 뒤집어쓰고 몰래 숨어 있는, 회색 형체 같은 사람 모습을 담고 있었다. 모든 일이 순식간에 벌어졌다. 로비에서 어두운색 정장 차림의 남자가 나왔고, 모자 달린 옷을 입은 사람이 총을 들었다. 섬광이 번쩍였다. 정장 남자가 쓰러졌다. 그 순간 후드를 뒤집어쓴 남자가 마치 처음 발견한 것처럼 보안 카메라를 쳐다보았다. 선글라스를 쓴 그의 얼굴이 화면 한가운데 잡힌 상태에서 영상은 멈췄다.

뉴스에서는 해당 동영상을 반복해 보여주면서 어두운색 정장 차림의 사람은 텍사스 주 상원의원으로 소위 중국발 '위기'를 주장하는 강경파였다고 설명했다. 그는 무역 제재에 대한 맹렬한 요구와 점점 더 위협적인 기세로 움직이는 중국 산업에 대한 논평, 충성심에 대한 교묘한 암시를 통해 이름을 알렸다. 암살 시도에 따라 대중의 여론은 급격히 방향을 틀었다. 후드를 뒤집어

쓴 남자의 얼굴은 너무 흐릿해 잘 알아볼 수 없었지만, 동아시아 출신이라는 사실은 분명했다. 분석가들은 상황에 비추어 볼 때 중국인일 거라고 결론지었다. 경찰에는 이웃과 직장 동료, 길모퉁이 카페의 바리스타가 의심스럽다는 제보 전화가 홍수처럼 밀려들었다. 소셜미디어에는 사건을 해결했다며 보안 카메라 정지 화면과 수십 장의 사진을 비교해 올린 사람이 수두룩했다. 모두 인터넷, 데이트 앱 프로필, 직장에서 찍은 사진, 휴가지에서 찍힌 사진에서 뽑아낸 것이었다. 아마추어 탐정들은 십구 세에서 오십육 세 사이의, 서로 다른, 전혀 닮지 않은 서른네 명의 남자를 용의자로 특정했는데, 이런 상황 때문에 총격범은 체포되지 않았고 아무도 기소되지 않았으며 결국 모든 아시아인 얼굴은 용의자로 남거나 아니면 무언의 동정을 받았다. 병원 침대에 누워 붕대를 감은 어깨를 노골적으로 드러낸 상원의원은 신나게 떠들었다. 보셨죠? 그들은 멈추지 않을 겁니다. 심지어 냉혹한 살인까지도 저지를 겁니다. 그럼, 다음은 누구겠습니까? 신문 사설이 쏟아졌다. 한 상원의원 개인을 향한 공격이 아닌 우리 정부, 바로 우리 삶의 방식에 대한 직접적인 공격이다.

소수는 총격범을 옹호하느라 애썼다. 이 사람이 내뱉는 증오를 보라. 폭력은 절대 옳지 않지만, 진정으로 그를 비난할 수 있을까? 중국계 미국인 단체는 재빨리 신원 미상의 총격범을 외로운 늑대이자 소외된 사람, 미치광이라고 비난했다. 그는 우리의 견해를 대변하지 않는다. 그들은 간청하듯 입장을 발표했다. 하지만 너무 늦었다. 의심은 옷감에 번지는 잉크처럼 퍼지며 전체를 물들일 때까지 흘러내렸다. 잉크는 앞으로 몇 년 동안 중국인처럼 보이는 누구든 곁눈질로 쳐다보고, 서비스 제공을 거부하고, 큰소리로 비방하고, 얼굴에 침을 뱉고, 나중에는 야구 방망이와 부츠를 신은 발까지 사용하는 일을 정당화하는 데 사용될, 더러운 색조를 띠고 있었다.

그 사건은 PACT를 통과시키는 데 필요한 촉매제였다. 모두가 '위기'에 지쳐 있었다. '위기'는 삼 년 가까이 지속되고 있었고, 그건 모든 사람이 포기하는 데 충분할 정도로 긴 시간이었다. 대부분 사람에게 애국심과 대중적 각성을 요구하는 PACT는 온건하고, 심지어 합리적으로 보였다. 왜 지지하지 않겠는가? 마거릿은 대통령이 해당 법안에 서명하는 걸 지켜보았다. 의원무리가 대통령의 책상을 둘러싸고 있었다. 대통령의 오른쪽 어깨 너머, 어깨를 다친 상원의원이 여전히 붕대를 감은 채 단호한 표정으로 고개를 끄덕이고 있었다.

PACT는 우리 내부에서부터 우리를 뒤엎으려는 매우 현실적인 위협에서 우리를 보호할 것입니다, 대통령은 말했다. 충성스러운 모든 미국인―충성스러운 아시아계 국민을 포함해―은 이 법률을 두려워할 이유가 전혀 없습니다.

그는 잠시 말을 멈춘 다음 서류 아래쪽에 자신의 이름을 요란하게 서명했다. 카메라 플래시가 터졌다. 그리고 대통령은 고개를 돌리더니 붕대를 감은 상원의원에게 서명에 사용한 펜을 건

넜고, 상원의원은 다치지 않은 손으로 조심스럽게 펜을 받았다.

PACT: 미국 전통문화 보존법. 국가를 훼손하는 어떤 반미국적 요소든 근절하겠다는 엄숙한 약속. 시위 해산 명령, 사업체 및 상점을 보호하기 위한 지역 보호 단체 지원. 경계심 제고를 위한 깃발과 핀, 포스터를 대량으로 생산해 일자리를 창출하는 사업 지원. 미국 내 재투자를 위한 지원. 중국을 감시하기 위한 새로운 계획과 충성심이 분열될 수도 있는 사람을 가려내기 위한 새로운 감시 단체를 위한 예산 지원. 시민 신고자 포상, 잠재적 문제 야기자를 체포하는 데 도움이 되는 정보 제공에 대한 보상. 그리고 마지막으로 가장 중요한 조항은 미국적이지 않은 환경에서 어린이를 조용히 분리해 미국적이지 않은 견해의 확산을 막는 것이었다. 미국적이지 않은 환경, 이라는 것에 대한 정의는 끝없이 확대되고 있다. 중국에 동정적 태도를 보이는 행동. 충분히 반중국적이지 않은 태도. 무엇이든 미국적인 것을 조금이라도 의심하는 행위. 누구든 중국에 친척이 있는 사람. 몇 대째 미국에 살고 있다고 해도 상관없다. 중국이 진짜 문제인지 의심하는 행위. PACT가 공정하게 적용되고 있는지 의심하는 일. 결국 PACT 자체를 의심하는 일까지.

PACT가 통과된 후 처음에는 별들이 하늘을 지나 움직이는 것처럼 인간이 알아차릴 수 없는 속도로 상황은 천천히 안정되었다. 거리가 조용한 날이 하루에서 이틀로, 열흘 밤으로 점차 길어졌다. 사람들은 다시 일자리를 찾기 시작했다. 오랫동안 침묵을 유지하다가 목청을 다듬는 것처럼 도시의 소음도 되살아났다. 미국 상품 구매 명령에 따라 가동하지 않던 공장이 소생하고 상점이 다시 문을 열기 시작했으며 식료품점 매대도 풍성해졌다. 사람들은 마치 방공호에서 살아남은 것처럼 비틀거리며 햇빛 아래로 돌아왔다. 눈을 깜박이고 어리둥절한 채 휘청거렸다. 소심하고 조심스러워하며 충격을 받은 상태였다. 무엇보다 앞으로 나아가기를 두려워했다.

PACT를 지지하는 사람들은 PACT가 나라를 강하게 만들고 통합할 거라고 주장했다. 통합을 위해서 공통의 적이 필요하다는 말은 하지 않았다. 모두의 분노를 한군데로 모을 하나의 상자. 모두가 두려워하는 모든 것이라는 모자를 쓸 허수아비 하나.

기사가 이어지기 시작했다. 워싱턴에서는 한 중국계 미국인 남성이 주먹으로 얼굴을 맞았다. 시애틀에서는 두 명의 중년 여성이 쓰레기를 뒤집어썼다. 오클랜드에서는 한 중국계 미국인 여성이 골목길로 끌려 들어가 성추행을 당했고, 인도에 남은 그녀의 아기는 유아차에서 비명을 질렀다. 알고 보니 마거릿의 아버지는 피해의 시작을 알린 이들 가운데 한 명이었지만 결코 마지막은 아니었다.

곧 누구든 조금이라도 중국인으로 오해받을 지점이 있다면 위험하다는 사실이 명확해졌다. 마이애미에서는 회사에 가던 한 태국인이 칼에 찔렸다. 피츠버그에서는 수영 연습을 마치고 집에 가던 십대 필리핀 학생이 하키스틱으로 구타당했다. 미니

애폴리스에서는 먀오족 여자가 도로로 밀려나 거의 버스에 치일 뻔했다. 가해자가 체포되는 일은 드물었고 처벌받는 일은 더욱 적었다. 피해자가 중국인―또는 중국인으로 여겨지는―이기 때문에 범행 대상이 되었다는 사실을 밝히기는 어려웠다. 어떤 판사는 일반적인 미국인이 다양한 아시아계 인종을 눈으로 구분할 수 있기를 기대하는 것은 비합리적이라고 판결했다. 마치 아시아계 사람들이 다양한 종류의 사과나 여러 품종의 개라도 되는 것처럼, 아시아계 출신은 일반적인 미국인으로 간주할 수 없는 것처럼. 방망이를 휘두르는 쪽에서 신중하게 구분할 수 있다면 이 모든 일이 정당화될 수 있기라도 한 것처럼.

반대로 아시아계 출신은 철저한 조사를 받았다. 마이애미에서 열린 태국인을 위한 철야 집회는 무질서하다는 이유로 경찰에 의해 해산되었다. 오클랜드에서 열린 젊은 어머니를 위한 집회는 해산을 거부하다가 결국 두 사람이 체포당하면서 끝났다. 워싱턴에서 주먹으로 맞은 중국계 미국인은 처리되지 않은 속도위반 전력이 밝혀지면서 삼십 일간 유치장에 갇혔다. 필리핀계 십대 학생은 가해자에게 반격하다가 뇌진탕을 입혔는데 폭행 혐의로 기소되었다. 항의와 집회, 시위가 수그러들 기미가 보이지 않자 곧 PACT의 아동 재배치가 실시되기 시작했다.

진실을 간단하게 말하자면 다른 모든 사람처럼 마거릿 역시 이런 상황에 대해 깊이 생각하지 않았다. 새 법률은 미국적이지 않은 견해를 가진 사람에게 초점을 맞추고 있었다. 하지만 그녀는 그런 종류의 사람이 전혀 아니었다. 그녀는 테이블 러너, 따뜻한 슬리퍼, 새 침대보를 샀다. 잡지가 다시 발행되고 있었고 아름다운 사람의 아름다운 삶을 전시해 따라 할 수 있었다. 레스토랑에서 저녁을 먹는 일이 다시 가능해졌고 하얀 셔츠를 입은 웨이터가 와인을 따라주었다. 다른 모든 사람처럼 그녀는 새롭고 빛나는 아름다운 삶을 구축하려고 애썼다. 이보다 더 미국적인 것이 있을까?

집, 남편. 울타리를 둘러친 마당. 물웅덩이용 고무 부츠, 눈이 올 때 신는 털 부츠, 향초와 냄비 받침, 재활용 쓰레기통, 전동 칫솔, 살림에 필요한 온갖 물건. 더는 사용하지 않게 되어 행복하다고 생각했던 모든 물건. 만일 누군가 스무 살의 그녀에게 오 년 뒤에 어떻게 될지 말해줬다면, 그녀가 이런 물건을 다시 갖게 될 뿐 아니라 원하게 되고, 갈망하게 되리라 말해주었다면 그녀는 상대방 면전에 대고 비웃음을 날렸을 것이다. 그녀가 유일하게 믿을 부분은 버드였다. 그녀는 늘 아이를 원했다. 이선의 작은 아파트에서 두 사람은 그들의 아이가 어떨지 백일몽을 꿨다. 그리고 기쁘게도 그들은 곧 알게 되었다.

배 속에서 버드가 자라기 시작했다. 렌틸콩 크기로. 완두콩 크기로. 곧 호두 크기가 되었다가 레몬 크기가 되었다. 이선은 매일 아침 그녀의 배꼽 바로 위에 키스하고 일하러 갔다. 일 년 전만 해도 그녀와 도미는 그날 해야 할 일을 앞두고 얼굴을 마주

보고 서서 자전거 핸들을 붙잡고 다짐을 했다. 그들은 그걸 장비 점검이라고 불렀고 해야 할 말 역시 그게 전부였다. 안녕도 아니고 나중에 보자는 말도 아니었지만 장비 점검, 이라는 말로 다른 말을 모두 대신했다. 마거릿은 도미의 닳은 가죽 재킷의 옷깃을 똑바로 세워줬다. 도미는 마거릿의 스카프를 목 위까지 잡아당겨 얼굴을 덮어줬다. 장비 점검. 그들은 자전거를 타고 떠나기 전에 서로에게 말했다. 그 두 어절에는 조심해, 안전하게 돌아와, 사랑해, 모든 말이 들어 있었다.

이제 조용한 집에서 남쪽에서 들어오는 햇살과 창문으로 스며드는 참새의 지저귐을 즐기는 그녀는 길고 부드러운 드레스를 입었고, 그 아래에서 버드가 이제 막 부풀어 오르기 시작했다. 신고 달릴 수 없는 털북숭이 슬리퍼. 귀걸이. 이곳에서는 장비를 착용할 필요가 없지만 더는 강인할 필요가 없다는 걸 떠올릴 때 오히려 도미가 가장 그리웠다.

이선의 부모님이 방문했고 마거릿은 두 번째 침실—곧 아기 방이 될 곳—을 깨끗하고 하얀 시트로 꾸몄다. 주방에서는 이선의 어머니가 그녀에게 이선이 어릴 때 좋아하던 셰퍼즈 파이 만드는 법을 가르쳐주었다. 이선은 문가에서 앞치마를 두른 채 오후 햇빛의 후광을 두른 두 사람을 지켜보았다. 마거릿은 한 손에 나무 숟가락을 들고 다른 손으로는 뭔가를 받아 적고 있었고, 그의 어머니는 한 손으로 마거릿의 볼록 나온 배를 아기 머리 만지듯 아주 부드럽게 어루만지고 있었다.

버드는 자랐다. 복숭아 크기에서 망고, 멜론만큼. 이런 신비로운 감각, 당황스러운 새 현상이 그녀 몸에서 일어난다는 사실을 어떻게 이해해야 할까? 마거릿은 다시 한번 부드러운 콧노래를 부르며 길 아래 있는 공공도서관―개인 기부자 덕분에 다시 문을 열었다―으로 향했다. 상점도 하나씩 다시 문을 열기 시작했고 예쁜 공책과 사탕, 보석을 팔기 시작했다. 인도에도 걸어 다니는 사람이 생겼다. 눈 내리는 긴 겨울이 지나고 맞은 봄의 초입처럼, 모두가 외롭지 않기를 갈망했다. 잠깐의 눈부신 순간, 낯선 사람들이 지나가며 웃음 지었고 상대를 보며 무척 행복해했다. 아직 여기 있었군요? 저도요! 그때만 해도 여전히 두려움보다는 안도감이 컸다. 모두의 옷깃과 코트에는 빨강, 하양, 파랑의 반짝임이 보였다.

도서관에서는 아직 아무것도 치워지지 않았다. 사람들은 그저 다시 책을 볼 수 있게 되어 행복했다. 카운터에 있던 젊은 사서가 그녀에게 줄지어 선 책장을 가리켜 보였다. 마거릿은 도서관에서 볼 수 있는 것 이상을 알고 싶어했고 밤에 이선과 함께 침대에 누워 있을 때 이선에게 재미난 이야기를 읽어주었다. 엄마 판다는 혼자 굴속으로 기어들어갔다. 태어나서 몇 달 동안 새끼의 삶에 어둡고 편안한 굴 외에 다른 세상은 존재하지 않았고, 엄마 말고는 다른 생물체도 없었다. 뻐꾸기는 다른 새의 둥지에 몰래 들어가 낯선 새들 사이에 알을 낳고 다른 어미 새가 자기 아기를 키워주리라 믿으면서 날아가버렸다. 문어는 진주가 꽃

장식처럼 길게 연결된 모양으로 알을 낳았고 굶주리면서도 알이 죽지 않게 하려고 공기를 불어넣으면서 죽을 때까지 알을 지켰다.

그녀는 점점 커졌다. 안쪽에서 버드가 그녀를 두드렸다. 그의 발꿈치는 나무망치, 그녀의 배는 북이었다. 그녀는 버드의 딸꾹질을 미세한 신호음처럼 느낄 수 있었다. 버드가 돌아누우면 고요함 속 움직임을 느꼈다. 어떤 느낌이야? 이선이 물었다. 놀라워. 그녀는 설명하려 애썼다. 파도가 밀려 나갔다가 밀려들 때 바다 밑바닥의 느낌. 사서는 해안에서 점점 더 과감하게 멀어지는 그녀에게 다른 책을 내밀었다. 어떤 물고기는 짝도 필요 없이 알을 낳았고 혼자서 부화시켰다. 모든 새끼 물고기가 완벽하게 엄마의 복제품이었다. 어떤 단세포 생물은 단순하게 나뉘어 깔끔하게 두 개로 압축이 풀렸다. 매주 다른 책, 다른 경이로움. 영원한 신비를 품은 다른 책, 더 많은 생명을 만들어야 하는 생명의 신비. 동물 세계에서 식물까지. 아스클레피아스는 멀리 떨어진 곳에 새끼를 보내려고 씨앗을 바람에 날려 보냈다. 솔방울은 엄마 발치에서 활짝 피어났고 뭉툭한 어린나무는 공간과 빛을 찾아 몸을 펼쳤다. 다육 식물은 부러진 잎에서 다시 자라나 뿌리를 공중으로 뻗어 다시 흙 속으로 파고 들어갔다. 자기 몸 일부가 자식으로 변했다. 그녀는 어머니가 한때 일요 학교에서 그녀에게 암기시켰던 성경 구절을 떠올렸다. 내 뼈에서 나온 뼈요, 내 살에서 나온 살이로구나.

244

그녀는 심지어 정원에서 식물을 돌볼 때도 모든 곳에서 어머니를 발견했다. 서리가 내릴 때 덩굴에 매달린 토마토를 익히기 위해서는 뿌리를 비틀어야 한다고. 땅이 갈라질 때까지, 아래쪽에 달린 실뿌리가 잘린 실처럼 끊어질 때까지 당기렴. 식물에게 이런 말을 해줘야 해. 이제 끝이 가까웠으니 구할 수 있는 걸 구해라. 더 높이 자라는 걸 포기해라. 잎을 넓게 펴는 걸 포기해라. 딱딱한 녹색 주먹으로 매달리게 될 과일만 생각해라. 모두 써버려라. 잎이 시들고 노랗게 되도록 두어라. 다른 것은 아무것도 중요하지 않다. 둥글고 빨간 공 모양이 높이 매달릴 때까지, 아무것도 남지 않을 때까지 밀어붙여라. 여름에 다시 싹트기를 기대하면서 달콤한 과일 한 개를 익히는 동안 시들어라.

한밤중 버드의 끊임없는 공중제비에 깬 그녀는 썼다. 어란처럼 망설이며 서로 달라붙은 부드러운 것에 관해. 시 한 편, 두 편, 그리고 십여 편. 그러다가 책 한 권이 될 만큼. 어느 날 밤, 버드가 배 속에서 여덟 달 반을 지냈을 때 그녀는 갈망이 생겼다. 그날 아침 이선은 그녀에게 석류를 사다 주었고 그녀는 두 손으로 빨간 석류를 절반으로 갈랐다. 마침내 '위기'가 끝나고 석류를 다시 먹을 수 있게 되었고, 작은 보석이 잔뜩 박힌 듯한 석류는 사치품처럼 여겨졌다. 반짝이는 씨앗이 바닥에 우수수 쏟아졌고 타일에 붉은 물방울이 퍼졌다. 이 단단한 과일 하나에서 얼마나 많은 나무가 자랄까? 그녀는 갑자기 석류 열매의 역할을 이해했다. 이 모든 씨앗을 만들어내고 폭발시키는 것. 이번에는 버드가 배 속에서 부드럽게 발길질했다. 마치 장난을 치는 것처럼. 석류는 씨앗들이 어디로 가는지, 어떻게 변하는지 알까? 궁금해할까? 그녀는 생각했다. 씨앗이 자라날 수 있기나 한지. 그 모든 잃어버린 심장의 조각들. 다른 곳에서 싹트기 위해 흩어진. 책이 끝나면, 이 시가 마지막 장에 실릴 터였다.

인정하기 고통스럽지만 그때 그녀는 PACT가 진전이며 그들이 무엇인가를 넘었다고 생각했다. 무언가 더 좋은 길을 선택했다고 생각했다. 그러니까 그녀가 잘 행동하면 그 법률에 저촉될 일이 없다고 생각했다. 가끔 뉴스를 보면 여전히 사회를 불안하게 하는 일이 벌어지고 있었다. 순찰대가 찾아낸 공공질서를 위협하는 급진주의자들. 의심스러운 활동에 대한 수사. 그러나 그것은 다른 곳에서 벌어지는 추상적이고 모호한 일이었다. 동떨어진 사건. 확실한 것은 여기에 있었다. 바다 위에서 흔들리는 배처럼 그녀 배 속에서 은밀하게 흔들리는 버드. 따뜻하고 든든한 침대에 누운 남편. 소파에 나란히 앉아 남편 무릎에 발을 올린 채 긴 밤 동안 함께 책을 읽고 서로 좋아하는 구절을 읽어주었다. 가끔 그러고 나면 종종 그녀는 그의 책을 읽고, 그는 그녀의 책을 읽고 싶다는 생각이 들었다. 그녀는 작은 양말을 떴다. 이선은 아기방에 페인트를 칠했다. 버드가 배 속에서 발을 구르면 그녀도 배를 두드렸다. 그녀는 앞치마를 샀다. 닭구이 요리를 했다. 선반에 있는 접시를 정리했다.

그녀는 그때보다 행복했던 적이 없었다.

그녀는 버드에게 이야기를 들려주면서 전선을 손가락 끝으로 감아 깔끔하게 묶은 다음 병뚜껑 속에 집어넣었다. 드라이버로 살짝 돌려 봉한 작은 캡슐은 뚱뚱한 플라스틱 알약 모양이 된다.

버드는 참을 수가 없다. 그게 뭐예요? 그는 묻는다.

저항 운동이지, 그의 어머니는 말한다. 그리고 병뚜껑을 탁자 위 다른 뚜껑 옆에 놓는다.

소문이 돌기 시작했다. 밤에 누군가 문을 두드리고 아이들을 검은색 세단에 태워 데려간다는 소문. 새 법률의 접힌 주름 속에 숨어 있던 조항은 연방 기관이 아이들을 비미국적이라고 간주하는 집에서 빼낼 수 있도록 허락했다. PACT가 통과되기 전 몇몇 언론인이 그런 내용을 지적했다. 한 여성 하원의원은 해당 조항이 오용될 수도 있다며 꼭 필요한지 질문하기도 했다. 하지만 완벽함은 선함의 적이며 아무것도 없는 것보다 지나친 게 낫다는 것이 일반적 합의─의사당과 대중 모두─였다. 국가안보를 보호하기 위해 가능한 도구는 모두 사용해야 하며, 무엇도 제외될 수 없었다. 물론 가족을 갈라놓는 일을 좋아할 사람은 없었다. 가장 극단적인 경우에만 적용될 예정이었다.

몇몇 사례가 뉴스에 등장했다. 오렌지카운티에서 반중국인 편견에 항의하는 행진이 있었는데, 욕설을 퍼붓는 구경꾼과 충돌이 벌어지면서 진압경찰이 테이저 건을 동원하고 결국 세 살짜리 중국계 미국인 아이가 최루탄 깡통에 맞았다. 사고를 일으킨 경찰은 유급휴가를 받았고 시위 참가자는 가족까지 전부 조사를 받았다. 케이블 뉴스의 앵커는 어린이가 시위에 동원된 것이 이번이 처음이 아니라는 점을 지적했다. 소셜미디어에는 갓 걷기 시작한 여자아이가 아버지 어깨에 올라타 있고, 아기인 동생은 마치 폭탄 테러범의 가방처럼 어머니가 앞으로 안은 사진이 올라왔다. 아이의 부모가 각각 이대, 삼대째 미국인이라거나 그들의 조부모가 유니언 역 건설로 원래 차이나타운이 밀려 사라지기 전부터 로스앤젤레스 시민이었다는 사실은 중요하지 않았다. 화면에 나오는 체포 후 사진 속 얼굴과 검은 머리, 시선은 너무나도 분명히 외국인의 것이었다. 우리 모습이 아니라. 병원에 있던 아이는 급히 이송되었다. 언론에서는 최선의 결과라고 의견을 모았다. 아이가 해로운 시각을 배우는 걸 막아야 했다.

휴대전화로 뉴스를 읽는 마거릿은 생각했다. 끔찍하네. 버드는 우유에 취한 채 품에 안겨 졸고 있었다. 그리고 드는 생각. 저 사람들은 어떻게 자기 아이를 위험에 처하게 할 수 있었을까. 그녀는 버드를 데리고 군중이 부딪히고, 발밑에서 섬광탄이 터지고, 최루탄 가스가 콧구멍을 불태우는 것 같은 고통스러운 곳에 가는 일을 상상해보려 애썼다. 생각을 하려고만 해도 마음이 머릿속 문을 쾅 닫아버렸다. 그녀의 버드는 지금 안전하게 그녀 품 안에 있었다. 뺨에 내려앉은 긴 속눈썹은 그녀가 지금까지 만져본 무엇보다 부드러웠다. 눈썹을 살짝 찡그리고 있는 모습. 아기가 벌써 무슨 괴로운 꿈을 꾸는 걸까? 그녀는 아기 얼굴이 다시 편안해질 때까지 엄지손가락 끝으로 얼굴을 부드럽게 문질렀다. 옆에서 이선이 그녀의 어깨를 꼭 쥐더니 버드의 머리를 쓰다듬었다. 엄마는 절대 그런 짓을 하지 않을 거야, 그녀는 조용히 버드에게 약속했다. 이런 일은 그들에게는 절대로 벌어지지 않을 거라고.

퀸스에서 열린 다음번 중국인 혐오 반대 행진에는 참석자가 많지 않았다. 그리고 그 이후로 아주 오랫동안 행진 자체가 없었다.

그녀가 생각한 것은 시, 정원, 남편이었다. 씨앗을 땅에 묻고 가느다란 녹색 싹이 움틀 때까지 물을 주었다. 절반으로 자른 우유 통을 싹 위에 덮어 밤 추위에서 보호했다. 버드를 위해 크림색 털실로 담요를 짰다. 늦은 밤에는 이선과 사랑을 나누었다. 아침이면 만족스러워하며 바나나 스콘을 굽고 숟가락에 묻은 꿀을 핥았다.

이선의 부모는 올 수 있을 때마다 찾아왔다. 버드의 생일에도 왔고, 핼러윈에는 아직 씹지도 못하는 버드에게 사탕을 가져다주었고, 크리스마스에는 버드보다 무거운 선물을 잔뜩 가져왔다. 시어머니는 마거릿에게 아이에게 음식 먹이는 요령을 알려주었다. 어느 날 오후 마거릿이 칭얼대다 지친 버드를 품에 안은 채 진이 빠져 소파에 앉아서 졸고 있을 때, 시아버지가 두 사람에게 담요를 덮어주고 조명을 꺼주었다. 마거릿과 이선은 마거릿의 부모님이 돌아가셨다고만 말했고, 이선의 부모님이 마거릿을 그들 삶에 기꺼이 품어주는 모습에 마음이 따뜻해졌다.

엄마를 아주 쏙 빼닮았구나, 시부모는 늘 말했다. 두 사람은 처음에 이 말이 칭찬인 줄 알았다. 그리고 어쩌면 그랬을 수도 있다. 하지만 나중에 두 사람은 그 말이 혹시 시부모의 흔적이 있어야 할 아이 얼굴에 다른 누군가의 얼굴이 너무 확실하게 박혀 있다는 약간의 불쾌함을 담고 있던 건 아닐지 궁금하기도 했다. 개인적으로 마거릿과 이선은 버드가 그저 버드처럼 보인다고 생각했다. 늦은 밤 아이의 얼굴을 내려다보면 그들은 아이의 작은 특징을 찾아내고 근원을 추적했다. 마거릿의 광대뼈, 이선의 속눈썹. 하지만 그들이 닮았다고 생각한 것은 표정이었다. 버드가 뭔가 생각할 때 이마에 나타나는 두 개의 평행한 주름, 웃을 때 마치 지문처럼 보이는 보조개. 그건 마거릿의 이마에 생기는 이선의 주름이고 이선의 입 남동쪽에 보이는 마거릿의 보조개였다. 그들 자신의 일부와 가장 사랑하는 상대의 일부를 담은 작은 인간의 얼굴에 스쳐 지나는 표정을 지켜보는 일은 묘하고도 불안해지는 경험이었다. 그리고 그들은 이것이 부모가 되는 일이 가져올 수많은 묘하면서 불안한 경험 가운데 첫 번째일 뿐이라는 사실을 감지했다.

마거릿은 시를 더 많이 썼다. 출판사에서 다시 책을 내고 있었다. 버드가 세 살이 되었을 때 작지만 용기 넘치는 한 출판사가 그녀의 시집을 내겠다고 결정했다. 표지에 실린 쪼개진 석류는 너무 크게 확대한 모습이어서 장기나 상처처럼 보였다. 무엇인지 이해하기 위해서는 두 번 봐야만 했다.《우리의 잃어버린 심장》은 몇몇 시 평론가의 찬사를 받았지만 거의 아무도 읽지 않았다. 백 권 남짓하게 팔렸을 때 그녀는 이선에게 요즘 누가 시를 읽느냐고 무미건조하게 말했다. 그러자 그는 농담을 던졌다. 예전에는 누가 시를 읽기나 했대?

상관없었다. 그때 그녀에게는 세상이 시로 가득 차 있었다.

마거릿은 버드에게 반딧불이 잡는 법을 가르쳤다. 오므려 모은 두 손의 손가락 틈새로 레몬 라임색 불빛이 반짝였다. 그러다 놓아주면 반딧불이는 죽어가는 불꽃처럼 밤 속으로 빙글빙글 날아갔다. 그녀는 풀밭에 꼼짝하지 않고 누워 동네 토끼들이 클로버에 코를 박은 모습을 지켜보는 일도 가르쳤다. 너무 가까워 버드의 숨결이 토끼 꼬리의 하얗고 고운 솜털을 흔들었다. 그녀는 그에게 꽃과 벌레, 새의 이름을 가르쳤고 비둘기가 작게 구구 우는 소리와 큰어치의 야단스러운 비명, 박새가 단조롭게 삐삐 우는 소리를 여름날 찬물처럼 깨끗하고 맑게 구분하는 법을 가르쳤다. 덩굴에서 꽃을 따서 혀끝에 대는 법을 가르쳤다. 끈적거리는 단맛. 소나무 몸통에서 매미 껍질을 떼어내 뒤집은 다음 깔끔하게 갈라진 배를 보여주었다. 다 자란 매미가 꼼지락거리며 빠져나와 옛 모습을 벗고 새 모습으로 태어난 곳이었다.

그리고 이야기를 들려주었다. 전사와 공주, 불쌍하지만 용감한 소녀와 소년, 괴물과 마법사. 마녀를 속이고 집으로 돌아오는 길을 찾아낸 남매. 백조로 변한 오빠들을 마법에서 구해낸 소녀. 세상을 이해하도록 해주는 고대 신화들. 해바라기가 고개를 숙이는 이유, 메아리가 오래 울리는 이유, 거미가 빙글빙글 도는 이유. 나중에는 그만두었지만, 그녀의 어머니가 그녀가 어릴 때 들려준 이야기들. 옛날에 아홉 개의 태양이 지구를 먼지가 되도록 태우고 있었는데, 용감한 궁수가 하나씩 활로 쏘아 하늘에서 떨어뜨렸다는 이야기. 원숭이 왕이 속임수를 써서 하늘의 정원에 들어가 불로장생의 복숭아를 훔친 이야기. 영원히 헤어진 두 연인이 일 년에 한 번 별의 강을 건너 하늘 한가운데서 만나는 이야기.

진짜 그런 일이 있었어요? 버드는 매번 물었고 그녀는 웃으며 어깨를 으쓱했다.

어쩌면.

그녀는 버드의 머릿속을 말도 안 되는 신비와 마법 이야기로 채웠고 궁금증이 쌓이는 공간을 만들어냈다. 오래전 에덴에 있던 그들의 안식처였다.

오늘은 이걸로 됐어, 그녀는 펜치를 내려놓으며 말한다.

어떻게 보면 이기적인 일이었다. 그녀는 쓰라린 일들을 고백하기 전, 차분한 순간을 끌어내면서 달콤한 시간에 매달리고 있다. 그러나 그녀는 어두워지기 전에 해야 할 일이 있고, 일을 하려면 시간이 걸린다.

그녀는 완성한 병뚜껑을 줄 세우고 두 개씩 센다. 쉰다섯 개. 평소보다 훨씬 적은 수지만 예상한 대로다. 과거의 수렁을 헤치며 걷다보면 손이 느려지게 마련이다. 모든 걸 느리게 만든다. 트랜지스터와 시계용 배터리, 작은 금속 원반으로 가득 찬 쉰다섯 개의 작고 둥그런 캡슐. 그리고 전선, 아주 많은 전선. 모든 것을 동전 크기 뚜껑에 욱여넣고 단단히 봉하면 돌멩이처럼 간단하고 원시적이면서 위험한 물건이 된다. 그녀는 완성한 것을 비닐 쇼핑백에 모두 넣는다. 쇼핑백에 그려진 노란색 웃는 얼굴 아래 이렇게 쓰여 있다. 후원해주셔서 감사합니다.

버드는 어머니가 위층 침실로 사라졌다가 다시 돌아올 때까지 기다린다. 돌아온 어머니는 헐렁한 스웨터를 입고 챙이 넓어서 접히는 밀짚모자를 쓰고 있다. 그녀는 캔과 공병을 찾아 거리를 돌아다니는 여자와 똑같아 보인다.

여기 있어, 마거릿이 말한다. 그녀는 망설이더니 다시 말한다. 아무 일 없을 거고, 오래 걸리지 않을 거야.

그녀는 아들을 위해서라기보다 스스로 확신을 갖기 위해 단호히 말한다.

나가지 말고 조용히 있어, 그녀는 덧붙인다. 그녀는 병뚜껑이 든 비닐을 손목에 걸더니 구석에 놓았던 쓰레기 봉지를 들어 올린다. 쓰레기 봉지를 어깨에 둘러메자 안에서 캔과 소다수 병이 쨍그랑 소리를 낸다. 공기 중에서 시큼한 냄새가 나는데 쓰레기 봉지에서 나는 건지, 어머니가 입은 옷에서 나는 건지, 아니면 어머니한테서 나는 건지 버드는 알 수 없다.

곧 돌아올게, 그녀는 말하더니 복도로 향한다.

어머니가 떠난 뒤 버드는 비어 있는 병뚜껑 하나를 집어 손가락 사이에서 비튼다. 손톱으로 옆면의 튀어나온 부분을 긁어 딱딱 소리를 낸다. 마음속에서 방금 들은 이야기가 딱딱 소리와 함께 넘어간다.

어머니가 묘사한 세상을 상상하기가 어렵다. '위기' 시절의 세상, 그리고 그 이전의 세상. 학교에서 '위기'에 관해 배울 때는 늘 책 속 이야기 같았다. 교훈을 주려고 만들어낸 이야기. 경고하는 이야기. 어머니가 들려준 이야기는 달랐다. 어머니가 그 한가운데 있었다는 사실을 상상하고, 험난했던 시절 어머니 양손에 새겨진 흉터를 보면서 듣자니 느낌과 소리와 냄새가 달랐다.

그가 기억하는 어머니는 땅에서 주름진 녹색 잎을, 가지에서 밝은 공 모양 채소를 달래서 끌어냈다. 손가락에 꿀벌이 앉게 하고 그의 토스트에 버터를 바르고 어둠 속에서 반짝거리는 동화를 펼쳤다. 지금의 어머니는 전혀 다른 존재가 되었다. 마르고 강인해 거의 야생에 가까웠고 눈에는 야망이 깃들어 있다. 빗지 않은 머리는 기름에 절어 있고 피부에서는 거친 동물의 향이 느껴진다. 그래서 어머니가 들려준 얘기를 더 쉽게 믿을 수 있다. '위기'와 거칠게 변한 그녀의 모습. 그녀가 어떻게 살아남았는지. 지금 그녀가 무슨 일을 하는지, 불안한 마음이 버드를 가득 채운다. 그는 탁자 위로 몸을 숙이고 그에게 이야기를 속삭이던 어머니를 생각한다. 어머니 손에서 잘린 전선 끝이 반짝인다. 어머니는 입을 곧고 굳게 일자로 다물고 있다. 그는 병뚜껑을 생각한다. 언제든 터질 준비가 되어 있는 작은 시한폭탄. 도시를 꿰뚫게 될 사탕 색깔의 파편 조각. 그런 짓은 하지 않을 거야, 그는 생각한다. 하지만 사실 확신하지 못한다. 그는 어머니의 눈에서 어릴 적에는 보지 못한 무자비함을 보았다. 너무 오래 바라보면 면도날처럼 그를 베어버릴 것 같은 날카로운 반짝임.

마거릿이 돌아왔을 때, 별로 변한 것은 없어 보인다. 깡통이 든 쓰레기 봉지는 여전히 어깨에 둘러멘 모습이고, 비닐 쇼핑백은 그대로 손목에 묶여 있다. 그녀는 모자를 벗는다.

괜찮니? 어머니는 묻는다. 엄마 없는 동안에 겁나거나 하지 않았어?

이미 삼 년이나 없었잖아요, 버드는 생각한다. 몇 시간은 아무것도 아니죠. 그는 말을 안으로 삼킨다.

괜찮아요, 그는 말한다.

어머니는 비닐 쇼핑백에 손을 넣는다.

네가 뭘 좋아할지 몰라서, 그녀는 말한다. 그래서 그냥 전부 조금씩 가져왔어.

그래놀라 바, 땅콩, 사탕, 캔 수프, 소금으로 조미한 아몬드, 즉석밥. 매대를 전부 뒤져 하나씩 가져온 것 같다. 아들이 뭘 좋아할지 모른다는 것에, 그럼에도 그를 기쁘게 하기 위해 애쓴다는 것에, 그는 슬퍼지면서 동시에 감동한다.

진짜 오랜만이로구나, 그녀는 말한다. 그때가……

그녀는 말을 멈추고 두 사람 사이의 먹을 것을 내려다본다.

진짜 음식을 가져왔어야 했는데, 그녀는 부끄러워하며 말한다. 버드는 어머니가 어떤 것을 가져오고 싶었는지 알 수 있다. 따뜻하고 영양이 풍부하고 균형 잡힌 건강식품. 녹색 채소, 으깬 감자, 버터가 번질거리는 옥수수. 하얀색 도자기 접시에 둥글게 펼친 얇게 썬 고기. 그는 이해한다. 어머니가 누군가를 돌본 지 오래되었고 이제 돌보는 방법도 거의 잊었다는 걸. 어머니는 누군가 그런 음식을 먹는 세상은 말할 것도 없고 그런 식사가 존재한다는 사실조차 잊은 지 오래였다.

괜찮아요, 그는 말한다. 이거면 돼요. 그 말은 진심이었다.

그들은 뭔가 손을 따뜻하게 할 것이 필요해 컵라면을 준비하기로 한다. 비닐 쇼핑백에 병뚜껑이 다 사라지고 없는 걸 버드는 확인한다.

컵라면이 다 익자 그녀는 김이 올라오는 컵라면과 플라스틱 포크를 그에게 내민다. 라면은 레몬처럼 노란색에 아주 짜지만, 버드는 허겁지겁 먹어치운다. 탁자의 맞은편, 마거릿이 잠시 멈춰 있다가 포크도 없이 후루룩 마신다.

여기서 지낸 지는 얼마나 됐어요? 버드가 묻는다. 그는 마지막으로 남은 라면을 건져 올리고 있다.

사 주쯤 됐어. 하지만 살고 있다고 말하기는 어려워. 그냥 일이 준비되는 동안 임시로 있는 곳이라서.

그런 대답은 버드가 더 많은 질문을 던지게 만든다. 준비요? 무슨 준비요? 그는 말한다. 뭘 하는 건데요?

우유 좀 마셔, 그녀는 머그잔에 우유를 부어 그에게 내밀며 말한다. 우유를 마셔야 뼈가 튼튼해지지.

그녀는 자기도 우유를 한 컵 따르더니 한 모금 마신다.

그리고 보관도 안 되니까, 그녀는 덧붙인다. 냉장고가 없거든. 그러니 마셔.

그녀가 비닐 쇼핑백에서 캔을 하나 꺼내더니 손가락으로 고리를 당겨 뚜껑을 딴다. 캔 안에 과일 조각이 보석처럼 반짝인다.

디저트야, 그녀가 두 사람 사이에 캔을 놓으며 말한다. 이런 작은 행동이 그의 마음을 따뜻하게 한다. 그는 늘 캔에 든 복숭아를 좋아했고 어머니는 여전히 기억하고 있다. 그는 금빛 쐐기 모양 복숭아를 포크로 찍는다.

학교는 마음에 드니? 그녀가 갑자기 묻는다. 선생님은 마음에 들어? 애들이 친절하게 대해주니?

버드는 어깨를 으쓱하더니 어깨 한쪽을 움츠린 채 복숭아 한 조각을 꺼낸다. 아이들이 친절하지 않은 건 어머니 탓이지만, 어머니에게 말하고 싶지는 않다. 아이들은 날 노아라고 불러요, 그는 대신 말한다. 아빠가 그러라고 했어요.

어머니는 말을 멈춘다. 그녀는 컵라면을 거의 먹지 않았고 이제 아예 용기를 내려놓고 옆으로 치운다.

아빠는 행복하니? 그녀는 묻는다.

그녀의 목소리는 마치 날씨를 묻는 것처럼 조용하고 차분하다. 오직 양손만 그녀를 배신한다. 양쪽 엄지가 어찌나 손가락을 세게 누르는지 손톱이 하얗게 변했다.

대부분의 아이들처럼 버드는 아버지가 행복한지 행복하지 않은지 생각해본 적이 거의 없다. 매일 아침 아버지는 일어나 직장에 간다. 버드에게 필요한 것을 채워준다. 하지만 돌이켜보니 아버지를 감싼 우울이 보인다. 아버지의 침묵이 도서관 때문이라고 생각했지만 어쩌면 더 깊은 곳에서 온 걸지도 모른다는 생각이 든다.

모르겠어요, 버드는 말한다. 하지만 아버지는 저를 잘 보살펴주세요.

꼭 이렇게 말해야 할 것 같다. 아버지를 두둔하기 위해서인지 어머니를 안심시키기 위해서인지 확실치 않지만.

어머니는 살짝 슬픈 미소를 짓는다. 그런 걱정은 전혀 하지 않았어, 어머니는 말한다. 다음 질문. 아빠는 아직도 사전을 읽니?

버드는 웃는다. 읽어요, 그는 말한다. 밤이면 밤마다.

그렇게 사소한 일까지 기억하고 있구나, 그는 생각한다. 어머니가 좀 덜 낯선 사람처럼 느껴진다.

엄마 얘기하는 걸 좋아하지 않아요, 버드는 고백한다. 아빠가 엄마는 아예 존재하지 않는 것처럼 굴라고 했어요.

버드는 이 말이 어머니를 더 슬프게 만들 거라고 예상했지만 어머니는 그저 고개를 끄덕인다.

우리 둘 다 그게 최선이라고 생각했어.

하지만 왜요? 버드가 고집스레 묻자 어머니는 한숨을 내쉰다.

네게 알려주려고 애쓰고 있어, 버드. 진짜야. 하지만 정말로 이해하려면 모든 걸, 이야기 전체를 들어야 해. 내일 괜찮지? 나머지 얘기는 내일 하자.

버드가 계단을 오르는데 어머니가 그를 부른다.

이제 그럼 널 노아라고 부르는 게 좋겠니? 다른 사람들이 다 널 그렇게 부른다면?

그는 한쪽 손으로 삐걱거리는 난간을 잡은 채 멈춰 선다.

아뇨, 그는 말한다. 양쪽 뺨이 갑자기 달아오른다. 계속 버드라고 불러도 돼요. 그러고 싶으면요.

다음 날 아침 다시 탁자에 앉은 그녀는 시간이 흐르고 있음을
알아차리고 더 분주히 일하며 양손을 재빨리 움직인다. 그녀는
서론도 없이 이야기를 시작한다. 마치 두려워할 새 없이 넓은 바
다에 뛰어드는 것처럼.

버드의 아홉 번째 생일이 지나고 이 주 뒤, 아침을 먹던 이선
이 갑자기 말을 멈추고 깜짝 놀라 마거릿 앞에 자기 휴대전화를
놓았다. 두 사람은 고개를 숙이고 함께 기사 제목을 읽었다. '시
위중에 충돌 발생. 1명 사망, 6명 부상.' 제목 아래에 젊은 흑인
여자의 사진이 있었다. 길게 꼬아 내린 머리를 말꼬리처럼 뒤로
묶었고 안경과 노란 모자를 썼다. 아직 서 있고, 아직 눈을 똑바
로 뜨고 있으며, 벌어진 입으로 아직 울부짖고 있다. 찰나에 붉

은 장미 같은 피가 가슴에서 번지기 시작했다. 정신이 깨닫기도 전에 몸이 먼저 느꼈다. 여자는 양손으로 포스터를 들고 있다. '우리의 모든 잃어버린 심장.' 사진에는 설명이 달려 있다. '시위 중인 마리 존슨, 19세, 필라델피아 출신 뉴욕 대학교 1학년. 월요일 반PACT 폭동에 대응하던 경찰의 유탄에 맞아 사망.'

첫 기사를 시작으로 같은 기사가 많이 났지만, 모든 기사에 같은 사진이 붙어서 나갈 터였다.

이 마리라는 젊은 여자는 기숙사에서 마거릿의 책을 읽었다. 소아과 의사를 꿈꾸며 발달심리학을 전공하던 그녀는 아동 재배치 뉴스가 나올 때마다 마지막 시의 마지막 구절이 마치 아기의 고집스러운 울음처럼 떠올랐다. PACT가 통과되고 구 년이 지난 지금 아동 재배치는 점점 많아지고 있었다. 가끔 뉴스가 전해졌다. 뉴스 속 사건은 태만한 부모와 위험에 처한 아이 이야기로 꾸며졌고, 부모는 무모하고 부주의하고 냉담한 사람으로 묘사됐다. 물론 소문과 비밀과 수치심에 덮여 감춰진 이야기 역시 있었다.

어떤 사람들은 그저 소문일 뿐이라며 비웃었다. 재배치는 극히 드문 사례라고. 또 다른 사람들은 PACT에 따른 이주 명령은 필요악이라고 했다. 아이들과 사회 이익을 위한 구조 행위라면서. 배를 흔들어놓고 아이가 배 밖으로 휩쓸려 나갔다고 놀라서는 안 되죠. 누군가 댓글을 남겼다. 하지만 아이를 빼앗긴 가정 중 아무 말도 하지 않고, 항의도 무엇도 하지 않고, 그들의 올바른 행동에 따라 아이가 되돌아오길 바라기만 할 수 있는 가정이 얼마나 되겠는가?

시위 전날 밤, 마리는 잡화점에서 포스터용 종이를 여러 장 샀다. 그녀는 독한 냄새를 풍기는 두꺼운 보드마커로 시의 구절을 적고 아래에 아이의 침통한 얼굴을 그렸다. 시위가 끝나고 경찰은 그녀의 기숙사에서 보드마커와 남은 포스터용 종이 옆에 마거릿의 시집이 널브러져 있는 걸 발견했다.

그 뒤로 밤샘 시위가 이어졌다. 마리를 기억하자는 운동이었다. 온라인에서는 수천 명이 자신의 소셜미디어 프로필 사진을 바꿨다. 마리에서 마리로 이어지는 사람들. 수많은 사람이 울부짖고 젊음과 분노가 솟구치고 사라진 생명이 고동쳤다. 그들은 모두 마거릿의 시구가 적힌 포스터를 휘둘러댔다. 사람들이 구글에 시구를 검색했고 마거릿 미우라는 이름과 그녀의 시집 제목이 튀어나왔다. 그녀가 임신했을 때, 그리고 밤에 잠이 부족해 멍한 채로 버드를 돌보면서 하늘이 검은색에서 멍든 회청색으로 변하는 걸 보며 쓴 시들.

그녀가 쓴 최고의 시구도, 그녀가 쓴 최고의 시도 아니라고 그녀는 늘 생각했다. 그렇지만 그렇게 되었다. 죽어가는 아이가 양손으로 움켜쥐고 있었다.

해당 시구가 온라인에 등장하기 시작했고 PACT에 반대하는 구호로 채택되었다. 여기저기서 벌어지는 시위에서 슬픔과 분노의 불길이 금세 타올랐다. 배지에, 그라피티에, 티셔츠에 손

글씨로 적혔다. 캠퍼스에 온통 깔렸어, 이선은 눈을 크게 뜨고 말했다. 길거리에서 문구를 처음 본 마거릿은 얼어붙듯 멈춰 섰다가 뒤에 오던 사람이 그녀와 부딪히고, 욕설을 내뱉는 동시에 그녀를 팔꿈치로 밀치며 지나가고 나서야 제정신으로 돌아왔다. 마치 모퉁이를 돌아 괴상한 자기 모습과 맞닥뜨린 느낌이었다. 그녀는 한 번도 시위에 나간 적이 없었다. 솔직히 말하자면 PACT에 관해 생각해본 적도 없었다.

누군가 해당 시구를 법무국 바깥쪽 인도에 있는 뉴욕 시 가족국 건물 벽에 페인트로 썼다. 전국에서 반PACT 행진이 들불처럼 일어나기 시작했다. 반PACT 시위대가 달걀을, 이어서 돌멩이를 PACT를 찬성하는 상원의원과 공무원 차량에 던졌다. 모두 마거릿의 시구가 적힌 포스터를 들고 있었다. 시위는 짧고 산발적이었지만 행인들이 사진을 찍기에는 충분했고, 곧 그런 사진이, 그래서 마거릿이 쓴 시구가 사방에 깔리기 시작했다.

시가 입소문이 날 거라고 기대한 사람이 어디 있겠어? 그녀는 이선에게 말했다. 두 사람 모두 웃지 못했다. 지난 몇 년 사이 벌어진 일 가운데 가장 믿을 수 없는 일이었기 때문이다.

그러더니 라디오 토크쇼에서 해당 시구와 시를 조사했다. 마거릿에 대한 조사였다.

누가 이런 미치광이 시위대에 기운을 불어넣었을까요? 사회자가 물었다. 자, 들어보세요. 진보 텃밭인 케임브리지에 마거릿 미우라는 어떤 급진적 여성 시인이 있어요. 그리고 아니나 다를

까 그녀는 쿵파오라고 합니다.

처음부터 PACT를 옹호하는 태도를 보였던 케이블 뉴스 진행자가 해당 내용을 알자마자 집중적으로 다루었다. 중국계 미국인요? 그런 건 존재하지 않습니다. 그들이 진정으로 어느 나라에 충성을 바치는지 아실 테니까요. 그는 마거릿의 시집 뒷면에 실린 사진을 훑어보다가 카메라를 향해 들어 보였다. 이 여성의 외국인 얼굴이 모든 걸 말해줍니다.

이런 사람들이 바로 우리에게 PACT가 필요한 이유입니다. 이 여자의 시를 원하는 사람, 이 여자의 책을 사는 사람이 누군지 아십니까? 제가 말씀드리죠. 판매 자료를 찾아봤습니다. 젊은 사람들. 대학생과 고등학생입니다. 중학생도 포함되어 있을지 모릅니다, 누가 알겠습니까. 그 나이 아이들은 감수성이 예민합니다. 그리고 이 여자의 영향력은 폭발적입니다. 이 여자의 책 판매량이 얼마나 되는지 아십니까? 지난주에만 이 여자의 책이 사천 권이나 팔렸습니다. 이번 주에는 육천 권이고요. 다음 주에는 만 권이 되겠죠. 확신하건대 우리는 이 시집에 어떤 내용이 있는지 면밀하게 들여다봐야 합니다. 우리 아이들을 물들이는 엄청난 위험이 실제로 존재합니다. 이것이 바로 PACT가 필요한 이유입니다.

게시판에서, 그리고 곧 당국 사무실에서도 사람들이 마거릿의 시를 꼼꼼히 들여다보았다. 흩어져 다른 곳에서 싹을 틔운다. 이건 불온한 사상을 퍼뜨리라는 격려가 아닐까요? 텅 빈 알주머니를 움켜쥔 거미에 관한 시. 공허하고 메말라 안쪽에는 공기만 차 있는. 이것이 공허한 이상에만 매달려 있다가 죽는 미국을 의미한다는 사실을 해석하기는 어렵지 않습니다. 그리고 토마토의 튼튼한 뿌리를 흐트러뜨린다는 내용의 시. 이건 미국인의 안정감이라는 뿌리를 공격하라고 촉구하는 것 말고는 도저히 달리 해석할 여지가 없지 않을까요?

반미국 이념이 분명하고, 사람들이 이런 시를 읽을수록 상황은 훨씬 더 위험해집니다. 지금까지 거의 오만 권이 팔렸는데 시집으로는, 더구나 소규모 출판사에서 나온 시집으로는 전례가 없는 수입니다. 그 자체로 의심스럽군요. 당연히 국방부에서도 조사해봐야 합니다. 혹시 시구에 비밀 메시지가 암호로 숨겨져 있을 가능성을 배제할 수 없으니까요. 이 시들은 단순히 비미국적인 것이 아니라 반란을 선동하고 있습니다. 테러활동을 지지하고 옹호하면서요. 폭동을 지지하라고 설득합니다. 얼마나 많은 반PACT 시위가 벌어지고 있는지 보세요.

명백하군, 한 관리는 마거릿의 파일에 선명한 빨간색 도장을 찍으면서 생각했다. 이곳에서 태어났지만 이름만 미국인인 게 분명해. 아마도 제 부모한테서 배웠겠지. 그놈의 뿌리박힌 외국인 사고방식, 그는 생각했다. 어쩌면 DNA에 깊숙이 각인되어 있을 거야. 그들의 충성심을 똑바로 만든다는 건 애초에 불가능한 일일지도 몰라.

일주일 후 마거릿은 시집을 낸 출판사한테서 전화를 받았다.

265

시집 출간을 중단하고 창고에 있는 책을 전부 폐기하라는 명령을 받았다고 했다. 그렇게 명령할 수 있어요? 마거릿이 물었더니 편집자는 한숨을 내쉬었다. 그는 릴케의 시를 낭송할 수 있는, 높은 음역의 목소리를 가진 안경 낀 백인 남자였다. 출판사는 밀워키의 두 칸짜리 월세 사무실을 사용했다. 그는 여러 주 전부터 협박 이메일과 전화에 시달리고 있는데 가장 최근에 받은 협박은 그의 일곱 살짜리 딸에게 저지를 짓에 대한 상세한 내용을 담고 있었다. 그게 끝이 아니에요, 그는 말했다. 당국에서 우리 회계 장부와 다른 작가들을 조사하겠다는 소환장을 보냈어요. 아시아계 작가뿐 아니라 모든 작가를. 우리가 반미국적인 사람에게 자금을 지원했는지 확인하겠다면서요. 우리가 협조하지 않으면 출판사를 문 닫게 할 방법을 찾아내겠다는 강력한 암시를 줬어요. 미안해요. 마거릿. 진심으로 미안해요.

어차피 출판사는 한 달 안에 창고의 모든 책이 폐기당하고 파일이 삭제당한 뒤 문을 닫을 터였다. 항의 전화가 밀려들자 도서관에서는 서가에서 해당 시집을 빼기 시작했다. PACT 지지자들이 보스턴 도심에서 집회를 열고 여기저기서 모은 책을 시청 광장에서 드럼통에 넣고 불태웠다. 우체국에서는 마거릿과 이선의 우편물을 검열하기 시작했다.

상황은 더 나빠졌다. 누군가 온라인을 뒤져 그들의 주소와 마거릿의 전화번호를 소셜미디어에 올렸다. 이 파오 년이 우리 아이들에게 독을 먹이는 것이 싫은가요? 전화해서 말하세요. 그는 이렇게 썼다.

우리 어떻게 하지? 그녀는 휴대전화를 무음으로 돌리면서 이선에게 말했다. 전화는 이십 분 내내 울려대고 있었고 그녀가 받으면 즉시 끊겼지만, 곧바로 다시 울려대기 시작했다.

이선은 그녀를 품에 안았다. 경찰 신고는 이미 한 상태였다. 경찰은 공개적으로 이용 가능한 정보를 인터넷에 올리는 것은 전혀 불법이 아니라고 말했다. 그는 경찰에 욕설을 퍼붓고 전화를 끊었다. 토요일 아침이었다. 만일 평범한 날이었다면 주방 식탁에 앉아 와플을 먹었을 것이고 햇빛이 그들의 접시를 비추었을 것이다. 하지만 그러는 대신 이선은 오전 내내 집 안을 오가며 커튼을 치고 마거릿과 버드가 창문에서 떨어져 있도록 했다.

수그러들 거야, 그녀는 남편을 안심시켰다. 멈추지 않을 리가 없어. 사람들도 지치겠지. 내가 뭘 한 것도 아니잖아. 난 시위에 나간 적도 없어. 나는 그저 시를 쓴 것뿐이야.

사람들은 멈추지 않았다. 마거릿과 이선 그리고 버드를 제외하고는 아무도 지치지 않는 것 같았다. 엄마 전화는 왜 그래? 누가 계속 전화해? 버드는 계속 물었다. 그들이 사는 집 현관에 썩은 생선과 개의 배설물이 든 봉지, 깨진 유리가 나타나기 시작했고 어느 날인가는 탄피와 결합된 총알이 발견되었다. 그 뒤로 버드는 뒷마당을 포함해 바깥 어디로도 혼자 나갈 수 없게 되었다.

사람들이 미쳤어, 이선은 버드에게 말했다. 걱정하지 마. 넌 안전하니까.

그거 아십니까? 며칠 후 같은 토크쇼의 사회자가 말했다. 마거릿 미우에게 아이가 있다는 거? 아홉 살이죠. 네. 믿어집니까? 그리고 그 아이 이름은, 잘 들으세요, 아이 이름이 버드랍니다.

인터넷 게시판에는 이런 글이 달렸다.

그게 바로 아동 학대죠. 더 말할 것도 없이요.

그런 사람은 애를 낳게 두면 안 된다니까.

집에서 애한테 어떤 짓거리를 가르치고 있을지 상상이 가? 그 여자가 엄마라고 생각해보라니까.

아이가 불쌍하네. 빨리 가족국에서 조사해보기를 기도해야지.

그날 밤 두 사람이 버드를 재운 뒤, 이선의 어머니한테서 이메일이 도착했다. 친구인 베시가 마거릿에 관한 기사를 보내왔어. 이선의 어머니는 그런 내용의 메일을 계속 받았다. 그중 일부는 아들에게 전달하고 대부분은 그냥 읽고 말았다. 겉으로는 호의인 척 보내는 지인들의 메일은 한 통씩, 가끔은 한꺼번에 두세 통씩 편지함에 도착했다. 전에 당신 아들 새 아내(?)라면서 얘기한 걸 기억해요. 그 사람이 바로 그 마거릿 미우인가요?!

기사와 뉴스, 헤드라인이 쌓이면서 이선의 부모는 메일을 읽고 토론하며 그들이 만났고 사랑했던 여자, 그들의 아들이 사랑하는 여자, 그들의 손자를 낳은 여자를 뉴스 속 여자와 비교하기 시작했다. 그들이 알던—진짜 그들이 알았을까?— 여자와 다른 모두가 보는 것 같은 여자. 그들이 직접 만나서 본 것은 몇 번이었을까? 그렇게 짧은 시간에 다른 사람을 얼마나 알 수 있을까?

일주일에 한 번 통화할 때마다 이선은 그의 부모에게 최근 상황에 관해 큰소리로 불평했다. 익명의 이메일로 가득 찬 마거릿의 편지함과 그들의 현관문에 테이프로 붙인 편지들. 분노와 두려움에 진이 빠진 이선은 말을 멈추고서야 어머니가 평소답지 않게 아무 말이 없다는 사실을 알아차렸다.

개는 늘 착해 보였어, 그의 어머니가 말했다. 깊은 슬픔과 배신감에 찬 목소리였고 그때 이선은 알았다. 어머니의 머릿속에 어떤 이야기가 자리 잡았고 그가 그 이야기를 다시 쓸 수는 없다는 것을. 그 뒤로 몇 주 동안 이선의 부모는 그에게 전화하지 않았고, 이선은 버드와 기숙사로 이사한 뒤 부모에게 바뀐 주소를 알리지 않았다.

그러다가 편지를 받았다. 버드의 선생님인 에르난데스 씨가 슬쩍 아이 가방에 넣어 보낸 편지였다. 친애하는 가드너 부부께. 편지는 깔끔하고 동글동글한 필기체로 쓰여 있었다. S를 크고 자랑스럽게, P는 곧고 똑바로 선 모습으로 썼다. 가족국에서 학교로 연락이 왔어요. 저에게 월요일 아침 출두해서 면담하자고 해요. 가족국은 그 뒤에 어머님 아버님과도 이야기하고 싶어할 것 같아요. 덧붙인 말이 있었다. 알려드려야 마땅할 것 같았어요.

경고였다. 정말로 선의에서 비롯된.

그녀는 그날 밤 짐을 쌌다. 가방 한 개. 그녀가 등에 질 수 있는, 최대한 멀리까지 메고 걸을 수 있는 작은 가방. 침낭과 그들이 준비할 수 있는 최대한의 현금. 침낭은 원래 이선의 것이었다. 따뜻한 거야, 그는 벽장 안쪽에서 침낭을 꺼내며 부드럽게 말했다. 두 사람이 앞으로 나란히 누워 잠자리에 들 수 없는 밤을 상상하는 사이, 그녀는 그의 목소리에서 뭔가가 걸리는 듯한 느낌을 알아차렸다. 그녀는 침낭을 받아 재빨리 돌아서서 가방에 묶었다. 사실 그녀는 남편 눈에 깃든 고통을 마주할 수 없어서, 남편이 그녀의 눈 속 고통을 마주할 수 있을지 확신할 수 없어서 그런 거였다. 두 사람은 약속했다. 그녀는 편지를 쓰지 않을 것이고 전화도 하지 않을 것이다. 추적당할 수 있는 건 아무것도 안 됐다. 그녀는 휴대전화도 가져가지 않았다. 끊기지 않은 인연은 결국 파악당할 수 있기에 그들은 그녀를, 반역적인 파오 어머니를 삶에서 끊어내기로 한 것이다. 그들은 버드를 빼앗길 수 있는 구실은 조금도 줄 생각이 없었다. 무슨 일이 있어도 버드는 지키기로 두 사람은 약속했다. 무슨 짓을 해서든, 무슨 말을 해서든 버드를 안전하게 지켜야만 했다.

다음 날 아침, 그녀는 작별 인사를 하려고 했다. 늦은 10월 어느 토요일이었다. 나무에서 잎이 떨어지기 시작하는 때였다. 우린 괜찮을 거야, 이선이 그녀에게 말했다. 그의 말은 그녀보다는 이선 스스로를 안심시키기 위한 것임을 두 사람 모두 알았다. 그는 그녀의 머리카락에 얼굴을 묻었고 마거릿은 그의 품을 파고들어 그를 들이마셨다. 차마 용기가 나지 않아 하지 못한 말들이 입에서 빠져나가려 필사적으로 애썼다. 마침내 두 사람이 서로를 놓아주었을 때 두 사람은 서로 바라보지 못했다. 이선은 서둘러 침실로 들어가 문을 닫았다. 더 무슨 말을 할 수 있겠는가. 그는 차마 그녀가 떠나는 모습을 볼 수 없었다. 버드는 아무것도 알지 못한 채 거실 카펫에 무릎을 꿇고 앉아 플라스틱 블록을 이어 붙이고 있었다. 집을 만들고 있었는데 지붕이 계속 무너져 내렸다. 아이의 손으로 만들기에는 지붕 아치가 너무 높았다.

버디, 그녀는 말했다. 목소리가 갈라졌다. 버드, 엄마 이제 가야 해.

그녀는 버드가 가방을 보면 물어볼 줄 알았다. 그녀가 가방을 멘 적이 없다는 걸 버드가 분명히 알아보리라 생각했다. 왜 그런 걸 메고 있어요? 어디 가요? 나도 가면 안 돼요? 하지만 버드는 돌아보지 않았다. 처음에는 블록에 너무 집중한 나머지 그녀의 말을 듣지 못했다. 그녀는 아이의 그런 면이, 자신이 이해하고 싶은 것에 여름 열기처럼 강렬한 집중력을 모으는 면이 사랑스러웠다.

버드, 그녀는 다시 불렀다. 이번에는 더 큰 목소리로. 버디, 아가야. 엄마 이제 가.

버드는 돌아보지 않았고, 그녀는 오히려 고마웠다. 마지막 순간 아들의 눈을 보지 않아도 되어 고맙고, 아들이 평상시처럼 그녀에게 달려와 그녀의 배에 얼굴을 묻지 않아 고마웠다. 만일 그러면 그녀가 어떻게 집을 떠날 수 있겠는가.

알았어요, 버드가 말했고 그녀는 아들의 신뢰에 가슴이 아팠다. 그녀가 언제나처럼 곧 돌아오리라는 철석같은 믿음이. 그 순간 그녀는 돌아섰다. 돌아서서 배낭을 어깨에 둘러메고 이미 내린 결정을 가슴이 바꾸기 전에 곧장 밖으로 나갔다.

이틀 뒤 가족국 직원이 찾아왔을 때 그녀의 물건은 이미 집 밖 길바닥에 쌓여 있었다. 그들에게 조사받던 이선은 고개를 흔들었고 아들의 심장은 찢어졌다. 아니요, 그는 그녀가 어디로 갔는지 알지 못한다고 했다. 아니요, 그는 그녀와 절대로 같은 생각을 공유하지 않는다고 했다. 사실을 말하자면 정반대라고. 아니요, 그는 솔직히 슬픈 생각이 들지 않는다고 했다. 그는 아들 때문에 어떻게든 해결해보려고 애썼지만 참는 데는 다 한계가 있잖아요? 그렇게 말했다. 글쎄요, 그냥 애 엄마가 더는 영향을 줄 수 없게 되어 안심했다고 해둡시다. 네, 제 말이요. 없는 편이 훨씬 낫죠.

그 여자 책이요? 절대 안 되죠. 선동적인 쓰레기예요. 다 태워버렸습니다.

필라델피아로 가는 버스 안, 그녀는 스카프를 위로 끌어 올리고 선글라스로 얼굴을 가렸다. 주머니에 든 천백 달러는 그들이 저축한 금액의 거의 전부였다. 그녀는 아직은 아무런 계획이 없고 오직 희망만 품고 있었다. 누군가 도움을 주지 않을까, 누군가 잠시 행동을 멈추고 다음엔 무엇을 해야 할지 결정할 장소를 제공해주지 않을까. 하지만 어딘가에서 멈추기 전에 그녀는 먼저 경의를 표하고 사과해야만 했다. 속죄. 구부정하게 의자에 앉

은 채 그녀는 니트 모자를 거의 콧잔등까지 내려쓰고 턱을 코트
칼라에 묻었다. 울 생각은 없었다. 대신 그녀는 회색과 흰색이
섞인 흐릿한 모습으로 스쳐 지나가는 고속도로를 지켜보았다.
그녀 옆에는 콧수염을 기른 남자가 코를 골며 자고 있었다. 남자
가 숨을 쉴 때마다 목에 붙은 지방 덩어리가 떨렸다.

　마리 존슨이 자란 작은 교외 도시에는 깔끔한 잔디밭 위로 여
기저기 꽃이 핀 관목과 오래된 떡갈나무가 보이고, 깔끔한 목조
주택의 페인트 가장자리에는 세월의 흔적이 보였다. 마리의 집
은 다른 집과 전혀 다를 것이 없었다. 겉으로 보기에 애도 기간
의 흔적 같은 건 없었다. 하지만 그녀는 집을 보자마자 알 수 있
었다. 텔레비전 뉴스에서 수도 없이 화면에 띄워 보여주던, 밖에
서 웅성거리는 카메라를 피해 늘 커튼이 굳게 닫혀 있던 그 집
이었다. 이제 여러 달이 지난 지금, 겉으로는 평상시 모습을 되
찾고 있었다. 몇 걸음 떨어진 곳에서 한 남자가 청소용 송풍기의
줄을 당겨 시동을 걸었고, 송풍기가 으르렁거리는 쉰 소리를 내
며 되살아났다. 도로 건너편에는 정원 장갑을 낀 나이 많은 여자
가 학교 선생님 같은 엄격한 태도로 시든 국화꽃을 잘라내고 있
었다. 마리의 집에 사람이 살고 있다는 유일한 흔적은 진입로에
서 있는 자동차와 살짝 벌어져 있는 커튼을 통해 집 안으로 틈
입하는 오후의 햇살 조각이었다.

　마리는 어렸을 때 분명 이곳에서 놀았을 것이다. 이 잔디밭에
서 재주넘기를 하고 보도블록에 분필로 숫자 판을 그려 뛰어넘

으며 놀았을 것이다. 더운 여름날에는 스프링클러 물줄기를 피해 달아나거나 쫓아다니며 놀았는지도 모른다. 마거릿은 그 모습이 보이는 것 같았고, 그녀의 비명이 마치 버드의 목소리처럼 종소리처럼 들리는 것 같았다. 등에 멘 배낭이 그녀의 어깨에 넓고 빨간 흔적을 만들었다. 그녀는 벨을 눌렀다.

문을 열고 나온 여자는 마거릿보다 열 살쯤 더 많아 보였으나, 인생을 몇 번은 더 산 것 같았다. 얼굴은 아직 젊지만 몸을 지탱하고 움직이는 방식이 뭔가 지쳐 보이고 무거워 보였다. 마치 자신이 감당해야 하는 것 이상으로 몸이 늘어난 것처럼. 여자 뒤에 선 남자는 넓은 어깨를 둥글게 움츠리고 코끝에 돋보기안경을 걸친 채 접은 신문을 손에 들고 있었다.

존슨 부인, 마거릿이 말했다. 존슨 씨. 마리 일로 왔습니다.

그때부터 그녀는 사과와 고백, 설명 그리고 후회와 자책을 혼란스러운 격류처럼 쏟아냈다. 그녀의 시, 그녀의 의도, 그리고 마리의 죽음으로 그녀가 느낀 공포와 슬픔. 그럴 뜻은 없었어요, 그녀는 반복해 말했다. 상상도 하지 못했어요. 전혀 예상 못 했습니다. 그 말이 그녀 입에서 흘러나와 그녀의 귀로 들어가면서 그녀는 자신의 실수를 깨달았다. 그녀에게는 자신이 간절히 원한 것—안심, 위로, 용서—을 그들에게 요구할 권리가 없었고, 그들이 그녀에게 그것을 줄 이유도 없었다.

그들이 절 뒤쫓고 있어요, 그녀는 자기도 모르게 말하고 있었다. 거의 애원하듯 스스로 변호하는 날카로운 목소리에서 두려움이 느껴졌다. 그들이 제 잘못으로 몰고 있어요. 그리고 그들이 맞아요.

그녀 앞에 있는 마리의 부모는 현관에 무감각하게 서 있었다. 길 아래쪽에서 남자가 송풍기 모터를 끄자 주변이 조용해졌다. 그녀는 아직 현관 계단에 서 있었다. 그녀는 아이를 잃은 여자와 남자의 발아래에 이 모든 걸 내려놓기 전에 잠깐의 틈도 주지 않았다는 생각이 들었다. 희망이 없었다. 그녀에게는 희망이 없었다. 어떻게 이런 일을 두고 사과할 수 있을까?

정말 정말로 죄송합니다, 그녀는 마지막으로 말하고 가려고 돌아섰다.

여긴 뭐 하러 온 겁니까? 마리의 아버지가 물었다. 그는 화난 기색 없이 차분하게 신문을 반으로 접었다. 마치 평생 읽을 신문을 전부 읽은 사람처럼, 손에 든 신문이 생애 마지막 신문인 것처럼. 그는 쭈뼛거리지 않고 그녀를 똑바로 바라보았다. 두려움을 넘어선 것이다. 우리가 당신에게 할 말이 있을 줄 알았어요? 그가 말했다. 우리 아이는 죽었고 당신은 여기 올 수 있지. 뭘 찾는지는 몰라도, 당신이 겪은 일을 듣고 우리가 안타까워하길 바라나?

그의 목소리는 조용했다. 도서관에서 말할 때 사용하는 목소리처럼. 소리를 지르는 것보다 마거릿의 몸을 더 얼어붙게 했다.

당신이 우리 애를 안다고 생각합니까? 그는 계속했다. 사람들은 전부 자기들이 우리 애를 안다고 생각하지. 이제 모든 사람이 우리 애를 안다고 생각해. 사람들은 우리 아이 얼굴이 가슴에 그려진 옷을 입지만 우리 아이를, 그 아이가 어떤 사람이었는지 신경 쓰지 않아. 그냥 자기들이 원하는 걸 정당화하는 데 아이 이름을 써먹는 거야. 내 아이가 그냥 구호에 불과한 거지. 아이에 관해서는 아무것도 모르면서. 그건 당신도 마찬가지고.

주변에서는 급할 것 없이 지나가는 자동차 소리, 하늘로 솟구치는 까마귀의 지저귐, 얼마나 먼지 알 수 없는 곳에서 들리는 개 짖는 소리 같은, 교외라면 늘 있는 소리가 들렸다. 아무것도 잘못된 것이 없다는 듯 계속 이어졌다.

무슨 할 말이 있겠습니까, 그는 말을 마쳤다.

그는 돌아서서 집 안의 어두운 그림자 속으로 물러섰다.

아주 잠시, 마거릿과 마리의 어머니가 현관에서 마주 서 있었다. 마거릿은 현관 앞 계단에 얼어붙어 있었고 땀에 젖은 목덜미로 쌀쌀한 바람이 불어왔다. 마리의 어머니는 마치 무너지는 집을 지탱하려는 것처럼 한 손으로 문기둥을 붙잡고 서 있었다. 햇빛 때문에 반쯤 실눈을 뜨고 등은 어둠 속에 그림자를 드리운 채로 마거릿을 유심히 보면서. 마거릿은 그녀가 무엇을 보는지 궁금했다. 그녀는 뒤늦게 아시아인과 흑인의 세상을 생각했다. 서로 위태롭게 밀고 당기며 멀찌감치 떨어져 얼어붙은 채로 경계하며 돌고 있는 두 세상. 그녀가 어릴 때 어린 흑인 소녀가 총에 맞고, 로스앤젤레스에 폭동이 벌어지고, 한국인 상점이 불탔다. 그녀의 부모는 화를 내며 뉴스를 읽고 피해와 비행 범죄에 분노했다. 그리고 세월이 지난 뒤 중국계 미국인 경찰이 총을 쏘는 바람에 젊은 흑인 남성이 계단에서 사망하는 사건이 발생했다. 모든 면에서—사고 자체, 경찰의 폭력성, 희생양— 원성이 빗발쳤고 결국 양측은 불안한 휴전 상태로 분리되었다. 길거리에서 십대 흑인 아이가 '칭총'거리며 그녀를 조롱하고 그녀의 어머니를 밀친 적도 여러 번 있었다. 반대의 경우도 있었다. 그녀가 뉴욕으로 이사한 지 얼마 되지 않았을 때 차이나타운에서 과일을 고르는데 한 흑인 남자가 SUV를 몰고 지나갔다. 열린 창문에서 랩 음악이 크게 흘러나왔는데 소리가 얼마나 큰지 손에든 배가 울릴 지경이었다. 그때 꼿꼿하게 생긴 중국인 과일 가게 주인이 이를 부드득 갈았다. 깡패 놈들, 그는 말했다. 마치 그녀도 이미 동의한 것처럼. 그러더니 침을 뱉었고 그녀는 너무 놀라—부끄럽게도— 그냥 고개를 끄덕이고, 돈을 내고, 아무 말도 못 하고 얼른 도망치듯 자리를 떠났다. 그런 역사가 마치 등에 진 짐처럼 그녀를 짓눌렀다.

죄송합니다, 마거릿은 다시 말했다. 가야겠어요.

아이가 있나요? 마리의 어머니가 갑자기 물었다.

하나요, 마거릿이 말했다. 아들이 하나 있었어요. 그녀는 자기도 모르게 과거 일처럼 말하고 깜짝 놀란다. 그녀의 심장이 차마 받아들일 수 없는 일을 머리는 얼마나 쉽게 받아들이는지. 있어요, 그녀는 다시 말한다. 아들이 하나 있어요. 하지만 이제 다시는 볼 수 없을 거예요.

두 사람 사이의 긴 침묵이 늘어나고 부풀어 올라 두 사람을 두껍고 푹신하게 감쌌다. 그 순간 마리의 어머니가 손을 내밀어 손목을 붙잡는 바람에 마거릿은 깜짝 놀랐다.

세상에서 가장 비참한 사람 모임에 온 걸 환영해요, 그녀가 말했다.

존슨 부부의 집은 아담하고 단정했지만 어디서나 딸의 흔적이 보였다. 존슨 씨는 입을 굳게 다문 채 아내를 향해 고개를 흔들고는 위층으로 사라졌고 존슨 부인은 마거릿을 거실로 안내했다. 벽난로 선반에는 모자를 쓰고 가운을 걸친 마리의 사진이 액자에 담겨 있었다. 돌돌 만 종이를 마치 꽃다발처럼 한쪽 팔로 받친 모습이었다. 고등학교 졸업 사진이에요, 존슨 부인이 말했다. 졸업식 개회사를 했죠. 한쪽 구석에는 보면대와 플루트 가방, 불가능해 보일 정도로 높은음으로 뒤덮인 악보가 보였다.

악단에서 활동했어요. 하지만 진짜 좋아한 건 클래식 음악이었죠.

존슨 부인이 악기 가방을 쓰다듬으며 걸쇠에 묻은 먼지 한 점을 떨어냈다.

대학에 가서도 계속하기를 원했어요. 하지만 시간이 없다고 하더군요. 정말 여러 가지 계획이 있었거든요.

마거릿은 아직 배낭을 등에 멘 채였다. 머물 수 있도록 초대를 받은 건지 아직 확실하지 않았다. 이렇게 많은 것이 있는 거실에서 그녀는 마치 크고 느리게 움직이는 동물이 된 기분이었다. 움직일 때마다 과거의 일부를 바닥으로 쓰러뜨릴 것 같았다. 그녀는 마치 자신을 더 작고 차분한 존재로 만들려는 것처럼, 그러면 무엇에라도 도움이 되는 것처럼 숨을 참았다.

존슨 부인이 선반에서 작은 코끼리 도자기를 들고 뒤집었다. 잠시 뭔가를 찾던 그녀는 마거릿이 볼 수 있도록 들어 보였다. 위로 올라간 코에 접착제 자국이 빙 둘러 가늘게 나 있었다.

이거 보여요? 그녀가 말했다. 내 친구가 인도에 휴가 여행을 갔다가 선물로 사 온 거예요. 마리가 일곱 살인가 여덟 살일 때죠. 이걸 아주 좋아했어요. 가지고 놀고, 주머니에 넣고 돌아다니기도 했어요. 어느 날 직장에서 돌아왔더니 코를 깨뜨렸더라고요. 마리한테 악을 썼어요. 다른 사람 물건을 존중하지 않은 거라고. 조심하라고 하지 않았느냐고. 왜 내 말을 듣지 않느냐고. 아이는 제게 말했어요. 아뇨, 엄마. 난 안에 뭐가 있는지 보고 싶었어요. 일부러 부러뜨린 거예요. 저는 한 달은 벌을 받아야 한다고 말했어요. 그리고 다음 날 보니 이렇게 되어 있더라고요.

그녀는 작은 코끼리가 서 있는 손바닥을 살짝 기울여 빛에 코끼리의 곡선이 드러나도록 했다.

다시 붙여놨더라고요. 깨졌던 곳이 거의 보이지 않았어요. 어딘지 알아야만 보이는 정도였어요.

그녀는 코끼리를 조심스럽게 선반에 다시 올려놓았다.

마리는 그랬어요, 그녀가 말했다. 세상 사람 누구도 그런 일은 기억할 수 없어요. 저만 가능하죠.

두 여자는 침묵 속에 서 있었다. 커튼 틈을 비집고 비치는 빛 기둥 속에서 티끌 같은 먼지가 떠다녔다.

제게 말씀해주시겠어요? 마거릿이 물었다. 그녀는 나이 든 여자의 손을 두 손으로 잡았고, 부인은 손을 빼지 않았다. 마거릿은 자신이 받을 자격이 없는 친절한 행동에 겸허해졌다. 마리에 관해 말씀해주시겠어요? 그녀는 말했다. 마리가 누구였는지, 어떤 사람이었는지요.

그럴게요. 다만 한 가지, 기억하겠다고 약속해야만 해요. 우리 아이는 포스터가 아니라 진짜 사람이었다는 걸. 마리는 아이였어요. 내 아이.

그녀는 이틀 동안 머물며 이야기를 들었다. 마리의 어머니로 하여금 머리에 떠오르는 얘기는 뭐든 전부 말하게 했다. 존슨 씨는 셔츠 주머니에 돋보기를 넣고 방에서 나가면서 경계심 가득한 눈으로 그녀를 피했다.

저이는 당신을 믿지 않아요, 복도를 지나가는 남편을 보며 존슨 부인이 말했다. 사과가 아니었다. 그저 있는 그대로 설명하는 말이었다.

하지만 존슨 부인은 그녀를 마리의 침실로 안내했다. 그곳에서 두 사람은 해가 뜰 때부터 어둠이 내릴 때까지 함께 앉아 있었다. 존슨 부인은 방 안을 돌아다니며 부드럽게 얘기하고 이것

저것을 만지면서 추억에 잠겼다. 마리의 머리빗, 반지, 창턱에 올려두었던 파도에 동그래진 돌멩이를 들어보면서. 모든 것이 부적처럼 기억을 일깨워주었다. 중요한 이야기는 아니었다. 노스캐롤라이나에 사는 숙모네 놀러 갔던 일, 놀이공원에 갔던 날, 비쩍 마른 사춘기 시절 마리의 첫 뉴욕 여행. 엄마, 난 여기서 살고 싶어요. 모든 이야기가 견딜 수 없을 정도로 중요하다. 겨우 걸음마를 뗀 어린 시절 목사님이 함께 기도합시다, 하고 말하는 순간에 교회에서 방귀를 뀐 일. 그녀가 너무나도 사랑했던 빨간 구두를 포기하지 못하고 몇 달 동안 발을 억지로 욱여넣으며 여전히 발에 맞는다고 우기다가 구두 솔기가 뜯어진 일. 십대 시절 잡지에서 좋아하는 단어를 오려서 마치 꽃가루처럼 파란 봉투에 모셔둔 일. 모호한, 머스코바도,* 산산조각. 그냥 발음이 멋지잖아요, 그녀는 말했다.

그걸로 뭘 하고 싶은 건지 나는 몰랐어요, 존슨 부인은 말했다.

그녀는 얘기하고 또 얘기했고 기억 속 다른 기억의 징검다리를 밟으며 넓은 바다를 건넜다. 이걸 기억해요, 마리의 어머니는 말하고, 말하고 또 말했다. 잠시만요. 마치 기억이 손가락에서 튀어 오르는, 그래서 바닥에 굴러떨어지고 어느 틈으로 들어가 사라지는 구슬이라도 되는 것처럼. 그리고 기억은 실제로 그랬다. 마거릿은 밤에 존슨 씨네 거실에서 침낭을 두르고 누워 마리

---

*   흑설탕의 일종.

의 어머니가 한 말을 적었다. 단어 하나하나가 종소리처럼 울렸다. 하지만 존슨 부인이 말하는 동안 마거릿은 그냥 듣고, 듣고 또 듣기만 했다.

두 번째 밤, 마리의 아버지가 방으로 들어왔다. 그는 딸의 꽃무늬 침대에 앉은 아내와 바닥에 책상다리로 앉은 마거릿을 응시했다.

내가 우리 애한테 마지막으로 뭐라 했느냐면요, 그는 말했다.

인사도 소개도 없었다. 마치 오랫동안 그저 이 말을 하기 위해 기다려온 사람처럼.

마리가 전화로 내게 말했어요. PACT에 항의하는 시위가 어떻게 계획되었는지, 어떻게 갈 생각이고 어떤 구호를 들 계획인지. 난 말했어요, 마리, 너와 관계없는 일이야. 그놈의 파오들이 널 위해 위험을 무릅쓸 것 같니? 네가 상점에 들어가서 불쾌한 의심을 사고, 경찰한테 검문당하다 총 맞아 죽는다고 그 사람들이 신경이나 쓸 것 같아? 그냥 내버려둬.

그는 말을 멈췄다.

마리는 조사하고 있었어요, 그는 말을 이었다. 우리 가족의 족보를 추적하려는 거였죠. 고등학생이 되면서 궁금해졌나 봐요. 도서관에 살면서 관련 자료와 인구조사 기록을 들여다보면서 뿌리를 찾으려고 애썼습니다. 우리의 뿌리를. 찾고 보니 커다란 공백이 있었어요. 노예해방 이전에는 기록이 없던 겁니다. 딱 하나를 빼고는. 우리 조상으로 보이는 사람의 매매계약서였죠. 열한 살 때. 버지니아 주 앨버말카운티의 존슨 씨에게 팔린 거였습니다.

다시 침묵. 그는 마거릿을 내려다보았고 그녀는 그를 쳐다보았다. 귀를 기울이고.

시위에 가지 않기를 바랐어요. 하지만 마리는 마음을 굳힌 상태였어요. 그냥 이렇게 말하더군요. 아빠, 가족한테서 아이를 빼앗아가는 건 잘못된 거야. 알잖아. 마리는 나와 다투기 싫어했고 그래서 그냥 전화를 끊었는데 다음 날 그 시위에 나간 겁니다.

문가에 선 존슨 씨는 강인한 남자였지만 슬픔으로 연약해져 있었다. 마거릿의 어머니는 거리에서 존슨 씨 같은 흑인이 다가오면 길을 건너 달아났다. 경멸해서? 두려움 때문에? 그녀는 알 수 없었고 그게 중요한지도 확신할 수 없었다. 그녀의 아버지가 일하던 공장에는 흑인 남자가 몇 없었고, 그녀의 아버지는 누구와도 친하게 지내지 않았다. 나랑은 다른 사람들이야, 아버지는 말했다. 그녀는 그게 무슨 뜻인지 굳이 물어보지 않았다.

틀리지 않으셨어요, 마거릿이 마침내 말했다. 틀리지 않으셨죠. 하지만 마리가 틀린 것도 아니에요.

몇 세대에 걸쳐 풀어야 할 복잡한 매듭을 살짝 잡아당기는 것 같았다.

존슨 씨는 아내 옆에 자리를 잡고 앉았다. 존슨 부인은 남편에게 팔을 두르고 얼굴을 그의 어깨 쪽으로 돌렸고, 두 사람은 그렇게 조용히 앉아 있었다. 마리의 방에 세 사람이 있었고, 마거릿은 부부가 겪은 상실의 증인이었다.

한참, 아주 한참이 지나고 나서 그가 말했다. 어떤 생각이 자꾸 나는지 압니까? 직장에서 집에 돌아온 어느 날 밤이었어요.

추억이 마치 돌로 걸러낸 물처럼 그에게서 스며 나왔다.

그때 마리가 몇 살이었는지도 기억이 나지 않아요. 다섯 살일 수도 있고 열다섯 살일 수도 있어요.

마거릿은 이상하게 생각하지 않았다. 아이를 키우며 스스로 터득했기 때문이다. 시간이 얼마나 미끄럽고 탄력적으로 흐르는지. 일직선이 아닌, 끝없는 고리 모양으로 계속 반복해 돌고 돌면서 다시 덮어쓰는 것처럼 보이는지.

웃고 있었어요, 마리의 아버지가 말했다. 웃고, 웃고 또 웃었어요. 너무 신나게 웃느라 일어서지도 못했습니다. 얼마나 웃었는지 얼굴에 눈물이 줄줄 흘렀어요. 집에 온 나는 카펫에서 뒹구는 마리를 봤죠. 웃고만 있더라고요. 마리, 뭐가 그렇게 재밌니? 내가 말했어요. 아이는 계속 웃기만 했습니다. 결국 나도 웃기 시작하고 말았어요. 어쩔 수가 없더라고요.

그때의 기억이 소용돌이치면서 그를 과거로 끌고 갔는지 그는 다시 반쯤 웃는 얼굴이 되었다.

마리가 겨우 차분해지더니 그냥 가만히 누워 있었어요. 숨을 고르면서 천장을 보고 있었지만 얼굴은 여전히 활짝 웃고 있었어요. 마리, 뭐가 그렇게 재밌어? 내가 다시 말했어요. 마리는 크게 한숨을 쉬었습니다. 아주 행복해 보였어요. 다요, 그렇게 말하더군요. 다 재밌어요.

그녀는 한 가지 부탁과 이름 하나를 받고 마리의 집을 떠났다.

딸을 시에 넣어주세요, 존슨 씨가 말했다. 아이가 좋아할 겁니다. 아이를 시에 넣어주세요, 네? 다른 사람들이 아이를 기억할 수 있게.

노력해볼게요, 마거릿은 그렇게 말했지만 이미 어떤 시도 마리를 담을 수 없다는 걸 알았다. 어떤 시도 버드를 담을 수 없듯이. 언제나 많은 것이 말하지 못한 채로 남아 있을 것이기 때문이다.

존슨 부인은 아무 말도 하지 않고 그냥 마거릿을 껴안았다. 마거릿이 그녀를 안은 것보다 더 힘주어 안은 것 같았다. 그들은 다시는 이야기를 나눌 수 없을 테지만, 이미 연결된 상태였다. 끔찍한 일을 함께 겪은 사람들이 불가해한 방식으로 영원히 결합하는 것처럼.

받은 이름은 도서관 사서의 것인데, 존슨 부부는 사서의 성만 알고 있었다. 애덜먼 부인이 어쩌고, 애덜먼 부인이 저쩌고. 마리가 그 이름을 고등학교 생활 내내 입에 달고 살았다고 존슨 부인이 말했다. 마리는 시간이 나면 늘 도서관을 찾았다고 했다. 길모퉁이에서 버스를 타고 도시를 가로질러 가야 하는 곳. 마거릿은 버스 대신 걷기로 했고 버스 정류장 표시를 따라갔다. 버스는 간간이 그녀 옆을 지나쳐 육중하게 달리며 그녀가 경로에서 벗어나지 않았음을 알려주었다. 도서관에 도착할 때까지 여섯 대의 버스가 그녀를 지나쳐 갔다. 그래서 그녀가 도서관 계단을 오를 때 전에 이미 와본 적이 있는 것처럼, 과거의 그녀가, 혹은 여러 명의 자신이 벌써 도서관에 도착해 안에 들어갔으며 이제 막 찾으려는 것을 이미 찾은 것처럼 느껴졌다.

도서관은 기대처럼 거대한 대리석 복도를 갖춘 곳은 아니었지만 따뜻하고 아늑했다. 카펫과 벽과 책장 선반은 모두 오래되었지만 고모할머니 댁 거실에 있는 아름다운 가죽 팔걸이의자의 황갈색을 띠고 있었다. 안쪽 구석 책상에 사서 한 명이 앉아 있었는데, 나이 든 여자는 관자놀이 바로 위에 하얗게 센 머리—뇌에서 번개가 친 것처럼—가 한 가닥 났고 꿰뚫어 보는 듯한 눈빛을 지녔으며 지금까지 마거릿이 본 사람 중 가장 제왕 같은 당당한 자세를 취하고 있었다. 마거릿은 본능에 따라 움직였다.

애덜먼 부인? 그녀는 말했다. 마리 일로 왔어요.

사서는 아무 말도 하지 않고 그저 침묵 속에서 마거릿을 한참 동안 찬찬히 뜯어보았다. 마치 전생에 만난 사람을 기억 속에서 떠올리는 것처럼. 그러더니 얼굴에 변화가 일어났다. 마치 하늘을 가로지르는 강력한 바람에 움직이는 구름 같았다.

아, 그래요, 그녀가 말했다. 당신을 알아요.

그러더니 잠시 아무 말이 없다가 말했다. 그 아이한테 당신 책을 줬거든요.

그 시집은 사서가 마리에게 오랜 세월에 걸쳐 건네준 많은 책 중 한 권이었다. 두 사람은 마리가 가족의 뿌리를 찾으려고 처음 도서관에 왔을 때 친구가 되었다. 애덜먼 부인은 마리가 제대로 된 자료와 연락해볼 역사 단체를 찾을 수 있게 도왔고, 마리가 혈통의 나머지 기록이 사라진 걸 알아냈을 때도 옆에 있었다. 애덜먼 부인의 조부모는 1930년대에 뮌헨을 떠났지만 다른 친척들은 뮌헨에 남았다. 마리의 상황과는 다른 경우였지만 가족의 역사 속, 건널 수 없도록 잘린 선이 주는 아픔을 알았다. 이후 마리가 나이를 먹고 관심 영역이 넓어지면서 애덜먼 부인은 어린 소녀의 성장하는 정신을 기꺼이 따르며, 잡식성에다 만족할 줄 모르는, 알고자 하는 욕구에 필요한 것을 제공했다.《토박이의 노트Notes of Native Son》, 간디와 그레이스 리 보그스의 전기. 생태학, 타로, 우주탐사 및 기후변화에 관한 책. 시집도 있었다. 마리는 학교에서 배운 시로 시작했다. 키츠, 워즈워스, 예이츠를 지나 더 많은 시를 찾았고 애덜먼 부인이 도움을 주었다. 루실 클리프턴, 에이드리언 리치, 에이다 리몬, 로스 게이. 애덜먼 부인이 마리에게 책을 주었고 마리는 이 주 뒤에, 단 한 번도 기한을 넘기지 않고 성실하게 반납했다. 대학으로 떠나던 주에 마리는 도서관에 마지막으로 왔고 애덜먼 부인은 파란 포장지로 싼 얇은 물건을 카운터 너머로 내밀었다. 책 표지 안쪽에는 이렇게 쓰여 있었다. 이 책은 반납할 필요가 없단다. 표지에는 쪼개진 석류 씨앗이 보석처럼 반짝거리는 모습을 가까이 찍은 사진이 있었다.

그 책은 없었어요, 애덜먼 부인이 말했다. 제가 내린 결정은 아니에요. 마리 사건 이후에 사람들이 찾아오기 시작했어요. 어떤 사람들은 그 책을 빌리고 싶어했죠. 하지만 그러다가 라디오 토크쇼와 케이블 뉴스가 당신을 물고 늘어졌고 사람들은 겁을 냈어요. 어떻게 그런 책을 도서관에 둘 수 있느냐고 묻더군요. 당신이 정말 위험인물이라면, 젊은이들이 그런 책을 보도록 내버려둘 수 있나요? 결국 높은 분들의 말에 따라 그냥 책을 없애기로 했어요. 시장님도 긴장했어요. 친구들 말을 들어보니 다른 곳에서도 같은 일이 벌어졌어요. 당신 책만이 아니에요. 중국과 조금이라도 관련이 있는 책은 전부죠. 아시아와 관련된 전부. 혹시라도 위험할 수 있는 그 무엇이라도.

비겁하군요, 마거릿이 말했다. 그러자 애덜먼 부인이 말했다. 어쨌든 그 사람들도 아이가 있으니까요.

두 사람은 오랫동안 아무 말도 하지 않았다.

당신 아들이요, 애덜먼 부인이 말했다. 뉴스에서 보니까 아들이 하나 있더군요, 몇 살이죠?

아홉 살이요, 마거릿이 말했다. 여름이면 열 살이 돼요.

침묵 속에서 그녀는 버드의 생일을 상상하려 애쓴다. 케이크가 있을까? 촛불은? 무엇을 축하할까? 엄마를 그리워할까? 그녀가 상상할 수 있는 건 어두운 방뿐이었다.

그러니까 그들이 아들을 사라지게 하기 전에 당신이 먼저 사라졌군요.

마거릿은 잠자코 고개를 끄덕였다.

마리는 엄청난 충격을 받았어요, 애덜먼 부인이 말했다. 부모의 입을 막기 위해 사라진 아이들, 그리고 그런 일을 뉴스에서 거론조차 하지 않는 것에 대해서요. 모두가 아무 일도 없는 것처럼, 당연히 당해야 하는 것처럼 입을 다무는 것에요. 그 많은 가족이 산산조각이 났는데도요.

뉴스에서는 확실해 보이는 사건만 몇 개 보여줬다. 정답이 명확하고 복잡하지 않은 건만 골라서.

몇 건이나 되죠? 마거릿이 물었다.

너무 많아요, 애덜먼 부인이 말했다. 게다가 시위자만 해당하지도 않아요. 누구든 PACT에 반대하면 마찬가지죠. 그리고 점점 늘어나고 있어요.

마거릿은 갑자기 전에는 들을 수 없던 주파수의 소리가 들리는 느낌이 들었다. 날이 어두워졌다. 이미 도서관은 문을 닫을 시간이었다. 그때까지 아무도 들어오지 않았다.

요즘은 거의 아무도 도서관에 오지 않아요, 애덜먼 부인이 말했다. 사람들이 불안해하고 있어요. 혹시 오더라도 원하는 걸 찾아서 바로 가요.

어디로 가면 그들을 만날 수 있나요? 마거릿이 물었다. 가족들이요. 어떻게 찾을 수 있을까요?

저도 들은 얘기예요, 애덜먼 부인이 천천히 말했다. 빼앗긴 아이들을 찾으려 애쓰기 시작한 사람들이 있어요. 아이들이 가족과 재회하도록 해줄 수 있다는 희망을 품고서요.

가능할까요? 마거릿이 물었다. 사라진 아이들이 그렇게 많다면서요.

PACT가 적용되고 구 년이나 지난 뒤여서 저항은 마치 중력이나 파도를 거스르는 싸움처럼 느껴졌다. 뉴스에서는 길거리 시위에 관해 이렇게 말했다. 소용없는 짓이라고. 결국 남은 사람을 괴롭힐 뿐이라면서.

애덜먼 부인이 어깨를 으쓱했다. 모르겠네요, 그녀가 말했다. 시위가 아무 소용이 없다면 왜 여기 오셨나요?

아이를 뺏긴 가족들을 어디서 만날 수 있나요? 마거릿은 물었고 애덜먼 부인은 대답했다. 한 사람 알아요.

그녀는 속삭임의 흔적을 따라갔다. 애덜먼 부인에게서 받은 이름은 더 많은 이름을 알게 해주었다. 친구, 이웃의 여동생. 얘기를 들었어요. 아는 사람이 있어요. 이메일이나 휴대전화, 추적당할 수 있는 건 뭐든 사용할 수 없었다. 그녀는 신뢰의 표식으로 알려준 이름을 사용해 한 사람씩 찾아냈다. 그리고 귀를 기울였다.

그녀는 조금씩 어떤 일이 벌어졌는지 알게 되었다. 어떤 말을 했는데 누군가 그 말을 좋아하지 않았다. 어떤 행동을 했는데 누군가 그 행동을 좋아하지 않았다. 또는 어떤 행동을 하지 않았는데 누군가 좋아하지 않았다. 재배치된 아이들에 관한 기사를 쓰거나 아시아인 외모라서 공격당한 이야기를 꺼내거나 그들을 악마화하는 데 감히 의문을 드러내서. 아니면 소셜미디어에 PACT나 당국 또는 미국을 비판하는 글을 올려서. 아니면 승진을 했는데 직장 동료의 질투를 사서. 아니면 아무 일도 하지 않아서. 누군가 당신 집을 찾아올 것이다. 누군가 신고했다고 그들은 말할 것이다. 그렇지만 개인정보가 어떻고 시스템의 존엄성이 어떻고 하면서 신고자가 누구인지는 알려주지 않을 것이다. 신고자의 신분이 누설되지 않는다는 걸 알아야만 신고할 수 있기 때문입니다, 그들은 말했다.

걱정하지 마세요, 경찰은 보통 이렇게 말한다. 분명 별일 아닐 겁니다. 그냥 확인만 하면 됩니다.

가끔 정말 별일 아닌 걸로 끝날 때도 있다. 인맥이 좋거나 제대로 존중하는 모습을 보여줬거나 시장실이나 주 의회, 더 나아가 연방정부에 아는 친구가 있다면. 뒷조사를 해봤더니 조사를 당하는 사람이 제대로 된 단체에 기부했거나 지금이라도 기부할 의사가 있다면. 그렇다면 자녀가 절대로 위험한 사상에 물들도록 두지 않을 것이라는 점을 확실히 해둘 수도 있다. 그러나 그렇지 못한 경우가 매우 많다. 경찰이 찾아온 시점에서라면 대부분 그렇다. 뭔가 일이 벌어지고 만 것이다. 당신은 뭔가 저질렀거나 뭔가 말했거나 뭔가를 하지 않았거나 뭔가를 말하지 않은 것이다. 만일 당신이 돈이나 영향력으로 빠져나갈 방법을 구하지 못한다면 결국 그들은 당신의 아이를 빼앗아 이미 집 앞 도로에서 대기중인 자동차 뒷자리에 태우고 사라져버릴 것이다.

그녀는 뉴스에 등장하는 사건은 몇 안 되는 극단적 경우로, 세간의 이목을 끌거나 경고를 주기 위한 조치였다고 믿었다. 그러나 한 가족, 또 한 가족을 찾아내면서 대부분 일이 조용히 처리되었다는 걸 알게 되었다. 아무런 보도도 없이 아이들을 빼앗아 재배치하고 아무 발표도 하지 않았다. 해당 가족들도 신고하지 않았다. PACT에 관해 말하는 것은 PACT에 관해 불평하는 것이고 결국 충성심 부족을 드러낼 뿐이었다. 대부분은 빼앗긴 아이를 돌려받을 수 있다는 희망에 입을 다물고 기다렸다. 사람들은 아이를 더 꼭 끌어안고 입을 꾹 닫기 시작했다. PACT를 입에 올리는 걸 아예 피했고, 다음 희생자가 될까 두려워했다. 편집자와 프로듀서는 그들의 빨간 펜을 더 자유롭게 휘둘렀다. 그건 말하지 맙시다, 괜히 심기 불편하게 만들지 말고. 마치 하늘이 석양에서 밤으로 변하는 것처럼 천천히 벌어진 일이라 전혀 눈치를 채지 못한 것일 수도 있다. 모두가 입을 열기 전에, 키보드에 손가락을 얹기 전에 계산해야 했다. 이게 그렇게 중요한 일일까? 누구나 구석에 놓인 아기 침대와 카펫에 장난감을 들고 누워 있는 아이를 흘깃 보게 되었다.

다섯 가족과 이야기를 나누고서 그녀는 깨달았다. 그녀가 인식한 것보다, 생각한 것보다 훨씬 많았다. 이런 일이 계속 벌어지고 있었지만 그녀는 전혀 알지 못했다. 아니, 그녀는 인정했다. 그녀는 알려고 선택한 적이 전혀 없었다.

　일곱 번째 가족을 만났을 때 돈이 다 떨어졌다. 조심할 필요도 있었다. 지나다니는 사람은 바로 못 알아본다 하더라도 혹시라도 경찰이 아주 작은 구실이라도 붙여 검문을 한다면 신분증을 요구할 것이고 모든 일이 엉망이 될 터였다. 그녀는 뒷골목에서 백 달러를 주고 산 미덥지 못한 가짜 신분증을 갖고 있었다. 이름도 달랐고, 닮은 구석이라고는 머리 색과 얼굴에 드러난 걱정스러운 표정 말고는 전혀 없는 어느 중국인 여자의 사진이 붙어 있었다. 경찰이 조회하면 금세 들통날 것이 뻔했다. 그렇게 되면 그 뒤는 빠르게 진행될 것이다. 경찰은 가짜 신분증 사용 혐의로 그녀를 체포할 것이고 그녀를 더 조사한 다음 요주의 인물 명단을 확인할 것이다. 그녀가 진짜 누군지 알아내는 건 시간문제일 뿐이었다. 마거릿 미우. 그녀 이름에는 이미 수십 건의 선동 혐의가 걸려 있었다. 반PACT 포스터 한 장당 한 건, 그녀의 말을 인용하는 시위자 한 명당 또 한 건. 그리고 이제 그녀는 마리의 죽음에도 책임을 져야 했다.

　그래서 그녀는 조심스럽게 움직였다. 인적이 드문 길로 다니면서 관심을 끌지 않도록 조심했다. 어린 시절 부모가 주문처럼 되뇐 말을 생각했다. 튀지 마라. 시간이 많이 지났지만 그다지 바뀐 것은 없고 외려 더 노골적으로 변했을 뿐이었다. 머릿속에서 마지막 통화 때 들었던 어머니의 깜짝 놀란 목소리가 재생됐고, 계단에서 밀리던 순간 아버지의 얼굴이 떠올랐다. 앞으로 무슨 일이 더 있을지 알 수 없었다. 숨어, 그들은 그녀에게 말했다. 고개 숙여서 안 보이게 해. 하지만 그녀는 숨고 싶지 않았다. 이제 그녀는 상상했던 것보다 훨씬 많은 이야기가 있다는 사실을 알았다. 그녀가 이야기를 나눈 사람들은 다른 누군가를, 가끔은 둘, 혹은 세 사람을 알고 있었다. 머릿속으로 셈을 해보았다. 무시하기에는 너무 많았다. 어떻게 다들 모를 수가 있지?

  버스는 그녀를 차이나타운에 내려주었다. 그녀는 3번가를 따라 계속 걸어서 올라갔고 거리의 번호는 계속 커졌다. 여러 해후에 아들이 걷게 될 바로 그 경로였다. 그녀는 과거 통금 시간이 지난 뒤 도미와 도미의 전 남자친구, 그의 새 여자친구와 그녀의 언니까지 함께 살던 북적거리는 아파트에서 황금빛 둥근 천장을 가진 이선의 집까지 한참 걸었던 길이 기억났다. 그녀는 경찰이 서 있는 길모퉁이를 어떻게 피해야 하는지, 어떤 구역에서 그녀가 눈에 더 띄는지 여전히 기억했다. 위험을 피해 안전하다는 확신이 들 때까지 샛길과 골목길을 따라 돌고 돌아 먼 길로 갔다. 공원으로 향하던 중에 그녀는 발견했다. 푸른 사과색의 거대한 문이 달린 빨간 벽돌 타운 하우스. 하얀색 높은 아치에 달린 동그란 창문은 주의 깊게 지켜보는 키클롭스의 눈과 비슷했다.
  안녕하세요? 그녀는 문이 열리자 말했다. 중년의 백인 남자는 단정한 남색 정장을 입고 정중한 표정을 짓고 있었다. 여기가 아직 더치스 씨 댁인가요?

마거릿이 마침내 대리석 바닥이 깔린 현관 입구를 지나 크게 곡선을 그리는 계단 위로 안내받아 올라갔을 때 그녀가 거기 있었다. 그녀는 조금 더 통통하고 조금 더 늙어 있었다. 코에서 입을 지나 턱까지 낯선 주름이 져 있었다. 피곤한 눈은 미세하게 떨리고 있었다. 그러나 예전 그대로였다.

세상에, 도미가 말했다. 이게 누구야.

그녀는 도미를 다시 보게 되리라고는 절대 기대하지 않았다. 그런 식으로 헤어진 뒤로, 그러니까 도미가 마지막으로 이런 말을 한 뒤로는. 배신자. 창녀. 엿이나 먹어. 그녀는 머릿속에서 도미를 지웠고 그들이 함께 보낸 시간을 가능한 한 가장 작은 상자에 담아 단단히 테이프로 봉해두었다. 그렇게 세월이 지나 어느 날, 버드가 자는 사이 뉴스를 보던 그녀는 한 헤드라인에 주목했다. 뉴욕 공공도서관에 주어진 역사상 최고의 선물. 그 아래 어둠 속에서 귀신처럼 튀어나온 이름이 있었다. 전자 회사 상속녀 도미니크 더치스. 더치스 테크놀로지스. 그리고 사진 한 장. 마거릿이 도미를 마지막으로 봤을 때 도미는 남성용 가죽 재킷을 입고 밑창이 두꺼운 부츠를 신고 있었다. 둘 다 마거릿이 물려준 것이었다. 뒤로 묶은 금색 머리는 땀과 때로 칙칙하게 물들어 있었다. 그러나 신문 기사 사진 속 그녀는 맞춤 샤넬 정장을 입은, 흠잡을 곳 없는 모습이었다. 연한 금빛으로 멋지게 색이 든 머리는 어릴 적 자신이 조롱하던 사업가처럼 짧게 잘려 있었다. 딱 부잣집 사모님 스타일이네, 계모를 빗대어 말하는 건지 도미는 그렇게 말했다.

마거릿은 뉴스를 자세히 살펴보았다. 더치스 테크놀로지스의 새로운 수장. 작고한 아버지가 세운 회사를 물려받게 되었다는 기사. 획기적인 오디오 부품—가장 작고 가벼운—으로 휴대전화 기술에 혁명을 일으켰다는 것. 그리고 사진에 설명이 붙어 있다. 더치스 회장, 파크애비뉴 자택에서 촬영.

그녀가 기억하는 집이었다. 희귀한 단독주택으로, 벽돌에 황금색 숫자가 반짝이고, 입구 위쪽에 쌍으로 된 소용돌이 모양 철제 장식이 받치고 있는, 녹색 동록이 생긴 랜턴이 있었다. 도미는 위쪽을 바라보며 어렸을 때는 뱀인 줄 알았다고 말했다. 두 사람은 그날 배가 고팠다. 마거릿은 그날 배 속이 으르렁거리던 게 떠올랐다. 욱신거리던 발도. 두 사람이 뱉은 침이 인도에 떨어지면서 나던 소리까지도. 엿이나 먹어라, 도미는 창문을 향해 소리 질렀고 유리 안쪽에서 그녀의 아버지 얼굴이 나타났다. 도미는 마거릿의 손을 잡았고 두 사람은 자전거에 뛰어올라 웃으며 달아났다. 허벅지가 아플 때까지 페달을 밟고 또 밟으면서.

그러니까 도미가 결국 아버지에게 연락했군. 마거릿은 브라우저 창을 닫았다. 너나 엿 먹어, 도미. 그녀는 생각했다.

하지만 그 뒤로 도미는 조금씩, 잠깐씩 계속 나타나고 또 나타났다. 여성 쉼터와 푸드뱅크, 노조 단체에 기부. 보건기관에 기부. 뉴욕 전체, 전국 각처에 있는 여러 도서관에 기부. 마거릿은 한때 알고 지냈던 도미의 이런 행동을 마치 봉인된 편지를 들고 불빛에 비춰보는 것처럼 지켜보았다. 집을 떠나기 전날 밤, 그녀는 파크애비뉴에 있는 도미의 집 주소를 종이에 적어두었다. 이선을 제외하고 그녀에게 도움을 줄 수도 있는, 그녀를 걱정해줄 유일한 사람의 주소를. 그리고 그 종이를 생각할 수 있는 가장 안전한 곳에 숨겼다. 빵 부스러기 하나 남기지 않고 떠나는 일은 너무도 고통스러웠기 때문이다.

그리고 여기 그녀가 있었다. 인생에는 묘한 대칭이 있다는 생각이 들었다. 오래전 그녀가 도미를 떠나 이선에게로 달아났고, 지금은 반대가 되었다. 도미가 마거릿의 팔을 잡았다. 오래전 밤, 추위로 빨갛게 터서 마거릿의 손을 잡던 그녀의 양손은 방금 부풀어 오른 빵 반죽처럼 부드럽고 하얬다. 마거릿은 마찬가지로 부드러운 그녀의 뺨에 키스했다. 너무 부드러워서 입술로 피부를 누른 자국이 남을 것 같았다.

반가워, 도미가 말했다.

결국 도미도 숨기로 했다. '위기'가 깊이를 더해가면서 마거릿이 뉴욕을 떠날 때쯤 도미는 아버지에게 연락했다. 도와주세요, 그녀는 말했다. 아버지는 한 시간도 안 되어 차를 보내왔다. 그는 그녀를 뉴욕에서 빼내 시골 안전한 곳으로 보냈다. 코네티컷

주에 있는 여름 오두막은 아이 때 이후로 가본 적이 없었다. 땅값이 쌀 때, 아버지가 사업을 시작하기 전에, 제대로 큰돈을 벌기 전에 지은 집이었다. 그가 평범한 클로드 더치스, 젊고 막 사업을 시작한 젊은이였을 때. 도미의 어머니가 아직 살아있었을 때. 세월이 흐르고 회사가 성장하기 시작하자 아버지는 오두막 주변의 땅을 더 사서 주위 황무지를 깎아냈다. 강력한 발전기를 추가하고 새 페인트를 칠하기도 했지만, 오두막은 여전히 과거의 흔적을 간직했다. 세상에서 멀리 떨어진, 돌투성이 바닷가 작은 만에 있는 수수한 집에 불과했다. 그러니 여전히 모든 것이 미래에 있고 세상 전부가 가능성이었던 과거, 도시의 불안에서 탈출하기를 원한다면 이곳보다 더 좋은 곳이 어디 있었겠는가? 그의 여러 집 중에서 오직 이곳만이 길거리에서 시위하는 소리, 시위가 없을 때의 불안한 침묵을 듣지 않아도 됐다. 이곳에서는 바다의 파도 소리만 들렸다. 다른 이들이 먹을 빵조차 없을 때, 케이크를 먹지 않는 척할 수 있었다.

도미는 징이 박힌 부츠로 깔끔하게 닦은 나무 바닥을 쿵쾅거리며 안으로 들어섰다. 그녀의 거친 손바닥에는 아직 도시의 모래 알갱이가 남아 있었다. 가죽 소파에는 계모가 앉아 잡지를 읽고 있었지만, 그녀의 침실은 어릴 적 그대로 분홍색과 레이스와 진주로 가득했다. 집에 잘 왔다, 아버지는 어색하게 말했다. 엘사는 마지못해 도미를 그냥 내버려두었고, 그렇게 세 사람은 과거라는 호박에 갇힌 파리처럼 서로 거리를 유지하고 빙글빙글 돌면서 '위기'를 견디고 이겨낼 수 있었다. 그들의 재산은 거대한 배처럼 어마어마했고 작은 배를 뒤흔드는 해류와 파도에 전혀 흔들리지 않았다. 필요한 것은 주문할 수 있었고 돈은 얼마든지 있었다. 그들이 해야 할 일은 그저 기다리는 것뿐이었다.

PACT가 통과되고 몇 달 뒤 도미의 아버지와 엘사는 몰디브로 향했고—모든 게 정상으로 돌아온 걸 기념하는 주말여행—그들이 탄 자가용 비행기가 태평양에 추락하고 말았다. 재산은 도미에게 상속되었다. 몰디브와 프로방스의 저택, 파리에 있는 아파트와 이곳 파크애비뉴에 있는 타운 하우스까지. 제국과도 같던 회사는 전보다 작아졌지만 여전히 휴대전화와 스마트워치에 없어서는 안 될 부품을 생산했고, 부자의 생활을 이어가기에 여전히 충분했다. 모든 비밀도 물려받았다. 하노이와 선전深圳 공장에서 터져 나온 비난, 장시간 노동과 유해 물질에 대한 불만, 오랜 세월 무시해온 보고서. 아버지 같은 사람들을 위한 세금 감면 정책과 공제제도를 통과시킨 상원의원 명단, PACT와 그 이후의 일체를 옹호한 사람들의 기부금 내역까지. 자료로 만들고 계산해 갚아야 하는 건 이제 그녀의 몫이었다.

아버지가 한 일을 찾아내고 있어, 도미가 말한다. 날 위해서, 아니 날 위하는 일이라고 생각하고 아버지가 했던 일.

그녀와 마거릿은 유리 천장이 있는 중정—도미는 그걸 겨울 정원이라고 불렀다—에 앉아 있었다. 두 사람 손에 든 아이스티 유리잔에 물기가 맺혀 있었다. 측백나무 화분에 둘러싸인 네모

난 녹지 공간은 거대한 금고 같은 이 집의 깊은 곳에 자리 잡고 있었다. 단단한 벽돌과 튼튼한 가구로 가득한 방이 요새처럼 사방을 감싸고 있었으며 방마다 도미의 아버지가 수집하고 지켜온 고급 장신구가 가득 차 있었다. 위쪽의 두꺼운 유리가 혹시 내릴지도 모르는 비에서 그들을 보호해주었다. 밖에서 그들이 보이거나 이야기가 밖에 들릴 일은 없었다. 몇 주 만에 처음으로 마거릿은 숨을 돌릴 수 있었다. 하지만 항아리에 갇힌 벌레 같은 기분이 들기도 했다.

그래서 이제 어떻게 해? 도미가 말했다. 뭘 하려고? 여기서 영원히 나랑 숨어 살아? 가짜 여권 만들어서 외국으로 도망쳐?

그녀의 목소리에는 살짝 비아냥대는 기운이 있었고, 마거릿은 그 비아냥이 그녀를 향한 것인지 아니면 도미 자신을 향한 것인지 알 수 없었다. 물론 숨을 곳은 있었다. 마거릿은 새로운 이름을 만들고 납작 엎드려 살 수도 있었다. 고개를 숙이고 사는 삶을 다시 시작하는 것이다. 그녀는 다시 부모를 생각했다. 그들이 평생 어떻게 문제를 피하려 애쓰며 살았는지, 결국 문제가 어떻게 그들을 찾아왔는지도. 가끔은 새도 고개를 높이 들고 날기도 해, 그녀는 생각했다. 가끔은 튀어나온 못이 짓밟으려는 발을 뚫고 올라올 수도 있다고.

숨지 않을 거야, 그녀는 말했다. 다른 걸 할 거야.

머릿속 생각이 아직 완벽히 정리되지 않은 가운데 한 가지 욕구만 느껴졌다. 상황을 외면한 채 일부러 호기심 없는 상태를 유지하기로 선택했던 지난 세월에 보상해야 한다는 욕구. 내가 아닌 다른 사람의 아이라면 별 상관없다고 생각한 일에 대해. 희망과 사랑과 보살핌과 갈망의 메시지가 뒤섞인 이야기들을 어떻게 해야 할 것인가. 이제 막 그런 생각이 들기 시작했고 씨앗이 겨우 뿌리를 내리기 시작했다. 밖으로 나가 추수가 끝난 들에서 떨어진 알곡을 모으는 것처럼 이야기를 모을 것이다. 최대한 많이 찾아낼 것이다.

그녀는 도미에게 말했다. 네 도움이 필요해.

전국을 돌아다니며 그녀는 정보의 흐름을 추적했다. 이메일은 해킹당할 수 있고 전화는 도청당했다. 하지만 도서관은 늘 책을 공유했다. 정보 공유는 그들의 업무 중 하나였다. 도서관을 오가는 상자에는 대출된 책이 가득했다. 잘 알려지지 않은 화가에 관한 희귀한 자료부터 소수만 즐기는 취미에 관한 안내서까지. 책을 정리하고, 책을 요청한 사람의 이름이 적힌 메모를 책에 붙이고, 카운터 뒤 서가에 가지런히 놓아 대출에 대비하는 것이 도서관 사서의 일이었다.

하지만 가끔 여분의 책이 상자에 섞여 예고도 없이 어딘가 멀리 떨어진 도시에 도착하기도 했다. 사무 착오, 그냥 사람의 실수였다. 아무도 마중 나와 기다리지 않았기에 이런 밀항 도서는 그냥 옆으로 치워졌다가 다음번 집으로 돌아가는 상자에 실렸다. 혹시 어떤 사서가 무심코 훑어보거나 그 안에서 메모지 한

장을 발견한다고 해도 아무도 주목하지 않을 것이고 잘못되었다고 생각하지도 않을 터였다. 사람들은 항상 책에 물건을 깜빡 잊고 남기기 때문에 대부분 도서관에는 잃어버린 물건을 압정으로 꽂아두는 게시판이 있었다. 책갈피는 기본이고 영수증, 여행 상품 광고, 명함, 쇼핑 목록, 취소된 수표, 이쑤시개, 아이스바 막대, 플라스틱 칼, 심지어 샌드위치 비닐에 담긴 베이컨 조각까지. 이런 물건에 아무도 신경 쓰지 않았고 사서가 우연히 잘못 온 책에서 또는 게시판에서 메모지를 슬쩍 꺼내 주머니에 넣는다고 해도 아무도 눈치채지 못할 터였다.

메시지는 짧았다. 일반인이 보기에는 그냥 전화번호 목록이나 글자와 숫자, 소수점이 마구잡이로 섞인 것처럼 보였다. 그러나 잘못 온 책을 구분할 수 있는, 멀리 있는 동료에게서 편지를 받는 사람들에게는 엄청난 양의 정보였다. 그 안에는 당국이 데려간 아이들의 이름과 간단한 설명이 암호로 적혀 있었다. 그들 가족의 이름과 사는 곳. 전국에 흩어져 있는 사서 네트워크는 정보를 받은 다음 그들 머릿속에 있는 자료집 속 내용과 대조하고, 새로 알게 된 재배치된 아이들의 정보와 교차해 검색했다. 일부는 손으로 쓴 목록을 유지하기도 했지만, 대개는 조심스러워 그냥 기억력에 의존했다. 완벽하지 않은 시스템이지만 사서의 뇌는 용량이 넉넉했다. 사서들은 각자 이런 위험을 감수하는 자기만의 이유가 있었는데, 대부분 다른 사람과 이유를 공유하지 않았다. 서로 얼굴을 실제로 볼 일은 전혀 없었지만, 일치하는 정보를 찾아서 아이가 새로 살게 된 곳의 정보를 책 속에 답장 메모로 끼워 보낼 수 있기를 바라는 간절한 희망을 똑같이 품고 있었다. 사라진 아이가 비록 멀리 떨어진 곳에 있지만 아직 살아 있다고 안심시켜주는 메시지, 아이들의 부모가 가진 상심이라는 깊은 구멍에 바닥을 만들어주는 메시지. 사서들은 다른 누구보다도 앎의 가치를 잘 알았다. 비록 그 정보를 아직 사용할 수 없다고 할지라도.

메시지 수는 적었지만 그럼에도 몇 명의 아이를 찾아냈다. 사서에게 기억되거나 종이에 옮겨 적힌 다음 새 책에 담겨 다음 도시로 갈 상자에 들어가는 메시지 수가 더 많아졌고, 사라지거나 재배치된 아이들의 목록은 길고 날카로운 포크의 양쪽 갈래처럼 점점 길어졌다. 이름은 많고 연결망은 희소한데 정보는 조각보처럼 쪼개져 있는 데다 사서의 기억과 운에 의존하고 있었기 때문에 정보는 손쉽게 내용을 알아볼 수 있도록, 연결할 수 있도록 배치되어야 했다. 그런 다음 그들이 할 수 있는 일은 역시나 기억하고 정보를 전달하는 것뿐이었다. 다음 사서, 다음 도시, 그리고 마거릿에게 설득된 사서의 경우 마거릿에게로.

그녀는 아이들을 빼앗긴 가족을 하나씩 찾아다녔다. 그들은 구멍 난 삶의 상처가 아물기를 헛되이 기다리고 있었다. 그녀는 그들을 점심시간에, 공원 벤치에서, 같은 블록을 계속 함께 걸어 다니면서, 함께 담배를 피우면서, 그들이 준비되기를 기다리면서 만났다. 가끔 그들이 원하면 그들에게 버드 이야기를 들려주었다. 아들 얘기를 하며 그립다고, 자신의 전부라고 말했다. 그렇지 못할 경우 그녀는 아무리 오랜 시간이 걸려도 기다렸다. 여러 번 찾아가서 아무 말도 하지 않고 기다렸다. 공원에서 세 시간 내내 아무 말도 없이 앉아만 있었다. 열 블록, 열다섯 블록, 오십 블록. 그들이 그녀를 믿을 때까지. 그들이 말하고 싶어질 때까지. 그들이 그들의 이야기를 나누고 싶어할 때까지.

말해주세요, 그녀는 말했다. 사람들에게 어떤 말을 하고 싶은지. 사람들이 무엇을 들었으면 하는지. 무엇을 여전히 기억하는지. 그녀는 입 밖에 나온 이야기를 전부 받아 적었다.

마거릿은 아이를 빼앗긴 경우가 모두 아시아계 미국인 가정은 아니라는 걸 알아냈다. 개중에는 아동 재배치를 조사한 백인 언론인도 있고, 시위를 기획한 라틴계 활동가도 있었다. 그들 모두가 그녀에게 말하고 싶어하지는 않았다. 일부는 그녀의 중국인 얼굴을 보고 신뢰하지 않았다. 당신들이 '위기'를 가져왔으면서 당신을 불쌍하게 생각해달란 건가요? 아시아계 미국인 중에도 그녀를 믿지 못하는 사람이 있었다. 그들은 그녀가 상황을 악화한다고 확신했다. 그들이 목소리를 높이면 무슨 일이 벌어지는지 그들은 이미 보았다. 이제 갑절은 더 소심해진 그들은 아무 말도 하지 않고 그녀 앞에서 고개를 흔들고 문을 닫았다.

화를 내는 사람도 있었다. 당신이 그런 시를 쓰지 않았으면 이런 일은 일어나지 않았을 거라고 주장했다. 그녀가 일부러 시위를 부추겼으며 모든 일의 배후라고 믿는 사람도 있었다. 그들의 목소리를 피해 복도로, 길거리로 빠져나오면서도 그녀는 반박하거나 설명하려고 애쓰지 않았다. 두려워하는 사람도 있었다. 영주권이 없는 가족의 경우 단속을 당하거나 더 나쁜 상황을 맞을까 봐 두려움에 떨었다. 또 어떤 사람들은 그녀가 너무 늦게 찾아왔다면서 책망하기도 했다. 한 늙은 여자―이 촉토족 인디언 여자는 손녀를 빼앗겼다―는 지친 표정으로 한참 마거릿을 보더니 이를 부드득 갈았다.

처음 있는 일인 줄 알았어요? 늙은 여자가 고개를 내저었다.

마거릿은 귀를 기울였다. 그녀는 배우기 시작했다. 태양 아래 새로운 일은 없다. 과거 인디언 아이들이 학교에서 머리칼을 잘리고, 옷이 벗겨지고, 이름을 억지로 바꾸고, 재교육을 받고, 상처투성이가 되어 집에 돌아오거나 혹은 아예 돌아오지 못했다. 부모의 품에 안겨 국경을 넘었지만 결국 혼자 창고에 갇혀 공포에 떤 아이들 이야기. 이 집에서 저 집으로 위탁 가정을 전전하는 아이들과, 친부모가 아이들 소재를 알지도 못하게 되었다는 이야기. 지금까지 그녀가 알 수 없었던 이야기. 오랜 역사를 가진 아동 납치는 각각 핑계는 다르지만 이유는 같았다. 가장 소중한 것의 몸값을 치르는 일이 가장 큰 처벌이 될 수 있으므로. 닻과 정반대되는 개념이었다. 증오와 두려움의 대상을 뿌리 뽑으려는 시도. 어떤 이질성은 침범하는 잡초처럼, 제거해야 할 대상으로 보인다.

하지만 대다수의 가족은 말하고 싶어 갈증이 난 상태였고 이야기하고 싶은 마음이 간절했다. 그녀는 그들이 아이를 어떻게 빼앗겼고, 아이들에게 무엇을 말하고 싶으며, 그들이 절대로 잊지 못할 가장 소중한 것이 무엇이고, 그들이 말해야 했지만 감히 그러지 못한 것이 무엇인지 적었다. 쉬쉬하며 숨겨온 모든 이야기를 빠뜨리지 않고 저장하려 애썼다. 모든 얼굴과 이름이 너무 소중해 잊을 수 없었다. 그녀는 브래지어 속에 숨기고 다니는 메모장에 모든 걸 적었다. 글씨가 너무 작아 읽으려면 확대경이 필요할 정도였다. 메모장이 가득 차면 새로 구하고 또 구했다. 다 쓴 메모장은 청바지 주머니와 양말에 넣었다. 몸에 지니고 다녔다. 밤이 되면 메모장을 넘겨 가며 이름과 이야기를 가슴에 새겼다. 하나하나 새길 때마다 버드와 이선이 떠올랐다.

초기에는 사서들이 그녀를 받아주었다. 몇몇 도서관에는 긴 의자나 소파가 있었다. 또 지금은 퇴직하고 없지만 자전거를 타고 출근하던 직원을 위해 샤워 시설을 만들어둔 도서관도 있었다. 일단 사서가 퇴근하고 나면 그녀는 창문에서 떨어진 조용한 구석을 찾아 헤맸다. 높은 서가 사이에 침낭을 깔고 잠에 들기 위해 마음을 진정하려 애쓰면서 이선과 버드를 생각하는 사치스러운 고통을 스스로 허락했다. 낮에는 두 사람 생각을 아예 닫았지만, 몸을 쉬는 밤이면 마음속 틈마다 막아놓았던 헝겊이 느슨해지면서 그들 생각이 안개처럼 스며들었다.

그녀는 그녀 등에 구부정하게 기댄 넓고 단단하고 편안한 이선의 등이 그리웠다. 언제든 곁에 있으면 그녀를 차분하게 감싸주던 이선. 그에게 말해주고 싶은 것이 너무 많았다. 그녀가 들은 이야기, 만난 가족들, 함께 떠안으면 훨씬 쉬워질 모든 것들. 작은 기쁨에 관한 이야기도 있었다. 그녀의 팔뚝에 내려앉아 날개를 가만히 두고 있다가 다시 사라진, 은색과 녹색이 섞인 잠자리. 막 떨어지기 시작한 단풍잎의 믿기지 않는 붉은 색깔. 그와 나눌 수 없어서 절반만 실제로 느껴지는 많은 것들. 그리고 버드. 버드는 구멍 같은 존재로, 그녀의 마음은 어쩔 수 없이 그리로 물처럼 흘러간다. 얼마나 컸을까? 그녀의 코 높이까지? 이마까지 닿을까? 눈을 서로 마주 볼 수 있을 정도로 컸을까? 머리를 여전히 짧게 자를까? 덥수룩하게 자라게 두어 눈을 가렸을까? 머리칼은 여전히 이선처럼 갈색일까? 아니면 나이를 먹으면서 커피 색깔 또는 그녀처럼 검은색으로 변했을까? 유치는 전부 빠졌을까? 만일 그렇다면 이선은 버드의 베개 아래서 유치를 몰래 꺼내 따로 잘 두었을까? 버드는 뽑은 이를 여전히 베개 밑에 넣어둘까? 아니면 더는 그런 어릴 적 미신은 믿지 않게 되었을까? 오늘은 학교에서 무슨 일이 있었을까? 친구와 자기들끼리만 아는 농담을 하고 실실 웃었을까? 누가 버드에게 불친절하게 대했을까? 아이가 있는 곳에 비가 왔을까? 만일 왔다면 우비가 있는 곳을 잊지 않았을까? 아니면 비에 흠딱 젖었을까? 멀리서 무슨 꿈을 꾸고 있을까? 여전히 눈가리개를 하듯 한 팔로 얼굴을 가리고 잘까? 행복한 꿈을 꿀까, 슬픈 꿈을 꿀까? 꿈에 그녀가 나올까? 그녀를 기억이나 할까? 만일 기억한다면 그녀를 사랑할까, 미워할까? 버드의 얼굴을 떠올리려 애쓰는 동안 자신이 기억하는 모습이 실제와 점점 더 멀어지고 있다는 사실을 깨달을 때, 되돌릴 수 없는 것들을 놓치고 있다는 생각이 들 때, 그녀는 스스로가 미웠다.

많은 밤, 그녀는 일어나 도서관 내부를 돌아다녔다. 불은 감히 켜지도 못한 채 손가락 끝으로 책등을 더듬거리며 서가로 이루어진 미로를 헤맸다. 그러다가 촉감으로 관심을 끄는 책을 찾아 내 잠자리로 가져가 무슨 책이든 그 속에 빠졌다. 프로그래밍언어, 전자공학 기초, 프랑스 요리, 판다 발의 진화. 어느 날 밤, 그녀는 한 시인의 전기를 골랐다. 안나 아흐마토바. 러시아의 사랑받는 시인으로, 과거 회색 꽃무늬 드레스와 빨간 목도리를 두른 그녀의 도자기 인형을 살 수 있었다고 적혀 있었다. 1924년에는 거의 모든 집에 인형이 있었지만 지금은 확인할 수 없는데, 대부분이 이후 대숙청 시기에 파괴되었기 때문이라고 했다. 책에 따르면 아흐마토바는 글쓰기를 금지당한 상황에서도 계속 글을 썼다. 체포되어 정치범 수용소에서 죽은 친구들에 관해, 반혁명 분자로 총살당한 전 남편에 관해 썼다. 그녀가 매일 면회는 할 수 있지만 들어갈 수는 없는 감옥에 갇힌 아들에 관해 주로 썼다. 마지막으로 그녀는 고통스럽게 스탈린에 관해 썼다. 협박에 어쩔 수 없이 과장되고 화려하게 칭송했다. 그것으로 스탈린이 아들을 사면해주기를 바랐지만 이루어지지 않았다. 세월이 지난 뒤 마침내 풀려난 아들은 어머니가 그를 풀어주려 애쓰지 않았고 시에만 신경을 쏟았다고 믿었다. 그래서 두 사람의 관계는 예전과 전혀 달라졌다.

마거릿은 잊지 않기 위해 이 이야기를 반복해 되뇌었다.

옛날에 러시아에 글쓰기를 금지당한 시인이 있었습니다. 그녀는 침묵 대신 불을 선택했습니다. 매일 밤 그녀는 종잇조각에 글을 쓰고 또 쓰면서 내용을 기억에 새겼습니다. 새벽이 되면 성냥으로 종이에 불을 붙여 그녀의 글을 재로 만들었습니다. 오랜 세월 그녀의 글은 이 과정을 반복했습니다. 어둠 속에서 부활했다가 먼동이 밝아오면 죽었습니다. 결국 그녀가 쓴 글의 생명은 불꽃에 새겨졌습니다. 시인은 친구들 귀에 대고 시를 중얼거렸고, 친구들은 시를 외어 혀 아래 숨겨 옮겼습니다. 입에서 귀로, 친구들은 시를 다른 이에게 옮겼고 결국 온 세상이 시인의 잃어버린 글을 속삭였습니다.

다음 날 아침 사서는 책에 얼굴을 파묻은 그녀를 발견했다. 그녀의 뺨에 글자들이 찍혀 있었다.

그녀가 이야기를 모으면 모을수록 기묘한 일이 벌어졌다. 어느 가족이 그녀를 집에 초대해 함께 식사하자고 했고, 남는 침대가 있으면 침대를 제공하고, 그럴 수 없으면 소파를, 그것이 최선일 때는 바닥에 담요를 깔고 자도록 해주었다. 평범한 집에서 밤에 들려오는 부드러운 소음이 그녀를 편안하게 해주었다. 어두운 밤, 부드러운 밑창을 댄 슬리퍼를 신은 발이 침실에서 화장실로 갔다가 되돌아가는 소리. 잠에서 깰 아이가 옆에 있는 것도 아닌데 소리 죽여 두런두런 이야기를 나누는 목소리. 집주인이 잠들자 마침내 조인 속옷을 풀고 숨을 쉬는 것처럼 조용히 삐걱거리는 집 구조물. 하지만 그런 것들이 징벌처럼 느껴지기도 했다. 늦은 밤 다른 사람의 삶 한가운데서 혼자 눈뜨고 누워 있으면 버드와 이선이 더욱 그리웠다. 상처가 너무 심해 방 안이 흐릿하게 보일 정도였다.

어느 날 밤, 주방 바닥에 침낭을 펴고 몸을 웅크리고 누워 있는데 웬 남자가 몸에 손을 대는 것이 느껴져 잠에서 깼다. 그녀는 깜짝 놀랐고 몸의 근육이 강철처럼, 싸울 준비를 하듯 뻣뻣하게 긴장했다. 하지만 아니었다. 남자가 조심스럽게 그녀 몸에 담요를 덮어주었다. 그의 이름은 모하메드였다. 조금 전 이른 저녁, 마거릿은 그와 그의 아내 옆에 앉아 함께 무클루바를 먹으면서 그들의 아들 이야기를 들었다. 이야기가 끝날 무렵 그는 말했다. 쌍둥이 건물이 무너지던 때 저는 아이였습니다. 누군가 우리집 차고 벽에 페인트로 불결한 말을 적었습니다. 누군가 벽돌을 던져 현관 창문을 깼죠. 그 후로 한참 동안 아버지는 집에 거대한 미국 국기를 걸어두었습니다.

그는 말을 멈추었고, 아내가 그의 손을 잡았다.

어떤 이웃도 우릴 돕기 위해 나서지 않았어요, 그는 말했다.

밤이 오자 날이 추워졌고, 그는 마치 마거릿이 자신의 잃어버린 아들이라도 되는 것처럼 부드럽게 담요를 덮어주었다.

그가 돌아가고 마거릿은 손으로 담요를 만져보았다. 고급스
럽고 풍성한 짐승의 털가죽처럼 상상할 수 없을 정도로 부드럽
고 포근하고 따뜻했다. 그녀는 깊은 잠에 빠졌다. 아침에 일어난
그녀는 물론 그것이 평범한 담요임을 알게 되었다. 큼직하고 부
드럽고 푹신한 담요에는 굵은 줄무늬가 있는 호랑이 얼굴이 그
려져 있었다. 그 후 사흘 밤을 그녀는 호랑이 가죽이라 생각했던
담요를 덮고 잤고, 집을 떠날 때 부부를 껴안고 마치 축복처럼
그녀 몸속에 자리 잡은 호랑이 담요의 온기를 전해주었다.

여러 달 동안 멀리 돌아다녔다. 일 년, 이 년. 그녀는 버드의
나이로 시간을 생각했다. 이제 버드는 열 살, 지금은 열한 살, 이
제 열한 살 반. 그녀가 보지 못한 일 목록이 점점 늘어났다. 수영
을 배우는 일, 춤을 배우는 일. 버드의 새로운 관심과 집착에 관
해서는 상상을 시작할 수밖에 없었다. 생일, 또 다음 생일. 낮은
버스와 기차 안에서 흐릿하게 흘러갔고, 지친 몸으로 도시를 헤
맸으며, 밤이 되면 구름 위 높이 떠올라 자신을 내려다보는 꿈을
꿨다. 작은 점이 풍경을 가로지르고 있었다. 끝도 없는 지도 위
를 기어가는 한 마리 파리처럼.
　그녀가 계속할 수 있도록 해준 것은 몇 주마다 그녀의 눈길을
끄는 뉴스 내용이었다. 물론 그녀는 집을 떠날 때 휴대전화를 버
렸다. 그러나 상점 앞을 지날 때 라디오 소리를 슬쩍 듣거나 인
도에 버려진 신문을 주워서 정보를 얻을 수 있었다. 뉴스 속에서

그녀의 시는 계속 그녀를 향해 메아리쳤다. 이번에는 포스터나 행진이 아니라 묘한, 이상한 일과 얽혀 있었다. 절반은 시위였고 절반은 예술이었다. 사람들의 관심을 끌었고 그들이 기억하도록 했다. 마음을 혼란스럽게 하고 며칠 몇 주가 지나 가슴속에 뒤엉킨 것이 생기게 했다. 끝없는 정적의 나날을 끊고 그녀를 앞으로 밀어주는 파열음.

내슈빌에서는 이른 아침 안개 속에서 동상이 나타났는데, 얼음으로 조각한 백 명의 유령 같은 아이들이었다. 한 얼음 조각의 목에 걸린 팻말에는 '우리의 모든 잃어버린 심장'이라는 글이 쓰여 있었다. 경찰이 수갑을 준비해 도착했지만 동상을 가져다 둔 정체불명의 이는 사라지고 없었다. 그냥 장난입니다, 한 경관이 경찰서에 무전으로 보고했다. 그냥 얼음이에요. 그런데 그들 주위로 출근길 일상이 갑자기 흔들린 사람들이 멈춰 섰다. 일부는 사진을 찍었지만 대부분은 그냥 서서 아주 잠시 동안 침묵 속에서 작은 얼굴들이 천천히, 천천히 녹아 흐릿해지는 모습을 멍하니 보고만 있었다. 그 가운데 한 사람이 손을 내밀어 한때 어린 소녀의 얼굴이던 것을 만졌고, 소녀의 뺨에 엄지 모양으로 녹은 자국을 만들었다. 경찰이 사람들을 해산하고 주변 지역을 봉쇄한 다음, 범인이 돌아올 경우를 대비해 주변을 경계했다. 오전이 다 지나고 나서야 얼음 조각이 모두 녹았는데, 오랫동안 근무하던 경찰들은 높은 건물을 올려다보며 창문 안쪽에서 녹아내리는 얼음 조각을, 어린아이들이 서 있던 곳에 남은 어두운색 젖은 자국을 지켜보는 사람들의 윤곽을 볼 수 있었다.

디모인에서는 어느 날 아침, 가장 넓은 도로의 모든 블록이 끝도 없이 빨갛게 칠해져 있었다. 방송국 헬기에서 내려다보기로 마치 도시를 가로질러 핏물의 강이 똑바로 흐르는 것처럼 보였다. 강이 시작된 곳 인도에는 '우리의 잃어버린 심장을 돌려달라'고 쓰여 있었다. 처음 발견했을 때는 페인트가 여전히 젖어 있었고, 사람들이 걸음을 옮기면서 발자국은 점차 희미해지다 사라졌다. 그날 밤, 그리고 앞으로 며칠 몇 주 동안 사람들은 신발 바닥과 바짓단, 재킷 소매 끝에 묻은 빨간 흔적을 보고 잠시 멈춰 피를 생각하면서 가슴을 움켜쥐고 어디 다친 곳이 없는지 확인해볼 터였다.

오스틴에서는 주지사 관저 앞이었다. 중심을 향해 금이 가고 있는 거대한 주사위 모양의 콘크리트 덩어리와 그 옆으로 쇠막대기가 놓여 있었다. 콘크리트 덩어리에는 네 글자가 새겨져 있었다. P A C T. 그리고 쇠막대기에는 이렇게 새겨져 있었다. '우리의 잃어버린 심장.' 행인들이 한 명씩 쇠막대기를 들어봤지만 아무도 감히 휘두르지는 못했다. 현장에 도착한 경찰은 위험한 무기라며 쇠막대기를 압수했다. 콘크리트 덩어리는 트레일러트럭에 실어 어디론가 가져갔다.

당국은 언론의 관심을 사지 않기 위해 공식 논평을 내놓지 않았지만, 이런 일들은 매우 기괴하고 눈에 띄어서 결국 사람들의 관심을 끌었다. 그런 사건이 벌어지면 며칠 동안 소셜미디어를 통해 사진이 퍼져나가고 사람들 입에 오르내렸다. 현장에 있던 사람들을 통해 목격담과 동영상이 돌아다녔다. 행진이나 시위 라면 무시했을 신문사에서도 사진기자와 기자를 현장에 보냈 다. 압박을 받은 몇몇 정부 관계자는 장난이라고 주장했다. 그냥 의미 없는 장난이라고. 좀 더 강경한 목소리를 내는 사람도 있었 다. 체제 전복. 시민사회에 대한 위협. 디모인에서는 도로를 다 시 검은색으로 칠하기 위해 수십만 달러를 썼다.

하지만 그런 일은 계속 발생했고, 전국을 돌아다니던 마거릿 은 그걸 지켜보았다. 사람들은 행진 시위에 대해서는 길을 막는 다고 쓸모없다고 불편을 끼친다고 불평했지만 이런 묘한 행위 에는 왠지 관심을 갖고, 그 관심이 유지된다는 사실을 알 수 있 었다. 그녀는 행인들이 인도에 멈춰서서 휴대전화를 통해 관련 사진을 확대해 살펴보거나 신문을 쓰레기통에 버리기 전에 관 련 기사를 한참 들여다보는 모습을 발견했다. 길거리 모퉁이나 지하철 플랫폼, 야외 카페에서 커피를 마시면서 사람들끼리 관 련해 이야기하는 걸 우연히 듣기도 했다. 짜증을 내거나 멸시하 는 게 아니라 호기심에 가득 찬 모습이었다. 심지어 가끔은 예상 하지 못한 기묘함에 기뻐하기도 했다. 그거 봤어? 그거 들어봤 어? 미친 거 아냐? 네 생각은 어떤데?

버드가 열한 살이 되었을 때 이런 일은 거의 매달 벌어졌다. 그런 사건 속에서 자신의 시구를 볼 때마다 마거릿은 묘하고도 반가운 훈훈함을 느꼈다. 잃어버린 심장이라는 구절이 등장할 때마다 그녀의 수사 자료에는 한 줄이 추가된다는 사실을 알고 있었지만. 그녀에게 책임을 묻게 될 사건이었지만 마거릿 역시 마찬가지로 누구 짓인지 알지 못했다. 마치 그 말들은 스스로 독립해 살아있는 생명체로 그들만의 삶을 살아가는 것 같았고, 실제로 그랬다. 뭐라고 부를 수 있을까? 자부심은 분명 아니었다. 왜냐하면 이런 걸 이루었다고 해서 자기 공으로 생각할 수도 없었고, 그녀 역시 그냥 지나가던 사람처럼 그녀 없이 이루어진 일을 경이로운 시선으로 바라볼 수밖에 없었기 때문이다. 다만 그녀는 다른 사람들도 끌려간 아이들을 걱정하고 있다는 걸 생각하면서 계속 움직일 수 있었다. 여행과 이야기의 무게가 그녀를 거의 기진맥진하게 만들 때 그런 소식을 전해 들으면 새롭게 시작할 힘이 생겼다. 우리는 잊지 않았어, 당신은? 그들은 그렇게 말하는 것 같았다.

누가 하는 일이죠? 그녀가 한 사서에게 물었다. 이 모든 일 뒤에 누가 있어요?

그 예술적인 장난이요? 사서는 콧방귀를 뀌었다. 마거릿은 그의 반응에서 약간의 경멸을 느꼈다. 이해할 만했다. 사서들이 힘겹게 정보의 조각을 꼼꼼히 모으고 목록으로 만들고 추적하고 자료로 만드는 것에 비해 이런 행동은 사소하고 하찮고 현란하게만 보일 수 있었다.

왜 모든 일을 같은 사람들이 벌인다고 생각해요? 사서는 카운터 너머로 다른 가족의 이름을 넘겨주며 물었다. 마거릿은 고맙다고 말하고 도서관을 떠났다.

늘 더 많은 아이들과 이야기가 있었다. 마치 바닷가에서 조개 껍데기를 줍는 것 같았다. 하나 더, 하나 더, 하나 더. 파도가 한 번 쓸고 지날 때마다 젖어서 반짝이는 모래에 하나가 더 있었다. 껍데기는 한때 그 안에 생명체가 있었지만 이제 사라졌다는 걸 보여주는 유적이었다. 버드는 거의 열두 살이 되었지만 희생자 는 여전히 많았다. 그녀는 영원히 이 일을 계속하며 끝없이 여행 할 수도 있었다. 끝없이 길어지기만 하는 줄에서 계속 다음 사 람, 다음 사람을 만나는 일.

어느 날 그녀는 참지 못하고 엽서를 보냈다. 내용 없이 그냥 작은 그림을 그렸다. 작은 문 옆, 고양이 한 마리. 혹시 두 사람 이 받게 된다면 단서가 될 것이다. 그녀가 남겨두고 온 메모를 찾을 수 있는, 그녀를 찾기 위한 초대장. 우체통에 엽서를 넣으 며 그녀는 엽서가 날개를 달고 트럭과 우편물 주머니를 지나 그 들이 살던 집 현관에 도착하는 상상을 했다. 기다리고 기다렸지 만 답장은 오지 않았다.

가끔 그녀는 다시 시도했다. 엽서마다 더 작고 작게 고양이 두 마리, 다섯 마리를 그려 넣었고 이내 카드가 가득 찼다. 결국 카 드 속 옷장의 크기는 우표 크기였다가 동전, 그리고 손톱 크기로 변했다. 답장은 전혀 오지 않았다. 버드의 열두 번째 생일, 그녀 는 위험을 무릅쓰고 몇 개 남지 않은 공중전화를 찾아내 옛날 집 번호로 전화를 걸었다. 번호가 사라지고 없었다. 버드는 평생의 사분의 일을 그녀 없이 보냈다. 어쩌면 아예 엄마가 있다는 사실을 기억하지 못할 수도 있었다. 어쩌면 그러는 편이 더 나을 수도 있었다.

그때 그녀는 거사 날짜를 정했다. 10월 23일. 그녀가 집을 떠난 지 삼 년째 되는 날. 그날 다시 시도해보기로 했다. 9월에 그녀는 도미에게 편지를 보냈다. 시간이 됐어, 그녀는 말했다. 내가 머물 수 있는 곳을 찾아줄 수 있을까? 당연하게도 도미는 자신의 집을 권했지만 마거릿은 거절했다.

어딘가 먼 곳, 누구도 찾지 않을 곳이어야 해, 그녀는 말했다. 내가 붙잡히더라도 너한테 피해가 가지 않을 곳.

일주일 뒤 그녀는 뉴욕에 도착했고 브루클린의 어두운 브라운스톤 저택으로 향했다. 다음 날 그녀는 모자를 푹 눌러 쓰고 도심으로 나가 병뚜껑을 찾았다.

이쪽에 누가 와 있어요, 사서가 말했다.

아스토리아는 작은 도서관 분원이었다. 마거릿이 뉴욕에 와 어두운 저택에서 마지막 준비를 하며 병뚜껑을 채우기 시작한 지도 이미 이 주가 지났다. 앞으로 이 주가 더 남았다. 이야기를 모으는 일은 그만두어야 했다. 그녀가 활용할 수 있는 것 이상을 들었다. 하지만 그녀는 멈추고 싶지 않았다. 그녀가 원하는 것은 아이들을 전부 찾아내는 것이었지만 불가능하다는 걸 알았다. 언제나 더 많은 아이들이 사라졌기 때문이다.

건물에 그들 말고는 아무도 없고 그저 절반쯤 빈 서가만 있었지만 사서는 목소리를 낮추었다. 가족 말고요, 그녀가 말했다. 아이예요.

마거릿은 똑바로 앉았다. 오래 돌아다녔지만 재배치된 아이와 둘이서만 얘기해본 적은 없었다. 아이들은 모두 잘 숨겨져 있었다. 새 지역, 새 가족, 새 이름. 남은 것이라고는 아이들이 사라진 자리에 남은 슬픔의 흔적, 아이들이 남기고 간 구멍뿐이었다. 그들이 추적한 아이들 몇 명은 새로운 가정과 새로운 삶이라는 접근할 수 없는 요새에 살고 있었다. 너무 어렸을 때 납치된 아이들은 예전의 삶, 예전 가족을 아예 기억조차 하지 못했다.

두 달 전에 본원에서 어슬렁거리고 있었대요, 사서가 말했다. 달아난 거죠. 원래는 볼티모어에 있었대요. 어린 것이 담도 커요, 그녀는 그렇게 덧붙이며 거의 낄낄거렸다. 도서관에 마치 경찰관처럼 들이닥쳤대요. 그리곤 양손을 허리에 얹고 말했대요. 부모님을 찾게 절 좀 도와주셔야겠어요. 마치 질책이라도 하는 것처럼 말이죠. 하버드 근처 케임브리지의 위탁 가정에서 달아났다고 하더군요.

마거릿은 뒷덜미가 따끔거렸다. 케임브리지요? 그녀는 말했다. 나이가 어떻게 돼죠?

열세 살이요. 더 알아내려고 애쓰는 중이에요. 아이가 여기저기 많이 옮겨 다닌 모양인데, 아이가 기억하는 주소에는 아무도 살고 있지 않았어요.

제가 얘기해볼 수 있나요? 마거릿이 말했다. 심장이 쿵쾅거렸다. 어디 있어요?

사서는 그녀를 경계하듯 자세히 살펴보았다. 마거릿이 무척 잘 아는 순간이었다. 그녀를 믿을 수 있는지 결정하는 순간. 그리고 믿는다면 얼마나 믿을지. 그녀에게 얼마나 긴 밧줄을 줄지 문을 어느 정도까지 열어줄지.

저울이 기울어졌다.

도서관 분원 중 한 곳에 있어요, 사서가 말했다. 주소를 드릴 수 있어요. 아이가 오래 머물 수 있는 곳을 찾는 동안 이리저리 옮겨 다니도록 하고 있어요.

그리고 그 아이를 만났다. 임시로 꾸민 잠자리에 책상다리로 앉은 여자아이. 큰 갈색 눈이 마치 이글거리는 별 같았다.

마거릿이요? 아이는 마거릿이 자신을 소개하자 따라 하듯 말했다. 마거릿 미우라고요?

얼어붙은 침묵이 이어지다가 새디가 웃었다.

당신이 지은 시를 알아요, 아이가 말했다. 그리고 이어서 말했다, 저는 버드도 알아요.

정부가 의뢰한 연구 결과에 따르면 열두 살 이하의 어린이는 원래 부모에게서 분리되면 기관의 도움 없이는 집으로 돌아가서는 안 됐다. 그래서 열두 살이 넘은 아이들은 대개 주에서 운영하는 센터로 보내지고, 더 어리면 위탁 가정으로 보내졌다. 그들이 새디를 데려갈 때 새디는 열한 살이었다.

그들은 새디를 빠른 속도로 이리저리 옮겨 다니게 했다. 처음에는 웨스트버지니아, 그다음엔 이리, 그리고 보스턴으로. 멀리 더 멀리, 마치 새디를 궤도에서 끌어내리려는 것 같았다. 첫 번째로 도착한 위탁 가정에서 새디는 살던 집에 전화를 걸었다. 없는 번호로 나왔다. 새디는 편지를 보내고 또 보냈다. 우편번호도 깔끔하게 적었고 두 번째 위탁 가정에서 훔친 우표도 잔뜩 붙였다. 답장은 없었지만 여전히 희망을 잃지 않았다. 어쩌면 다른 집으로 옮겨가면서 회신을 놓쳤을 수도 있다. 어쩌면 제 뒤로 부모님이 보낸 편지가 마치 연의 꼬리처럼 따라오고 있는데 늘 한 발 늦는 것일 수도 있다. 그러다가 그녀가 세 번째 위탁 가정인 케임브리지에 있을 때 편지가 한 통 되돌아왔다. '수취인 불명.'

나랑 같이 가자, 새디는 버드에게 말했지만 결국 새디는 혼자 떠났다.

새디는 위탁 가정 아버지의 지갑에서 슬쩍한 돈으로 버스 두 번에 기차까지 한 번 타고 볼티모어로 돌아갔다. 어머니의 얼굴은 흐릿했으나 주소는 기억에 새겨져 있었다. 전부 꿈결처럼 익숙했다. 이웃집 녹색 잔디에 핀 분홍색 튤립. 여름 공기 중에 잔잔하게 울려 퍼지는 잔디 깎는 기계의 울림. 지난 이 년 동안 그녀가 단단히 붙들고 있던 그림과 똑같았다.

하지만 계단을 올라가니 문은 잠겨 있었다. 문을 열어준 사람은 낯선 백인 여자였다. 여자는 친절한 얼굴에 칙칙한 갈색 머리를 뒤로 묶어 올렸다. 애야, 그런 사람들은 여기 안 살아, 그녀가 말했다.

여자는 육 개월 전에 이사 왔다고 했다. 그 전에 누가 이곳에 살았는지는 모른다고 했다. 혹시 도움이 필요하니? 어디 전화를 대신 걸어줄까?

새디는 달아났다.

새디는 역으로 가 바로 떠나는 열차에 올라탔다. 구석 자리에 몸을 파묻고 있다가 부산스러운 느낌에 뉴욕 펜 역에서 깼다. 어쩔 줄 모르는 상황에서 혼자였다. 천장이 낮은 쥐색 터미널 복도를 간신히 벗어나, 한쪽만 남은 다리로 부스러기를 모으는 비둘기들을 지나, 골판지 팻말과 딸랑거리는 컵을 든 노숙자들을 지나, 인도에 버려진 쓰레기 더미를 지났다. 머리 위로 임시 가설물이 덮개처럼 솟아 있었고 그곳에 걸린 '당신이 ♥하는 뉴욕의 재건설'이라는 문구는 그물망이 거의 다 가리고 있었다. 그 위로 뾰족뾰족한 유리와 콘크리트 건물이 구름을 뚫고 있었다.

그리고 그 순간 어둠 속에서, 멀리 초록색 잔디 너머로 커다란 회색 아치가 보였다.

케임브리지에 있을 때 새디는 도서관의 평화로움을 아주 좋아했다. 책장 사이를 서성거리며 아직 도서관에 남은 책을 펼쳤다가 덮기를 좋아했다. 많이 사라졌지만 남은 책들이 생존자라는 걸 알았다. 새디는 선반에서 책을 꺼내 넘기며 숨결을 들이마셨다. 자신보다 앞서 얼마나 많은 사람이 이 책을 읽고 만졌을지 상상했다.

어느 날 사서가 새디를 발견했다. 새디는 책에 코를 박은 채 눈만 들어 통로 끝에 있는 사서를 당황한 표정으로 보았다. 물론 자주 본 사이였지만—도서관에 들어가고 나올 때— 대화해본 적은 없었다. 새디는 도서관 카드도 없었고 도움을 요청한 적도, 그 어떤 문제를 일으킨 적도 없었다. 사서는 아무 말도 하지 않았고 새디는 책을 탁 덮어 다시 서가에 밀어 넣은 뒤 달아났다. 하지만 며칠 뒤 새디가 대담하게 다시 도서관에 몰래 들어갔을 때 사서가 손짓해 불렀다. 난 카리나라고 해, 그녀는 말했다. 넌 이름이 뭐니?

새디는 한참이 지난 뒤 알아차렸다. 도서관에 와서 책을 대출하지 않는 사람이 자신만이 아니라는 사실. 가끔 사람들이 카운터에서 사서와 한참 조용히 심각한 이야기를 나누고는 불안해하거나 고민하거나 희망을 품은 얼굴, 또는 세 가지 얼굴을 모두 한 채 떠났다. 또 가끔 도서 반납용 책상에 엉뚱한 책이 도착해 수거함에 들어왔다. 낡은 문고본, 오래된 교과서, 가끔은 잡지까지. 누군가 수거 장비에 엉뚱한 물건을 던져 넣는 실수를 한 것 같았다. 하루는 새디가 책 반납함을 뒤지다가 책을 한 권 꺼냈는데 안에 이름, 나이, 용모를 적은 메모지가 들어 있었다. 그녀처럼 납치된 아이였다. 내용을 암호로 바꿔 기억하고 네트워크에 전달해달라는 가족의 간청이었다.

힘닿는 데까지 틈새를 메우려는 거야, 사서는 인정했다.

그래서 새디는 뉴욕에 도착해 더는 부모의 흔적을 찾을 수 없을 때 어디로 가야 하는지 알고 있었다. 그녀가 발견한 도서관은 마치 동화에서 튀어나온 모습을 하고 있었다. 옅은 회색의 거대한 사자 두 마리가 무표정하게 지키고 있는 궁전. 그녀는 계단을 올라가 손을 뻗어 거대한 사자 앞발을 만졌다. 손가락으로 커다란 발톱 사이를 어루만졌다. 언젠가 어머니가 읽어주었던 이야기가 마치 바람에 실린 향기처럼 돌아왔다. 길을 잃고 혼자가 된 어린 소녀가 그곳 나라의 왕인 사자의 도움을 받는 이야기. 주위를 둘러보았다. 가로등이 보였다. 그리고 이곳, 그녀 앞에 그녀를 집으로 데려가줄 수도 있는 마법의 문이 있었다. 도서관은 거의 비어 있었다. 닫을 시간이 다 되었고 새디는 조용한 구석을 찾을 때까지 돌아다녔다. 어린이 도서 구역에 낡은 팔걸이의자가 있었고 절반은 비어 있는 서가 위로 '읽어라'라고 쓴 포스터가 여전히 걸려 있었다. 그녀는 몸을 웅크리고 잠에 빠졌는데, 한 젊은 여자가 어깨를 두드리는 바람에 잠에서 깼다.

안녕, 얘야, 여자가 새디에게 말했다. 넌 길을 잃은 것 같구나.

버드 엄마죠, 맞죠? 새디가 말했다.

마거릿은 자기 엉덩이와 가슴을 만진 다음 너무 오래 가지고 다녀서 이제는 자기 살처럼 느껴지는 노트를 만져보았다.

그랬었지, 그녀는 말했다.

버드가 엄마 얘기를 해줬어요, 새디는 말했다. 마거릿에게 그건 마치 신호처럼 여겨졌다.

어리고 엄마가 없고 두려움도 없는 새디. 홀로 석 달을 보낸 새디는 절반은 주의 깊은 어른이고, 절반은 어린아이였다.

얘가 지낼 만한 곳을 알아요, 마거릿이 사서에게 말했다.

도미를 설득하는 데 시간이 좀 걸렸다.

미친 농담 좀 하지 마, 마거릿, 그녀는 들으려 하지 않았다. 내가 아이들에 대해 뭘 알겠어.

두 사람은 거실 끝에 팔짱을 끼고 회의적인 태도로 기다리는 새디를 세워둔 채 아주 작은 소리로 말했다. 도미는 곁눈질로 새디를 살펴보았고, 새디 역시 수줍어하지 않고 당당하게 그녀를 살펴보았다.

너나 나나 잘 알다시피 내가 있는 곳은 아이에게 적당하지 않아, 마거릿이 말했다. 어차피 나는 쟤를 보고 있을 수도 없어. 해야 할 일이 많아.

정확히 나더러 뭘 해달라는 거야? 도미는 물었다.

안전하게 지켜줘. 내가 일을 마무리할 때까지. 그리고 일이 끝나면 어딘가 더 나은 곳을 찾을 거야. 어쩌면 아이 부모를 찾을 수도 있고. 하지만 당장은 아이가 있을 곳이 필요해. 지금까지 도서관에서 도서관으로 몇 주 동안 옮겨 다녔다는데 영원히 감춰둘 수는 없잖아. 이렇게 오래 숨겨둔 것도 기적이야.

마거릿은 말을 멈췄다. 아니면 공간이 너무 좁아서 그러는 거야? 그녀는 건조하게 덧붙였다. 넓은 거실을 쓱 훑어보고 천장을 쳐다보았다. 그 위로 쓰지 않는 침실이 여섯 개는 있었다.

도미는 천천히 길게 코로 한숨을 내쉬었다. 오랜 세월이 흘렀지만 마거릿이 이겼을 때 보이는 행동은 변함이 없었다.

좋아. 하지만 앞가림은 아이 스스로 해야 해. 난 애 보고 있을 시간이 없어.

하루에 두 번 기저귀만 갈아주시면 돼요, 새디가 거실 저편에서 크게 말했다.

도미가 웃었다.

흠, 그녀가 말했다. 그래도 유머 감각은 있네.

두 사람은 서로—정장 차림에 높은 하이힐을 신은 키 큰 금발 여자와 모자 달린 옷에 빛바랜 청바지를 입은 갈색 피부의 소녀—를 가늠해보았고 마거릿은 두 사람 사이에서 비슷한 사람이 만났을 때 동족 간에 형성되는, 불꽃 튀는 느낌을 받았다.

같은 날 한참 후에 새디는 마침내 마거릿에게 말했다. 하지만 버드는 그 집에 이제 살지 않아요. 몰랐어요? 두 사람은 지금 기숙사에 살아요. 어딘지 말해줄 수 있어요.

왜 저한테 말하지 않았어요? 버드가 말한다. 제가 갔을 때 왜 새디가 내려오지 않았어요?

우린 새디에게 눈에 띄지 말라고 했어, 마거릿이 말한다. 그래야 누구든 새디를 보고 이것저것 묻지 않을 테니까. 곧 만나게 될 거야, 약속할게. 하지만 지금은 넌 엄마와 있어야 해. 내가 필요한 건……

그녀는 가위를 든 채 말을 멈춘다.

누가 왔나 봐, 그녀는 중얼거린다.

버드도 소리가 들린다. 누군가 뒷문 근처에 있는 소리. 그는 비가 내리고 있음을 알아차린다. 판자를 댄 창문 때문에 볼 수는 없지만, 갑자기 조용해진 가운데 계속 손가락으로 합판을 두드리는 듯한 작은 소리가 들린다. 누군가 문을 열려고 하는 건지 빗소리 틈에서 손잡이를 돌려보는 소리가 난다. 그러더니 희미하게 키패드를 두드리는 삑삑 소리가 난다. 번호 한 개, 두 개, 또 한 개.

버드는 어머니를 향해 고개를 돌리고 신호를 기다린다. 싸울 것인지 달아날 것인지. 방어할 것인지 숨을 것인지. 마거릿은 움직이지 않는다. 머릿속에서 천 개쯤 되는 시나리오가 번쩍이며 지난다. 생각이 거듭될수록 결과는 끔찍해진다. 버드가 끌려갈 곳. 그녀가 끌려갈 곳. 차분하자, 그녀는 스스로 말한다. 생각해. 하지만 이 집에 두 사람이 숨을 곳은 없다. 그리고 버드의 손을 잡고 정문으로 나가 길거리로 달아난다고 해도 이 빗속에, 낯선 사람으로 가득한 이 도시에서 어디로 갈 수 있겠는가? 누구 손아귀에 들어가겠는가?

어두운 복도를 쿵쿵거리는 발소리. 누군가 조용하게 움직이려 하지만 실패하고 있다. 그 순간 거실로 통하는 문이 삐걱 열린다. 검은 우비를 입은 더치스다. 그녀는 발을 흔들어 물을 털어낸다.

빌어먹을 도미, 마거릿이 말한다. 왜 겁주고 그래.

마거릿은 숨을 몰아쉬고 버드는 어머니의 욕설보다, 뜻밖의 손님보다, 어머니도 겁에 질릴 수 있다는 사실에 더 불안해진다.

내가 벨을 누를 수는 없잖아, 안 그래? 더치스가 말한다. 미리 전화할 수도 없고.

그녀와 마거릿은 서로 어깨를 으쓱하고, 버드는 이해한다. 당연히 휴대전화는 추적당할 수 있다.

지금 몇 시야? 마거릿이 묻는다.

거의 4시야.

내일 아침이라고 얘기하지 않았나?

더치스가 우비 지퍼를 열더니 한쪽 팔을 빼내고 나머지 팔을 빼낸다. 그녀는 탁자에 놓인 잘린 전선과 병뚜껑, 그리고 반짝거리는 동전 크기의 배터리를 발견한다.

그러니까 아직도 이걸 하고 있군, 그녀가 말한다.

마거릿은 몸이 뻣뻣해진다. 물론이지, 그녀가 말한다.

더치스의 눈길이 탐조등처럼 실내를 훑으며 버드조차 거의 눈치채지 못한 것들을 비춘다. 구석에 자리한 넘치는 쓰레기통. 어제 라면을 먹고 남은 스티로폼 용기가 버드 발치에 여전히 기름이 미끈거리는 채 남아 있다. 버드는 사흘째 같은 옷을 입고 있고, 빗지 않은 머리는 헝클어져 눈을 반쯤 가리고 있다.

난 상황이 변할 수도 있다고 생각했지, 더치스가 말한다. 이윽고 그녀의 눈이 버드에게 닿는다.

아무것도 변하지 않았어, 마거릿이 날카롭게 말한다.

더치스는 우비를 팔걸이의자 등받이에 건다. 그녀는 언제나처럼 돛을 활짝 펴고 달리는 배처럼 움직인다. 목적지를 향해 불룩한 돛. 그녀는 마거릿 옆, 소파 팔걸이에 걸터앉는다.

아직 마음을 바꿀 수 있어, 더치스가 말한다.

마거릿은 납땜인두의 손잡이를 만지작거리다가 철사 거치대에서 들어 올려 인두 끝을 젖은 스펀지에 댄다. 성이 난 것처럼 희미하게 쉭쉭 소리가 난다.

이건 내 문제만이 아니야, 마거릿이 말한다. 너도 알잖아.

인두 끝에 매달린 녹은 금속이 은빛으로 빛나다가 회색으로 희미해진다. 어머니의 눈이 잔물결이 이는 수면에 비친 햇빛처럼 반짝인다. 그녀는 초점이 맞지 않는지 눈에 힘을 주어 씰룩거린다.

해야만 해, 그녀는 말을 잇는다. 그들과 약속했어. 빚을 진, 그녀는 망설인다. 빚을 졌으니까, 그녀는 말한다.

더치스는 마거릿의 손에 자기 손을 얹는다. 버드는 부드러운 분위기를 볼 수 있다. 애정이다.

마거릿이 고개를 들고 그녀의 눈길이 더치스와 마주친다. 그러자 더치스는 한숨을 내쉰다. 이해한 것이 아니라 포기했다는 의미. 그럼, 내일 아침에 와서 버드를 데려갈게, 그녀가 말한다.

버드는 고개를 홱 치켜든다. 절 데려가요? 그는 묻는다. 어디로요?

새디를 만나러 가는 거야, 마거릿이 밝게 말한다. 도미가 너희를 도시 밖으로 데려갈 거야. 하루뿐이지만. 내가 이걸―마거릿이 탁자 위를 손으로 가리킨다― 이 프로젝트를 진행하는 동안.

아주 멋진 곳이야, 더치스가 말한다. 너도 좋아할 거야.

왜요? 버드는 말한다. 이해가 가지 않고 경계심이 든다.

어머니가 납땜인두를 내려놓더니 탁자 위로 몸을 숙여 그의 손을 양손으로 잡는다.

엄마가 해야 할 일이 좀 있어, 그녀가 말한다. 네가 여기 있으면 할 수가 없어. 도미가 널 데리고 새디에게 갈 거야. 그런 다음 우리 둘이 다시 널 데리러 갈게. 엄마 믿지?

버드는 망설인다. 납땜인두에서 가느다란 연기가 구불거리며 피어오른다. 금속과 소나무가 타는 듯한 독한 냄새가 난다. 그는 굳은살이 박이고 거친 어머니의 손을 바라본다. 하지만 강인하고 따뜻하고 부드러운 느낌이 드는 손이다. 흙에서 묘목을 들어올리던, 그의 티셔츠에 붙은 자벌레를 떼어내 풀밭에 놓아주던 기억 속 손과 같은 손이다. 거의 본능적으로 두 사람은 예전에 약속할 때처럼 손을 맞대 손가락과 손가락, 손바닥과 손바닥이 맞닿게 한다. 이제 버드의 손은 거의 어머니의 손만큼 크다. 그는 깊은 갈색 웅덩이 같은 어머니의 눈을, 그리고 마침내 어머니를 본다. 어머니. 그녀는 아직 그곳에 있다.

알았어요, 그는 말하고 어머니는 두 눈을 감고 참았던 숨을 내쉰다.

내일 아침이야, 그녀는 도미 쪽을 향해 말한다. 10시쯤. 그때 데리러 와.

마거릿이 눈을 뜨더니 손을 거두고 늘어진 전선 끝을 사납게 욱여넣는다.

시간이 별로 많지 않아, 그녀는 말한다. 아직 할 일이 많은데.

더치스가 떠날 무렵 약해졌던 빗줄기가 가랑비로 바뀐다. 오후가 저물어갈 무렵 마거릿은 마지막 뚜껑을 닫는다. 수요일이다. 내일이면 그녀가 집을 떠난 지 삼 년이 되는 날이다.

됐어, 그녀는 나지막이 말한다. 버드도 들을 수 있지만 어머니의 혼잣말이 분명하다. 마치 스스로 이제 됐다고 말하듯. 어머니의 그 말이 멈추겠다는 건지 다음 단계로 나아가겠다는 건지 두 사람 다 확신할 수 없다.

그녀는 한 손으로 탁자에 쌓인 병뚜껑을 비닐봉지에 쓸어 담는다. 그러더니 망설인다.

엄마랑 같이 갈래? 그녀는 묻는다. 이번 한 번만, 마지막이니까.

거의 사 주 동안 그녀는 하루에 백 개도 넘는 병뚜껑을 만들어 평범한 곳에 설치해왔다. 길거리를 돌아다니며 병과 캔을 모아 파는 늙은 여자에게 아무도 관심을 두지 않았다. 거북함, 혐오감 또는 두 가지 모두의 이유로 사람들은 그저 뒤로 물러나거나 돌아섰다. 그녀는 그런 사람들을 오래 봐왔다. '위기'를 겪고도 달라지지 않고 살아남은 것들. 어떻게 된 일인지 이런 여자들도 그런 것 중 하나였다. 끈질기고 거만하지 않게 인내심을 품고 쓰레기에서 건져낼 수 있는 걸 찾아내는 사람들. 그리고 그들 가운데 많은 수는 심지어 '위기' 이전에도 아시아인이었다. 그들의 얼굴은 그녀에게 할머니, 어머니, 그리고 자기 자신을 떠올리게 했다. 밀짚모자를 눈까지 푹 눌러쓰고 인도를 따라 걸으며 허리를 굽혀 쓰레기통이나 가로수 주변을 뒤질 때마다 그들을 생각했다. 그들처럼 입고 조심만 하면 어디든 갈 수 있었다.

그래도 아슬아슬할 때가 있다. 가끔 경찰이 접근한다. 누가 신고를 한 건지 알 수 없지만, 순찰차가 그녀 옆으로 다가올 때 둘러보면 사람들이 커튼 뒤에서 몰래 내다보고 있다. 경찰이 다가오면 그녀는 뒷주머니에 이십 달러를 꽂아주곤 했는데 한번은 그것만으로 충분하지 않았다. 경관은 그녀의 팔꿈치를 꽉 움켜쥐었고 그녀 목에 대고 뜨거운 숨결을 내뱉었다. 결국 그를 따라 골목으로 들어갔고 그의 지퍼를 내리고 허리띠 아래로 손을 넣어야 했다. 그가 몸부림치며 신음을 내는 동안 그녀는 그의 가슴에 달린 배지에서 눈을 떼지 않았고, 그의 몸이 활처럼 뒤로 휘고 그가 그녀의 머리칼을 만지며 목이 조이는 듯 마지막 탄성을 내뱉고 나서야 자유롭게 풀려날 수 있었다. 그녀가 몸을 똑바로 세우고 다시 길거리로 나섰을 때 순찰차는 멀어지고 있었고 불이 켜진 위쪽 창문 안에서 사람들의 우아한 삶은 계속되고 있었다. 아래쪽 누더기를 걸친 여자는 이미 잊어버린 뒤였다.

오늘은 특별히 더 조심하지 않으면 안 된다. 버드를 데리고 다녀야 하니 실수를 해서는 안 된다. 빨리 움직일 것이다. 그녀가 가지 않았던 마지막 몇 군데.

몇 걸음 뒤에서 따라오고 날 모르는 척해, 그녀는 모자를 쓰며 말한다. 그리고 선글라스를 써.

두 사람은 웨스트72번가의 지하철역에서 밖으로 나온다. 휴대전화 케이스를 인조 보석으로 장식하고 작고 하얀 개를 팽팽한 목줄로 끌고 다니는 부유한 여자들 구역이다. 어디든 인도는 은회색으로 축축하고 자동차 유리는 빗물로 얼룩졌다. 길모퉁이 잡화점 문고리 근처에는 판매용 우산이 여전히 꽂혀 있다.

마거릿은 허리에 찬 봉지에서 첫 번째 병뚜껑을 꺼내 손가락을 오므려 안에 쥔다. 몇 분 동안 이리저리 둘러보다 적당한 곳을 찾아낸다. 흘러넘치기 시작한 쓰레기통이다. 찌그러진 맥주 캔과 비닐 포장지가 젖은 인도 위로 쏟아지고 있다.

거기 서 있어, 마거릿이 중얼거린다. 그녀는 버드의 몸을 가림막 삼아 몸을 웅크린 다음 안을 샅샅이 뒤지는 것처럼 행동하면서 쓰레기통 가장자리 바로 아래에 껌 덩어리를 이용해 뚜껑을 붙인다. 됐어, 그녀는 말한다. 이렇게 하면 안 떨어질 거야.

버드는 쓰레기통에서 한 걸음 물러나 조심스럽게 바라본다. 누가 보더라도 악의 없고 평범한 장면으로, 눈길은 그냥 지나가 버릴 것이다. 사람들이 최대한 무시하려 애쓰는 도시의 또 다른 추한 모습. 하지만 지금 버드에게 이 장소는 흔적이 남은 곳으로 보였고—위협일까 약속일까, 어느 쪽인지 확신하지 못한다— 그는 시선을 다른 곳으로 돌릴 수 없을 것 같다.

그걸로 뭘 하는데요? 버드가 묻지만 마거릿은 그가 상상하는 걸 이미 볼 수 있다. 섬광, 불꽃, 버섯 모양 연기. 그녀는 대답하지 않는다. 그녀는 이미 다음 병뚜껑을 주머니에서 꺼냈다.

가자, 그녀는 말한다. 서둘러야 해.

지난 몇 주 동안 마거릿은 이 일을 매일 해왔다. 그래서 그럴듯한 장소를 찾으면 저절로 눈이 갔다. 병뚜껑을 끼워 넣을 수 있는 하수구 뚜껑이나 건물 지반에 난 손가락 굵기의 틈. 그녀는 트럭에 치여 반쯤 으깨진 다람쥐 배 속에 병뚜껑 하나를 깔끔하게 밀어 넣는다.

나도 잘 모르겠어, 그녀는 손가락에 묻은 피를 닦아내고 인도로 올라서며 말한다. 사람들이 와서 치워버릴 수도 있으니까.

그녀는 털과 살이 뒤섞인 보랏빛 덩어리를 살펴본다. 몰려들기 시작한 파리 떼가 위를 뒤덮고 있다.

아마 아닐 거야, 그녀는 말한다. 굳이 치우려고 하지 않을 거야. 어쨌거나 내일까지는 말이지.

두 사람은 작은 캡슐을 여기저기에 숨긴다. 마거릿을 돕기 시작한 버드도 어둠에 적응하는 것처럼 금세 눈이 익숙해져 숨길 만한 곳이 많이 보인다. 그 가운데 일부는 너무 뻔하고 깔끔해서 안 된다고 마거릿이 말한다. 좀 너저분한 곳이어야 해, 그녀가 말한다. 아무도 손대고 싶지 않은 곳. 버드는 반 발짝 앞서나가 다가 이내 두세 걸음 앞서나가며 병뚜껑을 숨길 곳을 척척 찾아 낸다. 썩은 과일 냄새가 진동하는 쓰레기통 안쪽, 노숙자들이 아 침에 일어나 소변을 보는 구석진 곳. 개똥이 널린 나무 밑. 그는 순간적으로 그들이 무슨 일을 하는 건지 의문 품는 걸 잊는다. 그와 어머니는 마치 보물 숨기기 놀이를 하는 것 같다. 병뚜껑을 하나씩 숨길 때마다 마거릿이 든 봉지는 가벼워지고 감쪽같은 곳을 찾아냈다는 사실에 버드는 기쁨의 소용돌이를 느낀다. 이 가운데 얼마나 많은 뚜껑이 숨어서 버틸지 생각하면 힘과 경외 감이 느껴진다. 그는 계산한다. 하루에 백 개를 숨기면 한 달이 면 얼만지.

그게 다예요? 버드는 어머니가 마지막 뚜껑을 설치하자 묻는 다. 공원 입구 바로 밖에 있는 가로등의 녹슨 틈새였다.

다 했어, 마거릿은 짧게 대답하고 한숨을 내쉰다. 만족감일 까? 슬픔? 확실하지 않다.

마지막 병뚜껑을 설치하자 그녀는 몇 주 동안 위장용으로 가 지고 다니던 쓰레기 봉지를 근처 쓰레기통에 던져버린다. 이쪽 동네는 오늘이 쓰레기를 내놓는 날이어서 어디에나 쓰레기 더 미가 쌓여 쓰러지기 직전이다. 여기저기 뭔가가 비닐을 갉아 먹어서 쓰레기가 인도로 쏟아져 넘치고 있다. 그녀는 바지 허벅지 부근에 손을 문질러 닦고 버드를 바라본다. 그녀의 버드. 눈망울이 크고 감수성이 풍부하고 남을 잘 믿고 무엇이 기다리고 있는지 모르면서도 미래를 열망하는 아이. 절반은 자랐지만, 절반밖에 자라지 못한 아이.

아이에게 뭘 가르치고 뭘 해줄 수 있을까? 그동안 잃어버린 것을 보상하기 위해 아이에게 무엇을 줄 수 있을까? 그녀는 노점에서 프레첼과 아이스크림, 레모네이드를 사주고, 공원에서 춤추게 해주고, 손가락에 묻은 소금과 음료수를 핥게 해주고 싶다. 인도의 깨진 블록을 뛰어넘거나 높이 뛰면서 교통 표지판을 손으로 때리는 것처럼, 하는 도중에 규칙이 바뀌는 바보 같은 놀이를 하게 해주고 싶다. 아니다. 아이와 함께 게임을 하고 싶다. 그저 하루만이라도 그냥 엄마가 되고 싶다. 그녀가 부재했던 최근 몇 년을 황금 같은 하루 오후로 전부 바로잡을 수 있는 것처럼.

돌아다니던 순찰차 한 대가 천천히 다가온다. 안에 탄 경관의 실루엣이 색깔을 입힌 유리창 너머로 흐릿하게 보인다.

마거릿은 순식간에 버드의 팔뚝을 붙잡고 근처 집의 현관 계단 뒤로 잡아챈다. 피라미드처럼 쌓인 쓰레기 봉지 뒤에 웅크린 채 두 팔로 그를 꼭 안는다. 어찌나 가까운지 두 사람은 서로의 심장박동을 느낄 수 있다.

순찰차는 의심스러운 모습으로 더 가까이 다가온다. 주변을 살핀다. 그러더니 지나간다.

마거릿의 입천장을 뭔가 두껍고 씁쓸한 막이 덮는다. 그녀가 붙잡은 버드의 어깨는 여전히 어린아이의 것이라서 근육도 없이 뼈만 앙상해 부러질까 겁날 정도다. 그녀는 버드가 마땅히 누려야 할 아름다운 오후를 줄 수 없다. 아직은. 불공평한 일이야, 그녀는 생각한다. 주변의 쓰레기에서 지독한 악취가 떠올라 엉겨 붙어 그들에게 들러붙는다. 순찰차는 한참 전에 사라졌지만 그녀는 여전히 눈을 감은 채 불가능할 정도로 따뜻한 버드의 머리칼에 얼굴을 묻은 채 그를 안고 있다. 마침내 그녀가 팔을 풀고 그를 내려다본다. 버드는 놀란 눈빛이지만 그녀를 신뢰하고 있다. 그녀의 얼굴을 보며 신호를 기다리고 있다.

괜찮아, 그녀는 속삭인다. 겁내지 마.

겁나지 않아요, 그는 말한다. 괜찮을 줄 알았어요.

불안한 듯한 미소와 함께 마거릿은 마지막으로 버드를 꼭 안아주고 일어선다.

집에 가자, 그녀가 말한다.

두 사람은 지하철을 타고 브루클린으로 돌아간다. 버드는 객차 한쪽 끝에, 마거릿은 반대편 끝에 탔기 때문에 아무도 일행으로 의심하지 않는다. 그녀는 멀리서 버드를 곰곰이 살핀다. 안절부절못하는 검은 머리의 작은 아이. 다리를 꼬고 앉아 테이프를 붙여둔 좌석의 찢어진 자국을 만지고 있다. 선글라스를 끼고 있어서 눈을 잘 볼 수 없지만, 자세히 들여다보면 그녀 쪽을 보고 있는 은밀한 눈길을 알아차릴 수 있다. 아이는 그녀를 볼 때마다 아주 희미하게나마 긴장이 풀리는 어깨를 기둥에 기댄 채, 멀리서 은밀하게 지켜보는 시선을 유지하고 있다. 지금 순간에 지난 삼 년이 압축되어 있어, 그녀는 생각한다. 멀리 떨어져 맴돌며 아이가 뭘 보고 있는지 추측해보지만 정확히 알 수 없고, 다만 그녀를 생각하면 안심할 수 있기를 바란다. 아니지, 그녀는 생각을 고친다. 지난 삼 년이 아니다. 아이 엄마라면 누구나 같은 마음일 것이다.

병뚜껑을 설치하고 집으로 돌아가기. 망설이지 않고 해낼 수 있는 익숙한 동작이다. 그러나 오늘은 다르다. 오늘 그녀는 차분하게 있을 수가 없다. 열차가 멈출 때마다 그녀는 깜짝 놀라 주위 승객을 조심스럽게 살펴보지만, 그들은 졸거나 멍하니 휴대전화를 만지작거리고 있다. 그녀의 눈길은 계속 반대편 끝에 있는 소년에게 향한다. 소년은 이제 차분해져서 공상에 잠겨 있다가 이따금 그녀를 보고 알 듯 말 듯 음모를 꾸미는 눈빛을 보낸다. 그녀는 마주 웃으려 하지만 잘 되지 않는다. 다른 열차가 달려와 반대 방향으로 향하고, 창문 밖으로 보이는 흐릿한 풍경에서 그녀는 순찰차에 탔던 경찰관의 그림자, 그녀의 어깨에 기댄 버드의 얼굴, 그녀의 품속에서조차 불안해 보였던 버드의 비쩍 마르고 따뜻한 몸을 떠올린다. 아들을 그곳에 처박았던 자신이 밉다. 숨을 멈추고 있을 때도 시큼하고 질식할 것 같은 쓰레기 냄새가 진동한다. 기차는 그들 아래서 진동하며 고동치고, 쿵쿵거리는 바퀴와 엔진의 굉음, 그리고 객차의 흔들림은 하나의 단어로 모아져 그녀 안에서 점점 더 빠르게 울린다. 브라운스톤 저택에 도착했을 때—따로 떨어져 걷다가 한 명씩 문을 열고 뒷마당으로 들어선다— 그 말은 목구멍 안쪽을 휘돌다가 두 사람이 안전하게 집 안으로 들어선 순간 입 밖으로 터져 나오며 그녀를 숨차게 만든다.

싫어, 그녀는 말한다. 안 해. 난 안 할 거야.

버드는 돌아서 그녀를 본다. 그녀는 출구를 막는 것처럼 얼어붙어 등을 문에 대고 서 있다. 찰나 그녀는 더 늙고 핼쑥해 보인다. 어두컴컴한 복도에서 거실의 알전구 조명 하나에 의지한 그녀의 머리칼은 은빛으로, 얼굴은 회색으로 변한다. 돌이 된 여자.

위험을 감수할 가치가 없어, 그녀는 말한다. 귀에 들려오는 자신의 목소리가 가죽처럼 거칠고 갈라졌다.

하지만 병뚜껑은, 버드가 말한다. 우리가 방금 숨긴 거요. 그리고 엄마가 이미 숨긴 것들.

상관없어. 그냥 두면 돼.

하지만 중요한 일이잖아요. 버드는 마치 그녀가 스스로를 속이려는 걸 알아차린 것처럼 고개를 흔든다. 그렇지 않아요? 엄마가 하는 일이 뭐든, 도움이 되리라는 걸 난 알아요.

상관없어, 마거릿은 다시 말한다. 잊어버려. 전부 다 잊어.

그녀는 버드에게 달려가 그를 끌어안고 양손으로 얼굴을 붙잡는다. 아들을 이런 상황에 끌어들였다는 사실은 물론 아들이 위험에 처했던 기억, 자신이 그를 다시 위험에 처하게 할지도 모른다는 상상을 견딜 수 없었기 때문이다. 아주 오래전, 그녀와 이선은 무슨 일이 있어도 지키자고 한 약속이 있고 그녀는 여전히 그 약속을 지킬 생각이다. 어떤 대가를 치르더라도 두 사람의 아이를 안전하게 지킬 것이다.

다만. 품에 든 버드가 몸이 굳어지더니 그녀 품을 빠져나간다.

하지만, 그는 말한다.

버드는 이마를 찡그린다. 그녀도 아는 표정이다. 자기 얼굴에서 평생 느껴온 표정이기 때문이다. 사람들의 행동과 그들이 하는 말의 의미를 풀어내려 애쓰는 표정. 그녀는 어머니에게서 그걸 물려받았고, 어머니 역시 자기 어머니에게서 물려받았을 그 표정이 지금 그녀의 아이 얼굴에 나타나 그녀를 뚫어져라 보고 있다. 의도하지 않은 유산이다.

버디, 그녀는 말한다. 제일 중요한 건 너야. 엄마는 이제 더는 그걸 하고 싶지 않아. 조금이라도 위험을 감수하고 싶지 않다고.

하지만 엄마가 말했잖아요. 그는 말을 꺼냈다가 멈추고, 그녀는 아들이 소리 내어 말하지 않은 모든 이야기를 듣는다. 하지만 그 모든 아이들. 새디 같은. 그리고 아이들의 가족. 그것 때문에 집을 떠나지 않았어요?

그들을 도울 다른 방법을 찾을 거야, 그녀는 말한다. 다른 방법. 그게 뭔지는 나도 몰라. 하지만 덜 위험해야지.

그녀의 머릿속은 흐릿하고 일관성 없는 계획으로 가득 찬다.

생각해낼 거야, 그녀는 말한다. 어떻게든 함께 지낼 방법, 어딘가 숨을 곳. 어쩌면 아빠도 우리와 합류할 방법을 찾을 수 있어. 도미 아줌마가 도울 수 있어. 그러면 멋지지 않겠니? 버드.

그녀는 이제 마구 떠든다. 또렷이 들린다. 마치 버드가, 혹은 자신이 물에 가라앉기라도 하는 것처럼 양손으로 버드의 양손을 붙잡는다. 이렇게 하면 두 사람이 떠오르기라도 할 것처럼. 두 사람은 여전히 복도에서 붙어 서 있고, 좁은 공간은 여전히 속삭이며 말하는 두 사람의 숨결로 답답하고 뜨겁다. 마치 소리치며 말하는 느낌이다. 그녀가 원하는 건 오직 버드를 보내지 않는 것이다.

아무것도 더는 상관없어, 그녀는 말한다.

하지만 그렇게 말하는 와중에도 버드의 얼굴이 굳는 모습을, 그의 시선에 담긴 작은 불꽃을 볼 수 있다. 이제 와서 어떻게 외면할 수 있어요? 그의 눈빛에서 읽을 수 있다.

그러니까 상관없다는 거죠, 그는 말한다. 다른 사람에게 벌어지는 일이라면.

그리고 그녀는 버드를 설득하기에 너무 늦은 걸 안다. 이미 그에게 진실을 말해주었기 때문에.

버드, 그녀는 말한다. 하지만 그의 얼굴에 드리운 순수한 실망감은 그녀의 목소리를 모래처럼 부서지게 만든다.

엄마는 위선자예요, 버드는 말한다.

아주 잠깐 망설이지만 어찌 됐든 앞을 향해 뛰어든다.

끔찍한 엄마라고요.

마거릿이 흠칫한다. 버드도 그걸 느끼는지 마치 그녀에게 얻어맞기라도 한 것처럼 몸이 움츠러든다. 아들의 얼굴을 보면서 그녀는 자기 표정도 거울처럼 똑같으리라 생각한다. 콧구멍이 긴장해 떨리고 눈 주위가 빨갛게 달아오른다. 버드가 몸을 흔들더니 그녀를 밀쳐낸다. 그리고 계단으로 뛰어 올라가고 그녀는 뒤쫓지 않는다. 그녀는 마치 속에 아무것도 남지 않을 때까지 토하고 또 토한 것처럼 피곤하고 텅 빈 느낌이다.

어둠 속에서 버드는 폭풍 같은 잠에 빠진다.

그는 날카롭고 깔쭉깔쭉 엉킨 꿈을 꾼다. 기계는 망가져 녹슬었고 기어는 도저히 떼어낼 수 없게 서로 엉켜 있다. 손에서 잉크병이 부서져 손가락이 연한 파란색으로 물들었다. 누군가 그에게 건물을 지탱하고 있으라고 했고, 만일 그가 손을 놓으면 건물은 무너진다. 베갯잇 속에서 뱀을 잡았는데 안전하게 놓아줄 곳이 없어 꿈틀거리는 자루를 안은 채 서 있다. 깨어나기 직전 마지막 꿈에서는 다른 아이들에게 둘러싸여 있었다. 그들의 온기를 느끼고 숨소리를 듣고 살갗의 땀내를 맡을 수 있을 정도로 복닥거렸다. 하지만 누구도 그에게 말을 걸지도, 심지어 그를 보지도 않는다. 그가 손을 내밀 때마다 고요한 바다가 갈라지듯 아이들은 아무 소리 없이 사라진다. 그들의 시선은 그가 없는 모든 곳을 향한다. 그들의 더러운 손바닥, 그들의 어깨너머, 구름 한 점 없는 깨끗한 하늘에.

그는 공황 상태로 잠에서 깨어나 침낭 속으로 더 파고든다. 침낭을 턱까지 끌어당긴다. 이제 기억난다. 병뚜껑, 순찰차, 말다툼. 지난 이틀 동안 어머니가 들려준 이야기, 어머니가 떠나야 했던 이유, 그리고 어머니가 얼마나 빨리 그것들을 저버렸는지. 어머니가 없던 시간, 그와 아버지 단 두 사람만 남아 어머니를 그리워하던 일을 생각한다. 어머니만 되찾는다면 대가로 모든 걸, 모든 사람을 버릴 수 있던 때.

아무것도 보이지 않는다. 복도에서도 빛 한 조각 들어오지 않는다. 어머니 소리를 찾아 귀를 기울이지만 아무것도 들리지 않는다. 집 밖에서 들리는 소음―분명히 있을 테지만―도 흐릿하고 희미해져서 속삭임이나 약하게 윙윙거리는 소리로밖에 들리지 않는다. 이곳 어딘가에 어머니가 있지만 어머니 방으로 가는 길이 기억나지 않는다. 게다가 이 끝없는 어둠에서 길을 찾아낼 수 있을지도 알 수 없다. 마치 아무도 없는 것 같다.

창문을 덮은 비닐을 뚫고 사이렌 소리가 울린다. 커지다가 옆을 지나 사라진다. 세상에 생명이 있다는 유일한 신호. 손가락으로 비닐 한쪽 구석을 뚫어서 작은 구멍이 벌어질 때까지 늘린다. 허리를 굽히고 구멍에 눈을 댄다.

밖에는 어둠만 더 있을 것이라 기대했지만, 보이는 건 어지러운 빛의 향연이다. 창문마다 깜박이며 반짝이는 빛의 모자이크. 빛의 바다. 빛의 해일. 반짝거리는 물방울이 그의 몸 위로 쏟아져 흐른다. 각각의 빛은 접시를 닦거나 일하거나 책을 읽는 사람이고, 그의 존재를 전혀 의식하지 못한다. 그 사실을 떠올린 그는 아찔하고 두렵다. 밖에 있는 수백만, 수십 억의 사람 가운데 한 사람도 그를 알거나 걱정하지 않는다. 그는 손바닥을 구멍에 갖다 대지만, 빛은 여전히 태우는 것처럼 그의 피부 위에서 지글거린다. 침낭에 들어가 몸을 웅크려도, 머리 위까지 이불을 끌어올려도 안도감은 찾아오지 않는다.

너무 오래 파묻혀 있던 울음이 쏟아져 나오고, 목구멍 안에서 그 소리는 마치 지진처럼 느껴진다. 오랫동안 입에 담지 않았던 이름.

엄마, 울음을 터뜨리며 그가 비틀비틀 일어나자 어둠이 위로 손을 뻗어 그의 발목에 엉겨 붙는다. 그의 몸을 바닥으로 끌어당긴다.

다시 눈을 뜨자 그는 공처럼 몸을 웅크리고 있고, 손 하나가 따뜻하고 묵직하게 그의 양쪽 어깨뼈 사이 부드러운 곳에 올라가 있다. 엄마다.

쉬, 그가 돌아누우려 애쓰자 그녀가 말한다. 괜찮아.

그녀는 바닥에 앉아 그의 곁을 지키고 있다. 어둠보다 조금 덜 어두운 모습.

있잖아, 엄마도 처음 혼자 잘 때 같은 기분이었어, 그녀는 말한다.

그의 목뒤에 닿는 그녀의 손바닥은 따뜻하고 부드럽다. 곤두선 털을 어루만지고 있다.

왜 저를 여기로 데려왔어요? 그는 마침내 말한다.

엄마가 원한 건, 그녀는 말을 시작하다가 멈춘다.

어떻게 말해야 하지? 네가 괜찮은지 확인하고 싶었다고. 앞으로도 괜찮을지 확인하고 싶었다고. 네가 어떤 사람이 되었는지, 네가 어떤 사람이 될지, 네가 아직 그대로 너인지 알고 싶었다고. 널 보고 싶었다고.

널 원했어, 그녀는 그렇게만 말한다. 그녀가 해줄 수 있는 유일한 설명이자 버드가 들어야 할 전부다. 그녀가 그를 원했다. 여전히 그를 원한다. 그녀는 그를 신경 쓰지 않아서 떠난 것이 아니다.

그는 진정제가 몸에 스며드는 것처럼 이해가 된다. 근육이 부드러워지고, 생각의 딱딱한 끄트머리는 매끄러워진다. 그는 자신의 무게를 견뎌줄 거라 믿으며 어머니에게 몸을 기댄다. 나무를 칭칭 감는 덩굴처럼 어머니의 두 팔이 그의 몸을 감싸게 둔다. 창문 덮개에 뚫어둔 작은 구멍을 통해 가느다란 빛이 검은 비닐을 뚫고 들어와 벽에 별빛 얼룩을 비춘다.

그녀는 그의 등을 두드리며 줄지어 연결된 진주 같은, 피부 속 척추 마디마디를 느낀다. 그녀는 부드럽게 버드의 손을 마주 잡는다. 손가락과 손가락, 손바닥과 손바닥. 거의 그녀의 손만큼 큰 손. 발은 어쩌면 더 크겠지. 강아지처럼 손발만 크고 나머지 몸은 어린아이 모습 그대로 느릿느릿 자라고 있다.

버디, 그녀는 말한다. 난 그냥 널 다시 잃을까 두려워.

아이는 잠에 취한 상태로 깊이를 알 수 없는 신뢰를 담아 어머니를 쳐다본다.

하지만 엄마는 돌아올 거잖아요, 그가 말한다.

질문이 아니라 단언이다. 안심시키려는 듯한.

그녀는 고개를 끄덕인다.

돌아올 거야, 그녀도 동의한다. 돌아온다고 약속할게.

진심이었다.

괜찮아, 버드가 중얼거린다. 어머니에게 하는 말인지, 스스로에게 하는 말인지 확신하지 못한다. 다가올 일에 대한 건지, 오래전 일에 대한 건지. 전부 다라고, 그는 결론짓는다. 다. 다 괜찮아, 그는 다시 말하고 어머니의 두 팔에 살짝 힘이 들어간다. 그러므로 버드는 어머니 역시 그 말을 들었다는 것을 안다.

엄마 여기 있어, 그녀는 말한다. 그리고 버드는 어둠이 그를 삼키도록 둔다.

버드가 다시 잠에서 깼을 때 어머니는 보이지 않고, 아침이다. 그는 아기 침대 안에서 다리가 가슴에 닿도록 몸을 웅크린 채 있다. 침낭은 창 아래 원래 잠자리에 허물처럼 뒤틀린 채 놓여 있다. 작아지고 싶던, 안전하게 숨을 곳을 찾던 기억이 희미하게 난다. 달아나고 싶던 기억도. 그의 몸을 덮은 낯선 담요는 묵직하지만 너무 작고 모양이 이상하다. 곧 버드는 그것이 담요가 아니라 어머니의 코트라는 걸 알아차린다.

정확히 아침 10시에 더치스가 길고 매끈한 차를 타고 도착한다. 이번에는 직접 운전하고 있다. 문 뒤에서 마거릿은 망설인다. 그러나 버드는 그렇지 않다. 그는 얼른 가고 싶다.

행운을 빌어요, 버드가 말한다. 그의 눈에서 자신감이 뿜어져 나온다.

좋아, 마침내 마거릿이 말한다. 금방 다시 만나.

그녀는 버드를 가까이 당겨 관자놀이에 키스한다. 피부 아래 맥박이 뛰는 바로 그 자리에.

그런 다음 버드는 배낭을 어깨에 둘러메고 뒷마당을 쏜살같이 달려 울타리를 벗어난 다음 도로 가장자리에 선 차 안으로 미끄러져 들어간다. 좌석 끝에 색을 입힌 유리를 배경으로 실루엣으로만 보이는 사람이 고개를 돌린다. 키가 더 커지고―아마 이제 그보다 반 뼘은 더 큰 것 같다— 머리도 더 길었지만 재빠른 눈과 회의적인 미소는 그대로였다.

버드, 새디가 말한다. 세상에, 버드.

새디가 두 팔로 그를 끌어안는다. 새디한테서 나무와 비누 냄새가 난다. 버드, 그녀는 말한다. 너한테 해줄 말이 너무 많아.

내 험담을 할 거면 제발 도시를 벗어날 때까지만 참아주렴, 더치스는 무미건조하게 말한다. 교통신호에 집중하느라 얘기를 놓치고 싶지 않으니까.

새디는 앞좌석을 향해 과장되게 눈을 굴려 보인다.

좋아요, 그녀는 말한다.

버드는 룸미러를 통해 더치스가 뒤에 앉은 그들을 향해 보내는 반짝거리는 눈빛을 본다. 그 눈빛은 어떤 것보다 그를 안심시킨다. 새디는 그가 한 번도 본 적 없는 방식으로 편안하게 앉아 있다. 자동차가 다시 움직이기 시작하자 그녀는 자세를 고쳐 앉더니 창밖으로 시선을 옮기면서 부드러운 한숨을 내쉰다. 몇 달 만에 다시 만났지만 어찌 된 일인지 새디는 나이가 들었다기보다 더 어려진 것 같고, 덜 경계하고 덜 조심스러워하는 것처럼 보인다. 마치 오랫동안 공기 없이 지내다가 마침내 숨을 쉴 수 있게 된 사람처럼. 마치 이제 더는 혼자 세상과 싸우지 않아도 되는 것처럼. 그는 그 감정을, 그게 어떤 감정인지 알고 있다. 지난밤, 그가 어머니를 부르고 어머니가 그에게 와줬을 때 느낀 감정이다. 오늘 아침 부드러운 무게감을 주는 어머니의 코트를 덮은 채 잠에서 깨어났을 때 느낀 감정이다. 버드도 마찬가지로 자리를 잡고 앉아 잠시 아무런 책임도 느끼지 않고 드라이브에 신나 하는, 그저 평범한 아이가 된 행복을 느낀다. 새디에게 묻고 싶은 것이 너무 많지만—개중 하나는 그로서는 상상도 할 수 없는 더치스와의 생활이다— 그는 기다릴 수 있다.

어디로 가는 거예요? 그는 혼잡한 차량 틈으로 다시 합류하는 더치스에게 묻는다.

오두막으로, 그녀가 대답하고 그들은 그렇게 출발한다.

더치스는 빠른 속도로 운전한다. 안전벨트를 단단히 매고 앉은 버드와 새디는 거침없이 가속하는 차의 좌석에 단단히 고정된다. 도시의 얽히고설킨 회색 둥지에서 뛰쳐나와 탁 트인 도로로 올라선 그들은 마치 별 사이로 발사한 로켓이 된 기분이다.

둘 다 차멀미를 안 해야 할 텐데, 더치스가 갑자기 룸미러를 보며 말한다.

두 사람 다 멀미를 하지 않는다. 차를 많이 타보지 못한 버드는 차의 속도만으로 기분이 들뜬다. 색을 입힌 창문은 바깥의 색을 더욱 짙게 만들고, 하늘은 청록색으로, 풀밭은 에메랄드색으로 보인다. 평범하고 평평한 아스팔트 도로까지도 은빛 광택으로 빛난다. 더치스와 가까이 있으면 모든 것이 더 풍부하고 넓게 보이고, 그런 것이 아주 당연하게 느껴져 의문이 생기지 않는다. 그래서 그는 그냥 부드러운 가죽 의자에 등을 기대고 상황을 받아들인다. 그의 옆에서 새디는 나무에서 날아오른 새 떼가 한 줌의 색종이 조각이 되어 흩어지는 것 같은 재빠른 속도로 숨을 들이마신다. 처음으로 그는 개들이 왜 차창 밖으로 고개를 내미는지 이해한다. 그 역시 너무 오래 실내에만 있었기에 생기 가득한 공기를 최대한 많이 빨리 마시고 싶다.

그들은 다정한 침묵 속에서 한 시간 반을 달린다. 유일한 소음은 가끔 다른 차나 트럭 옆을 휙 지나 추월할 때 나는 쉭 소리뿐이다. 더치스는 깜빡이도 켜지 않고 그저 가속 페달을 발로 단단히 밟은 채 엔진이 목이 쉰 듯한 으르렁 소리를 내도록 하며 빠르게 다른 차를 추월한다. 버드는 도시로 돌아가는 반대편 차선은 어디 있는지 궁금하다. 아마도 나무 건너편에 있을 것이다. 반대 차선을 볼 수 없지만 거기에 있으리라 믿는다. 믿기 연습이다. 어머니는 그에게 돌아온다고 약속했다. 또 다른 믿기 연습이다. 그는 모든 걸 기억할 것이고 돌아갔을 때 자신이 본 것을 어머니에게 말해줄 것이다.

더치스는 가는 곳이 오두막이라고 했는데, 엄밀히 말해 그 말은 사실이다. 나무에 둘러싸인 작은 우유갑 같은 곳. 버드와 새디는 오두막이라고 하면 에이브러햄 링컨, 자른 통나무, 울부짖는 늑대가 떠오른다. 더치스의 오두막은 작고 단순한 모습인데, 오두막이라고 부를 구석은 그 정도밖에 없다. 거실의 나무 바닥은 버터 바른 사탕처럼 반짝거린다. 한가운데에 있는 커다란 난로는 물가에서나 볼 수 있는 둥근 돌이 동그랗게 둘러싸고 있다. 안쪽에는 작은 침실이 두 개, 화장실이 하나 있다. 벽에는 창문이 하나 나 있는데, 나무 사이 공터 너머로 반짝이는 은빛 수면이 보인다.

너희가 물에 빠질 일은 없다고 믿어도 되겠지? 더치스가 말한다. 이 주변 수 킬로미터 안에는 다른 집이 없어서 아무도 너희를 구하러 올 수 없어.

그녀는 손목을 들어 올려 가느다란 금시계를 확인한다.

자, 규칙을 알려줄게, 그녀는 말한다. 이 집 영역 밖으로는 나가서는 안 돼. 하지만 이곳 면적이 20만 제곱미터에 가까우니까 그다지 제한이라고는 할 수 없겠지. 추위를 참을 수만 있다면 수영해도 돼. 조심할 수 있으면 불을 피워도 되고. 난로에서만. 음식을 한 봉지 두고 갈 텐데, 내일 내가 돌아올 때까지는 버틸 수 있을 거야. 혹시 물어보고 싶은 거 있니?

이 집은 누가 지었어요? 새디가 묻는다. 왠지 아줌마가 지은 것 같지는 않아서요.

새디는 더치스를 향해 대담한 표정으로 웃어 보인다. 더치스는 관대하게 마주 웃는다.

아버지가 지으셨지, 더치스가 말한다.

더치스는 마치 오두막을 처음 보는 것처럼 갑자기 말을 멈추고 주위를 둘러본다. 나무 벽과 널빤지로 장식한 천장, 매끈한 바닥까지.

아니, 짓게 한 거지, 그녀는 말한다. 아버지는 늘 남을 시켜서 일했으니까. 그녀의 목소리가 부드러워진다. 내가 어렸을 때 우린 저기 바깥 물가에 앉아 낚시를 했어. 아버지랑 어머니랑 나랑. 정말 오랜만에 와보네.

그러더니 그녀는 먼지를 떨어내는 것처럼 고개를 흔든다. 그러니까 제발 불을 내지는 말아줘, 그녀는 단호하게 말한다.

돌아가서 엄마를 도울 거예요? 버드는 묻는다.

처음으로 더치스는 확신이 없는 모습이다.

넌 네 어머니를 알잖아, 그녀가 말한다. 버드는 그 말이 사실인지 의심하면서도 고개를 끄덕인다. 네 어머니는 머리에 뭐가 떠오르면 아무도 말릴 수 없어. 하지만 일을 마치면 내게 올 테고, 우린 내일 아침에 이리로 널 데리러 올 거야.

그럼, 그다음은요? 버드와 새디 모두 같은 생각을 하지만 두 사람 다 감히 물어보지 못한다.

더치스는 다시 시계를 확인한다.

난 이제 가야겠다, 그녀가 말한다. 서너 시까지도 돌아갈 수 없겠는데. 그리고 만일 차라도 막히면……

그녀는 탁자에서 차 열쇠를 집고 돌아서서 두 사람을 차례로 본다.

걱정하지 마, 그녀는 말한다. 그녀의 목소리는 의외로 부드럽다. 버드, 새디. 모든 일이 잘될 거야.

당연하죠, 새디가 말한다. 이제 우린 여기 함께 있으니까요.

더치스가 가고 나자 버드와 새디는—갑자기 두 사람 사이에

흐른 몇 달의 시간이 느껴진다 ― 수줍은 침묵에 빠진다. 그들은
아무런 말 없이 주변을 꼼꼼히 살핀다. 큰 거실에는 탁자와 의자
세 개, 간단한 주방이 있다. 화장실에는 샤워실과 변기 그리고
밖의 나무가 보이는 작은 창이 하나 있다. 침실 중 크림색 큰 방
에는 커다란 더블베드가 있고 작은 방 ― 분홍색 ― 구석에 싱글
베드가 있다.

새디가 묻지도 않고 큰 방에 신발을 벗어 던져 넣지만 버드는
신경 쓰지 않는다. 누굴 위해 지은 집 ― 부모와 아이 ― 인지 분
명히 알겠다. 그는 다른 사람이 조금 더 오래 어른 노릇을 하도
록 두는 게 즐겁다. 그는 난로 앞 소파에 자리를 잡는다. 그가 누
르고 앉은, 오래된 가죽이 뿌드득 소리를 낸다.

어때? 그가 말한다. 더치스 아줌마랑 사는 거. 어떤 느낌이야?

새디는 웃는다. 도미 아줌마? 그녀가 말한다. 진짜 무서운 사
람 같지만 사실 안 그래.

봉인이 깨진 것처럼 새디는 떠들어대기 시작한다. 첫날에는
아예 도미를 보지도 못했다고 새디는 말한다. 새디에게는 침
실 ― 꼭대기 층에 있는 방이고 벽에 거대한 골동품 세계지도가
걸려 있었다 ― 이 하나 주어졌고 집 안 어디든 마음대로 돌아다
녀도 괜찮았다. 새디는 종일 박물관 같은 집을 돌아다니면서 머
물게 된 집이 어떤 곳인지 알아내고, 도미가 어떤 여자인지 파악
하려 애썼다. 마거릿은 도미를 믿을 수 있다고 했지만, 새디는
확신하는 데 익숙하지 않았다. 그날 밤, 그녀는 도미의 사무실로

이어지는 길을 찾았고 책상 여기저기에 놓인 서류를 읽고 있는데 도미가 들어왔다.

여기서 뭐 하니? 도미가 물었고 새디는 고개를 들고 그녀를 새로운 눈으로 살펴보았다.

이 수표들 말이에요, 그녀는 손가락으로 도미의 장부를 가리키며 말했다. 전부 도서관으로 보내는 거네요. 그들이 무슨 일을 하는지 아시네요. 그러니까 돕고 계시는군요.

한참 동안 두 사람은 새로운 눈으로 서로를 살펴보았다.

왜죠? 새디가 물었다. 그러자 도미가 말했다. 작은 일이야. 모든 걸 올바르게 만드는 시작이지.

새디가 수표책을 덮었다. 저도 돕고 싶어요, 그녀가 말했다.

그녀는 도미가 웃을 거라 예상했지만, 그렇지 않았다. 대신 도미는 책상 맞은편에 있는 의자에 앉았다. 마치 새디가 책임자이고 자신은 도움을 부탁하러 온 사람인 것처럼.

어쩌면 가능할 수도 있지, 도미가 말했다.

두 사람은 며칠 동안 이야기를 나누었다. 새디는 도미에게 당국, 그녀가 머물던 위탁 가정, PACT의 전체 시스템에 관해 기억하는 모든 걸 말했다. 그들이 그녀를 어떻게 이리저리 보냈고 그녀가 누구를 만났으며 어디에 갔었는지. 여러 도서관에서 무엇을 봤는지. 그녀를 숨겨준 곳에서 보낸 몇 달 동안의 생활까지. 그녀가 바랐던 것은 무엇이고 다른 사람들은 어떻게 되기를 바라는지. 도미는 귀를 기울여 들었다. 배웠다.

밖에 나갈 수는 없었어, 새디는 버드에게 말한다. 혹시 누가 날 알아볼까 봐. 하지만 도미 아줌마가 내게 할 거리를 주었어. 우리 부모님도 찾아봐주었고. 두 분이 어디로 갔는지 추적하려 애쓰면서.

그녀는 말을 멈추고 침을 삼킨다. 버드는 질문을 하지 않는 편이 낫다는 걸 알고 있다.

아직은 포기할 때가 아니라고 하더라, 새디가 말한다. 도미 아줌마 말로는, 혹시 모른다고.

버드가 도착하기 전날, 도미가 찾아낸 마지막 단서조차 소용없는 것으로 밝혀지자 그녀는 새디에게 마치 누가 죽기라도 한 것처럼 조심스럽게 그 소식을 전했다. 도미는 계속 찾아볼 거라며 새디를 꼭 안았다.

다른 소원은 없니? 한참 후 도미가 침묵을 깨며 물었다. 네가 원하는 다른 것.

새디는 생각했다.

하루 종일 내가 원하는 걸 다 하고 싶다고 했지. 아무도 나를 지켜보거나 추적하거나 따라오지 않고. 딱 하루 그러고 싶다고.

흠, 도미가 말했다. 좀 어려울 수도 있겠네. 그렇지만 방법이 있을지도 몰라. 적당한 때가 올 때까지 조금만 기다려준다면.

그렇게 이제 여기 그녀와 버드만 남았다. 누가 지켜보지도 평가하지도 않는 하루. 그들이 원하는 걸 할 수 있는 하루.

도미 아줌마가 말해줬어, 새디가 말한다. '위기' 때 아줌마랑 네 어머니가 본 일들. 두 분이 한 일. 그리고 하지 않은 일. 다르게 했을 수도 있는 일. 네가 왔던 날 말이야, 그녀는 의기양양하게 덧붙인다. 내가 아줌마한테 알려줬어. 위층으로 와서 버드가 진짜 버드인지 확인하려면 뭘 묻겠냐고 했거든. 그래서 자전거에 관해 물어보라고 했지. 시리얼에 관해서 물어보라고. 점심은 어떻게 먹느냐고.

넌 알아? 버드가 묻는다. 우리 엄마가 뭘 하는지?

새디는 말이 없다.

도미 아줌마는 정확히 말해주지 않아, 새디는 시인한다. 네 어머니가 계획을 짜러 몇 번 왔었어. 엿들으려고 해봤어, 사뭇 자랑스러운 듯 덧붙인다. 하지만 잘 들리지 않더라고.

두 사람은 함께 정보를 모아본다. 그들이 계산한 바로 마거릿은 수천 개의 병뚜껑을 도시 곳곳에 숨겨두었다. 더치스의 집에서 새디는 이미 신문을 뒤지고 텔레비전과 인터넷 뉴스를 훑어보았다. 사람들이 병뚜껑에 든 수상한 장치를 찾았다는 뉴스는 없었다. 적어도 도시 안에서 문제가 발생했다는 소식은 없었다. 무슨 계획이든, 아직 벌어진 일은 아니었다. 그러나 지난 몇 주, 이 계획은 가차 없이 감기는 태엽처럼 진행되고 있었다.

뭔가 큰 거야, 새디가 말한다.

물론 그렇겠지, 버드가 말한다. 우리 엄마는 일을 대충 하는 법이 없으니까.

내 생각엔 도미 아줌마도 마찬가지인 것 같아.

두 사람의 눈길이 만난다.

버드, 새디가 말한다. 이 계획은 모든 걸 바꿔놓을 게 분명해. 무슨 일을 꾸미고 있든.

잠시 동안 두 사람은 계획이 실행된 이후의 세상을 상상하려 애쓰느라 말을 잇지 못한다. 버드는 흥분해 벌떡 일어난다. 어딘 가 다른 곳에 정신을 쏟아야 한다.

밖에 나가서 바다에 가보자, 그는 말한다.

두 사람은 나무 사이 공터에 난 길을 따라 바닷가로 간다. 작은 만灣은 멀리 푸른 바다로 이어지고, 물이 햇빛에 반짝거린다. 버드는 조약돌 하나를 주워 들어 최대한 멀리 던진다. 만족스러운 풍덩 소리와 함께 물은 돌멩이를 단번에 삼키고, 주위로 퍼져 나가는 물결이 해변에 선 그의 발까지 밀려온다. 더치스의 말이 옳았다. 눈길이 닿는 곳 어디에도 집이나 사람이 보이지 않고, 그저 이 반짝이는 작은 만 주위에 빽빽하게 들어찬 나무뿐이다. 위에서 내려다보면 거인이 숲에 엄지손가락을 찔러 넣어 오두 막을 바로 지을 수 있는, 완벽한 공간을 파낸 것처럼 보일 것이 틀림없다.

버드는 지금까지 사람들한테서 이 정도로 멀리 떨어져본 적 이 없다. 평생 언제나 사람들이 근처에서 지켜보고 귀를 기울였 다. 눈에 보이지 않아도 가까이 있는 걸 알 수 있었다. 창문 너 머, 혹은 그저 벽의 반대편, 모퉁이를 돌아선 곳에. 이곳에 오니 주변에는 아무도 없고, 그는 자신이 거대한 크기로 확대된 것 같은 느낌이다. 갑자기 새디가 다가와 소리를 지르고, 그도 함께 소리를 지른다. 그러자 근처 나무에서 참새 떼가 날아오르고, 두 사람은 뛰어다니고, 소리를 지르고, 돌투성이 해변에 마구 발자국을 남기고, 나무뿌리 사이를 뛰어다니는 줄무늬 다람쥐와 닿지 않는 곳으로 훌쩍 달아나는 다람쥐를 뒤쫓는다. 두 사람이 지쳐 쓰러지자 다시 그들을 덮친 윙윙거리는 침묵은 두 사람의 외침보다 더 크게 느껴진다. 잠시 동안 두 사람은 부모님 생각을 잊어버린다. 그들은 그저 놀이에 빠진 아이가 된다.

들어가자, 새디가 제안한다. 우리 발목까지밖에 안 와.

두 사람이 운동화와 양말을 벗고 청바지를 무릎까지 걷어 올려 발을 물에 담그니 그들의 발에서 바깥쪽으로 작은 진흙 물결이 퍼져나간다. 물은 차갑지만 두 사람은 신경 쓰지 않는다. 나무를 타고 오를 수도 있지만 운동장을 둘러싸고 아스팔트에 뿌리를 박고 있던 적당한 크기의 나무가 아니다. 새디조차 감히 시도할 수 없을 정도로 높이 뻗은 키 큰 나무이다.

두 사람은 오후 내내 이런저런 것을 보며 시간을 보낸다. 클로버 잎에 가느다란 붓으로 그린 것처럼 미세하게 새겨진 하얀색 V자 무늬. 흙을 뚫고 솟아난 연어 색깔 버섯 머리, 옥색 생선의 비늘처럼 나무 밑동에 달라붙은 섬세한 이끼. 가느다랗고 어린 자작나무는 채찍처럼 가는 몸에 비해 너무 자라 아치 모양으로 허리를 숙였지만, 그럼에도 여전히 자라면서 뾰족뾰족한 녹색 잎을 하늘로 보내고 있다. 10월이 거의 끝나가고 겨울이 오고 있지만 모두가 아직 여전히 자라고 있다.

어두워지기 시작할 때쯤 새디가 소리를 지르고 버드가 잽싸게 달려와 이십오 센트 동전 크기의 작은 게가 모래에서 재빨리 움직이는 모습을 본다. 주위를 살펴보니 여기저기 게들이 뻔히 보이는 곳으로 숨고 있다. 게들은 아까부터 함께 있었다. 그가 보지 않았을 뿐. 두 사람은 게를 잡기 위해 게를 뒤쫓아 해변을 돌아다니면서 양손으로 건져 올리려 한다. 새디가 한 마리를 거의 잡을 뻔하다가 작은 집게발에 물린다. 게는 매번 모래 구멍으로, 바위틈으로, 물속 광활하고 푸른 흐릿함으로 달아난다.

닭 다리가 있어야 해, 새디가 권위 넘치게 말한다. 그녀는 모래 위에 쪼그리고 앉는다. 그게 있어야 한다니까. 큰 게를, 이것보다 큰 걸 잡으려면.

그녀는 말을 멈춘다.

언젠가 여름에 엄마가 날 데리고 갔었어, 그녀가 말한다. 실에 닭 다리를 매달아서 물속에 던지고 게가 닭 다리를 물면 실을 당기는 거야. 정말 정말 천천히. 그래야 게가 닭을 따라서 나오거든. 나오면 뜰채로 잡는 거지.

버드는 엄마 아빠가 그에게 이런 요령을 가르치는 모습을 상상한다. 진흙을 묻히고 바닷물을 헤치며 걷는 모습. 그가 기억하는 방식으로 함께 웃는 모습. 잡은 고기로 무거워진 낚싯줄을 당기는 모습. 그는 갑자기 지금이 몇 시인지, 만일 어머니의 계획이 이미 시작되었다면 어머니는 지금 무엇을 하고 있을지 궁금하다. 두 사람 머리 위로 하늘은 넓고 평평하고 파랗게 펼쳐져 있다. 하지만 그는 멀고 먼 도시에서 솟아오르는 연기 기둥을 볼 수 있을지도 모른다는 생각에 하늘을 유심히 살펴본다.

게가 닭고기를 먹어? 그는 생각을 밀어내며 새디에게 묻는다. 새디가 고개를 끄덕인다. 걔들은 다 먹어, 그녀가 말한다.

엄마가 얘기해준 적이 있어, 그녀는 뒤꿈치로 체중을 옮겨 실으며 말을 잇는다. 전에 엄마가 자란 곳에서 있었던 얘기야. 가끔 일 년에 하룻밤, 게들이 혼란에 빠져 해안으로 달려왔대. 밀물 썰물이나 달이 찼다가 지는 것처럼 말이지. 동네에서는 그걸 축제라고 불렀어. 한밤중에 일어나 해변에 가면 게가 우글우글했다는 거야. 말 그대로 기어 나오는 거지. 그럼 사람들은 그냥 손을 뻗어서 양동이에 담기만 하면 됐대. 엄마랑 친척들은 자주 해봤다고 했어. 트럭에 게를 가득 채우고 커다란 모닥불을 피워 게를 요리한 다음 한밤중에 그 자리에서 축제를 벌이는 거야.

와, 버드가 감탄한다.

엄마는 어린 날 여름밤마다 수영복 차림으로 잠자리에 누워서 어둠 속에서 뜬눈으로 축제가 벌어지길 기도했대.

새디는 생각에 푹 빠져 멀리 뭔가에 시선을 고정하고 있다.

엄마는 늘 언제 여름에 같이 외가에 가서 친척들을 만나자고 했지만 한 번도 가지 못했어.

머리 위 하늘에서 매 한 마리가 게으르게 빙빙 돌고 있다.

어머니를 꼭 찾을 거야, 버드가 말한다. 우리 엄마랑 도미 아줌마가 분명히 찾아낼 거야.

이제까지 계속 찾았어, 새디가 말한다. 엄마가 살아있기는 한 건지 모르겠어.

버드는 새디가 이렇게 확신 없이 말하는 걸 들어본 적이 없다. 그래서 어리둥절하다.

살아만 계신다면 찾아낼 거야, 버드는 확신을 품고 말한다. 어머니는 늘 약속을 지켰다고 그는 생각한다.

너희 어머니가 계획하는 일 말이야, 새디가 말한다. 바로 이거야, 버드. 모든 걸 바꿔놓을 거야.

새디는 말을 잇기 전에 아주 잠깐 망설인다.

그러니까 내 말은 그래야만 한다고. 그렇지?

그녀의 목소리에 뭔가 부스러기 같은 게 살짝 걸려 있어 버드의 주의가 흐트러진다. 새디의 눈길은 수평선에 고정된 것처럼 보이지만 따뜻한 오후 햇빛에 유리알처럼 빛나는 눈이 눈물로 반짝거린다. 그의 눈도 축축해지고 뜨겁다. 그는 어머니가 얘기해준 모든 것, 아버지가 그를 보호하려고 애쓴 오랜 세월을 생각한다. 피자가게에서 만났던 노인, 공원에서 부딪힌 남자. 개를 데리고 있던 여자. 새디의 부모님과, 엄마의 부모님. 그들의 삶에서 사라져버린 아빠의 부모님, 그의 컴퓨터 옆에 불안하게 웅크려 앉은 폴러드 선생님, 그의 신발 바로 옆에 떨어진 D. J. 피어스가 뱉은 침. 변해야 할 모든 것이 거대하고 헤아릴 수 없게 느껴진다.

있잖아, 버드는 말한다. 우리 불 피우자.

성공이다. 그녀의 눈빛이 만약의 세계에서 현실로 돌아온다. 여기서? 그녀가 말한다.

난로에서, 버드는 말한다. 게는 못 잡았어도 불은 피울 수 있어.

둘은 함께 나무를 준비한다. 작고 단단한 것들로. 아빠가 어떻게 하는지 알려줬어, 새디가 말한다. 아빠는 어렸을 때 보이스카우트였거든. 아빠는 유용한 일을 많이 할 줄 알았고, 별을 보고 북쪽을 찾기도 했어. 통나무집처럼 이렇게 쌓는 거야. 마른 풀위에 나뭇가지, 그리고 통나무.

버드는 얼굴이 붉어진다. 그의 아버지는 이렇게 유용한 뭔가를 가르쳐준 적이 없다. 아기 돼지 삼 형제 같다, 버드가 말하자새디가 웃음을 터뜨린다. 버드는 묘한 자부심을 느낀다. 누군가를 웃게 하는 건 기분 좋은 일이다.

자, 붙인다. 새디가 말하더니 재빨리 성냥을 긋는다.

마른 풀에 즉시 불이 붙고 나뭇가지가 만족스럽게 오렌지색으로 불타오른다. 그러더니 모두 스러지고 어두워진다. 후, 새디가 말한다. 그녀는 막대기를 들고 잔해를 옆으로 치운다. 다시해보자.

둘은 나무를 다시 차곡차곡 쌓고, 버드는 불이 빨리 붙게 할물건이 없는지 둘러본다. 그러다 난로 옆에 쌓인 신문지를 발견한다. 신문을 한 장 꺼내 구기던 그가 멈춘다.

이거 봐, 그는 말한다.

신문의 날짜는 거의 십오 년이나 됐다. 두 사람은 신문의 날짜
가 '위기' 한창때임을 알아본다. '6일 연속 혼란이 계속되는 워
싱턴 D. C., 400명 체포, 폭도 12명, 경찰관 6명 사망.'

사진 한 장이 페이지 전체를 채우고 있다. 워싱턴 D. C.가 불
타는 가운데 사람들 무리가 뛰어가고 있다. 공격하는 건가? 달
아나는 건가? 알 수 없지만 몸의 날카로운 각도―팔과 다리를
활짝 벌리고 있다―로 볼 때 그들은 힘차게 본능적으로 빨리
움직이고 있다. 이마까지 낮게 눌러 쓴 모자부터 얼굴을 가린 마
스크와 스카프, 밑창 두꺼운 부츠까지 온통 검은색이다. 그들은
시위대일 수도 있고 경찰일 수도 있지만 알 수 없다. 가려져 거
의 보이지 않는 포장도로에는 얼굴을 옆으로 돌린 채 쓰러진 여
자의 몸이 보인다. 머리칼에 피가 묻어 있다. 배경에는 불타오르
는 오렌지색 하늘에 마치 한 개만 들어 올린 손가락 같은 워싱
턴 기념탑이 시커멓게 튀어나와 있다.

버드는 양손으로 신문지를 구겨 단단하게 뭉치면서 사진이
안쪽으로 들어가 보이지 않도록 한다.

다시 해보자, 그는 말한다.

그는 그들이 세운 작은 나무 오두막 한가운데 뭉친 종이를 놓
고 다시 성냥을 긋는다.

이번에는 불꽃이 종이를 삼키고 타오르면서 신문지가 재가

되어 사라진다. 작은 불꽃이 망설이며 나뭇가지로 옮겨가다가 스러지기 시작한다. 그리고 이번에 버드는 오래전 일을, 아버지가 한번 말해준 일을 떠올린다. 단어와 그에 얽힌 이야기. 그는 양손과 무릎으로 바닥을 짚고 엎드려 얼굴을 불꽃 가까이 들이댄다. 입술을 모아 할 수 있는 한 최고로 부드럽게 불꽃에 숨을 불어넣는다. 키스하는 것처럼, 또는 타박상을 달래듯. 그러자 불꽃이 일어나고 불쏘시개가 구겨지고 뒤틀리더니 지금까지 본 적 없는 가장 강렬한 오렌지색으로 이글거리다가 그 순간—숨이 가빠져 바람이 멈춘다— 다시 회색으로 바뀐다. 새디가 그의 옆에 엎드려 함께 입김을 분다. 그러자 불꽃이 천천히 되살아나고 점차 커진다. 마치 누군가의 얼굴에 혈색이 돌아오는 걸, 어두운 하늘에 새벽빛이 퍼지는 걸 보는 것 같다.

침묵 속에서 둘은 돌아가며 불을 지핀다. 더 큰 나뭇가지에, 통나무에 불이 붙을 때까지. 처음에는 버드, 그다음엔 새디, 다음엔 둘이 함께 불에 생명을 불어넣는다. 불꽃이 점점 커지고 유지되더니 차분하고 뜨거워진다.

Spirare, 버드는 아버지의 목소리가 들린다. 숨을 쉬다. Con은 함께. 그러니까 conspiracy는 문자 그대로 번역하면 함께 숨 쉰다는 뜻이야.

그렇게 들으니까 불길하네, 새디가 말한다. 그 말을 듣고서야 버드는 자기가 소리 내어 말했다는 걸 깨닫는다. 하지만 함께 숨 쉬는 건 같은 공기를 마시는 거니까 사실은 아름다운 일이야.

두 사람은 잠시 조용히 앉아 있다. 버드는 지난 며칠 어머니와 탁자에 둘러앉아 있던 일을 생각한다. 엄마가 속삭여준 이야기 조각을 맞추며 두 사람은 같이 텁텁한 공기를 들이마셨다. 새디가 막대기를 들더니 그을리고 불이 붙어 빛이 날 때까지 불꽃 가까이에 가져다 댄다. 밖에는 해가 지고 있지만 밤은 여전히 따뜻하고, 그들은 창문 밖으로 공기에 불이 붙는 모습을 볼 수 있다. 반딧불이. 흥미를 느낀 두 사람이 문을 열었더니 반딧불이 한 마리가 오두막으로 들어오고, 이어서 또 한 마리가 들어온다. 빨갛게 이글거리는 모닥불 불빛 속에서 녹색 불꽃이 반짝거린다.

난 엄마가 미웠어, 버드가 갑자기 말한다.

하지만 이제 그렇지 않잖아.

긴 침묵. 그들 주위로 작은 불빛이 소용돌이치다 가라앉는다.

응, 버드는 말한다. 그리고 그 말이 진실임을 깨닫는다. 이젠 안 그래.

저녁은 더치스가 두 사람을 위해 준비해둔 음식으로 해결한다. 버드는 물을 끓이고 아주 가느다란 파스타를 넣는다. 맛있네, 새디가 말한다. 내 위탁 가정 사람들은 나한테 레인지를 못 쓰게 했다? 내가 위험하다고 생각했나 봐. 내가 집을 홀랑 태워버리기라도 할까 봐.

두 사람은 그릇에 묻은 소스를 남김없이 싹싹 긁어 먹는다.

엄마는 지금 뭘 하고 있을 것 같아? 버드가 말한다.

새디는 이마를 찡그려 보인다. 준비하고 있겠지, 그녀는 말한다. 그것들을 전부 터뜨릴 준비.

그것들이란 도시 전체에 흩어져 있는 수백 개의 병뚜껑이다.

혹시 네 생각엔, 버드는 망설인다. 네 생각엔 엄마가 위험한 사람 같아? 그러니까 엄마는 누군가를 해칠 수 있는 사람이 아니야. 안 그래?

두 사람은 한참 동안 아무런 말 없이 그 말을 곱씹는다.

내 생각에는 누구나 사람을 해칠 수 있어, 새디는 마침내 말한다. 진짜 마땅한 이유만 있으면.

버드는 경찰차가 다가오자 그를 어둠 속으로 끌어당기던 어머니를 생각한다. 그 순간 어머니의 눈동자에 날카로운 이빨을 가진 동물이 떠올랐었다. 그는 아버지를 떠올린다. 그날 공원에서 버드를 밀친 남자를 쓰러뜨리고 내려다보던 모습. 아버지의 주먹에 묻어 있던 피. 둘 다 위험했어, 그는 생각한다. 그들은 버드를 맹렬하게 사랑했고 그래서 그들은 위험해졌다.

그들은 차례로 화장실에 들렀다가 어렵게 피운 불이 재가 되어 사라지게 두고는 일찍 잠자리에 든다. 두 사람은 얼른 내일을 맞고 싶다. 두 사람에게는 마치 도미노 탑처럼 쌓아 올린 계획이 잔뜩 있다. 내일 도미와 마거릿은 그들을 다시 도시로 데려갈 것이다. 도시는 모든 게 전과 다를 것이라고 그들은 확신한다. 뭔지는 모르지만 분명 마거릿이 뭔가 해냈을 테니까.

지금 벌어지고 있어, 새디가 기뻐하며 말한다. 버드, 생각해 봐, 지금 벌어지고 있다고. 버드는 대답하지 않는다.

해가 진 뒤 그녀는 시작한다.

길거리에서 주운 부품을 엮어 만든 낡은 노트북을 켠다. 늦은 밤 도서관에서 읽은 책들이 도움이 되었다. 처음으로 와이파이를 켠다. 위험한 일이다. 밖으로 퍼지는 신호는 거꾸로 추적당할 수 있다. 그녀는 아주 오랫동안 발소리를 죽이고 입마개를 하고 살았다. 이제 말해야 할 때다.

그녀의 손가락이 키보드를 두드리며 직접 만든 프로그램을 작동시킨다. 그녀는 신호를 내보내고 기다리며 신호가 연결되는지 살펴본다. 그들이 그녀의 명령을 받으려고 귀를 쫑긋 세우는지. 병뚜껑을 만들고 설치하는 데 사 주가 걸렸다. 버드가 도착하기 전에 모든 걸 조심스럽게 준비해두었다.

미리 계산해보았다. 파이낸셜디스트릭트까지 두 블록마다 하나씩, 위로는 거의 할렘까지. 작은 플라스틱 껍데기에 싸여 있어 비바람을 견딜 수 있고, 아주 작아서 숨겨둔 곳에서 들키지 않고 몇 주든 버틸 수 있다. 혹시 어느 한 개가 발견된다고 해도 조사할 사람은 없을 것이다. 그냥 치워버려야 할, 쓸모없는 쓰레기 취급을 받겠지. 배수로나 쓰레받기, 청소부의 쓰레기통에 든 것을 조사할 사람은 없다. 사람들은 그런 것을 무시하려 애쓴다. 그녀가 세어본 바로는 2011개를 심었다. 개중 몇 개가 살아남아서 작동하고, 몇 개가 연결되어 그녀의 부름에 응답할 것인가?

처음에는 10, 지금은 15. 그리고 25.

처음에 그녀는 이제껏 모아온 이야기로 무엇을 해야 할지 알지 못했다. 한 어머니가 손을 꼭 쥐며 떨리는 목소리로 말했을 때 퍼뜩 생각이 떠올랐다. 우리 딸에게 무슨 일이 일어났는지 모두에게 말해주세요. 세상에 말해주세요. 할 수 있으면 하늘에서 소리쳐주세요. 나중에 로스앤젤레스의 어느 맑은 아침, 위를 쳐다보던 그녀는 휴대전화 송신탑을 발견하고 아이디어를 구체화했다. 어울리지도 않게 나무처럼 꾸며둔 송신탑은 녹색 잎 무늬 천을 뒤집어쓰고 직각으로 뻗은 팔을 마네킹처럼 뻣뻣하게 들고 있었다. 기후에 어울리지도 않는 상록수가 진짜 야자수 위로 머리와 어깨를 더 높이 치켜든 채 희미한 윙윙거림을 내뿜고 있었다. 어떤 메시지를 공중으로 발사하고 있을까? 그녀는 잠시 눈을 감고 상상했다. 보이지 않는 말이 들리는 순간. 그물처럼 도시를 가로지르는 목소리들의 불협화음을.

그녀는 그때를 다시 떠올리며 화면에서 병뚜껑들이 대답하는 모습을 지켜보고 있다. 70, 100, 200.

각 병뚜껑 안에 달린 작은 수신기가 지금 그녀의 컴퓨터가 송출하는 정확한 주파수에 맞춰 켜진다. 그리고 작은 스피커도. 16킬로미터 안쪽으로는 신호를 깔끔하게 잡아낼 것이고, 최소한 블록 떨어진 곳에서도 소리를 들을 수 있을 거라고 도미는 약속했다. 그녀의 아버지는 이런 기술로 재산을 일구었지만, 이런 용도로 쓰일 거라고는 절대 상상하지 못했을 것이다. 병뚜껑이 하나씩 깨어나면서 숫자는 점점 올라간다. 250, 300. 지도 위에서 바늘 끝처럼 반짝이는 병뚜껑은 배터리파크부터 북쪽으로 퍼지고, 차이나타운과 코리아타운 그리고 헬스키친에 점점이 박히고, 미드타운에서 어퍼웨스트사이드 그리고 그 너머까지 표시된다. 이제 500개가 넘었고 숫자는 여전히 올라가고 있다. 1900에 이르러서야 숫자가 멈추고, 그녀는 빨리 계산을 해본다. 거의 95퍼센트로 확실한 1등급이다. 부모님이 아셨다면 자랑스러워했을 텐데.

그녀가 마이크를 들고 헛기침으로 목소리를 가다듬자 도시 전역, 블록에서 블록마다 병뚜껑 스피커가 지직거리며 깨어난다. 그녀가 전송하는 신호를 수신한 것이다. 나무의 옹이구멍에서, 쓰레기통 밑바닥에서, 현관 앞 계단 틈새 그리고 가로등 뒤쪽에서 목소리가 들린다. 지난 한 달 동안 그녀가 병뚜껑을 끼워 넣은 모든 곳에서. 여태 들키지 않고 숨어 있던, 조그맣고 동그란 뚜껑에서 그녀의 목소리가 놀랄 정도로 크게 울려 나와 근처에 있는 사람들이 깜짝 놀란다. 똑같은 목소리 ―마치 닳은 것처럼 살짝 긁힌 느낌―가 도시 전체에 울린다. 목소리는 하나지만 많은 사람의 이야기를 담고 있다.

꼭 생방송이 아니어도 돼, 도미는 말했다. 녹음해서 해도 되고. 그러는 편이 더 안전하지. 네가 그곳에 직접 가지 않아도 되고. 그녀는 마치 고집 센 아이를 설득하려 애쓰는 것처럼 점잖게 말했다.

마거릿은 고개를 흔들었다. 그러지 않아도 되지만 그러고 싶어, 그녀는 말했다.

이유를 설명할 수 없지만 그녀는 그래야 한다고 뼛속 깊이 느낀다. 반드시 직접 해야만 하는 것들이 있다. 증언. 임종 지키기. 사라진 사람들을 기억하기. 어떤 것들은 목격되어야 한다. 하지만 그것만이 아니었다. 그녀 스스로도 알지 못하는, 유령처럼 오직 존재만 희미하게 느껴지는 또 다른 이유가 있다. 그녀는 부모님의 죽음을 직접 보지 못했다. 그들은 그녀가 없는 곳에서 외로이 죽었다. 그녀는 그곳에서 아버지를 밀친 사람을 보고 머릿속에 그자의 얼굴을 새겼어야 했다. 병원에 있던 아버지 곁에 있어야 했다. 삐삐 소리를 내고 불빛이 번쩍이는 기계 사이에서 아버지에게 키스하고 그가 떠날 수 있도록 배웅했어야 했다. 그다음 날 아침 쓰러지던 어머니 옆에 있어야 했고, 그랬다면 어머니를 살릴 수 있었을지도 모른다. 그게 아니더라도 최소한 어머니에게 사랑하는 얼굴을 보여주면서 눈에서 빛이 사라지는 동안 집중할 수 있도록 해줬어야 했다. 말로 정확히 표현할 수는 없지만, 내면에 자리한 죄책감이 뚜렷하게 느껴졌다. 가슴 속에서 심장이 북소리를 내는 게 느껴지는 것처럼. 부모님은 보살핌을 받을 자격이 있었지만 아무도 그들에게 그렇게 해주지 못했다. 그녀는 이렇게 작은 방법으로나마 그녀가 곧 말하게 될 이야기들을 하나씩 엄숙하게 증언하고, 손잡아줄 생각이었다.

그녀는 어두워진 저택에서 홀로 노트의 첫 번째 이야기를 편친다. 지난 삼 년 동안 모아 몸에 간직해온 이야기들의 도서관. 그녀는 대화를 나누었던 사람들의 이야기를 미세할 정도로 작은 글씨로 충실히 받아 적었고, 이야기는 보관되고 지켜지고 공유되기 위해 그녀에게 맡겨졌다. 그녀는 여러 가족이 속삭인 이야기를 읽기 시작하고, 그들이 그녀의 입을 통해 말하게 한다. 하나씩, 아이 한 명씩, 그녀는 각각의 이야기를 들려준다.

먼저 윤곽만. 성은 빼고 이름만 밝혀서 아무도 피해를 보지 않도록 한다. 이매뉴얼, 재키, 티엔, 파커. 그들이 살았던 도시. 버클리. 디케이터. 유진. 디트로이트. 납치당했을 때 나이. 아홉 살. 여섯 살. 일곱 살 반. 두 살.

그리고 윤곽에 음영을 입힌다. 그들이 살았던 삶의 윤곽과 질감, 모든 어린이를 그들답게 설명해주는 자세한 내용. 가장 사소하고 가장 인간적인 순간들이 그들이 어떤 아이였는지 설명한다. 사소한 것에 집중해야 한다.

그 아이는 갑자기 웃을 때가 있었습니다. 어느 순간 웃음을 터뜨리며 행복해했죠. 그러다가 갑자기 진지해지고요. 까꿍 하고 놀아주면 무척 심각하게 받아들였어요. 마치 그때 이미 우리가 사라질 것을, 담요를 펄럭하면 없어질 것을 알고 있던 것처럼요.

그 아이는 모서리가 있는 음식은 무엇이든 먹지 않았어요. 샌드위치도 동그랗게 잘라주어야 했어요. 몇 달 동안 저는 아이가 남긴, 잘라낸 모서리를 먹고 살았습니다.

처음에 사람들은 당황해 멈춰 선다. 어디서 들리는 목소리지? 그들은 어깨너머를 돌아보고, 목소리의 출처를 찾는다. 뒤에 누가 있나? 나무 뒤에 있나? 하지만 아니다. 아무도 없다. 그들은 혼자 있다. 그 순간 그들은 귀 기울이기 시작한다. 달리 어쩔 수가 없다. 이야기 하나, 그리고 둘. 또 다른 이야기. 사람들은 멈춰 서고 곧 그들은 혼자가 아니다. 여러 사람이 뭉치고, 십여 명으로 늘어나고, 많은 사람이 말없이 함께 서서 듣는다. 이 강철 같은 뉴요커들―지하철 기둥 주위를 빙글빙글 도는 브레이크 댄서 무리조차 무시할 수 있는 사람들, 카메라를 손에 들고 떼를 지어 다니는 관광객이나 거대한 핫도그 복장을 한 사람 앞에서도 속도를 늦추거나 집중력을 잃지 않고 곁눈질 한 번 없이 빠져나갈 수 있는 사람들—이 멈춰 서서 귀를 기울인다. 도시의 거리라는 강이 정체되더니 막힌다. 목소리는 마치 공기에서 흘러나오듯 사방에서 들린다. 나중에 몇 명은 마치 하늘에서 들리는 신의 목소리 같았다고 하겠지만, 대부분은 정확히 반대 의견을 낼 터였다. 마치 그들 내면에서 들리는, 어쩐지 그들이 그들 자신에게 하는 말 같았다고. 단 한 번도 만나본 적 없는 낯선 사람, 자신의 아이들이 아닌 다른 아이 이야기를 하는데도, 겪어보지 못한 고통을 말하는데도 왠지 그냥 그들과 함께, 그들의 이야기를 하는 것 같았다고. 하나씩 끝없는 흐름으로 이어지는 이야기는 다른 사람의 이야기가 아니라 그들도 일부로 포함된 더 커다란 이야기였다고.

그들이 널 데려간 날 나는 네게 화가 나 있었어. 네가 지워지지 않는 펜으로 벽과 네 손, 얼굴 그리고 카펫에까지 낙서했기 때문이야. 화가 나서 시커멓게 그린 낙서. 내가 널 때렸고 넌 울면서 침대로 갔지. 그리고 내가 스펀지로 벽을 문질러 닦고 있을 때 누가 문을 두드렸어.

그녀는 사람들이 아이들의 이름보다 더 많은 걸 기억해주길 원한다. 그들의 얼굴보다 더 많은 것을. 그들에게 일어난 일보다, 그들이 납치되어 사라졌다는 간단한 사실보다 더 많은 것을.

그들 각자는 다른 누구와도 다른 사람으로 기억되어야 한다. 명단 속 이름이 아니라 다른 누구와도 다른 한 명의 사람으로.

 우리가 항구에 갔던 날 기억하니? 그날 세상엔 볼거리가 가득했어. 바다사자들이 미끄러지며 부두를 지나갔고, 대관람차가 푸른 하늘을 배경으로 돌아갔고, 머리 위에서 갈매기가 날아오르고, 어두워지기 시작했을 때 내가 말했지. 저녁으로 아이스크림 먹자. 그랬더니 너는 마치 내게 날개라도 돋은 것처럼 나를 바라보았어. 넌 땅콩버터 퍼지 맛에 휘핑크림을 얹었고 나는 초콜릿 맛을 골랐지. 집으로 오는 길에 버스가 너무 붐벼서 너는 내 무릎에 앉아 잠들었고 땅콩버터 섞인 침을 내 목에 흘렸어. 네가 그날을 기억했으면 좋겠구나. 저녁으로 먹은 아이스크림을 기억했으면 좋겠어.

 그녀는 영원히 계속할 수 없다. 그녀는 알고 있다. 이미 어딘가에서 그들이 그녀를 추적하고 있다. 스피커를 수색해 하나씩 부수고 있다. 그녀는 그 과정이 더디 걸리도록 준비했다. 그들은 소리가 나는 곳을 찾아야 하고, 모여서 듣고 있는 사람들을 밀치고 다녀야 하고, 그녀의 목소리라는 실을 감으면서 어디서 시작됐는지 찾아야 한다. 그들은 손전등이 필요할 것이다. 그들은 가느다란 빛을 비추며 모든 틈과 구석을 살펴야 할 것이다. 손으로 더듬거려야 하고 껌으로 뒤덮인 도심의 쓰레기통 아래, 질척거리는 배수로와 썩은 내가 풍기는 철창, 잔뜩 쌓인 개똥 아래를 뒤져서 그녀가 힘겹게 숨겨둔 병뚜껑을 찾아내야 할 것이다. 스피커는 끌 수 없고 파기하는 수밖에 없는데, 그녀를 뒤쫓는 자들이 스피커를 발로 밟아 부수기야 하겠지만 소리는 한 블록이나 두 블록 떨어진 곳에 있는 다른 스피커에서 계속될 것이다. 하나를 찾으면 수백 개가 더 있다는 걸 깨달을 것이고 그물을 아무리 멀리까지 던져도 이야기들은 기필코 더 먼 곳에 닿는다는 것을 알게 될 것이다. 이건 숨바꼭질이고 그녀는 최대한 오래 끌 것이다. 그들은 절대 모든 스피커를 찾아내지는 못할 테지만 결국 그녀가 보내는 신호를 찾아낼 것이다. 그녀와 여러 스피커를 이어주는 와이파이는 작은 디지털 발자국으로 연결되어 있다. 그들은 그 발자국을 따라 이 집과, 너무 오래 몸에 지니고 다녀서 표지가 부드러워지고 구부러진 노트와, 마이크를 들고 앉아 있는 이 자리까지 알아낼 것이다. 그러나 그들이 도착할 때쯤 그녀는 사라지고 없을 것이다.

그녀는 최대한 많은 이야기를 할 것이다. 아직 시간이 있다. 한 가족의 이야기. 그리고 다음 이야기. 무엇을 기억하고 싶은가요, 그녀는 남은 사람들에게 물었다. 당신 아이에게 어떤 이야기를 하고 싶은가요. 그녀는 그들의 말을 기록했고, 약속한 대로 그들을 위해, 그들이 큰 소리 내어 뱉지 못한 말을 하고 있다.

잠이 오지 않을 때면 네 주근깨를 생각해. 피부가 가장 얇은 관자놀이 위. 오른쪽 뺨, 눈 바로 옆. 팔꿈치 안쪽. 무릎 옆. 손목 관절. 네가 내 몸속에 있을 때부터 갖고 있던 흔적이야. 아직도 남아 있는지 아니면 시간이 흘러 흐려졌는지 궁금해. 혹시 더 많이 생겼대도 나는 절대 보지 못하겠지.

잠자리에 누우면 넌 뭔가 꿈꿀 거리를 달라고 말했지. 오늘 밤 넌 인어가 되어 물에 잠긴 거대한 도시를 탐험할 거야, 난 말해줬어. 오늘 밤에는 로켓을 타고 날아 반짝이는 별들을 지나 항해할 거야, 라고도 했고. 어느 밤인가 난 피곤했어. 아무것도 생각해낼 수 없었어. 사실은 네가 종일 너무 개구쟁이처럼 굴어서 난 그냥 네가 잠들기만을 바랐어. 그래서 내가 말했어. 오늘 밤 넌 침대에서 안전하고 따뜻하게 누워 자는 꿈을 꿀 거야. 넌 말했어. 그건 심심한 꿈이야, 엄마. 지금까지 들어본 꿈 중 제일 지루한 꿈. 네 말이 맞아. 그런데 지금은 그 꿈이 내가 생각할 수 있는 최고의 꿈, 내가 상상할 수 있는 유일한 꿈이야.

그들이 가까이 접근하면 그녀는 배를 버리고 탈출할 것이다. 그녀는 지도에서 스피커를 나타내는 불이 하나씩 꺼지는 모습을 보면서 그들이 얼마나 가까이 다가왔는지 확인하고 있다. 도미는 파크애비뉴에서 기다리고 있다. 할 수 있을 때까지 방송을 하고 노트북을 부순 다음 노트를 챙겨 달아나면 된다.

누가 귀를 기울이기는 할까? 그냥 바삐 오가기만 할까? 이런 다고 무엇이 얼마나 달라질까? 겨우 하나의 이야기, 아니 모든 이야기를 하나로 엮어서 바쁜 세상의 귀에 깔때기로 흘려 넣는 다고 한들. 세상은 너무 빠르게 움직이고 음성과 소리는 도플러 효과로 인해 높은음의 칭얼거림이 된다. 또 세상은 너무 산만해서 사람들은 특이한 소리에 관심이 쏠릴 때조차 뭔지 알아보기도 전에 벌의 침처럼 그것을 뽑아내고 다른 곳으로 끌려가고 만다. 무엇이든 들려주기 어렵다. 그리고 누군가 들어준다고 해도 그저 이야기에 불과한 것이, 언젠가 어떤 사람에게 일어난 적 있는 일일 뿐, 이야기를 듣는 사람은 알지 못하고 앞으로도 절대 알지 못할 이야기에 불과한 것이 실제로 얼마나 큰 변화를 만들어낼 수 있겠는가? 그냥 이야기다. 그냥 말에 불과하다.

그녀는 이야기가 조금이라도 변화를 만들어낼지 알지 못한다. 누가 듣고 있기나 한지 알지 못한다. 그녀는 이곳에, 그녀만의 옷장에 갇혀 고양이를 그리고 또 그려 문틈으로 내보내고 있을 뿐이다. 고양이들이 밖에 있는 짐승에게 발톱 하나라도 박아넣을 수 있을지 확신하지 못하면서.

그럼에도. 그녀는 페이지를 넘겨 다음 이야기를 이어간다.

네가 베개 아래 묻어두었던 유치들을 박하사탕을 담던 작은 깡통에 모아두었어. 가끔 그걸 꺼내 손에 쏟고 손바닥에서 구슬처럼 서로 부딪히게 해. 깡통은 보석 상자에 넣어두었어. 그곳이 네가 남긴 조각을 두어야 할 제자리 같아. 작고 소중한 것을 위한 곳.

네가 행복하길 바라.

네가 알기를 바라,

내가 얼마나 바라는지.

마지막까지 그녀는 여전히 시간이 있다고 믿는다. 그녀가 모아 기록해온, 전달하기로 약속한 모든 이야기를 나눌 수 있다고, 그러고 나서도 버드에게 돌아갈 수 있다고. 하지만 그건 그녀의 착각이다. 밤의 가장 어두운 부분이 끝나고, 멀리 하늘이 바다와 만나는 곳에서 태양이 떠오르기 시작한다. 그 순간 들린다. 자동차 소리. 한 대, 또 한 대. 또. 타이어가 미끄러지며 내는 비명. 엔진이 하나씩 멈추며 갑자기 찾아오는 불길한 침묵.

그녀의 노트에는 말할 시간이 없을 이야기가 가득하다. 잘못 계산했다. 너무 오래 머물렀다.

그 순간 그녀가 어머니로서 저지른 수많은 실수가 검은 날개를 펼치고 덮쳐와 그녀는 거의 숨이 막힌다. 그녀가 가장 보호하고 싶었던 이에게 고통을 안겨준 각각의 순간. 한번은 그녀가 버드를 어깨에 올리려다가 문틀에 아이 머리를 부딪히게 해 이마가 자두색으로 멍든 적이 있다. 버드에게 컵을 건넸는데 유리―눈에 안 보이게 금이 가 있었다―가 버드 입에서 깨진 적도 있다. 마음속 간직한 잘못한 일의 목록은 끝도 없고 지워지지도 않는다. 기억의 발톱이 그녀를 파고들어 그녀를 짓누르고 제자리에서 꼼짝하지 못하도록 만든다. 박힌 가시를 파내느라 바늘로 살을 찔렀는데 버드의 엄지손가락에서 피가 진주 방울처럼 흘렀다. 짜증 내는 아이에게 쏘아붙이고 그냥 울도록 놔둔 적도 있다. 한 줄의 시로 아이를 위험에 처하게 만들었고, 오랜 세월 혼자 둔 채 떠났고, 이제 곧 아이는 다시 혼자가 될 것이다. 아이가 이해할 수 있을까? 희미한 어둠 속에서 그녀는 탁자에 펼쳐둔 노트를 내려다본다. 줄지어 적힌 다른 사람들의 온갖 이야기. 그들의 기억과 후회, 실패와 사랑, 다시는 만나지 못할 수도 있는 아이들에게 들려주고 싶었던 모든 이야기. 어쩌면 이것이야말로 그냥 삶이 아닐까, 그녀는 생각한다. 기쁨과 저울질하지 않고 단순히 그 위에 덮어씌우는, 끝없이 이어지는 죄의 목록. 두 가지 목록이 서로 섞이고 합쳐지면서 모든 작은 순간이 사람을, 관계를, 인생을 모자이크처럼 이루는 것은 아닐까? 그렇다면 버드는 무엇을 배우게 될까? 엄마도 실수할 수 있다는 것. 그녀도 그저 인간에 불과했다는 것.

그녀는 앞에 놓인 노트를 덮고 다른 노트 위에 올려놓는다. 그녀는 그녀가 취할 수 있는 유일한 방법으로 이야기들을 가져갈 것이다. 그녀는 성냥을 그어 쌓인 노트에 불을 붙인다.

그리고 이제 남은 시간은 정말 잠깐이다. 그들이 그녀를 잡으러 오고 있지만 아직 들이닥치지는 않았기 때문이다. 그녀는 마지막 이야기를 시작한다. 사과이자, 사랑의 편지다. 머릿속에 외고 있어서 한 번도 글로 써본 적 없는 이야기. 그녀는 눈을 감고 말하기 시작한다.

버드. 내가 왜 네게 그렇게 이야기를 많이 들려줬는지 아니? 네가 세상을 이해하기를 바랐기 때문이야. 네게 세상을 이해시켜주고 싶었어. 세상이 이해할 수 있는 곳이길 바랐어.

네가 태어났을 때, 네 아빠는 네게 내 이름을 주고 싶어했어. 미우. 묘목이란 뜻이지. 네 아빠는 네가 우리의 작은 싹이라는 생각을 좋아했어. 하지만 나는 네게 그의 성을 주었어. 가드너. 뭔가 자라게 하는 사람이라는 뜻이지. 나는 네가 자랄 뿐 아니라 자라게 하는 사람이 되길 바랐어. 네 삶을 통제하고, 네 힘을 미래에 두고, 밝은 쪽으로 나아가는 사람.

어떤 사람들은 네 이름에서 다른 이야기를 보기도 해. Gar는 무기. Dyn은 경고. Gardner는 경고의 소리를 듣고 무기를 들고 오는 사람이라고. 뒤에 있는 것, 소중한 것을 지키는 전사. 그때 나는 그걸 몰랐어.

하지만 지금 난 네게 그 두 가지가 모두 있어 행복해. 미래를 돌보는 보호자면서 이미 여기 있는 것을 지키는 전사니까.

네게 해주고 싶은 이야기가 무척 많아. 넌 다른 사람에게 물어야 겠지. 네 아빠, 네 친구들. 언젠가 만나게 될 친절한 낯선 이들. 기억 하는 모든 사람들.

하지만 모든 이야기의 끝에서 네게 해주고 싶은 말은 같아. 옛날 옛적에 한 아이가 살았단다. 옛날옛적에 엄마가 있었어. 옛날옛적 에 한 아이가 있었고 아이 엄마는 아이를 무척 사랑했단다.

언제 이야기를 멈춰야 할까? 사랑하는 사람에 관한 이야기를 대체 언제 멈출 수 있을까? 당신은 가장 소중한 기억을 생각하 고 또 생각하면서 기억의 가장자리를 부드럽게 만들고 당신의 온기로 기억을 다시 따뜻하게 만든다. 당신은 기억의 모든 내용 의 곡선과 구멍을 어루만지고 외우고 뼛속에 이미 새겨져 있는 걸 알면서 다시 암송한다. 어느 누가 사랑했지만 떠나보낸 사람 의 얼굴을 떠올리면서 그래, 실컷 봤어, 실컷 사랑했어, 우린 충 분히 많은 시간을 보냈어, 이 정도면 충분했어, 하고 생각할까?
그녀가 노트북을 머리 위로 치켜들어 바닥에 내리치는 순간 그녀 뒤에서 문이 열리는 소리가 들린다.

동틀 무렵 버드와 새디가 잠에서 깬다. 처음에는 두 사람 모두 자신들이 어디 있는지 곧바로 떠올리지 못하다가 갑자기 모든 게 기억난다. 오두막. 프로젝트. 밖에서는 나무들이 길고 똑바른 화살처럼 하늘로 향하고 있다. 두 사람은 마거릿의 계획이 성공했으리라, 그래서 그녀가 모든 것을 바꾸어놓았으리라, 그녀와 더치스가 오면 두 사람을 완벽하게 변한 도시로, 다시 축이 제대로 선 세상으로 데려갈 것이라 확신한다.

그렇지만 아무도 오지 않는다. 두 사람은 시리얼을 먹고 오두막 계단에 나란히 앉아 기다린다. 구름 낀 날씨에 무거워진 공기가 주위 소리를 두꺼운 이불처럼 덮어 누른다. 가끔 두 사람은 소리를 들었다고 생각한다. 타이어에 바사삭 밟히는 자갈 소리나 우르릉 울리는 엔진 소리. 그러나 여전히 아무도 오지 않는다.

금방 올 거야, 새디는 자신만만하게 말한다. 길이 막히나 봐. 오고 있을 게 분명해.

오두막에는 전화도 컴퓨터도 없고 인터넷도 되지 않는다. 그들을 바깥세상과 연결해주는 것은 하나도 없다. 이때쯤 되어서야 버드와 새디는 자신들이 어디에 있는지 잘 알지 못한다는 사실을 깨닫는다. 이리로 오는 동안 그들은 도시에서 멀어질수록 도로 표지판에는 관심을 두지 않았다. 그때는 문제가 되지 않았지만, 지금은 가장 가까운 사람과의 사이를 20만 제곱미터나 되는 땅이 가로막고 있다. 그렇게 넓은 지역을 사이에 두고 어떻게 다른 사람을 찾겠는가? 높디높은 나무 꼭대기에 걸린 구름이 회색으로 짙어지고 있다.

이러다 아무도 오지 않으면 어쩌지? 버드가 말한다. 침묵 속에서 두 사람은 같은 걱정을 한다. 당분간은 이곳에서 살 수도 있다. 추위에 몸을 피할 곳은 있으니까. 더치스가 두고 간 음식으로 이틀이나 그보다 좀 더 오래 견딜 수도 있다. 그리고 그다음에는?

이웃을 찾아갈 수도 있고, 그 사람들 전화를 쓰면 돼. 새디가 말한다.

하지만 두 사람 다 불가능한 얘기라는 걸 안다. 일단 어느 방향으로 가야 할지도 알 수 없고, 여기서 어떻게 다른 집을 찾아낼 것이며, 사람을 만난다고 해도 어디로 연락한단 말인가? 두 사람은 상상해보려 애쓴다. 길게 뻗은 자갈 진입로를 따라 거꾸로 걸어 도로까지 나간다. 도로를 따라 걷는다. 그러면 어딘가 도착할 것이다. 도시로 되돌아가든, 아니면 도시에서 더 멀어지든. 그래도 최소한 사람들을 만나게 될 것이다. 그다음엔? 두 사람은 그 뒤의 상황을 확신할 수 없어 생각을 멈춘다. 누구든 그들을 발견하면 당국에 신고할 테고, 그들은 붙잡혀 갈 것이다. 따로따로. 갑자기 부스럭거리고 덜컹대는 소리가 나서 두 사람은 기대에 부풀고 긴장하지만 아무도 없고 움직임도 없다. 그냥 바람이 불어 나무가 이리저리 흔들릴 뿐이다. 나뭇가지가 휘청이며 공기를 가른다. 버드는 숲이 이렇게 시끄럽고 거친 줄 미처 알지 못했다.

어쩌면 무슨 일이 생긴 걸지도 몰라, 버드는 말한다.

어쩌면 붙잡혔을지도 몰라, 버드는 차마 그 말은 하지 않지만 두 사람 모두 같은 생각을 하고 있다. 마거릿이나 더치스, 아니면 두 사람 다. 어쩌면 그들이 붙잡혔을 수도 있고 어쩌면 아무도 두 사람을 데리러 오지 않을 수도 있다. 아니면─두 사람은 동시에 훨씬 나쁜 생각까지 하지만 감히 입 밖에 낼 수가 없다─ 어쩌면 경찰이 지금 두 사람을 잡으러 오고 있는지도 모른다. 갑자기 공기가 차가워지며 두 사람 살갗에 닭살이 돋는다.

새디는 고개를 젓는다. 마치 믿기를 거부함으로써 우주에서 그런 상황을 없애버릴 수 있는 것처럼.

그럴 일은 절대 없어, 그녀는 말한다. 두 사람은 진짜 조심성이 많고 모든 걸 계획했어. 그런 일이 일어나도록 둘 리가 없어.

안으로 들어가자, 버드가 몸을 일으키며 말한다. 그러나 새디
는 꼼짝하지 않는다. 얼른, 봐, 어차피 곧 비가 올 것 같아, 버드
는 말한다. 그의 말대로 축축한 공기는 금방 폭풍이라도 몰아칠
것처럼 불안정하게 울렁거린다. 하지만 새디는 발로 계단을 더
단단히 디디고 무릎을 껴안는다.

가고 싶으면 가. 난 여기 있을래. 두 사람 금방 올 거야. 난 알아.

버드는 새디를 홀로 남겨두고 싶지도, 혼자 있고 싶지도 않아
서 문가에서 주저한다. 안도 밖도 아닌 곳에서 그는 나무 사이로
사라지는 자갈 깔린 진입로를, 구부러진 곳을 지나 보이지 않는
곳까지 훑어본다. 아무것도 보이지 않는다. 굵은 빗방울이 떨어
지기 시작해 나무 계단에 짙은 얼룩을 만든다.

새디, 버드가 부른다. 새디, 얼른.

비는 수천 마리의 작은 뱀처럼 쉭쉭 소리를 내며 떨어지고, 빗
방울이 때리는 곳의 땅이 꿈틀거린다. 비가 흙을 뚫고 낸 구멍이
넓어져 구덩이가 되면 물이 그곳을 채워 연못이 된다. 진입로 자
갈과 계단에 떨어지는 빗방울이 발목 높이까지 튀어 오른다. 여
전히 믿음을 갖고 도로로 통하는 길에 고집스럽게 시선을 고정
한 채 앉아 있던 새디는 온몸이 흠뻑 젖고 나서야 겨우 안으로
들어간다.

버드가 문을 닫자 정적이 흐르기도 잠시 이내 휘몰아치는 폭
풍우의 포효에 귀가 먹먹해진다. 새디의 옷에서 뚝뚝 떨어진 빗
물이 발치에 고인다. 그녀는 얼굴조차 훔치지 않고 머리카락이

뺨에 들러붙어 있게 그대로 두고 있어서 버드는 그녀가 우는지 아닌지 알 수가 없다. 버드가 손을 내밀어 새디의 어깨를 어루만지려 하지만 그녀는 그의 손을 옆으로 쳐낸다.

괜찮아, 새디가 말한다.

새디가 마른 옷을 챙기러 침실로 들어갔다가 양손에 뭔가를 들고 돌아온다.

이것 봐, 그녀가 말한다. 탁자에서 찾았어.

작은 오렌지색 병에 하얀색 뚜껑. 병을 흔드니 안에 든 알약이 우박 쏟아지는 소리를 낸다.

두 사람은 함께 희미해진 라벨을 읽는다. '더치스, 클로드. 공황발작에 1정 복용.' 유효기간은 '위기' 한가운데 날짜이다. 새디가 뚜껑을 비틀어 연다.

두 알밖에 안 남았네, 그녀는 말한다. 원래ㅡ그녀는 라벨을 확인한다ㅡ 백오십 알 있었는데.

두 사람은 빗방울이 머리 위를 두드리는 동안 질서정연하게 집 안 곳곳 물건 숨길 만한 장소를 뒤진다. 찬장에서 라벤더 오일과 명상 가이드, 세 종류의 수면제가 나온다. 외국 소인이 찍히고 그들이 읽을 수 없는 글자로 쓴 편지들. 다른 침실 탁자 서랍에서는 부러진 연필, 작은 낱말 맞추기 책ㅡ너무 쉽다!ㅡ 위스키 빈 병 하나, 빈 총알 상자를 찾아낸다. 이제야 그들은 매트리스 양쪽에 처진 자국과, 누군가 서 있던 자리로 보이는 카펫의 닳은 흔적을 발견한다. 매일 아침 누군가 그곳에서 하루를 다시 시작할 힘과 의지를 모았을 것이다. 그들은 침대 옆 등에서 부서 졌다가 고친 흔적을 발견한다. 마룻바닥에는 여기저기 불에 탄 자국이 보이는데 뜨거운 담뱃재가 만든 흔적이다.

두 사람에게는 시간밖에 없다. 가끔 누군가 다가오는 듯한 소리가 들리는 것 같지만, 앞쪽에 난 작은 창문으로 달려가 밖을 내다보면 늘 바람 소리거나 오두막 옆면을 때리는 빗방울 소리, 폭풍 속에서 나무가 삐걱대며 내는 신음에 불과하다. 주방 찬장 가장 높은 곳 안쪽에서 두 사람은 그들이 태어나기도 전에 유효 기간이 지난, 오래 묵은 파스타와 콩을 찾아낸다.

처음으로 그들은 상상할 수 있다. 멀리 떨어진 이곳 숲에서 오랜 시간 기다리는 모습을. 멀리 세상에서 무슨 일이 벌어지는지 궁금해하고, 언제 그 상황이 그들에게 닥쳐올지 걱정하는 모습. 다시 돌아갔을 때 어떤 모습의 세상이 기다리고 있을지 두려워 하는 모습. 그들은 여기, 이 아늑한 집에, 음식과 물, 온기가 충분 한 호화로운 피난처에 자리를 잡고 있었다. 그들은 벙커에 숨어 최악의 '위기'가 지나가기를 기다릴 수 있었다. 이제 두 사람도 나란히 붙어 앉아 마침내 이해한다. 오두막이 유일하게 안전한 장소이고 절박한 손으로 움켜잡은 피난처라는 감각을. 누가 올 까? 온다면 그건 누구일 것이며 올 때 바깥세상의 어떤 소식을 가져올까? 친구일까, 적일까? 그리고 언제 도착할까? 그들은 이 곳에서 바리케이드를 치고 세상에서 격리되어 고립된 채 둘만 남아 죽게 될까? 이곳에 오지 않고 위험을 감수했더라면 더 나왔을까? 아닐까? 아니, 애초에 그게 중요할까?

재빛 오후의 한중간 두 사람은 따뜻함, 열기, 뭔가 춤추면서 생동감 있게 이글거리는 것이 필요한 느낌에 다시 불을 피운다. 두 번째라서 쉽다. 이제 요령을 아는 두 사람은 구겨진 신문지가 불꽃 속으로 스러지는 동안 헤드라인을 읽는다.

'다우지수 넉 달 연속 곤두박질, 연방 정부 긴급 구제 검토.'

'중국의 시장 조작이 시장 침체 원인일 수도 있다는 당국자 발언.'

불이 잘 붙은 뒤에도 신문지를 뒤적거려 헤드라인과 1면 사진을 훑어본다. 시간을 거슬러 올라가면서. '대규모 집회 금지령 8월까지 유지. 하원, 친중국 체제 전복 세력 걸러내는 조치 검토 중. 상정된 PACT 법안에 압도적 지지 보인 여론조사.'

그만 봐, 새디가 신문을 다시 쌓으며 말한다. 더는 보고 싶지 않아.

침묵 속에서 그들은 불에 장작을 보탠다. 여기저기 나뭇가지를 끼워 넣고 통나무를 불꽃 가까이 들이밀며 초조하게 나무에 불이 옮겨붙는지 살펴본다. 빗물이 굴뚝을 따라 얼룩을 만들며 떨어져 내리고 평, 쉭 소리를 내며 김이 피어오른다. 두 사람은 이야기를 나누지 않지만, 이 불을 계속 지펴야 한다고, 만일 불이 꺼지면 뭔가 끔찍한 일이 벌어질 거라고, 뭔가 소중하고 되돌릴 수 없는 걸 잃게 될 거라고, 불을 계속 피우는 일이 그들의 유일한 기댈 곳이며, 왠지 모르지만 그들의 운명뿐 아니라 세상의 운명도 이 불을 꺼뜨리지 않는 것에 달렸다고 느낀다. 불을 계속 피우면 분명 마거릿과 더치스가 그들을 데리러 올 거라고 두 사람은 확신한다. 마거릿에게는 아무 일도 없을 뿐 아니라 그녀의 계획은 성공했고, 모든 것이 갑자기 바뀌었으며 바로잡아야 할 것들이 전부 원래대로 회복되었다는 소식을 가져올 것이 분명하다. 그들은 이런 기적을 이뤄낼 것이다. 만일 두 사람이 불을 꺼뜨리면……

두 사람은 그런 상황을, 두려움을 감히 말로 꺼내지도 생각하지도 않는다. 저녁에는 굳이 요리할 생각도 하지 않고 음식 봉지에 든 과자를 조금씩 먹으며 대신 때운다. 말린 크랜베리, 크래커, 구운 아몬드. 둘은 종일 우물거리며 보낸다. 어두워지는데도 각자의 침실로 들어가지 않는다. 대신 함께 난롯가에 앉아 통나무를 하나씩 집어삼키는 불꽃을 지켜본다.

두 사람이 밖을 내다보니 전부 흐릿한 것 같다. 모든 것이 불확실하고 가려져 있다. 나무도 더는 나무처럼 보이지 않고 축축하고 어두운 줄무늬가 녹색 얼룩을 잘라놓은 것처럼 보인다. 어제 봤던 고요한 바다는 푸른빛을 띤 회색 얼룩으로 보이고 시야의 끝에서 뭔가가 부풀어 올라 휘젓는 것처럼 보인다. 멀리까지 보이지도 않는다. 안개가 바다에서 뿜어져 나온 소금처럼 공기 중에 떠다니고, 그들은 밖에서 벌어지는 어떤 무시무시한 싸움도 힐끔거리며 볼 필요가 없도록 커튼을 닫아둔다. 바람은 지붕과 유리창, 땅바닥을 긁어댄다. 비가 너무 많이 내려 바다의 으르렁 소리와 구분할 수 없다. 돌풍에 휩쓸린 작은 배처럼 온통 뒤죽박죽이다. 어느 쪽이 위일까? 그들은 더는 확인할 수 없다. 나무 널을 댄 바닥이 뒤집힌 갑판일 수도 있고, 지붕을 휩쓸고 있는 비가 발아래 용골을 때리고 갉아 먹는 파도일 수도 있다.

무서워, 버드는 말한다.

새디의 따뜻하고, 포근하게 촉촉하고, 살아있는 손이 그의 손 안으로 기어든다.

나도, 그녀가 말한다.

밤늦도록 두 사람은 게걸스러운 불길에 나무를 넣는다. 두 사람 모두 포기할 준비가 되지 않았다. 자정이 한참 지난 뒤에도 꾸벅꾸벅 졸면서 불길이 잦아들어 실내가 서늘해지면 다시 나무를 넣어 불길을 달래 되살리거나, 잿더미에서 불꽃을 되살려 내기를 반복한다. 결국 해 뜨기 직전 하늘이 회색 섞인 금빛으로 변할 때쯤 두 사람은 거친 양털 담요를 덮고 나란히 잠에 빠지고 끝내 불은 꺼진다.

두 사람은 목이 뻣뻣하고 추운 상태로 쪽잠에서 깨어 어두워진 난로를 보고 서로를 바라본다.

괜찮을 거야, 새디는 재빨리 말한다. 이건 무효야. 이제 거의 아침이니까.

새디는 옛날처럼 뻔뻔스러운 자신감을 품고 말하지만, 버드는 새디가 동의를 바라는 걸 안다.

버드가 고개를 끄덕인다. 맞아, 괜찮아, 그는 말한다.

밖에는 폭풍의 으르렁거림이 멈추었다. 고요함이 부풀어 올라 울려 퍼지고, 그들의 귀는 점차 소리의 부재에 적응한다. 잦아든 빗방울이 하나씩 지붕을 때려 마치 손가락으로 탁탁 두드리는 소리처럼 들린다. 구분할 수 없거나 흐릿하게 들리지 않고 각각의 소리가 분리되어 들린다. 빗방울 하나가 창문을 때리는 소리가 들린다. 물방울이 홈통에 종소리를 내며 부딪히는 소리가 한 번 울린다. 그러더니 갑자기 새 한 마리가 동트기 전 공기를 시험하듯 울고, 곧 다른 새가 부름에 응답한다.

밖은 여전히 어둑하지만 두 사람은 마지막 남은 시리얼로 아침을 먹는다. 세상이 끝장나는 상황이라고 해도, 무슨 일이 닥친다고 해도 이런 것들이 그들을 더 준비된 것처럼 느끼게 해준다고 생각하기 때문이다. 그런 다음 그들은 의논도 없이, 여전히 무엇을 기다리는지 확신도 없이 문 앞 계단에 자리를 잡는다. 하늘이 이제 본격적으로 밝아오기 시작한다. 어제의 폭풍이 지난 뒤 공기는 깨끗하고 상쾌하게 느껴지고 새들은 나무에서 서로 소리쳐 울고 있다. 비에 젖은 세상은 두 톤은 더 진해진 것 같지만―바위는 창백한 담황색에서 진한 금색으로, 흙은 회갈색에서 거의 검은색으로― 모든 것은 그대로 있다. 다람쥐 한 마리가 흐릿한 눈으로 구멍에서 나와 뒷발로 매달린 채 무기력하게 기지개를 켠다. 처음에는 한쪽으로, 다음에는 반대쪽으로. 버드의 발치에서 부지런한 개미 한 쌍이 그의 아침식사에서 떨어진 부스러기를 들어 올려 집까지 돌아가는 길고 불편한 여행을 시작한다.

어쩌면 가능할 수도 있다. 어쩌면 모든 것이 괜찮을 수도 있고, 그냥 늦어지는 걸 수도 있다. 어쩌면 마거릿과 도미가 안전하고 멀쩡하며 승리감에 차 그들에게 오는 중일 수도 있다.

오는 소리가 들려, 새디가 벌떡 일어나며 말한다.

그녀의 말이 맞다. 숲을 뚫고 난 긴 자갈 진입로 위로 차가 오는 소리를 듣는다. 두 사람은 문 앞 계단에서 차가 다가오는 모습을 본다. 너무 도시적으로 생겨 이곳에 어울리지 않는 더치스의 차는 가늘고 환하게 빛나는 총알처럼 느린 움직임으로 숲을 뚫고 움직인다. 차는 천천히, 마지못해 구르는 것처럼 온다. 새디는 버드의 손을 잡는다. 아니 버드가 새디의 손을 잡는다. 두 사람 다 어느 쪽이 먼저였는지 알지 못한다. 그들은 차가 고통스러울 정도로 천천히 오두막으로 다가오는 모습을 지켜본다. 차가 가까워지면서 앞자리에 앉은 두 사람의 형체를 볼 수 있지만 색을 입힌 유리 때문에 얼굴을 구분할 수 없고, 조수석에 그림자 같은 사람 모습이, 운전석에도 또 한 사람이 보일 뿐이다. 그 순간 차가 멈추고 엔진이 꺼지더니 조수석 문이 열렸고 마거릿이 아니라 남자, 키 큰 남자가 몸을 펴더니 그들을 향해 고개를 돌린다. 그리고 버드는 상대방을 알아보고 숨이 막힌 소리를 낸다. 아버지다. 더치스는 운전대 뒤에서 엄숙한 표정을 지은 채 앉아 있고, 그들은 뭔가가 끔찍하게 잘못되었음을 깨닫는다.

아빠, 버드가 울부짖는다. 아빠. 그러나 아무 소리도 나오지 않는다. 그의 옆에서 새디가 울기 시작한다.

그리고 그럼에도 아버지는 그의 목소리를 들은 것처럼 그에게, 두 사람에게 달려와 그들을 양팔로 품에 안는다.

그녀는 기다렸다. 더치스는 그녀의 화려한 타운 하우스에서 저녁 내내 그리고 밤이 될 때까지 마거릿이 오기를 기다렸다. 그들이 네 위치를 파악한 것 같으면 끝이야, 그녀는 말했다. 기다리지 마, M. 바로 나와, 그들이 널 잡으러 가기 전에. 너무 오래 끌지 마. 넌 늘 너무 열중하니까. 그리고 마거릿도 동의했다.

그러고 나서 마거릿은 계속 말했고, 계속 말해서 도미가 간절히 바란 그만둘 시점을 지나버렸고, 신중하다고 할 만한 지점을 지나버렸고, 안전하다고 할 수 있는 순간을 지나버렸고, 탈출이 가능한 마지막 찰나를 지나버렸다. 마거릿이 오지 않는다는 것이, 뭔가 잘못된 것이 분명해진 뒤 밝았던 하늘은 어두워졌다가 희붐해지기 시작했고 도미는 차에 올라타 브루클린으로 향했다. 마거릿의 목소리는 거의 들리지 않았고 경찰은 스피커를 하나씩 찾아서 부수고 있었다. 그들은 천천히 나선형으로 그녀를 향해 움직였다. 하지만 도미가 다리를 건너던 새벽 3시가 조금 지난 시각에 다시 소리가 나기 시작했다. 그녀의 오랜 친구는 그들이 놓쳤거나 아직 찾아내지 못한 스피커를 통해 이제 더 큰 소리로 더 뚜렷하게 말하고 있었다. 마치 더 가까운 곳에 있는 것처럼 더 선명하게 들렸다. 말해야 했지만 말하지 못했던 이야기를 수천 명의 사람이 마거릿의 입을 통해 슬퍼하면서 또 화내면서 또 다정하게 외치고 있었다.

그러나 몇 블록 떨어진 곳에 이르러 도미는 정말 상황이 잘못되었다는 걸 알았다. 갑자기 무시무시한 정적이 흘렀다. 플러싱 애비뉴에서부터 도로가 차단되어 있었다. 포트그린파크는 아예

볼 수도 없었다. 사이렌은 울리지 않았지만 경광등을 켠 순찰차
들이 구역 전체를 막고 있었고, 그녀는 옆길로 빠져 집으로 돌아
왔다. 그녀는 이미 그들이 왜 몰려왔는지, 무엇을 찾았는지 알고
있었다. 그럼에도 휴대전화를 보며 기다렸다. 화면이 밝아지고
마거릿한테서 어디선가, 어디가 됐든 연락이 와서 자신은 괜찮
다고 말해주기를 기다렸다.

　마침내 전화가 울린 건 아침이 다 되었을 때였다. 예상한 내용
의 전화였기에 그녀는 준비가 되어 있었다. 네, 말씀하신 집은
제 소유가 맞습니다. 그 집에서 뭘 찾았다고요? 완전히 충격적
이고 말도 안 되는 얘기군요. 그들이 상상한 대로 답했다. 아니,
도무지 어떻게 들어갔는지 모르겠는데. 저, 잠깐만요. 뒷문에 도
어록이 달려 있어요. 그 여자가 어떻게든 그걸 열고 안으로 들어
간 모양이군요. 그 여자가 뭘 하고 있었다고요? 정말이지 끔찍
하군요. 아뇨, 그곳에 직접 간 적은 없어요. 아버지가 '위기' 때
수리해 사용하려고 샀던 곳인데 이루지 못하고 돌아가셨고 이
후로 쭉 빈 채 방치되어온 집입니다. 사실 그런 이유로 보면 속
상한 곳이라 그곳에 가는 걸 절대 좋아하지 않았지만 그렇다고
다시 팔 계획도 없던 곳입니다. 클로드 더치스, 네, 아버지 이름
이 맞아요. 네, 전자 회사 이름이죠. 그 이름이 성이니까요. 네,
그럼요. 물론이죠. 앞으로는 좀 더 보안에 신경 쓰도록 하겠습니
다. 경보 장치도 달고 경비원을 고용해서 지키도록 해야죠. 최근
벌어진 모든 일을 생각하면 아무리 조심해도 지나칠 것이 없으

니까요. 혹시 당국에서 언제 작업이 끝나는지 알려주실 수 있을까요……? 매우 친절하시군요. 그리고 그녀는 그들이 지역을 보살피면서 제공하는 서비스에 감사를 표했다. 그리고 그 순간 그녀는 떠올렸다. 임무를 다하는 경찰관을 위해 기부하려 했던 사실을. 아뇨, 아닙니다. 제가 감사하죠.

그러는 동안 그녀는 찾고 있었다. 마거릿이 그녀에게 많은 걸 알려주지 않았지만, 이미 알고 있는 몇 가지만으로 충분했다. 제대로 된 사람에게 묻기만 한다면 이름 하나만으로도 얼마나 많은 걸 알아낼 수 있는지 놀랍다. 이선 가드너라는 이름으로 조사를 시작해 하버드 대학교, 그리고 도서관 직원의 명부까지. 결국 필요한 내용을 찾아냈다. 케임브리지 기숙사의 한 주소. 전화번호는 없지만 어차피 전화를 거는 위험을 감수할 수는 없다. 보스턴에 도착하기까지 거의 다섯 시간이 걸리고, 오후로 넘어가는 시간이 되어 길이 막혔다. 그녀는 스탬퍼드 외곽에서 발이 묶였다가 뉴헤이번으로, 프로비던스로 이동했다. 케임브리지에 도착했을 때는 막 4시가 지난 시간이었다. 그녀는 기숙사 밖에 차를 세우고 기다렸다. 어쩌면 그를 이미 놓쳤을 수도 있다. 어쩌면 금요일에는 일하지 않는지도 몰랐다. 어쩌면 이미 퇴근했거나 집에서 아예 나오지 않았거나 그녀가 엉뚱한 곳을 찾아왔고, 그래서 이렇게 멀리까지 왔지만 아무 소득이 없을 수도 있다. 그녀는 거의 포기한 상태였다. 그러나 마침내 9시가 조금 지난 시각, 그가 나타났다. 조금 늙고 흰머리가 조금 생겼지만 그녀가 기억하는, 오래전 얼굴 그대로였다. 심지어 옷차림도 똑같았다. 바지에 넣어 입은 하늘색 옥스퍼드 셔츠에 코듀로이 블레이저. 예전에는 마거릿이 그의 어떤 모습에 반했는지 이해하지 못했다. 하지만 지금은 알 것 같았다. 그에게서 보이는 내면의 부드러움, 이런 세상에도 온화함이 존재할 수 있다는 약속.

그가 옆을 지나갈 때 그녀는 차에서 내렸다.

이선? 그녀가 부르자 그는 돌아보고 깜짝 놀란다. 확신 없는 모습으로. 얼굴을 유심히 살피며 익숙한 구석을 찾는다.

도미예요, 그녀가 말했다. 그의 눈에 그녀를 알아보는 기색이 비친다. 마거릿 때문에 왔어요, 그녀는 말했다. 그리고 그가 대꾸하기도 전에 덧붙였다. 그리고 버드도요.

월요일에 집으로 돌아왔을 때 아파트는 비어 있었고, 그는 가슴이 미어졌다. 결국 벌어졌군, 그는 공포에 빠져 생각했다. 그렇게까지 했는데도 그들이 결국 아이를 데려간 거야. 노아, 그는 소리쳐 불렀다. 거실의 불을 켜고 침실로 갔다가 버드가 마치 무신경하게 엉뚱한 곳에 둔 열쇠라도 되는 것처럼 아파트 안을 빙글빙글 돌았다. 그제야 탁자에 놓인 메모와 그림, 그리고 뉴욕주, 뉴욕이라고 쓴 종잇조각을 발견했다. 그토록 오랜 세월이 흘렀으나 그는 여전히 아내의 빠르고 뾰족하고 확실하게 쓰는 필체를 알아보았고 곧 상황을 이해했다.

경찰에 신고할 수 없었다. 그들은 수사를 시작하는 즉시 마거릿과의 연결 고리를 알아차릴 것이고 기꺼이 마거릿의 파일을 파고들어 버드의 파일을 만들 것이다. 그가 뉴욕으로 갈 수도 있었다. 하지만 그다음엔? 그가 할 수 있는 건 기다리는 일뿐이었다. 만일 버드가 마거릿을 찾았다면 분명히 연락을 해오리라 믿었다. 그런데 만일 그렇지 않다면? 그는 그런 생각을 허용하지 않았다.

화요일 아침 그는 학교에 버드가 아프다고 연락했다. 그 역시 아프다며 도서관에 일하러 가지 않았다. 버드가 돌아올 것에 대비해 집에 있어야 했다. 그는 아파트 안을 서성댔고 사전을 들었다가 내려놓기를 반복하며 하루를 보냈다. 마거릿이 보낸 그림을 들여다보고 또 보았다. 고양이, 옷장. 이걸 보고 버드가 뭘 알아냈지? 저녁때가 되었지만 식사마저 잊었다. 버드는 어디 있을까? 마거릿을 찾았을까? 만일 못 찾았다면? 그날 밤 반쯤 졸면서 예전에 마거릿과 살던 아파트에 있는 꿈을 꾸었다. 그들은 여전히 휘몰아치는 '위기' 한복판에 있었다. 아침에 텅 빈 버드의 침대 아래서 잠이 부족한 상태로 멍하니 잠에서 깨어나 학교와 도서관에 아파서 못 간다고 전화했다. 진이 빠진 그는 꾸벅거리며 졸았다. 매번 버드의 목소리를 들은 것 같은 느낌이 들어 잠에서 깼지만 아무도 없었다.

금요일 아침, 그는 다시 일하러 나갔다. 더는 휴가를 쓸 수 없었다. 도서관에서 책 사이로 카트를 밀고 다니면서 특별히 시간을 더 들여서 책을 조심스럽게 올려놓고 모든 것을 원래 있던 자리에 돌려놓았다. 근무가 끝났음에도 텅 빈 아파트가 무서워 도서관에 더 머물렀다. 퇴근하는 대신 D층의 남서쪽 구역 구석으로 가서 서가를 샅샅이 뒤지다가 결국 원하던 걸 찾아냈다. 표지에 고양이와 왠지 버드와 비슷해 보이는 소년이 그려진 얇은 책이었다.

그는 이야기 내용이 마거릿한테 들은 것과 다르다는 걸 알아차렸다. 이 버전에서는 아이가 너무 많은 어느 가정에서 부모가 한 소년을 스님과 함께 공부하도록 보냈다. 건물은 집이 아니라 절이었다. 어쩌면 그녀가 잘못 기억했는지도 몰랐고, 어쩌면 자기 의도에 맞게 이야기를 각색했을 수도 있었다. 혹은 이 이야기가 여러 버전으로 존재하는 것일지도 몰랐다. 이 책이 그에게는 해주지 않았지만 마거릿과 버드에게 해준 이야기는 무엇일까? 그는 도서관이 문을 닫을 때까지 책을 읽고 또 읽으며 메시지를, 모든 의문을 풀고 그의 가족이 어디 있는지 알려줄 단서를 찾았다. 그러나 책에서는 아무것도 알아낼 수 없었다.

그는 여전히 그런 생각을 하면서 어둠 속에서 집으로 걸어가고 있었다. 단서가 무엇이든 그건 이야기 자체에 있지 않고 어딘가 다른 곳에 있었다. 그리고 그 순간 도미가 차에서 내려 그의 이름을 불렀다.

깊은 밤, 두 사람은 차를 타고 코네티컷으로 향했다. 길에는 차가 없었고 사람들은 집에 돌아가 커튼을 내리고 있었다. 어떤 곳에서는 이미 가로등 불이 꺼져 있었지만, 도미의 차를 탄 두 사람은 아무런 문제 없이 고속도로를 따라 달리고 있었다. 한참 동안 달렸지만 다른 차는 보이지 않았다. 그들은 그들이 탄 자동차 헤드라이트의 작은 빛줄기 속에서 어둠을 뚫고 미끄러지듯 달렸다. 마치 세상에 아무것도, 다른 누구도 남지 않은 것처럼. 한참 동안 이선은 아무 말도 하지 않았고, 도미는 침묵을 채우려는 듯 계속 떠들었다. 물론 가장 급한 일은 이미 다 말한 뒤였다. 버드에게 일어난 일, 타운 하우스에서 진행된 계획. 그들이 어디로 향하고 있는지도. 그렇게 가장 시급한 일을 설명한 뒤인데도 그녀는 자기도 모르게 아주 사소한 얘기를 떠들어대고 있었다. 그들이 다시 만났을 때 마거릿이 어떻게 보였는지. 제가 보기엔, 도미가 말했다. 제가 보기엔 당신이 있어서 행복해 보였어요. 마거릿이 살았던 삶이요. 그 삶을 잃어서 무척 슬퍼했거든요. 눈을 보면 알 수 있어요.

도미는 이선에게 최선을 다해 모든 걸 설명했다. 마거릿의 노트. 가족들을 차례로 만나러 다닌 여행. 이선은 거의 눈으로 보는 것 같았다. 마거릿이 조각조각 찢어진 뭔가를 꿰매려고 애쓰며 가느다란 봉제선처럼 지도 위를 이리저리 오가는 모습을.

들어보셨어야 했는데, 도미가 말했다. 직접 보셨어야 해요, 마거릿의 목소리는 정말,

그녀는 한쪽 손을 들어 올렸고 차가 노란 선 위에서 흔들렸다가 다시 돌아왔다.

공중에서 울려 퍼졌어요. 사방에서요. 그리고 사람들이 서서 듣고 있었죠. 창문 밖을 내다봤는데 사람들이 그냥 서 있는 게 보였어요. 동상처럼요. 마치 마거릿이 사람들을 전부 돌로 만든 것 같았어요.

다만, 그녀는 생각했다. 그리고 이 부분은 소리 내 말할 수 없었다. 도저히 참고 말할 수가 없을 것 같아서. 다만, 돌이 된 사람들 가운데 일부가 울고 있었다고. 그녀는 그런 사실에 의지하고 있었다. 경찰이 몰려와 스피커를 찾아내 발로 밟아 부술 때도, 경찰이 사람들에게 해산하라고 명령할 때도, 창문 밖을 내다보았을 때 콘크리트 위에 전선 몇 가닥과 플라스틱 잔해만 남았을 뿐 인도가 텅 비었을 때도. 사라진 사람들은 눈물을 닦고 저마다의 삶으로 후퇴했지만, 그들의 눈물은 한순간에 불과했지만, 그럼에도 그 자리에 그대로 있었다. 그리고 그녀는 이것이 뭔가를 의미하고 중요하다고 스스로에게 말했다.

착한 아이예요, 그녀는 대신 말했다. 버드요. 귀여워요.

잠시 말이 없다가 그녀가 덧붙였다. 마거릿을 아주 많이 닮았어요. 엄마 아빠를 좋아하고요.

그렇죠, 이선이 말했다. 그 뒤로 두 사람은 다시 침묵에 빠졌다. 밖에서는 도로가 그들의 헤드라이트 불빛에 반사되어 반짝이며 빠르게 지나갔다.

폼페이 같았습니다, 어떤 사람은 나중에 말할 것이다. 모두가 그 자리에 움직이던 모습 그대로 얼어붙었어요. 그냥 그 자리에 서서 당신을 휩쓸고 가도록 했어요. 당신을 파괴하면서 동시에 보존하는 거죠. 다른 사람은 그 순간을 평생 지니고 살지도 몰랐다. 그리고 오랜 세월이 지난 뒤 딸과 함께 자연사박물관에 갔을 때 디오라마를 흘깃 보면서 동물들이 어찌나 살아있는 것 같은지 탐조등에 들킨 도둑처럼 잠깐 멈춘 것이 아닐까, 돌아서는 순간 다시 살아나 날쌔게 움직여 갈 길을 가는 건 아닐까, 상상할 것이다. 그녀는 디오라마를 들여다볼 것이다. 풀을 뜯는 영양 무리 옆에 웅크린 사자, 그들 뒤에는 그림으로 그린 대초원의 공기가 꿀처럼 광택을 내며 흔들리고 있고, 자칼 떼가 그림자 속에서 먹이를 찾아 서성댄다. 포식자와 먹잇감 모두 보이지 않는 힘에 꼼짝하지 못한다. 그 순간 그녀는 갑자기 그날 밤을 떠올릴 것이다. 주위가 어두워질 때쯤 사람들에게 말하던 목소리, 어떻게 된 일인지 같은 일을 겪는 낯선 사람들에 온통 둘러싸인 느낌. 그녀는 공원 맞은편 벤치에 앉아 있던 남자를 떠올릴 것이다. 반백의 머리에 험악하게 생긴 남자는 몸에 맞지도 않는 군복 차림에 신발 밑창이 벌어져 그 사이로 회색 양말이 살짝 드러나 보였다. 남자의 눈과 그녀의 눈이 만났던 방식, 두 사람 사이에 오갔던 무언의 확인. 네, 나도 들려요. 그녀는 남자를 다시는 만나지 못할 테지만 박물관에 서서 그를 기억할 것이다. 왠지 모르겠지만 그 남자가 그녀에게 중요했다는 걸, 그들이 서로 연결되었고 서로를 찾았다는 걸 기억할 것이다. 이 초현실적인 시간 속 순간에 하나로 합쳐진 느낌을 기억할 것이다. 그리고 그녀는 다시 사로잡힌 채 얼어붙어 사자와 영양을 지나치는 시선으로 과거를 멍하니 볼 것이다. 딸이 손을 잡아당기며 왜 우느냐고 물어볼 때까지.

저는 도무지 이해가 안 돼요, 도미는 계속 말한다. 손바닥 아랫부분으로 눈가를 문지르자 어제 바른 아이라이너가 화난 검은색 고리 모양으로 번진다. 새디가 그녀의 어깨에 머리를 기대고 있다. 왜 그렇게 오래 끌었는지요. 우리는 미리 얘기했거든요. 마거릿은 약속했어요. 난 진심이라고 생각했어요.

마거릿을 알잖아요, 이선이 말한다. 가끔 너무 흥분하죠. 거칠어져요.

그와 도미는 고통스러운 웃음을 함께 나눈다. 두 사람이 마거릿에게서 찾아낸 모든 짜증스러운 일이 소중해진다.

두 사람은 과거 시제로 엄마 얘기를 하고 있어, 버드는 생각한다. 그리고 그는 이런 생각이 얼마나 유치하고 근시안적인지 생각하고 거의 웃을 뻔한다. 그들은 마거릿이 돌아올 수 없다고 확신하지만, 그는 그렇지 않다. 꼭 돌아온다고 약속할게, 어머니는 그렇게 말했지만, 그는 이제 깨닫는다. 어머니는 언제 돌아온다고 말하지 않았다. 돌아온다고만 했을 뿐. 그리고 그는 그 말을 여전히 믿고 있다. 어머니가 돌아올 거라는 사실을. 언젠가, 어떻게든. 어떤 모습으로든. 그는 어머니를 찾아낼 것이다. 열심히 찾기만 한다면. 이상한 일은 전에도 일어났다. 어머니는 어쩌면 그곳에, 어딘가에, 다른 모습으로, 이야기 속에 등장하는 것처럼 존재할 것이다. 새나 꽃, 나무로 변해서. 만일 자세히 들여다본 다면 찾아낼 것이다. 그리고 이런 생각을 하면서 그는 어머니를 볼 수도 있다고 생각한다. 무성하게 잎을 쏟아내는 자작나무에 서, 하늘로 날아오르며 날카롭고 우울하지만 아름답게 울부짖 는 매에서. 나무 사이를 뚫고 빛을 비추며 모든 걸 희미한 금빛 열기로 물들이기 시작하는 태양에서.

이제 어떡하죠? 버드는 말한다. 하지만 그는 이미 답을 알고 있다.

이제 남은 건 선택이다. 그들은, 그들 모두는 이전의 삶으로 돌아갈 수 있다. 버드와 아버지는 케임브리지의 학교로 돌아가 잠긴 서가에 책을 돌려놓을 수 있다. 아무 일도 없었다는 듯 행 세할 수 있다. 예전과 마찬가지로 우린 그런 여자 모른다, 오랫 동안 소식을 듣지 못했다고 말할 수 있다. 우리는 그 여자와 아 무 상관이 없다, 그런 일과도 아무 상관이 없다, 물론 우리는 지 금도 앞으로도 그런 생각을 할 일이 없다고. 새디를 위해서는 더 치스가 어디든 안전한 곳을 찾아줄 수 있다고 두 사람을 안심시 켰다. 하지만 새디의 표정을 본 버드는 무슨 일이 벌어질지 알았 다. 그녀는 다시 달아날 것이고 마거릿을 만나기 전까지 그랬던 것처럼 계속 부모님을 찾아, 이 상황에서 벗어날 방법을 찾아 도 망치다가 사라질 것이다. 그러니 그들은 모두 이전의 상황으로 돌아가는 것이다. 마치 아무런 일도 벌어지지 않은 것처럼, 마치 아무것도 바뀌지 않은 것처럼, 마치 이번 일이 아무 의미도 없는 것처럼.

반대로 계속할 수도 있다. 계속 찾을 수 있다. 새디의 부모를, 아이를 잃어버린 가족들을, 사라진 아이들을. 어딘가에 여전히 살아있을지도 모를 마거릿을 위해. 그러나 누구도 감히 말하거나 생각조차 하지 못한다. 그들은 계속 이야기를 수집하고 공유할 방법을 찾을 수도 있다. 이야기를 전하고 기억할 길을 찾을 수 있다. 마거릿이 오랜 세월 그랬던 것처럼 모습을 숨긴 채 어둠 속에서 움직이면서 사람들의 친절함에 의지할 것이다. 귀 기울이고 이야기를 모으면서. 상황이 이대로 끝나길 거부하면서. 그들은 마거릿이 한 일이 그들을, 상황을 바꾸도록 할 수 있다. 그들은 이 돌을 산 위로 계속 굴릴 수 있다.

어딘가에서, 어쩌면, 누군가는 다른 사람에게 말하고 있을지도 모른다. 들어봐, 지난밤에 이런 말도 안 되는 일이 벌어졌고 난 그 생각을 하지 않을 수가 없어. 여러 날이 지나고 심지어 몇 주가 지나도 마거릿의 목소리는 여전히 사람들의 뇌 틈새에 박혀 있고, 그들이 들은 이야기는 회로를 완성하는 핀처럼 오랫동안 어두웠던 감정에 불을 밝힌다. 그들이 알지 못했던 그들 자신의 구석을 비추면서. 들어봐, 내가 생각해봤어. 팔백만 명의 사람들 안에서 모든 이야기가 입에서 귀로 전해진다. 한 사람이라도 설득될까? 팔백만 명 가운데 한 명, 극히 일부 중의 일부. 그러나 아무 의미도 없지는 않다. 이야기를 흡수해 전달하니까. 들어봐. 저기 어느 곳에선가 마침내 누군가가 다른 사람에게 말하고 있다. 들어봐, 이건 옳지 않다니까.

일이 어떻게 돌아갈지, 어디로 갈지, 어떻게 길을 찾을지 그들 가운데 아무도 확신하지 못한다. 하지만 불가능한 일은 아니다. 그리고 지금 당장은 그 정도면 충분하다는 느낌이 든다.

그들이 떠나기 전에 도미는 버드의 손을 잡는다.

네가 그걸 들었으면 좋았을 텐데, 그녀가 말한다. 그녀의 얼굴은 벌겋게 부풀었고 그녀가 짊어진 무게로 부어올랐다. 네가 어머니 목소리를 들었더라면 좋았을 거야.

그리고 언젠가 그는 듣게 될 것이다. 언젠가 그의 이야기를 들은 사람을 만나고, 그 사람은 천천히 말할 것이다. 나는 그곳에 있었고 기억하고 있어. 절대로 잊지 못할 거야. 그 사람은 버드를 위해 그 이야기를, 그의 어머니가 방송한 마지막 이야기를, 그녀가 노트를 읽지 않고 그냥 그 자리에서 자신의 언어로 한 말을 단어 하나씩 확인하며 들려줄 것이다. 왜냐하면 그 사람은 아주 오래전 밤 느닷없이 어디선가, 사방에서, 어떤 목소리가 사랑의 메시지를 담아 어둠 속을 향해 말하기 시작하는 걸 들었고, 그 내용이 내면에 뿌리내렸기 때문이다.

이제 도미가 말한다. 그건 마거릿의 시였어.

아주 오래전에 서점에 갔는데 네 어머니 책이 있었어, 그녀는 말한다. 난 네 어머니가 언젠가 책을 쓸 거라는 사실을 알고 있었지. 바로 책을 사서 앉은자리에서 읽었어. 우린 오랫동안 연락하지 않고 있었어. 너도 알겠지만 내가 한참 네 어머니를 미워했거든, 아주 심하게. 네 어머니가 우리 집에 나타날 때까지 다시보게 되리라 생각하지 않았어. 하지만 마음에 계속 걸리는 거야, 그 시들이. 책을 읽으니까 네 어머니 목소리가 들리는 것 같았어. 우리가 함께 살면서 겪은 모든 일을 계속 생각하게 되더구나. 시를 읽으면서 우리가 옛날에 어땠는지 생각하게 됐어.

버드는 숨을 참는다. 혹시, 그는 생각한다. 아직도 그 책을 갖고 있을까? 도미가 가방에서 닳고 낡은 책을 꺼내 그의 손에 쥐여줄까?

그러나 도미는 고개를 젓는다.

태웠어, 그녀가 말한다. 그들이 네 어머니를 뒤쫓기 시작하면서. 내가 그 책을 갖고 있는 걸 아무도 몰랐고, 알아내지 못했겠지만 어쨌든 태웠어. 난 겁쟁이였어. 내가 네게 말해주고 싶은건 그거야, 버드. 미안해. 책은 없어.

눈물이 버드의 목을 막는다. 그는 끄덕이고 돌아서기 시작한다. 하지만 도미는 여전히 이야기하고 있다.

시가 하나 있어, 그녀는 거의 혼잣말하듯 부드럽게 말한다. 거의 다 잊은 꿈을 기억해내려 애쓰는 것처럼. 그 시는 그냥,

그녀는 자기 가슴을 문지른다. 그 시의 자국이 아직도 거기 남아 있는 것처럼.

시를 읽고 또 읽었어. 왜냐하면 그 시는 내가 느꼈지만 붙잡을 수 없던 뭔가를 계속 말해줬고, 단어들은 읽는 동안 잠시지만 그걸 더 확실하게 만들어줬거든. 내가 무슨 말을 하는지 알겠니?

버드는 확신할 수 없지만, 고개를 끄덕인다.

내 생각에, 그녀는 말한다. 내가 그 시를 네게 써서 줄 수 있을 거야. 그 시 말이야. 단어 한두 개는 틀릴 수도 있어. 하지만 내 생각에는―생각에 불과하지만― 시의 대부분을 여전히 기억하고 있어. 그래도 괜찮겠니?

그리고 그제야 버드는 일이 어떻게 될지 이해한다. 어떻게 어머니를 다시 찾아낼지. 그의 삶이 가져올 다른 모든 것과 함께 앞으로 어떻게 할지. 세상에는 여전히 어머니의 시를 아는 사람들이 있다. 손에 든 종이에 불을 붙이기 전에 머릿속 주름에 시의 일부를 간직해둔 사람들이. 그는 그 사람들을 찾을 것이고, 그들에게 무엇을 기억하는지 물어볼 것이고, 그 기억의 조각이 단편적이고 불완전하더라도 꿰맞출 것이고, 구멍 난 곳이 있으면 다른 사람이 전해준 완벽한 조각과 비교해 고칠 것이다. 이런 식으로 한 조각씩 어머니가 남긴 것들을 다시 종이 위에 받아 적을 것이다.

네, 그렇게 해주세요. 그는 말한다. 그렇게 해주시면 정말 좋겠어요.

작가의 말

버드와 마거릿이 살아가는 세상은 엄밀히 말해 우리의 세상은 아니지만 그렇다고 우리의 세상이 아닌 것도 아니다. 소설 속 사건과 상황 대부분이 현실에 직접적으로 대응되는 것은 아니나, 과거와 현재에 벌어진 수많은 실제 사건에서 영감을 얻었다. 그리고 일부 사건의 경우에는 소설이 완성될 무렵 현실이 되기도 했다.

마거릿 애트우드는 그녀의 책 《시녀 이야기》에 관해 쓰면서 "내가 만일 상상 속 정원을 만든다면 나는 그 안의 두꺼비가 진짜이기를 바란다"라고 썼다. 아래 내용은 내가 소설을 쓰는 동안 사고를 형성하는 데 영향을 준 몇 가지의 진짜 두꺼비—그리고 반대로 희망의 등대—를 나열한 것이다.

미국과 다른 여러 국가에서 정치적 통제 수단으로 아이들을 빼앗는 일은 역사가 길다. 만일 이 말이 신경에 거슬린다면—그러기를 바란다— 바라건대 과거 그리고 현재에도 계속되고 있는 아동 분리 조치 사례를 공부하길 바란다. 노예 가정에서의 아동 분리나 미국 원주민 아동을 정부가 운영하는 기숙학교에 강제로 보낸 일(펜실베이니아 주 칼라일의 사례*), 위탁 가정 보호 시스

---

* 원주민 아동을 백인 중심의 문화에 동화시키고자 설립함.

템에 내재된 불평등, 미국 남부 국경 지역에서 여전히 이어지고 있는 이주 가정에서의 아동 분리까지, 수많은 예시가 있다. 이 주제에 더 많은 관심을 두어야 하지만 우선 로라 브릭스의《아이들 빼앗기: 미국 테러의 역사Taking Children: A History of American Terror》가 귀중한 개요를 제공한다.

2020년에 시작한 팬데믹으로 반아시아적인 차별이 급격히 심화됐으나 이것 역시 새로운 현상이 아니며 차별은 미국 역사에 오랜 뿌리를 두고 있다. 내가 이 소설을 쓰는 동안 머릿속에서 실제 사례가 떠나지 않았다. 제2차세계대전 당시 일본계 미국인 포로수용소, 1982년 빈센트 친 살해 사건, 법무부가 오래전부터 실행해온 '차이나 이니셔티브'* 외에도 사례는 많다. 만일 이런 주제에 익숙하지 않고 더 공부해보고 싶다면 에리카 리의《아시안 아메리카의 형성The Making of Asian America》, 존 쿼 웨이천과 딜런 예이츠가 엮은《황색 공포!: 반아시아 공포 아카이브Yellow Peril!: An Archive of Anti-Asian Fear》, 리처드 리브스의《오명: 제2차세계대전 일본계 미국인 강제 수용의 충격적 이야기Infamy: The Shocking Story of the Japanese American Internment in World War II》, 폴라 유의

---

* 미국 기술 절취에 대처하겠다면서 도입한 정책으로, 트럼프 1기 행정부 때 만들어졌다가 바이든 행정부에 의해 폐기됨.

《속삭임에서 구호까지: 빈센트 친 살해 사건과 아시아계 미국인 운동을 촉발한 재판From a Whisper to a Rallying Cry: The Killing of Vincent Chin and the Trial that Galvanized the Asian American Movement》을 시작점 삼기를 바란다. 매년 아시아계 미국인에 관한 책이 나오고 있고, 그 책들이 이 복잡하고 계속 확장하는 주제의 다양한 측면을 조명해주어 고맙게 생각한다.

나는 설화와 언어 두 가지가 세대를 넘어 전달되면서 전부 기억되는 동시에 천천히 변형되는 방식에, 또 읽는 이가 스스로 처한 상황에 따라 그 안에서 전혀 다른 의미를 찾는 방식에 매료되었다. 버드가 회상하는 잠자는 숲속의 공주 이야기는 내가 어릴 때부터 갖고 있던 《일러스트로 보는 주니어 라이브러리: 그림 형제 동화The Illustrated Junior Library's Grimms' Fairy Tales》에 나오는 버전이며, 작중에서 마거릿은 내가 어린 시절 듣고 기억하는 서양과 아시아의 이야기를 섞어 버드에게 들려준다. 이 소설의 중심에 있는 일본 설화는 1898년 라프카디오 헌에 의해 영어로 대중화되었고, 오랜 세월 여러 번에 걸쳐 재조명되며 전해졌다. 소설 속 버전과 변형된 내용은 내가 재구성한 것이다. 언어 측면에서는 '온라인 어원 사전Online Etymology Dictionary' 사이트와 다양한 언어학 게시판, 그리고 중국 문자에 관한 내 아버지의 연구 내용이 이선의 이야기에 귀중한 영감을 주었다. 그러나 그럼에도 혹시 이선이 실수한 부분이 있다면 그건 오롯이 내 책임이다.

소설에 등장하는 여러 시위 방식에 대한 영감은 출처가 광범위하다. 기본적으로 진 샤프가 비폭력 시위에 관해 쓴 게릴라 예술이라는 개념이 지침이 되었다. 공원 나무에 실로 짠 거미줄은 미국과 영국 전역에서 등장한 평화주의적 얀 바밍yarn-bombing*을 기반으로 했으며, 내슈빌에 나타난 아이들 얼음 조각은 미국 조각가 단체 인디클라인INDECLINE이 도널드 트럼프의 정책에 반대하기 위해 만든 나체 동상처럼 밤새 동상을 깜짝 설치하는 예술에서 영감을 받았다. 그리고 구금된 아이들에 관한 묘사는 미국과 멕시코 국경 지역에서 벌어지는 가족 분리에 대중적 관심을 유도하기 위해 일하는 RAICES(난민과 이민자를 위한 교육 및 법률 서비스 센터)에서 영감을 받았다. 특히 세르비아의 젊은 운동가 그룹 오트포Otpor의 비폭력 시위, 시리아의 반아사드 시위대와 다른 단체의 활동, 그중에서도 스르자 포포비치의 《독재자를 무너뜨리는 법》에 생생하게 묘사된 내용이 오스틴의 콘크리트 덩어리와 쇠막대기, 멤피스의 탁구공, 마거릿의 병뚜껑에 아이디

* 형형색색의 뜨개질거리로 거리를 몰래 장식하는 것.

어를 제공했으며 예술 시위 내용에 전반적으로 영향을 주었다. 중국이 추진한 국가보안법 제정을 반대하는 홍콩 시민의 친민주주의 투쟁 역시 늘 마찬가지로 마음속에 간직하고 있다. 또한 책을 완성한 후에야 그녀의 작품을 접했지만, 마거릿이 계획한 프로젝트의 선구자 가운데 한 명임이 틀림없는 애나 디비어 스미스에게도 깊은 감사를 표한다.

이 소설에는 실제 인물이 여럿 등장한다. 안나 아흐마토바는 운명을 믿도록 만드는 우연한 타이밍으로 이 이야기의 다양한 부분을 떠오르게 하면서 내 인생에 나타났다. 스탠리 쿠니츠와 맥스 헤이워드가 모으고 번역한 아흐마토바의 시선집은 그녀의 작품과 인생을 소개하는 훌륭한 도서이다. 등장인물―용감하게 불의에 맞서 발언하는―에게 소니아 리 천의 이름을 붙일 수 있어서 영광이었다. 그녀의 가족은 이미그런트 패밀리스 투게더Immigrant Families Together라는 단체에 아낌없는 지원을 해주었다. 마거릿은 라타샤 할린스와 아카이 걸리가 남긴 유산에 대해 생각하게 한다. 그들의 이름과 삶을 우리가 기억할 수 있기를 소망한다. 그리고 또 하나의 중요한 사실. 실종자에 관한 인식을 높이기 위해 #ourmissinghearts라는 해시태그를 사용하는 페이스북 그룹이 있다는 걸 알게 되었다. 응답이 있기를 고대하는 가족들에게 평화를 가져다주기 위해 애쓰는 그들의 노력에 감사한다.

마지막으로 PACT와 PACT를 정당화하는 논리, PACT가 사회에 미칠 수 있는 영향을 상상하는 일은 너무 쉬웠다. 보호와 안보를 구실 삼아 표현의 자유를 억누르는—그리고 차별을 합리화하는— 사례는 너무 많다. 이 소설을 쓰는 동안에도 미국과 해외에서 최근 발생한 사례들이 다수 보도되었고, 내가 이 원고를 쓰고 여러분이 읽는 사이에도 의심할 바 없이 더 많이 발생하고 있을 것이다.

우리가 지금 살고 있는 시대를 분석하기는 어렵지만 과거 역사에서 도움이 되는 관점을 조금 얻을 수는 있다. 빅터 S. 나바스키의 《이름 붙이기 Naming Names》, 엘렌 슈레커와 필립 디어리의 《매카시즘의 시대: 문서로 보는 간략한 역사 The Age of McCarthyism: A Brief History with Documents》를 포함한 매카시즘에 관한 글은 만연한 공포가 어디까지 퍼질 수 있는지 소름 끼치게 보여주었다. 제프리 R. 스톤의 《위험한 시대: 전시 표현의 자유 Perilous Times: Free Speech in Wartime》는 현시대와 섬뜩하게 공명하는 수십 개의 역사적 사례를 분류했고 로널드 C. 로스보텀의 《파리가 어두워졌을 때: 독일 점령하의 빛의 도시, 1940–1944 When Paris Went Dark: The

City of Light Under German Occupation, 1940~1944》같은 책은 저항과 관용, 야합 사이의 모호한 중첩을 생각해 보는 데 도움을 주었다. 더 일반적으로 말해, 티머시 스나이더의《폭정》은 권위주의가 얼마나 빨리 부상할 수 있는지(그리고 이에 대해 무엇을 할 수 있는지) 강력하게 상기시켜줬다. 또한 바츨라프 하벨의 1978년 고전 에세이《힘없는 자들의 힘》은 오랜 세월에 걸쳐 확립된 시스템을 해체하는 데 한 개인이 미칠 수 있는 영향에 대한 내 생각을 바꾸어놓았다. 나는 그가 옳기를 바란다.

옮긴이 **남명성**

한양대학교를 졸업한 후 PD와 IT 기획자로 일했다. 현재 전문 번역가로 활동하고
있다. 옮긴 책으로 《아르테미스》《사일런트 페이션트》《높은 성의 사내》《경계선》
《셜록 홈즈: 바스커빌 가문의 개》《육질은 부드러워》 등이 있다.

우리의 잃어버린 심장

1판 1쇄 인쇄 2025년 5월 7일 **1판 1쇄 발행** 2025년 5월 26일

지은이 설레스트 잉
옮긴이 남명성

발행인 박강휘
편집 류효정 장선정 **디자인** 송윤형
마케팅 박유진 이헌영 **홍보** 이수빈 박상연

발행처 김영사
주소 경기도 파주시 문발로 197(문발동) 우편번호 10881
등록 1979년 5월 17일(제406-2003-036호)
주문 및 문의 전화 031)955-3100 **팩스** 031)955-3111
편집부 전화 02)3668-3276 **팩스** 02)745-4827 **전자우편** literature@gimmyoung.com
비채 블로그 http://blog.naver.com/viche_books
인스타그램 @drviche @viche_editors **트위터** @vichebook
ISBN 979-11-7332-178-8 03840
책값은 뒤표지에 있습니다.

비채는 김영사의 문학 브랜드입니다.